THE LEGEND OF HOLLY CLAUS

ホリー・クロースの冒《ぼう》険《けん》

ブリトニー・ライアン
永瀬比奈＝訳

ハリネズミの本箱

早川書房

ホリー・クロースの冒険《ぼうけん》

THE LEGEND OF HOLLY CLAUS
by
Brittney Ryan

Translated by
Hina Nagase
First published 2006 in Japan by
Hayakawa Publishing, Inc.
This book is published in Japan by
arrangement with
HarperCollins Children's Books
a division of HarperCollins Publishers
through Japan Uni Agency, Inc., Tokyo.
さし絵：たまいまきこ

世界じゅうの子どもたちへ
この本によって内なる夢《ゆめ》を目ざめさせることが
できますように。

B・R

作者より感謝《かんしゃ》をこめて

ホリー・クロースのお話は、ずっとわたしの心の中にありました。小さいころ、ゲイガおばあちゃんが遠い国の話をしてくれたころからです。ホリーの物語は、たくさんの人々の支《ささ》えによって、本になりました。そこまでみちびいてくださった、アニー・バローズとパディ・カリストロに心から感謝しています。魔法《まほう》のような芸術的才能《げいじゅつてきさいのう》を持つローレル・ロングにもありがとうといわせてください。ジュリー・アンドリュースと、ブレイク・エドワーズ、知的《ちてき》ですてきなドクター・ジョン・ハーツには、ホリーとわたしに絶大《ぜつだい》なる信頼《しんらい》をおいてくださって、お礼を申しあげます。ダスティ・デイヨーの包みこむような愛情《あいじょう》とすばらしいやさしさには、感謝の言葉もありません。ジョニー・プロブスト司祭《しさい》も、祈《いの》りの言葉をありがとうございました。

『ホリー・クロースの冒険《ぼうけん》』は多くの人々の心を動かしました。ひとりひとりがわたしの夢《ゆめ》を信じてくださったことを〝とこしえに〟忘《わす》れないでしょう。ピーター・コラル、モーリーン・ホーン、エマ・ウォルトン・ハミルトン、トニー・アダムソン、それからリチャード・タイラー。ヴィヴィエン・クーパー、キャサリン・テゲンほか、ハーパーコリンズ社の有能《ゆうのう》な社員の方々。ランディ・フィールズ、エド・エイブラハム、ジョナサン・アルノー、レット・バトラー、ドクター・ルー・グレアム、ロバート・シーデングランツ、リー・ウィンクラー、ノービー・ザッカーマン。ハイライン・エンターテイメントの友だち――ブルース・ワイズナー、ブラッド・スピッツァー、スティーブン・アーロノフ、心から感謝《かんしゃ》します。

わたしの母、サリー・ライアン・アシュレー、息子《むすこ》のライアン、いつも愛してくれて、わたしを信じてくれてありがとう。シスター・イグナチア・アンとシスター・ベバリー・マイルズは、アーティストとして夢《ゆめ》を追うようにとはげましてくださいました。その言葉を忘《わす》れたことはありません。

そして、なによりもこのお話を授《さず》けてくださった神に感謝します。それから、わたしの耳にささやいてくれた小さな天使にも。

B・R

登場人物

不死の国〈とこしえ〉の住民

ホリー・クロース……主人公。〈とこしえ〉のお姫様《ひめさま》
ニコラス・クロース……ホリーの父。〈とこしえ〉の王。別名サンタ・クロース
ヴィヴィアナ……ホリーの母
ソフィア……ホリーの代母《だいぼ》。ロシアの女神《めがみ》
ツンドラ……オオカミ
アレクシア（レクシー）……キツネ
ユーフェミア……フクロウ
エンパイア（エンピー）……ペンギン
（以上四名）ホリーの友だち
ヘリカーン……地底に追放された魔法使《まほうつか》い

ニューヨークの住民

ジェレミー……公園で暮《く》らす孤児《こじ》の少年
クライナーさん……おもちゃ屋の雇《やと》われ店長
キャロルさん……おもちゃ屋のオーナー
ハートマンさん……お金持ちの紳士《しんし》

プロローグ

一八七八年　ニューヨーク

そこはかつて大きなお屋敷《やしき》だったが、今はちがう。ピンクやブルーのサテンのドレスに身を包んだ貴婦人《きふじん》たちが、口ひげをたくわえた紳士《しんし》らの腕《うで》に支《ささ》えられてくるくるまわっていた舞踏場《ぶとうじょう》はなくなり、そこに三つのアパートができていた。部屋《へや》は仕切られ、またさらに仕切られて、いつしかお屋敷全体は、子どもたちであふれかえる小部屋だらけになっていた。子どもたちはおなかいっぱい食べることがなく、母親たちは生活費を切りつめながらやりくりし、父親たちは日が昇《のぼ》る前に仕事に出かけ、夜おそくなってから帰ってきた。

十歳《さい》のクリストファーは、最上階に近いアパートの小部屋でひとり、両手に持ったなめらかな木片《もくへん》に心をうばわれていた。その目は、木片の中に身をひそめる動物に注がれていた。しっかりした手つきで、正確《せいかく》にその動物の姿《すがた》を彫《ほ》りだしていく。建物の外はしだいに暗くなり、冷たい雨がふりだしていた。建物の中では赤《あか》ん坊《ぼう》の泣き声が聞こえ、うすいスープのすっぱいにおいがうすい壁《かべ》のむこうからただよってくる。物づくりの魅力《みりょく》にのめりこんでいたクリストファーは、そのどれにも気づかなかった。とがった翼《つばさ》の先とおかしな三角の足が見えてきた。ナイフを弧《こ》を描《えが》くように引くと、細長いくちばしがあらわれた。いすに深く腰《こし》かけて、クリストファーは自分の作品を見つめ、笑った。こんなにへんてこな鳥は見たことがない。

そのとき、居間《いま》のドアが開いて、クリストファーの母親が静かに入ってきた。寒さで背中《せなか》を丸めてはいたものの、顔には美しかった若《わか》いころの面影《おもかげ》が残っていた。とくに大きな灰色《はいいろ》の目に。コートがわりに巻《ま》いていた肩《かた》かけをはずして、彫刻《ちょうこく》に熱中している息子《むすこ》の顔をちらっと見ると、まるでおまじないのように息子の頭にしばし手をのせた。それから、夕食を作りに、台所と呼《よ》んでいる暗いすみへと急いだ。と、いすのそばにぎごちない文字で書かれた手紙と封筒《ふうとう》が置いてあるのが目に入った。見慣《みな》れたクリストファーのへたくそな字にほほえみながら、母親はかがんで手紙を取りあげ、読みはじめた。

クリストファーは、鳥に目を向けたまま話しだした。「母さん、今日スタイブスさんちでね……」母親の顔に涙《なみだ》が光っているのを見て、クリストファーはことばを切った。「どうしたの？」心配そうにたずねる。「なにかあったの？」

母親は首をふった。「あなたの手紙よ。読んでいたら泣けてしまって。でも、悲しい涙じゃないわよ」息子はうたがわしそうに母親を見た。

「手紙？　だって、子どもはみんなクリスマスにはサンタ・クロースに手紙を書くって、母さんいったじゃない？」クリストファーはきいた。「それなのにどうして泣くの？」

母親は床《ゆか》にひざをついて、息子の目を探《さぐ》るように見た。「この部屋《へや》になにがあるかいってごらん」

クリストファーは居間《いま》を見まわした。「木のテーブル、母さんのいす、きれいなガラスのランプ、ぼくの本。本がたくさんだ」クリストファーはにっこりした。「それに、母さん」そういうと母親の腕《うで》にもたれた。

「それでじゅうぶんだっていうの？」母親は小声できいた。

クリストファーは、まだわからないといったように母親を見た。「じゅうぶん？　どういうこと？」クリストファーはゆっくりと答えた。「ここはうちだよ。母さんがいるところだ。それでじゅうぶんすぎるじゃないか」

それには答えず、母親は息子《むすこ》をぎゅっと抱《だ》きしめて、長いことじっとしていた。それから立ちあがって、手紙をていねいにたたんで封筒《ふうとう》に入れ、息子のポケットにすべりこませた。「パン屋のブローダーの奥《おく》さんがね、お勘定《かんじょう》をもう一週間のばしてくださるというの」それからちゃめっけたっぷりにいった。「馬車に乗って、パンをひとつもらってきてくれないかしら？　それとも執事《しつじ》を行かせましょうか？」

クリストファーは、しかめっつらをして考えるふりをした。「馬たちは太りぎみで動こうとしないよ、母さん。執事も同じ。まったく、ひどいなまけ者だ。だから、ぼくが歩いて行くことにする」

「じゃあ、マフラーはどこ？」息子の腕をつかんで、母親はいった。「ものすごく寒いわよ」楽しそうな声を出してはいたが、目は笑っていなかった。

クリストファーは毛糸のマフラーを首に巻《ま》いた。「だいじょうぶだよ。とってもあったかいマフラーだから。もし寒かったら、頭から巻《ま》くようにするよ」母親の顔を見ながら、クリストファーはいった。「約束する」

「手紙を出すのを忘《わす》れないようにね」母親が声をかけると、玄関《げんかん》のドアが閉《し》まった。


クリストファーは玄関の外に立つと、寒さに身をちぢめた。勇気を出そうと、いつものようにコートのポケットに手を入れ、父親の時計にふれた。もう一年も針《はり》が止まったままだけど関係ない。父親が死んですぐに時計は止まり、その後も修理《しゅうり》するお金がないのだ。父さんなら直せたはずだ。複雑《ふくざつ》な機械をいじるのが得意だったから。クリストファーは宙《ちゅう》を見つめ、父親がこわれた小さなおもちゃの上にかがみこんでいる姿《すがた》を思い出していた。クリストファーは、時計をしっかりとにぎりしめた。このままでいいのだ。

それにしても寒い。暗い歩道を、風に向かって歩いていく。寒さをおそれていたら、なおさら寒いだけだ。寒いそぶりなんか見せちゃいけない。壁《かべ》ぎわにちぢこまっているより、元気よく踏《ふ》みだしたほうがいい——。

そう思ったにもかかわらず、クリストファーはふと立ちどまった。

あれ、寒くない。

あたりを見わたすと、人々は凍《こご》えそうなようすで、クリストファーを押《お》しのけていく。でもクリストファーは寒くなかった。ガス灯がかがやくバワリー街《がい》に目を向け、真っ暗な二番街を見つめる。もうとっくに足の感覚がなくなっているころなのに。心地《ここち》よさにひたりながら、クリストファーはポストへ歩いていき、手紙を入れた。一瞬《いっしゅん》、すべてが静まりかえったかと思うと、とつぜん、金色の大きな波がクリストファーの体に押《お》しよせ、なめらかなあたたかい液体《えきたい》が、頭のてっぺんから足の先までかけめぐった。その流れはどこからきて、どこへ行くのかわからない。ぬかるんだ道の暗やみにたたずみながら、クリストファーは今、なにかとてつもないことが自分の身に起こったのだと感じた。

第一章

不死《ふし》の国〈とこしえ〉では、初雪のふりはじめのひとひらはいつも銀色だ。ファーザー・クリスマスは、それが天からちらちらと舞《ま》いおりてくるのをながめていた。雪はかすかに光りながら、宮殿《きゅうでん》につづく大きな水晶《すいしょう》の階段《かいだん》にそっと落ちた。それから雪はもっとふりだした。最初は少しだけだったが、やがて何千、何万という雪片《せっぺん》が、くるくるとレースのように舞いおりてきた。まもなく、階段もテラスも、そのむこうの広大な庭も、雪のマントに包まれた。ゆったりと立って池にその姿《すがた》を映《うつ》していた石のニンフ(注1)たちは、優雅《ゆうが》に腕《うで》をのばして、てのひらでふわふわの雪を受けとめた。時計台のてっぺんでは、青銅《せいどう》の馬たちが鼻先をふれあわせていななき、たてがみから雪をふりおとした。いつもはいかめしく背《せ》すじをのばして立っている大通りの木々も、思わず体をゆらし、白い空気に枝《えだ》をざわめかせた。

ファーザー・クリスマス(本名《ほんみょう》ニコラス・クロース、サンタ・クロースとして有名)は、いきおいよく窓《まど》を開け、陽気な声を上げた。まるで初めて見たかのように、毎年そうするのだ。広い範囲《はんい》をとつぜん、かがやくばかりの光でうめつくす雪が、毎年クリスマスシーズンのはじまりを告げる。そう、今年もその時が来たのだ！　ニコラスは窓《まど》から身をのりだして、てのひらいっぱいに雪を受けとめ、くるくるまわって部屋《へや》じゅうにそれをまきちらした。

「えへん！」悲しそうな顔をしたゴブリン（注2）が、しみひとつない上着から雪をはらいおとした。

「おお、メルキオールよ！　すまん、すまん！」ニコラスはうれしそうに声をかけた。「初雪だ、メルキオール、初雪だよ！　それがどういう意味かわかるかね？」ニコラスに背中《せなか》をたたかれ、ゴブリンはびくっとした。「つまりクリスマスシーズンがはじまったということだ！

「つまり」メルキオールはかしこまっていった。「たくさんの手紙を読まなければならず、贈り物《おくもの》のリストを作らねばならず、そして……」

「手紙？　もう着いているのか？　ああ、メルキオールよ、手紙はほんとうに楽しみだなあ」ニコラスの顔がやわらいだ。「手紙こそが魔法《まほう》のはじまりだ。そうであろう？　信じる、ということだ。目に見えないもの、手でさわれないもの、耳で聞こえないものを信じて、手紙を書いてくれるのだ。たとえ短い時間であっても、自分のいるところをはなれ、家や食べ物や身のまわりの美しい品物のことなど忘《わす》れておるのだよ。そう思わんかね？」ニコラスはゴブリンのほうを向いていった。

「さあ、それはどうですか」メルキオールは悲しそうにいった。「竜《りゅう》たちが百八十キロもの手紙を運んできまして、書斎《しょさい》じゅうにあふれております」

（注1）海、川、森、山などの精霊《せいれい》。美しい乙女《おとめ》の姿をしている。
（注2）みにくい小人の姿をしたふきげんな妖精《ようせい》。

「メルキオール！」ニコラスは叫《さけ》んで、その血色のいい顔を、ゴブリンの青ざめた顔の前につきだした。

「は、はい、陛下《へいか》」

「元気を出せ！」

「そうおっしゃいますなら、そういたします」メルキオールは悲しそうにそういって、足をひきずりながら部屋《へや》をあとにした。

「まったく、ゴブリンときたら。あいつらをどうしたものかな？」ニコラスはつぶやいた。「一日じゅう部屋のすみで泣いておる。もちろん」ニコラスは明るい顔でつづけた。「ゴブリンなくしてはなにもできん。思いやりがあって、しっかりしていて、有能《ゆうのう》な生き物だ。魔法《まほう》を悪いことに使ったためしもない。森の中では役に立つし、きちょうめんだ。だが、暗くてなあ。ひとりの例外もなく暗いのだ」

ニコラスは厚手《あつで》のビロードの部屋着を腕《うで》にかけ、長い廊下《ろうか》を歩いて書斎《しょさい》に向かった。廊下の片側《かたがわ》には窓《まど》がならび、吹《ふ》き荒《あ》れる雪を見せてくれる。もう片側は鏡になっていて、同じ景色を映《うつ》しだすはずだった。ところが、ブーケーンの十二人姉妹が、いつものようにいたずらをして、おもしろがって鏡を銀色の海に変えていた。ニコラスは気にしない。ブーケーン姉妹が大好きだったからだ。ゴブリンとちがって、妖精《ようせい》たちはだらしがなく、家事をまかせるなどもってのほかだ。しかし、小さなピンク色の羽で飛びまわり、花の蜜《みつ》と果汁《かじゅう》をまぜておいしいジュースを作ってくれる。といっても、同じジュースをもう一度作ることはできないのだが。ニコラスは先を急いだ。

メルキオールのいったとおり、書斎《しょさい》は手紙であふれていた。手紙は、ふかふかの絨毯《じゅうたん》の上に散らばり、どっしりとした机《つくえ》の上に高々と積みあげられ、本だなの中に押《お》しこまれ、やわらかないすの上に山となっている。上質《じょうしつ》なクリーム色の封筒《ふうとう》に入った美しい手紙もあれば、広告の切《き》れ端《はし》になぐり書きしてあるのもあった。ラップランドやラパス、アンカラやアーヘン、コペンハーゲンやクーパーズタウンからの手紙があった。カリフォルニアからのとりわけ汚《よご》れた束があれば、エジンバラの大家族からの二百ページにもおよぶ手紙もあった。

ニコラスは満足げに吐息《といき》をもらした。準備《じゅんび》は整《ととの》っていた。暖炉《だんろ》では火がいきおいよくパチパチと燃《も》え、ふわふわのクッションがお気に入りのいすでさそっている。ニコラスはいすに深く腰《こし》かけた。だれかが気をきかせてインクつぼを満たし、すぐ手のとどくところに大きな巻紙《まきがみ》を用意しておいてくれた。腕《うで》をのばし、いちばん近くの山から適当《てきとう》に手紙をぬきとる。封筒の文字はきちんとしていて、まったくかざり気がない。封を切ると、小さな子どもからのたどたどしい手紙が入っていた。

「サータさんへ。クラレンスはおーまさんをもってます。ぼくもいっぴきほしいです。マイルズより」ニコラスはにっこり笑いながら、巻紙にメモを取った。

「クロース様。わたしは元気です。あなたもお元気でありますように。ママはサンタ・クロースはいるというのですが、ステラはいないというんです。ステラはためしに星をひとつお願いしてみなさいよ、というけれど、それはよくないと思います。だって、どんなにわたしがいい子にしていても、それにどんなに小さい星でも、ひとりじめするわけにはいかないからです。わたしは自転車がほしいです。自転車をもらえるほどいい子じゃなかったなら、お人形をもうひとつほしいです。メアリーブルーというお人形を持っていましたが、今年の夏におぼれてしまいました。でもちゃんとお葬式《そうしき》をしてあげて、ほんとに涙《なみだ》を流しました。ステラは、自分でお人形を井戸《いど》に投げいれたのに、サンタ・クロースが新しいのをくれるわけない、といいましたが、わたしはそんなことしてません。落っこちてしまったんです。今後もますますのご健康《けんこう》とご発展《はってん》をお祈《いの》りします。敬具《けいぐ》　モリー　ステラはそんなふうに手紙をおしまいにするものじゃないといいますが、ちゃんと本に書いてありました。もしまちがってたら、消してください」ニコラスはおなかをかかえて笑い、巻紙《まきがみ》のほうを向いた。

「そりゃあ、モリーはお人形を井戸に投げいれたんですよ、陛下《へいか》」部屋《へや》のすみから落ち着いた声がした。

ニコラスが声のするほうを見ると、真っ白なオオカミがふかふかのやわらかな絨毯《じゅうたん》の上に、まるで眠《ねむ》っているかのように横になっていた。「そりゃ、そうだろうよ。頭をひっぱたいて、投げすてたんだからな」

「それからお葬式ですけど、あの子は近所の子どもたちを呼《よ》んで、お金をはらわせたんです」

ニコラスはおおいに笑った。「ほんとうかね？　わしのかわいいモリーめ！　やるじゃないか」

ニコラスはしばし考えた。「しかし、どうやらステラは失ったようだな、テラ」

「ええ、陛下」オオカミは静かにいった。子どもたちが信じなくなってしまうと、いつもニコラスは傷《きず》つく。

「だがモリーはまだまだ味方だ」ニコラスは明るくいった。「もしかすると、永遠《えいえん》に信じていてくれるかもしれんぞ」ニコラスは次の手紙に手をのばしたが、心はまだモリーのことをひきずっていた。あの子が手紙をくれなくなったら、どんなに悲しいだろう。いやちがう、とニコラスは自分自身をしかった。あの子の人生がこれからどんなふうに展開《てんかい》していくのか、見つづける楽しみがあるではないか。それに、そうでなくちゃいけない。

彫刻《ちょうこく》をほどこされた時計が、チクタクと午後の時をきざんだ。雪がくるくるまわって、羽毛のように窓《まど》にぶつかってくる。暖炉《だんろ》の火はパチパチとはじけた。テラもとうとう眠《ねむ》りこみ、気持ちよさそうにため息をついた。いすに身を沈《しず》めたニコラスは、次から次へと手紙を読んだ。多くににっこりし、ときには声を上げて笑った。どれもがかけがえのないものだった。ニコラスの知っている大好きな子どもたちの暮《く》らしぶりが書かれていたからである。

コスティヤは、みんなにやさしくできるよう、新しい虫取り網《あみ》があるといいと書いていた。アストリッドは、絵の具セットさえあれば、ぜったいいい子になると。サンティアゴは、ネコをいじめてしまったけど、反省《はんせい》しています、だからおもちゃの兵隊《へいたい》をくださいと。エレナとコンセッタは、きっと海賊《かいぞく》になりますから、海賊についての本をくださいと。サイラスはすぐにでも西部開拓《かいたく》に行こうと計画しているので、小さな荷馬車がほしいと。願いごとはえんえんとつづき、たくさんの子どもたちが、それぞれの可能性《かのうせい》と夢《ゆめ》に向かって生きているのがわかった。

ドアが開き、二つの明るいブルーの目がのぞきこんだ。「お茶はいかが?」

ニコラスは目を上げ、大喜びで仕事の手を止めた。「ヴィヴィアナじゃないか!　ああ、もちろんだとも、お茶をおくれ!　さあ、入ってきてすわれ!」ニコラスは腕《うで》をふって、どこでも好きなところにすわるよう示《しめ》したが、すべて手紙でうまっているのに気がついた。「今、どこか見つけよう！　とにかくお入り！」

ヴィヴィアナは机《つくえ》のそばをかたづけて、すわる場所を作った。山積みの手紙を手ぎわよく「通信」と書かれたかごにざざーっと入れたのち、紅茶《こうちゃ》とサンドイッチののったお盆《ぼん》を机の上に置いて、ふたつのカップに湯気《ゆげ》の立つ紅茶を注《そそ》いだ。いすに浅く腰《こし》かけながら、ヴィヴィアナはだまって手紙の散乱《さんらん》した書斎《しょさい》を見わたした。とび色の髪《かみ》をまとめたおだんごからピンを一本ぬきとって、またしっかりとさしなおす。それから立ちあがった。「少し整頓《せいとん》してみようかしら」

これはいつものことだ。毎年、ヴィヴィアナは書斎にやってきて、雑然《ざつぜん》とした部屋《へや》をかたづけてくれる。そのあいだニコラスは、よけいなおせっかいだという顔をして、ヴィヴィアナが部屋の中をせわしなく動きまわっていても、気づかないふりをした。ニコラスが手紙の上にかがみこみ、熱心に読んでいるそばで、ヴィヴィアナは封筒《ふうとう》を集め、思いもよらないすみから手紙を拾い、ぐしゃぐしゃの山をきちんと積みなおした。

竜《りゅう》たちはただ部屋に荷物を投げこんだにちがいないわ、とソファの下から手紙の束をひっぱりだしながらヴィヴィアナは思った。初雪がふると、いつも竜たちははしゃぎすぎるのだ。ヴィヴィアナは部屋を見まわした。額縁《がくぶち》の上からも、ぼろぼろの封筒《ふうとう》を見つけだした。使い古した丸いすをひっぱってくると、ヴィヴィアナはそれに乗って手紙を取った。消印《けしいん》を見るとサラエボからだった。それからあの時計の上にのってるのはなに？　なんてことでしょう。びしょびしょにぬれた手紙だわ。かわいそうにこの子は雨の中、手紙を書いたのね。カーペットの下も見てみましょう。去年のものが残っていないといいけれど――。

と、とつぜんしわがれ声が聞こえてきて、ヴィヴィアナの考えがとぎれた。おどろいて目を上げると、何世紀も前に人間だったころ以来、見たことのないものが目にとびこんできた。夫《おっと》の涙《なみだ》だ。両手にうすい紙をにぎりしめたニコラスのほほには、涙がはらはらと伝っていた。ヴィヴィアナがそっと両腕《りょううで》をニコラスの肩《かた》にまわすと、ニコラスは静かにその手紙をさしだした。

「サンタ・クロース様」そう書きだされていた。「ぼくが一度も手紙を書いたことがないのは知っているると思います。クリスマスにほしいものや必要なものなんて、なにも思いつかないからです。でも、今年はちがうことを考えてみました。クリスマスになにがほしいですか、サンタさん？　いつも子どもたちの願いをかなえてばかりですが、サンタさんがほしいものはないのですか？　世界じゅうでただひとつこれだけはほしいけれど、持っていないものってありませんか？　もしお返事をくれたら、サンタさんの願いをかなえるために、できるかぎりのことをします。クリストファー・Cより」

「まあ」ヴィヴィアナはそっといった。「まあ」

「今まで……」ニコラスはせきばらいをした。「今までひとりだって、わしになにがほしいかなんてきいた子どもはいなかった」

「この子はきっと特別な子なんだわ」ヴィヴィアナはいった。それからやさしく「願いごとはあるの？」ときいた。

「わしか？」ニコラスはこまったようにヴィヴィアナを見た。「わしか？」

「そう、あなたよ。子どもたちに夢《ゆめ》を与《あた》えるあなたよ。あなた自身の夢を思い出すことはある？」

「ときどき」ニコラスはゆっくりといった。思いは失われた時へとさかのぼっていった。

「子どもがほしいという夢？」ヴィヴィアナはささやいた。

「子ども？」ニコラスはだまりこんでしまった。それこそ世界じゅうでただひとつほしいけれど、持っていないものではなかったか？　おまえの望むものではなかったか？　そうだ、そうとも！　太陽から金色の大波が押《お》しよせるように、願いがニコラスの上ではじけて光のシャワーとなってふりそそいだ。子ども。ニコラスは子どもがほしかったのだ。子どもがいれば、ふたりの人生は完璧《かんぺき》なものとなる。ニコラスとヴィヴィアナのあいだに流れる愛を分かちあえる。

ニコラスは妻《つま》が持っている手紙をおどろきの目で見つめた。どうして今まで気づかなかったんだろう？　どこかの子どもがつたない字で書いた、うすっぺらな手紙がすべてを変える力を持っていたとは、ただただびっくりするほかはなかった。ニコラスはヴィヴィアナと指をからませながら、居心地《いごこち》のよい部屋《へや》のむこうの、雪におおわれた世界に目をやった。この手紙が不死の国を永遠《えいえん》に変えるのだ、と思いながら。

第二章

不死の国ってどこにあるの？　とあなたは思うかもしれない。いや、立ちあがる必要はない。なぜなら地図帳をめくっても、地球儀をまわしてものっていないからだ。ごくわずかではあるが、この国がのっている地図があることはある。一四五九年にアムステルダムにあったし、一六二二年にマドリードにもあった。しかし、のっているとうわさされるや、その地図は姿《すがた》を消してしまうようなのだ。その地図を見たことがあると公言した者がかつてひとりだけいた。ヘルヴィティウス・アーストというその男のおかげで、クリスマスの大いなる伝説が生まれたのだ。

一七九二年三月の寒い日がそもそものはじまりだった。ヘルヴィティウスが七歳《さい》のときだ。近所で本屋を営《いとな》んでいる老人が、ヘルヴィティウスを店の中に呼《よ》んだ。老人はおおげさにも入り口に鍵《かぎ》をかけ、カーテンを閉《し》めて、このことはだれにも秘密《ひみつ》だと念を押《お》した。それから大きなタンスを開けると、光を発している一枚の紙をひっぱりだした。ヘルヴィティウスが後に思い出したところによると、広大な氷原《ひょうげん》が描《えが》かれていたという。凍《こお》った海が、雪におおわれた大地と、そびえたつ氷山をとりまいていた。けれども、その白い風景の真ん中に、燦然《さんぜん》とかがやく緑色の丸い部分があって、そこには〈テラ・イモルタリウム〉、つまり不死の国と記されていたのだった。ヘルヴィティウスはいろいろと質問《しつもん》をしたが、老人は地図を見せてしまったことを後悔《こうかい》しているかのように、さっと地図をかくしてしまった。何日かたつと、老人は姿《すがた》を消した。うわさによるとトロル(注1)に連れ去られたということだ。次にヘルヴィティウスが店に行ったときには、建物のレンガひとつにいたるまで、消えてなくなっていたという。

ヘルヴィティウス・アーストは、それからの十八年間を、不死の国探《さが》しに費やした。もっともらしいうわさが、たくさん飛びこんできた。ヒマラヤ山脈の中にあるとか、シベリアの大草原にあるとか、カスピ海の底に沈《しず》んでいるとか、フェロー諸島《しょとう》の最北にある岩山に、百年に一度かかる橋の先端《せんたん》にあるとか。さんざん調べたすえ、ヘルヴィティウスはついに北極圏《ほっきょくけん》に足を踏《ふ》みいれ、真っ白な世界にいつか緑の細い光が見えてくるのを期待しながら、何百キロも氷の中をつき進んでいった。進みつづけるうちに、まだ若《わか》いはずのヘルヴィティウス・アーストは、六十歳《さい》にも見えるくらいくたびれてきた。くる日もくる日もギラギラと雪面から照りかえす日の光を受けて、ヘルヴィティウスの目はほとんど見えなくなっていた。持ってきた食糧《しょくりょう》は底をついて飢《う》えに苦しみ、きびしい寒さのために足の感覚がなくなり、歩くことさえできなくなった。

どこまでもつづく広大な雪原を、何週間も苦しみながら進んでいくと、とうとう遠くに紫《むらさき》色《いろ》に光る山が見えた。頭がおかしくなってしまったのかと思ったヘルヴィティウスは、雪につっぷして

(注1) 地下やほら穴《あな》に住む巨人《きょじん》のような怪物《かいぶつ》。

泣きだした。気がふれたまま、こうしてさまよいつづけ、いずれ飢え死にするか凍死《とうし》するかの運命だ。泣きはらした目を両手でおおい、さらにはげしく泣いたので、氷の上をそりがすべってくる音も、トナカイの手綱《たづな》についている銀の鈴《すず》がかすかに鳴る音も、耳に入らなかった。やさしくかん高い声がそばで聞こえてくるまで、なにも気づかずにいた。

「だからいったでしょう、人間ですよ」

「おまえのいったとおりだな、ツンドラ。なぜうたがったりしたんだろう」豊《ゆた》かな深い声が答えた。この声を聞くと、寒さが少しやわらぐ気がした。「かわいそうに、見てみろ。この人を助けなくちゃならんな。起きられるかね？」

ヘルヴィティウスはびっくりしながらも、あおむけになった。ヘルヴィティウスのことを心配そうに見つめていたのは、黒い髪《かみ》と豊かなあごひげをたくわえた男だった。さらにおどろいたことに、大きな白いオオカミもいっしょだ。

「どなたですか？」ヘルヴィティウスはしわがれ声できいた。

男はなにげないようすで、丈《たけ》の長いビロードのマントを片腕《かたうで》にかけた。「おまえにも同じことをききたいが、先にたずねられたので、わしから答えよう。わしの名前はニコラス・クロースといって、〈とこしえ〉という国の王だ。これは……」男はオオカミのほうをもったいぶって指し示《しめ》すといった。「ツンドラといって、わしの護衛《ごえい》であり、助言者であり、友だちだ」

「ありがとうございます、陛下《へいか》」オオカミが小声でいった。

「さて、若者《わかもの》よ、どうやってここへ来たのか、話してもらおうか」

ヘルヴィティウスはなぜか、体じゅうにあたたかいものが広がるのを感じた。おなかから、いやもしかしたら心臓《しんぞう》から発しているのか、とにかくそのあたたかさがありがたかった。ヘルヴィティウスは起きあがった。「わたしの名前はヘルヴィティウス・アーストです。何カ月も前——だと思うのですが、不死の国と呼《よ》ばれるところを探《さが》して、北へやってまいりました」

ニコラス・クロースはじっと若者《わかもの》の顔を見た。「その国のことはどこで知った？」

ヘルヴィティウスはゆっくりと、本屋の老人のこと、それから光る地図のことを話した。

「デ・ルサスのことでございますね」ツンドラがそっといった。

「そうだな。デ・ルサスは秘密《ひみつ》を守れん男だ」ニコラスは答えた。

それからヘルヴィティウスのほうに向きなおると、秘密を打ち明けるようにいった。「ここから十キロばかり先に紫《むらさきいろ》色の山が見えるであろう？　あれはただの山ではなく、氷山なのだ。アメジストの鉱石《こうせき》を核《かく》にして氷がおおっている。それもひとつではなく、いくつもの氷山が連《つら》なって、わしの王国、不死の国〈とこしえ〉をとりまいているのだよ。それが地図にあった〈テラ・イモルタリウム〉だ。それぞれの氷山を、核となっている鉱石が内側から照らしている。エメラルド、ルビー、サファイヤ、金色のトパーズ、そしてやわらかなオパールの光がわしの国を包んでいる。だがこれらの山々は美しいだけではない。魔法《まほう》の力を持っているのだ。だからかぎりある命の人間がこれをこえることはできないのだよ。そこのところをわかってもらわんとな」

ニコラスは気の毒そうにヘルヴィティウスを見た。「おまえは入ることはできない。あの紫色の山まで生きてたどりつけたとしても、それ以上足を進めることはできまい。わしの王国は不死を手にした者たちだけの場所で、それ以外の者は入れんのだ。わしとて、そのおきてを変えることはできん」

「しかし」ヘルヴィティウスはすがるようなまなざしを向けた。「わたしはもうすぐ死にます。自分でもわかっています。二、三日もすれば飢《う》え死にするでしょう。それでも〈とこしえ〉には入れませんか？」

「おお、わしが説明不足であったな。不死というのは、人間としての生命が終わったというだけで与《あた》えられるものではない。もっと大切なことがある。不死とは、愛が時をこえて初めて与えられるものだ。他の者を愛する力、そして純粋《じゅんすい》な愛と善意《ぜんい》から行動する力が、死んだあとも人々の心に永《えい》遠《えん》に生きつづけたならばな。たとえば、人類の歴史に偉大《いだい》な貢献《こうけん》をしたとか、人々の夢《ゆめ》や希望をかなえてやったとか、そういう者が不死を得ることになっているのだよ」ニコラスはオオカミのほうを見た。「ツンドラ、わが民《たみ》の中で、この若者《わかもの》でも知っとる者はだれだろう？」

「ロビン・フッドなら人間界でも有名だと思いますが」

「おお、そうだ、そうだ！　ロビンはすばらしい人間だった！　ノッティンガムの人々が飢え死にしそうなときに、あの悪代官《あくだいかん》は銀の食器でキジの丸焼きをたらふく食《く》っておった。慈悲《じひ》のかけらもない男だ。そこでロビンが救いに立ちあがったのだ。木から木へと飛びまわるのもおもしろかったろうが、そうやって悪代官の財産《ざいさん》をうばいかえし、多くの富《とみ》を人々に分け与えることができたのだ。自分のためにはなにひとつ残さず、みんなくれてやった。わかるかね？　こうしてロビンは人間としての寿命《じゅみょう》が終わったときに、わしらの国へやってきたのだ」

ヘルヴィティウスはほとんど泣き叫《さけ》んでいた。「でも、わたしはロビン・フッドなんかになれっこありません！　勇士でもない。長いあいだ、夢見《ゆめみ》てきた土地を見ることはできないんだ！　ぜったいに……」

ニコラスの刺《さ》すような視線《しせん》にとらえられて、ヘルヴィティウスは口をつぐんだ。茶色の瞳《ひとみ》はやさしさを失ってはいないが、あらがいがたい力を秘《ひ》めていた。「いいかね、ヘルヴィティウス。今いったことを考えてみるがよい。そんなに簡単《かんたん》に夢をあきらめるとは、勇気を、いや愛さえをも投げすてることだぞ。人はそれぞれの魂《たましい》の中に、悲しみやおそれや苦しみを乗りこえる、慈《いつく》しみと思いやりと知恵《ちえ》を持っている。それほど不死の国に入りたいのならば、おのれの魂の声にしたがって、道を見つけたらどうだね」

きびしい目がやさしくなった。「それには、木から木へと飛びまわる必要はない。わが民の中には有名でない者も多い。助けた相手にしか、偉業《いぎょう》を知られていない者がな。それでも、不死は得られるのだ。わしがもしおまえだったら――」ニコラスは注意深くつけたした。「この旅が、ほかの者たちの役に立たないものか、いっしょうけんめい考えるがな。たとえば、地図の分野でだ」

「ええ、はい。この北極のあたりの地図なら書けると思いますが、それが人類をどう助けることになるのでしょうか？」

「最北の航路《こうろ》を探《さが》して、むだに命を落とす多くの人々を救えるぞ。たとえばの話だが」

「ああ、そうですね。なるほど」ヘルヴィティウスは明るい表情《ひょうじょう》になっていった。「そんな航路はないのに、あくまでも探そうとする人たちがいるから」

「それから欲深《よくぶか》い商人のせいで命を落とす船乗りたちも救えるぞ」ニコラスはいった。「さあ、若者《わかもの》よ。わしはもう、もどらねばならん。ツンドラ、この人のためにそりを呼《よ》んでくれんか？」

オオカミが頭を上げて、あたりにひびきわたる声で遠吠《とおぼ》えをすると、ぴりっと冷たい空気が粉々にくだけていくように感じられた。本能的《ほんのうてき》にわいた恐怖《きょうふ》が、ヘルヴィティウスの体をかけぬけた。かくそうとしても、体がふるえてしまった。

「この人間はどうしたのでしょう？」ヘルヴィティウスの手がふるえているのを見て、ツンドラはたずねた。

ニコラスは若者を見やった。「こわがっているのだよ、ツンドラ。こわいとこうなるんだ」

「へんですね」オオカミはつぶやいた。

「〈とこしえ〉に恐怖はないからな」ニコラスはヘルヴィティウスに説明した。「おお、そりが着いたぞ！　ここだ、ヴォビス！」一頭の黒馬にひかれてぐんぐん近づく白いそりに、ニコラスは手をふった。「ヴォビスが家まで送ってくれるからな」ヘルヴィティウスに手を貸《か》して立たせ、そりのほうに連れていった。

ヘルヴィティウスは、ふかふかの敷物《しきもの》が重ね置かれている気持ちよさそうな座席《ざせき》を、あこがれの目で見つめた。「でも馬が」ヘルヴィティウスはいいかえした。「かわいそうにこの馬は、いくらも行かないうちに凍《こご》えてしまうでしょう」

ニコラスはにっこりした。「心配にはおよばん。一時間ほどでうちに帰れるはずだ」ニコラスはヘルヴィティウスをそりに乗せ、寒くないように毛布《もうふ》をかけてやった。「これでいい。わしらの秘《ひ》密《みつ》を守ってくれるな。おまえはまれに見る意志《いし》の強さを持っているからな。また会えることを願っているよ」ニコラスが手をふると、黒馬は後足で立ちあがった。一瞬《いっしゅん》、馬もそりも乗客も空中で凍《こお》りついたかと思うと、次の瞬間には消えていた。あとには、凍《い》てつく空気の中に、ぽっかりと穴《あな》があいているだけだった。

「さすがに速いな、ヴォビスは」ニコラスは考え深げにいい、彫刻《ちょうこく》をほどこした自《みずか》らのそりに乗りこんだ。ツンドラがそのとなりに跳《と》び乗り、トナカイが遠い紫《むらさき》の山に向かって、優雅《ゆうが》に、そして軽やかに足を踏《ふ》みだした。

「恐怖《きょうふ》のことですが」しばらくするとツンドラが口を開いた。「人間だったころに経験《けいけん》したことがおありですか？」

「ああ、しょっちゅうさ。人間はみなそうだ。避《さ》けられないことなんだよ。恐怖にとらわれまいとがんばる者もいるが、おおかたはそのとりこになってしまう。恐怖は人々を混乱《こんらん》させ、心を乾《かわ》かし、憎《にく》みあうようにしてしまうんだ」

「なにをこわがるのですか？」

「いろいろある。飢《う》え。病《やまい》。死。恥《はじ》。相手を失望させること」

「人間界に行かれたときに、そういったことを目にされますか？」

「ああ、もちろんだとも。だから行くのだ。だからクリスマスがあるのだ。クリスマスは人々の心をやわらげ、しばしのあいだ、恐怖を忘《わす》れさせて、おたがいへの愛を高めてくれる。長老《ちょうろう》たちが〈とこしえ〉を創《つく》り、わしにその王となるようたったとき、一年に一度クリスマスの時期に、その偉大《いだい》なる門を開くよう定めた。そうすれば、新しく不死を得た者を仲間に加えてやれるばかりか、さらにわしを人間界に送ることもできる。子どもたちにおもちゃを配りながら、大人たちにも平和と善意《ぜんい》というなぐさめをとどけられる。ここにはそうしたものがふんだんにあるが、人間界には悲しいかな、不足しているのだよ」そりは氷山を通過《つうか》し、しばらくのあいだ、紫色《むらさきいろ》、すみれ色、藤《ふじ》色《いろ》、ラベンダー色の光を浴びた。

「もうひとつきいてもいいですか、陛下《へいか》」

「もちろんだ、ツンドラ」

「あの人間はどうやってここへ来たのでしょう？」

「どうやって？　ああ、そういうことか。地理というのはひじょうに複雑《ふくざつ》な問題だ、ツンドラ。人間は地理に夢中《むちゅう》だ。地図を作り、海図を作り、座標《ざひょう》を加え、測量《そくりょう》し、なんでも見つかると思っている。だが〈とこしえ〉は、地球上に人間の国々と同じようには存在《そんざい》していないだろう？」

「はい、でもあの男は地球上にいたのに……」

「なのに、この氷山を見た。実際《じっさい》にはないはずなのに。そうだな？」

「ええ、そうです」

「つまりおまえの質問《しつもん》はこうだ。あの男がここにいたのか、それともわれわれがむこうへ行ったのか？」

「そのとおりです」

「ばかげた質問だ」ニコラスは笑いながらオオカミを横目で見た。

ツンドラの耳がぴくっと動いた。沈黙《ちんもく》が流れた。「あなたのしわざですね」

「そうだ」

「なぜです？」

「あの若者《わかもの》が助けを必要としていたからだ」

「だからここに連れてきた」

「そうだ」

オオカミはため息をついた。「ああ、なんと申しあげたら——それほどまでに人間を愛していらっしゃることはわかります。でも、その——あまりに寛大《かんだい》すぎるのではないでしょうか。これでまた、われわれの国のことを知る者が増《ふ》えてしまいました。きっとさっきの男はほかの人たちにいうでしょう。デ・ルサスも、錬金術師《れんきんじゅつし》のマイリアスも、そうだったではありませんか。われわれの秘《ひ》密《みつ》をもらしたんですよ」

ニコラスは空を見つめた。「秘密とは、打ち明けて初めて価値《かち》が出るものだ」と静かにいった。「もしあの男がいえば——わしはいわんと思うが——世界に希望をもたらすだけのこと。それこそわしの望むところだ。それに、あの男はわしにヒントをくれた」

「なんのヒントですか？」

「わしが姿《すがた》をあらわす方法についてのだよ。人間たちはきっと満足するだろう」ニコラスはクックッと笑いだした。「北極圏《ほっきょくけん》に小さな別荘《べっそう》を建てよう。そうだな、北極点の真上がいい。そしておもちゃの工場を作るのだ。わしはクリスマスイヴに子どもたちにおもちゃを配る、親切な年老《としお》いた聖《せい》人《じん》、つまりサンタ・クロースになる。どのみちおもちゃは配っているが、こうしておけば〈とこしえ〉や不死の者たちについて、へんな憶測《おくそく》やうたがいはもたれないだろう」

「どうやって全世界の子どもたちに足りるほどのおもちゃを作れるのか、ふしぎがられますよ」

「それはもう考えてある。ゴブリンたちに小さな服を着せて――赤い服がいいな――おもちゃ作りの職人《しょくにん》にするのだ」

「ゴブリンたちがいやがりますよ。赤い服を着たメルキオールだなんて」

「それじゃあ、エルフ(注2)たちにするか」ニコラスは楽しそうにいった。

「エルフはもっといやがります」

「わかっておる、わかっておる」ニコラスはいって、笑った。

「それで、このことをだれに知らせるおつもりですか？」

「ツンドラ、そこがいちばん頭を使ったところだ！　いろいろな国から詩人を選びだし、極秘《ごくひ》だといって、ひとりひとりこっそりと工場に招待《しょうたい》するのだ。ぜったいに秘密《ひみつ》は守るようにいってな。詩人たちはやってきて、エルフたちが働いている姿《すがた》を見る。赤い服を着たわしの姿も見るだろうな。そうして家にもどり、うわさを広めるのだ！　詩人といえば、おしゃべり好きだからな」

「クリスマスイヴのことはどう説明します？」

「一晩《ばん》で地球を一周することかね？　ほんとうのことをいうよ」

「ぜったい信じないと思いますよ」

「いや、だいじょうぶだ、ツンドラ。人間たちは、魔法《まほう》のそりとトナカイを待ちかねているのだよ。

おまえが思う以上にな」

こうしてずっと昔、サンタ・クロースのお話ができた。ニコラスの北極点《ほっきょくてん》の工場は、大成功だった。ぶつぶつ文句《もんく》をいいながらもゴブリンたちは赤い服を着て、青い顔にほほ紅《べに》をぬった。ゴブリンたちが、山のようなおもちゃをテーブルにならべ、人形や木馬をトンカチやっているあいだに、ニコラスは熱心な詩人たちを、笑顔《えがお》とたっぷりのごちそうでもてなした。詩人たちは、食べ物をのみこんではうなずき、くちゃくちゃかんではメモを取っていた。何カ月かのち、どういうわけかいっせいに、サンタ・クロースの本がたくさん姿《すがた》をあらわした。そのどれもが、サンタとは赤い服を着てまるまる太った陽気な老人で、北極点の工場に住んでおり、そこではたくさんのエルフたちがよい子のためにおもちゃを作っている、と書いていた。

これらの本を読んで、ニコラスは喜び、ヘルヴィティウス・アーストが運命の地図を目にした日に感謝《かんしゃ》した。これで不死の国は永遠《えいえん》に守られた、と思ったのだ。

(注2) 森、ほら穴《あな》などに住み、人にいたずらをするといわれる妖精《ようせい》。

第三章

ニコラスは何カ月も前に受け取った手紙を、奇跡《きせき》の手紙と思うようになった。あの手紙を書いたやさしい心と、子どもがほしいという自身の願いが出合い、まざりあって、おどろくような魔法《まほう》が生まれたからだ。宇宙《うちゅう》の長老たちは、ひとりの願いと、もうひとりの愛をごらんになって、世にもふしぎなことをなしとげられた。ニコラスとヴィヴィアナに、ついに子どもが授《さず》けられたのだ。

夏はかけあしですぎ去り、秋になった。木の葉が金色に燃《も》えだした、ある雲ひとつない日、〈とこしえ〉の水晶《すいしょう》の宮殿《きゅうでん》の前にある〈白鳥たちのテラス〉に、大勢《おおぜい》の者が静かに集まった。人魚、ナーイアス(注1)、けんか好きな水の精《せい》たちまで、水面に景色を映《うつ》す冷たい池にいっしょに入っている。ピンク色の雲となって飛びから妖精《ようせい》たちの下には、詩人、芸術家《げいじゅつか》、貴公子《きこうし》、勇者、手品師《てじなし》、ノーム(注2)、ゴブリン、ケンタウロス(注3)、ファウヌス(注4)らが、宮殿のようすをしんぼうづよくうかがっていた。そのうしろには、美しい宮殿の庭が広がり、さらにその先には、ヴェリディアン川が、ハーブや果物《くだもの》の育つ畑の中を、青緑色のヘビのようにくねくねと流れている。この平野に名前はないが、見わたすかぎりにつづき、チカッチカッと光を放っていた。空はときおりやわらかな銀色になり、空気は夕日の色に染《そ》まる。この平野のずっと地下深いところには、大昔からの魔法使《まほうつか》いたちが住むほら穴《あな》があって、魔法や薬が、このふしぎな光を作りだしているのだ。

と、とつぜん、群集《ぐんしゅう》に動きがあった。ニコラスが宮殿《きゅうでん》の階段《かいだん》に足を踏《ふ》みだすと、興奮《こうふん》したささやき声がさざ波のように広がった。「王様だぞ!」「でもあの顔を見て!」「目を見ろよ! かがやいてる!」「だからいったでしょ!」「すべてうまくいったんだ!」

すべてはこれ以上ないくらいにうまくいった。満面に笑《え》みをたたえて、ニコラスは妖精《ようせい》たちに頭を下げた。夏じゅう眠《ねむ》っていた、まだすっきりと目ざめていない竜《りゅう》たちに向かっても頭を下げた。人魚のメリサンデがいる。手をふった。ダンテが愛した女性《じょせい》ベアトリーチェもいる。また、手をふった。詩人たちが木のまわりに集まり、弱弱強格の詩の形式について論《ろん》じていた。ゴブリンたちは池のそばで、いらいらして騒《さわ》いでいる。きっと水の精が腹《はら》を立てていることだろう。アーサー王の有能《ゆうのう》な甥《おい》ガーウェインは、ケンタウロスをうしろに下がらせて、ノームたちに見えやすいようにしてやっている。ニコラスは顔を上げた。フェニックス(注5)が古いオークの木の枝《えだ》から、威厳《いげん》をもっ

(注1)川や泉《いずみ》に住む美しい少女の姿《すがた》をした水の精。
(注2)地の精、小鬼《こおに》。通例老人の姿をしており、地中の宝《たから》を守るとされている。
(注3)上半身が人間で、下半身が馬の、伝説の生き物。
(注4)森林の神。ヤギの角と足を持ち、農産物《のうさんぶつ》・家畜《かちく》の守り神としてあがめられた。
(注5)不死鳥《ふしちょう》。自《みずか》ら火に身を投じ、その灰《はい》の中から生きかえるとされる伝説の鳥。

てゆっくりとうなずいた。ロック鳥（注6）はいつものおそろしい笑みを見せた。

ニコラスは、喜びではちきれんばかりだった。両腕《りょううで》を広げて叫《さけ》んだ。「わが民よ！　今日はこの国にとってすばらしい日となった。子どもが生まれたのだ。不死の国で初めての子どもだ！　姫《ひめ》だよ、ヴィヴィアナとわしのむすめだ！」

群集《ぐんしゅう》からものすごい叫び声が上がり、ときおり興奮《こうふん》したように「だからいったじゃない！」「思ったとおりだ！」「王様の顔を見てすぐにわかったわ！」などという声がまじった。

「お名前はなんというのですか？」ナーイアスのひとりが鈴《すず》の鳴るような声でたずねた。

ニコラスはにんまりした。「クリスマスのあざやかな植物の名前をつけた。むすめの名前はホリー、つまりヒイラギだ！　あの子ほど完璧《かんぺき》なものは、宇宙《うちゅう》のどこにもない」

ゴブリンまでもが、王様の喜びように思わずほほえんだ。ブーケーン姉妹はあまりにはしゃぎすぎて、くるったようにあたりを飛びまわり、おたがいに衝突《しょうとつ》したうえ、ロック鳥にまでぶつかったので、軽蔑《けいべつ》のまなざしを返されていた。人魚たちは夢中《むちゅう》になって尾《お》ひれで水をはげしくたたいた。

詩人たちは、しばしのあいだ、弱弱強格の話題からそれて、〈とこしえ〉の新しい姫《ひめ》のために詩を作り、コンテストをしようと決めた。ユニコーン（注7）たちは、広々とした芝生《しばふ》の上で跳《は》ねまわった。

頭をうしろにそらして、ニコラスは心の底から笑った。これほどの喜びが宇宙におとずれたことは、かつてなかった。

この笑い声がそよ風に乗ってただよっていくことがあるだろうか？　雲の上でうずを巻《ま》き、ねじれて、灰色《はいいろ》の氷霧《ひょうむ》の中を旅していくだろうか？　がらんどうのほら穴《あな》で宙《ちゅう》がえりし、つるつるの絶《ぜっ》壁《ぺき》をすべりおり、ねばつくぬかるみの中をかいくぐり、鉄の要塞《ようさい》の裂《さ》け目《め》から染《し》みだすだろうか？　そうかもしれない。笑い声のように力強いものなら、岩や金属《きんぞく》をもつらぬくことができるかもしれない。それとも、不死の国の喜びの声を聞いたうすい銀色の耳は、特別するどかったのだろうか。

　ヘリカーンはぴくっと動いて、起きあがった。一匹《びき》のネズミが、ベッドのわくに銀色の首輪でつながれていた。ゆうべ、このネズミが必死で逃《に》げようとするさまをながめて、魔法使《まほうつか》いヘリカーンはおもしろがっていたのだ。ヘリカーンが首輪をぱちんと開けると、小さなネズミはてのひらにぽとんと落ちてきた。恐怖《きょうふ》でかたまったまま、横になっているネズミ。わき腹《ばら》が上下に動くのが、生きている唯一《ゆいいつ》のしるしだ。ヘリカーンはふるえているそのネズミを、長くきたない爪《つめ》でなでた。

「〈とこしえ〉で子どもが生まれたとな」ヘリカーンは、ネズミに語りかけるようにいった。「ニコラスはりっぱなパパになったそうだ。すばらしいじゃないか。愛される王であるうえに、幸せな家庭にも恵《めぐ》まれてるってわけだ。運のいい男よ」そろそろとネズミは片目《かため》を開けた。サ行の音が妙《みょう》に空気がぬけるように聞こえる以外は、ヘリカーンの声におかしなところはなかった。「お目ざめかな？」ネズミをなでる指を速めながら、ヘリカーンは甘《あま》ったるい声を出した。「ちっちゃなネズミさんは、不死の国の宮殿《きゅうでん》で幸せになれるよな？　ちっちゃなネズミさんは、ぜいたくなビロードのソファに、やわらかな羊毛の敷物《しきもの》のある、居心地《いごこち》のよいあったかな部屋《へや》が大好きだもんな？　き

（注6）なみはずれて強大な鳥。ひなを育てるために象《ぞう》をえさにしたという。
（注7）一角獣《いっかくじゅう》。額《ひたい》の中央《ちゅうおう》にねじれた長い角を持つ、馬に似《に》た伝説上の動物。

っと家庭を大切にするニコラスと、美しいヴィヴィアナと、赤《あか》ん坊《ぼう》の姫君《ひめぎみ》が、おまえにおいしいパンくずを落としてくれるだろうよ。そうしたら、ちっちゃなネズミさんは、ほかのばかどもたちといっしょに、愛する王のために陽気な歌を歌うんだろうな？　ああ、そうさ。ちっちゃなネズミさんは〈とこしえ〉で幸せに暮《く》らすんだよな？」

ヘリカーンはそこでだまりこんだが、ネズミをなでる指は止めなかった。そしてとつぜん、むこうの壁《かべ》めがけて、力いっぱいネズミを投げつけた。キーッという声と、ポサッと落ちる音が、ヘリカーンを満足させたようだ。ヘリカーンはベッドのわきから身を乗りだし、ネズミの死体にむらがるゴキブリたちを見つめた。その目は虫の大群《たいぐん》に注がれていたものの、思いはほかのところにあった。

「赤ん坊の姫君か」ヘリカーンは考えにふけった。「ホリーね。実にめでたいことだ。それこそわれわれの領土《りょうど》に足りないことだ」そして声を少し大きくしてつけくわえた。「祝《いわ》いごとだよ。そうは思わんかね、ベイシュレグ？」

「はい、ご主人様」ぶよぶよした黄ばんだ頭が、部屋《へや》に入ってきた。それは大きくて、八歳《さい》の子どもくらいの背《せ》たけがあり、目はピンク色の穴《あな》がぽっかりとふたつあいているだけ、口はくちびるのない裂《さ》け目《め》だけだった。ゴムのような二本の腕《うで》が、たるんだ首のしわのあいだから下がっている。使い道がないように見えるが、ベイシュレグはこの腕を前に進むのに使っていた。足がなかったからだ。「祝いごとが足りません」ベイシュレグはにやっと笑って、くりかえした。

ヘリカーンも笑いかえすと、銀色の肌《はだ》が引きつれてほほ骨《ぼね》が浮《う》きだした。「親切なサンタさんは、おれにだってちょっとぐらいお楽しみを分けてくれるよな？　みんなに幸せをとどけるんだもんな？　昔からの親友のヘリカーン様を、洗礼式《せんれいしき》から追いはらうことはしまい。なんといっても、このおれさまも不死なんだからな」ヘリカーンはケタケタと笑った。

「不死でございます、ご主人様」

ヘリカーンは鏡を取りあげ、自分の姿《すがた》をじっと見た。「この百年で歳《とし》をとったわい。パーティーのために身なりを整えんとな」そのことばが口から出るが早いか、銀色の肌《はだ》のしわはつっぱってなめらかになり、細くキラリと光る目は大きく明るくなった。奇妙《きみょう》な黄色いしみのついた部屋着《へやぎ》は、ふわっと宙《ちゅう》に浮《う》いたかと思うと、優雅《ゆうが》な紫《むらさきいろ》色のビロードの上着となってもどってきた。このオディルに来た悲惨《ひさん》な日以来、しっかりと額《ひたい》に食《く》いこんでいる鉄のバンドは、はずすことができなかったが、宝石《ほうせき》や金銀細工をほどこして王冠《おうかん》のように見せることはできた。「これでよしと」ヘリカーンは満足げにつぶやいた。

「これでよろしゅうございます、ご主人様」ベイシュレグがくりかえした。

口さえ開けなければ、ヘリカーンはふつうの人間となんら変わりなく見える。だが、口の中は正体をかくせなかった。どんな魔《ま》法使《ほうつか》いも、口の中の色を変えることはできないので、舌《した》を見ればその正体は一目瞭然《いちもくりょうぜん》なのだ。悪をしりぞけ、他者を助けるために魔法を使う、もっともよい魔法使いたちの口の中は、きれいな水色だ。自由に姿を変えられる魔法使いたちは、くすんだ緑色の歯茎《はぐき》とのどのせいで見破《みやぶ》られてしまう。問題を引き起こす魔法使いたちの口は松の木の色。ヘリカーンの口は黒だった。舌は灰色《はいいろ》と黒のまだらで、歯茎はタールのように真っ黒だった。長くて黄色い歯はするどくとがっている。

ずっとこうだったわけではない。何千年も前、若《わか》きヘリカーンは星から出て、人間たちにまじって暮《く》らそうと人間界へとおりていった。そもそもヘリカーンを天に置いた宇宙《うちゅう》の長老たちは、その力と勇気と能力《のうりょく》を高く評価《ひょうか》していたので、天の家に連れもどそうとはしなかった。好きなようにさせた結果、ヘリカーンは人間たちとの生活に夢中《むちゅう》になった。全世界もヘリカーンに夢中になった。森に入れば動物たちや鳥たちが、まるで磁石《じしゃく》でひきつけられるようにあとにしたがい、街では人間たちが、ヘリカーンの知恵《ちえ》と勇敢《ゆうかん》なおこないに頭を下げた。時の経過《けいか》とともに、ヘリカーンの力はどんどん増《ま》し、ついに広大な領土《りょうど》と大勢《おおぜい》の人々を支配《しはい》する王となった。

するとヘリカーンは欲《よく》が深くなり、人々に命令して近隣諸国《きんりんしょこく》に戦争をしかけた。周囲の土地は荒《あ》れはて、勝利のあとには虐殺《ぎゃくさつ》と飢饉《ききん》がつづいた。王の命令で、兵士たちは敵《てき》を奴隷《どれい》とし、ヘリカーンの領土は、残虐《ざんぎゃく》で、弱者が貧困《ひんこん》にあえぐ国として悪名高くなってしまった。ヘリカーンはぶくぶくと太り、なまけるようになった。望みは常《つね》にかなえられ、楽しみといえば人を服従《ふくじゅう》させることだった。ふくれあがった体よりも大きなものは、みにくい自尊心《じそんしん》だった。時がたつにつれ、自分の栄《えい》誉《よ》をたたえて建てられた記念碑《きねんひ》にも宮殿《きゅうでん》にも満足しなくなった。どれひとつとして、自分の偉大《いだい》さや強さをじゅうぶんにあらわしていないように思えたのだ。金色の寝《ね》いすに横たわって、大きなおなかをふたつの金色の枕《まくら》で支《ささ》えながら、ヘリカーンは自分をたたえる建造物《けんぞうぶつ》の数々を苦々しく思い描《えが》いていた。

問題は、賞賛《しょうさん》が足りないということだ。

火のついた心にひとつの考えがふくらんだ。賞賛《しょうさん》はいずれ崇拝《すうはい》へ変わる。自分は神であると人間たちに教えなくてはならない。どっちにしてもおれは不死なんだから、神みたいなものだ。人間たちは信じやすいので、尊敬《そんけい》と恐怖《きょうふ》を吹《ふ》きこむだけでいい。たいした仕事ではない。ヘリカーンはあくびをした。というわけで、それからの日々、ヘリカーンは地下世界の穴《あな》という穴、沼《ぬま》という沼から、魔法使《まほうつか》い、魔女、錬金術師《れんきんじゅつし》らを説《と》きふせて呼《よ》びあつめた。その秘法《ひほう》や呪文《じゅもん》を教わったヘリカーンは、ついにどんな生き物にでも姿《すがた》を変え、どんな魔法もかけ、望むものをなんでも作りだすことができるようになった。神とはほど遠い存在《そんざい》だが、ヘリカーンはいまや、その師《し》たちでさえもおそれおののくほど、熟練《じゅくれん》した大魔法使いとなった。

錬金術師をちぢめ、小びんに入れてゆでたり、魔女の両手を石にして切り落としたりと、笑いながら新しい技《わざ》を試すヘリカーンは、長老たちが遠くから自分を見ているのに気づきもしなかった。そして、とうとう自分の力を試すときがきた。ヘリカーンはおふれを出して、帝国内《ていこくない》に住むすべての民に対して、いついつの何時にそれぞれ近くの神殿《しんでん》の前に集まるようにいった。さて、ちょうど指定された時刻《じこく》になると、きらめく銀色の服に身を包んだ人影《ひとかげ》が、それぞれの神殿の屋根にあらわれ、おどろきの叫《さけ》びを上げる民衆《みんしゅう》の頭上をふわふわと飛びまわった。どれもヘリカーンの分身だった。ヘリカーンは静まれと身ぶりで示《しめ》し、スピーチをはじめた。

「みなの者、喜べ。ついにわたしは神になった。宇宙《うちゅう》の長老たちが夜たずねてきて、全能《ぜんのう》の神の大役を引きうけてくれないかとわたしにたのんだのだ。ずいぶん悩《なや》んだが、引き受けることにした。そして聖《せい》なる仕事を引き受ける前に、特別にみなにこの昇格《しょうかく》を知らせに来た。いち早くわたしを拝《おが》めば、それだけ天国へ早く入れるからだ」ヘリカーンは一歩下がり、目を伏《ふ》せて、慎《つつし》み深いふりをした。

ところがおどろいたことに、民衆《みんしゅう》はすぐにしたがおうとはしなかった。反抗的《はんこうてき》な不平の声は、ヘリカーンの耳にもとどいた。「ばちあたりな！」「詐欺師《さぎし》！」「神をもおそれぬ最低なやつだ！」

ヘリカーンののどに怒《いか》りがこみあげた。「逆《さか》らう気か？」とわめいた。「神の怒りにふれるぞ！」ヘリカーンが指先を地面に向けると、細い金属《きんぞく》の棒《ぼう》が民衆のほうにいきおいよく飛んでいった。地面にふれると爆弾《ばくだん》のように爆発し、何千もの小さな破片《はへん》が飛び散って人々の目に入り、見えなくした。

すると急に、頭上を疾走《しっそう》する雲から、とてつもないどなり声が聞こえてきて、ヘリカーンの体は放りだされた。ヘリカーンは叫《さけ》びながら、地面にぱっくりと口を開けた大きな穴《あな》へと落ちていった。下へ下へとまっさかさまに落ちてゆくあいだに、長老たちが罰《ばつ》をいいわたす声がひびいた。

「ヘリカーンよ。かつてはみなに好かれた貴公子《きこうし》だったものが、残酷《ざんこく》と不安でこの世を汚《けが》し、宇宙《うちゅう》の死病《しびょう》となりはてた。心をあらためる時間があったにもかかわらず、ふたたび善《ぜん》より悪を選び、与《あた》えた力を権力欲《けんりょくよく》を満たすためにばかり使った。神どころか、破壊《はかい》の源《みなもと》だ。本来ならばすぐさま消滅《めっ》させるところだが、どうかほかの処置《しょち》を、と乞《こ》う者もいる。宇宙の調和を乱《みだ》すおまえの罪《つみ》の大きさと、おまえの卑劣《ひれつ》なおこないを招《まね》いたわれわれの責任《せきにん》の両方を考えてのことだ。そこで伝えよう、ヘリカーン。おまえはわれわれの呪《のろ》いを受け、永遠《えいえん》に自由をうばわれて囚人《しゅうじん》となるのだ。地下のマグマに抱《いだ》かれた、焦熱《しょうねつ》の要塞《ようさい》オディルへと追放する。そこの空気でも、おまえの体はじゅうぶん生きられよう。そこで自《みずか》らの邪悪《じゃあく》さゆえに、不自由を強《し》いられてすごすがよい。この宇宙《うちゅう》において、善《ぜん》を選ぶ自由を取りあげることはだれにもできぬから、オディルでも魔法《まほう》を使うことは許《ゆる》そう。といったところで、この地獄《じごく》で、おまえにしたがう者はほとんどいるまい。人間界とその先まで旅することができるとはいえ、オディルをはなれて長く生きることはできぬし、魔法を使うたびに体が弱るからな。宇宙の善良《ぜんりょう》な者たちを守るために、おまえが要塞《ようさい》をはなれるときは、はげしい嵐《あらし》を起こして、おまえがやってくる合図を送ることと定める。さらに、恐怖《きょうふ》の存在《そんざい》するところでは、おまえの力は保《たも》たれるが、愛が恐怖を打ち負かすところでは、おまえの居場所《いばしょ》はない」

ヘリカーンはどさりと地面に落ちた。ふくれあがった体が、地面に積もっているなまぬるいへどろをびしゃりと打った。うめき声を上げ、ヘリカーンはごろりと転がった。頭が猛烈《もうれつ》に痛《いた》い。「額《ひたい》に鉄のバ

「おまえは今後」こだまのようにひびく声が、引きつづきヘリカーンをとりまいた。「額に鉄のバンドを巻《ま》くことになる。今、それをおまえの頭蓋骨《ずがいこつ》につき刺《さ》しているところだ――これでよし――呪《のろ》いが解《と》かれないかぎり、このバンドがはずれることはない」

ヘリカーンはじっと横になっていた。何日も何日も、落ちたところにそのまま横になっていた。ときおり、やわらかな黄色い腕《うで》が、のどに水を流しこんでくれた。少しずつ、灰色《はいいろ》の肉の下から骨《ほね》があらわれ、その後、やせ衰《おとろ》えていくにつれて、関節が肉をつきやぶるほどに飛びだしてきた。

そしてある日、ヘリカーンの目がパチッと開いた。その目は、広く、色のない、のっぺりとした金属《きんぞく》の床《ゆか》を見ていた。ヘリカーンはまばたきをした。「呪いが解かれないかぎりだと？」

答えはなにもなかった。

「聞こえてるのはわかってるんだぞ！」ヘリカーンは少し身を起こして叫《さけ》んだ。「どうすれば呪《のろ》いが解《と》けるのか教えろ」

オディルの明かりが消え、長いため息が廊下《ろうか》にひびきわたった。「呪いを解くためには、これまでに生まれた中で、もっとも純粋《じゅんすい》でもっとも思いやりのある心を手に入れなければならない。その心は汚《けが》れを知らず、愛情《あいじょう》をもって捧《ささ》げられなければならない。それがかなえば、おまえはふたたび自由になる。これが宇宙《うちゅう》のおきてであり、変えることはできない」

ヘリカーンは寝《ね》がえりを打ち、新しい住みかの燃《も》えるようなオレンジ色の空を見あげた。そして、地上の方に向かって、にやりと笑った。「今に見てろよ」ヘリカーンは吐《は》きすてるようにいった。

第四章

メルキオールは洗礼式《せんれいしき》のことで悩《なや》んでいた。宮殿《きゅうでん》から大聖堂《だいせいどう》のあるシビルス広場まで、お妃様《きさきさま》を歩かせてもよいものだろうか？　行列の先頭にはだれが立ったらいい？　もしお妃様がお疲《つか》れにでもなったら？　お妃様がもしつまずかれて――ああ、おそろしや！――姫君《ひめぎみ》を落とされでもしたら？　不死の者たちはどこに集まればいいだろう？　みんな入りきるだろうか？　みんながもし騒《さわ》ぎすぎて――ああ、おそろしや！――姫君がむずかりでもされたら？　メルキオールは何日も眠《ねむ》れなかった。

洗礼式当日の午前三時、メルキオールともっとも信頼《しんらい》できるゴブリンの助手たちは、わら布団《ぶとん》から起きだして、仕事にかかった。メルキオールのきびしい監視《かんし》のもと、赤いビロードの絨毯《じゅうたん》が宮殿の入り口から大聖堂の階段《かいだん》まで、細心の注意をはらって敷《し》かれた。ちょっとでもしわがよったり、ちょっとでもまがったりしたら、王様たちの歩かれる道がだいなしだ、とメルキオールはゆずらなかった。熱狂《ねっきょう》した観衆《かんしゅう》が赤ちゃんに近づきすぎないように、ビロードのかざり綱《づな》も張《は》られた。ゴブリンの助手たちは、声をひそめずにしゃべる者がいたら、つまみだすようにきびしく指示《しじ》された。九時半になると、メルキオールはほっと胸《むね》をなでおろし、この特別な日のための準備《じゅんび》はすべて整った、と宣言《せんげん》した。そして助手らとともに、本番に備《そな》えて、風呂《ふろ》に入り着替《きが》えるために下がっていった。

メルキオールがいなくなると、悪いことにブーケーン姉妹が、両腕《りょううで》いっぱいに花をかかえて、シビルス広場にひらひらと飛んできた。こんな絨毯《じゅうたん》じゃつまんない、ビロードのかざり綱《づな》だってやぼったいわ、そう思った姉妹は、虹色《にじいろ》の花びらで赤い絨毯をおおうことにした。妖精《ようせい》なので、広場に面した宮殿《きゅうでん》の正面を、黄色いばらの花かざりでかざるのも、おちゃのこさいさいだった。ゼンワイラーという名のケンタウロスには、かざり綱をたおすのはあんたの仕事でしょ、といいきかせ、思いっきりぶちあたらせた。ちょうどそこに来あわせた不死の者たちは、そのようすに喝采《かっさい》を送り、ブーケーン姉妹はひざをまげて優雅《ゆうが》に会釈《えしゃく》した。

その騒《さわ》ぎのさなか、銀の笛のすんだ音色がピーッと鳴りひびき、広場がさっと静まりかえった。これはパン(注1)の笛の合図で、その意味はただひとつ、〈とこしえ〉の門、アマランス・ゲートが開くということだった。不死の国の住民たちは、胸の高まりをおぼえて見つめあった。不死の者たちの盛大《せいだい》なパレードが広場に流れこんできた。先頭は、ガイア(注2)とそのおつきの女性《じょせい》たちだ。みな地下に住む魔法使《まほうつか》いで、人間界の者たちを陰《かげ》ながら支《ささ》え、あるいはときおり邪魔《じゃま》したりもしている。それから、春の花々を散らした流れるようなガウンを身にまとっているのが、ペルセポネ(注3)とデメートル(注4)。そのあとには世のさまざまな川を守る妖精がつづき、踊《おど》ったり口笛を吹《ふ》いたりしながらシレニ（注5）が来て、最高におぎょうぎよくしたノームがあらわれた。これまたおぎょうぎよくしたレプラホーン（注6）（まわりから見れば、あまりぎょうぎよくなかったが）、ぬけ歯の妖精《ようせい》（注7）、世界一みにくい女性《じょせい》ベルヒタ（注8）が、ポーランド人貴族《きぞく》のセンディヴォギウスの腕《うで》をしっかとつかんで登場し、それから魔法《まほう》のキツネとフクロウ、今日ばかりは国の外まで手をのばさずにすみますようにと願う守護《しゅご》の魔法使いら、いかめしい顔をしたカルデア（注9）の魔女たち、暖炉《だんろ》の精、水の精ルサールキ……まだまだ何百人もつづいていた。全員が入るには、広場を大きくするしかない。そこで、羽のある者たちは空中に陣取《じんど》り、力のある者たちは、小さい者たちが見えるように持ちあげてやった。

（注1）牧神《ぼくしん》。森、原、牧羊などの神。ヤギの角と耳と足を持ち、葦笛《あしぶえ》を吹《ふ》く。
（注2）大地の女神《めがみ》。
（注3）最高神ゼウスとデメートルのむすめ。春の女神。
（注4）農業、豊饒《ほうじょう》、結婚《けっこん》、社会秩序《しゃかいちつじょ》の女神。ペルセポネの母。
（注5）森の精。
（注6）捕《つか》まえると宝《たから》のありかを教えてくれるといういたずら好きの妖精。
（注7）ぬけた乳歯《にゅうし》を枕《まくら》や絨毯《じゅうたん》の下に入れておくと、夜のあいだにお金に代えてくれるという妖精。
（注8）夜の魔女で、みにくい老婆《ろうば》の姿《すがた》をしている。
（注9）占《うらな》いなどに通じていたとされる古代の民族。

最後に、ペガサス（注10）が空にあらわれた。雪のように白いペガサスが、ゆっくりと地上にすべりおりてくると、雲の色の衣装《いしょう》を身につけた女性《じょせい》がひらりとその背《せ》からおりたった。これがロシアの女神《めがみ》ソフィアだ。ソフィアはしばらくその場に立って、広場に集まった者たちを見まわしていた。おだやかな視線《しせん》が近くにいる者たちの顔に順々に注がれた。何千年と生きてきて、ひざまでのびる長い三つ編《あ》みは銀色になっていたが、顔にはしわひとつなかった。花びらの散る絨毯《じゅうたん》の上を優雅《ゆうが》に大聖堂《だいせいどう》のサファイヤの扉《とびら》まで歩いていくと、中に消えた。

次の瞬間《しゅんかん》、赤絨毯のはずれにツンドラとテラの姿《すがた》が見えた。しわくちゃの魔法使《まほうつか》いが最初に見つけ、キーキー声で叫《さけ》んだ。「お出ましだ！」

堂々《どうどう》としたツンドラと、オオカミ独特《どくとく》の笑顔《えがお》を浮《う》かべたテラが前に進み出た。それからニコラス、ヴィヴィアナと、今日の主役、ふわふわのレースにくるまれた幼《おさな》い姫君《ひめぎみ》がやってきた。群集《ぐんしゅう》ははっと息をのんだ。

ニコラスは、家族とならんで大聖堂の階段《かいだん》まで歩きながら、群集からさしのべられる手を次々とにぎった。そして、ソフィアと同じようにサファイヤの扉のむこうに消えていった。

時が流れた。大聖堂で合唱《がっしょう》する天使たちの声が外まで聞こえてきて、群集は中のようすを思い描《えが》きながら、おたがい満足そうにうなずきをかわした。

「まあ、見て！　出ていらしたわ！」と叫んだのは、木の妖精《ようせい》。けだるそうに広場の真上をくるくると飛んでいたグリフィン（注11）は、鐘《かね》つきのフォーティンブラスが塔《とう》に昇《のぼ》っていくぞ、と下にむかって呼《よ》びかけた。はたして、ちょうどニコラスが扉を押《お》し開けたとたん、巨大《きょだい》な鐘からうっとりするような和音が鳴りひびいた。新米の父親はにっこり笑ってわきへより、妻《つま》を先に通した。そしてふたりとも、代母《だいぼ》(注12)の腕《うで》に抱《だ》かれてまばゆい光の中に出てきたむすめのほうを見た。

ソフィアは立ちどまって、下に集まっている不死の者たちを見わたした。晴れやかな笑顔《えがお》を浮《う》かべたかと思うと、ソフィアはみんなに赤ちゃんが見えるように高々と抱きあげた。

おお、という低い感嘆《かんたん》の声が、群集《ぐんしゅう》の中にさざ波のように広がっていった。ホリー・クロースはまれにみるかわいい赤ちゃんだった。ほっぺはふっくらとしてほんのりバラ色をしており、まあるい緑色の目は森の木陰《こかげ》を思わせた。ちっちゃな星のような両手が、なにかをつかもうとしている。ぐずぐずいうこともなく、赤ちゃんは〈とこしえ〉の住民をおどろきの目でじっと見つめた。それから、笑った。

その笑いが伝染《でんせん》したかのように、妖精《ようせい》たちが吹《ふ》きだした。それからファウヌスも、魔女《まじょ》たちも(イタリアのよき魔女ビファーナでさえ)、精霊《せいれい》たちも笑いだした。あっという間に、不死の者たちはみんな、クスクス、キャッキャッ、と子どものように笑っていた。

実をいうとホリーは、ほかの者たちには見えないものを笑っていたのだ。ブーケーン姉妹の中でもいちばん年下でいちばん小さいエマリリスだけが、なにが起こっているのかわかっていた。ウィル・オ・ザ・ウィスプがやってきたのだ。これは妖精の中でももっとも小さく、人間たちはほこり

(注10) 翼《つばさ》のある天馬《てんま》。
(注11) ライオンの胴体《どうたい》にワシの頭と翼を持つ怪獣《かいじゅう》。
(注12) 母親のような立場で子どもの成長を見まもる女性《じょせい》。信仰《しんこう》生活の後見人《こうけんにん》で洗礼式《せんれいしき》に立ちあう。

とまちがえて放っておくので、平気で姿《すがた》をあらわすことができる。けれども赤ちゃんたちにはちゃんとわかっているので、ウィル・オ・ザ・ウィスプは赤ちゃんが大好きなのだ。この小さな金色の妖精《ようせい》たちは、赤ちゃんのためならいつまでもゆらゆらと浮《う》かび、ダンスをし、宙《ちゅう》がえりをして見せる。明るい秋の日の午後、ウィル・オ・ザ・ウィスプたちはホリーのためにまさにそうしていたのだ。不死の国に初めて生まれた子どもが、ふしぎな王国に最初に出合った瞬間《しゅんかん》だった。

宴《うたげ》は何時間もつづいた。〈白鳥のテラス〉にはテーブルがいくつもすえられ、〈とこしえ〉の住民はもちろん、ふだんは人間界に住む魔《ま》法使《ほうつか》いたちも、ひとり残らずお祝《いわ》いの席に招《まね》かれた。永遠《えいえん》の命を得ると食欲《しょくよく》も増《ま》すものらしく、不死の者たちは、これまでにないくらい大《おお》いに食べて飲んだ。高くそびえるアイスクリームのお城《しろ》、あぶった肉、甘《あま》いのと塩味の両方があるプディング、トロルの大好きなグロッグ酒《しゅ》、見事なフルーツ・カクテル、さまざまな花の蜜《みつ》のスープ。気むずかしいので有名なサヴォイ公《こう》のためには、巨大《きょだい》なマカロニ料理が作られた。ロック鳥のためにはゆでたヘビが、小鬼《こおに》のためには、めったに食べられない大好物のパイナップルが、山ほど用意された。

みんなの食欲が満たされ、おなかいっぱい、食べすぎた、といううめき声が聞こえるようになると、ダンスがはじまった。ニコラスが妖精たちをホーンパイプ踊《おど》りにみちびくと、ほかの客人たちもすぐに加わった。芝生《しばふ》の上でくるくるまわり、きらめく池の縁《ふち》を跳《は》ねまわり、テラスでワルツを踊って――ダンスは、太陽が木々の上に沈《しず》みはじめるまでつづいた。

ガタガタゆれる宮殿《きゅうでん》への馬車でも、その後につづいたにぎやかな宴会《えんかい》でもすやすやと眠《ねむ》っていたホリーだったが、群集《ぐんしゅう》が静まったとたん、ぱっちり目をさました。ソフィアが赤ちゃんをやわらかな寝床《ねどこ》から抱《だ》きあげて、胸元《むなもと》にもたせかけ、ちいちゃなふわふわの頭を指でなでると、招待客《しょうたいきゃく》らはまわりに集まってきた。ニコラスとヴィヴィアナがやさしく見まもる中、ソフィアは赤ちゃんの耳に、ロシア語でなにかささやいた。

しばらくすると、ソフィアは目を上げ、ニコラスのほうを見た。「お望みのとおりになりましてよ。あなたがたのむすめさんに、わたくしは知恵《ちえ》と力を贈《おく》りました。ロシアの女神《めがみ》であり、ホリーの後見人《こうけんにん》でもあるこのソフィアの名にかけて、この二つの贈り物が生涯《しょうがい》ホリーを守ってくれると断《だん》言《げん》いたします。しかしながら、この二つの贈り物よりも偉大《いだい》なものがあります。それは愛です。これはわたくしが与《あた》えるものではなく、予言《よげん》することしかできません。しかしこれはたしかです。むすめさんは、愛によってあなたがたの道を照らすだけでなく、出会う人すべての道を明るく照らすでしょう。ニコラス、ヴィヴィアナ、そして不死の者たちよ、あなたがたの目の前にいるのは、これまでに生まれた中で、もっとも純粋《じゅんすい》で、もっとも思いやりのある心の持《も》ち主《ぬし》なのです」

ソフィアがそのことばをいいおわらないうちに、静かな夕ぐれに金属《きんぞく》を引き裂《さ》くようなするどい音が聞こえた。その音は王国にこだまし、招待客らはびっくりして、おたがいや、上や、下を見つめ、音の出どころを探《さが》した。ニコラスはおどろいてとびあがったが、きしるような音はやみ、しんとした。しばらくとまどって沈黙《ちんもく》していた人々は、やがておそろしいうたがいを口にし、小さな生き物たちはおろおろと動きまわりはじめた。いつもは無関心なロック鳥も、ギョッとして飛びたち、空からようすを探《さぐ》ろうとした。恐怖《きょうふ》で青ざめたヴィヴィアナは、ソフィアから急いで赤ちゃんを取りもどした。赤ちゃんを手放した女神《めがみ》は、そのまま石のように立ちつくし、ほかの人には聞こえないなにかを聞きとろうと一心に耳をかたむけた。

不安にとりつかれた客人たちは、かすかな冷気がやわらかな芝生《しばふ》をはって進み、みんなのあいだをぬうように進んできたのに気づかなかった。体がふるえ、ひんやりと湿《しめ》った空気が足をはいあがってくる。一同はきょろきょろと見まわした――なにがあったんだ？　霧《きり》がすっぱいにおいを運んできた。腐《くさ》ったようなにおいに、金属臭《きんぞくしゅう》もまじっている。精霊《せいれい》たちの中には、息をつまらせる者もいた。荷物をまとめて、早々と逃《に》げる準備《じゅんび》をしている者もいる。

「待って」いつもは落ち着いた声のソフィアが、きっぱりといった。「いっしょにいましょう。ヘリカーンが〈とこしえ〉にやってきたわ」

第五章

ヘリカーンだって！　客人らは、不安そうに自分たちのうしろを見た。ヘリカーンが不死の国でなにをしているのだろう？　永久《えいきゅう》に追放されたんじゃなかったのか？

ニコラスとソフィアは、視線《しせん》をかわした。このふたりだけが、呪《のろ》いが解《と》かれる条件《じょうけん》を知っていたからだ。これまでに生まれた中で、もっとも純粋《じゅんすい》でもっとも思いやりのある心を手に入れれば、ヘリカーンは自由になる。

でも、この子はまだ赤《あか》ん坊《ぼう》だ、ニコラスは思った。

あいつのことはおわかりでしょう、ソフィアが声もなく答えた。自由を勝ちとるためなら、どんなチャンスも逃《のが》さないやつだと。

しかし、ここに来られるはずがない、ニコラスはいらだっていた。

それでもやってみたのでしょう、ソフィアがたしなめた。

ソフィアは黒い目を、おびえる群集《ぐんしゅう》に向けた。「こちらへ！」ソフィアは声を上げた。「近くに来て聞きなさい、不死の者たちよ。ヘリカーンはあなたがたがおそれさえしなければ、近づくことはできません。愛の力を信じ、勇気と固い決意を持っていれば、魂《たましい》をうばいとられることはなく、ヘリカーンは自分の墓《はか》、オディルへと落ちてゆきます。〈とこしえ〉は恐怖《きょうふ》のない国ではありませんか」ソフィアはひな壇《だん》からおりてゆき、不死の者たちのあいだを歩いて、みんなの手をにぎったり、肩《かた》にふれたりした。その顔を見ると、なぜだかみんな安心した。「だいじょうぶ」ソフィアはみんなを元気づけた。

ナーイアスは体をふって水をはじき、「愛は勝ちます」

妖精《ようせい》とゴブリンは深呼吸《しんこきゅう》した。騎士《きし》と貴公子《きこうし》は肩《かた》をいからせ、貴婦人《きふじん》は堂々《どうどう》と頭を上げた。不死の者たちはみんな気持ちをひきしめ、恐怖を追いはらった。

それがきいたのだ。湿《しめ》った空気はだんだんうすくなり、やがて消えた。はげしく風にゆさぶられていた木々も静かになり、ひっそりとした夜になった。いやなにおいはなくなり、月見草のやわらかなかおりがただよってきた。不死の国はほっとして、いつもの状態《じょうたい》にもどった。

そのころ、テラとツンドラは、〈とこしえ〉の静かで暗い道を軽やかに走っていき、森に入った。森がぶきみなほどからっぽな感じがするのは、魔女《まじょ》も精霊《せいれい》も小鬼《こおに》もみんな宮殿《きゅうでん》に集まっているからだ。二匹《ひき》のオオカミは、ことばもかわさずに走り、国のいちばんはずれにある氷山の上に建てられた門へと向かっていた。このアマランス・ゲートには、数えきれないほどの宝石《ほうせき》が（ここを通った不死の者ひとりにつきダイヤモンド一個が）三十メートルほどの金のアーチ型の扉《とびら》にはめこまれていて、そこから放たれる光は、人間界から不死の国へとかかる橋のようにのびていた。門には、この国の伝説として語りつがれてきたことば、「愛は時をこえる」が古びた文字で彫《ほ》られている。この門を通って新しく不死と認《みと》められた魂《たましい》が〈とこしえ〉に入ってきたり、人間界に住む魔法使《まほうつか》いたちがおとずれたり、サンタ・クロースがクリスマスイヴに、華々《はなばな》しく出発したりするのだ。

金属《きんぞく》を引き裂《さ》くような音がニコラスの庭に鳴りひびいたとき、テラとツンドラは不吉《ふきつ》な予感がしておたがいを見つめた。こんな音がするのは、ほかにありえない。何者かが門をたおそうとしているのだ。そっと、おたがいにしかわからないくらいにうなずきあった二匹《ひき》のオオカミは、いつもと変わらぬようすでその場をはなれ、宮殿《きゅうでん》から見えなくなったあたりから全速力を出して、〈とこしえ〉の国境《こっきょう》をめざした。とうとう、門が見えてきた。

「まだ立ってるわ」テラがほっとしたようにいった。

金のアーチ型の扉《とびら》は沈《しず》みゆく太陽の光を受けてかがやいていたが、下に目を移《うつ》すと、宝石《ほうせき》のはめこまれた柱が一本、引きぬかれていた。柱は地面から六十センチほど上に、ぼろぼろになってひっかかっていた。

オオカミたちはその残骸《ざんがい》を見つめて考えた。「どうやったんだろう?」ツンドラがつぶやいた。

「なぜこんなことしたのかしら?」テラが悲しそうにいった。そして、ねじまがった金の破片《はへん》に近づいた。「不死の者ならだれでも門をくぐれるのよ。なのにどうしてこわす必要があったのかしら?」

冷たい風が、門の穴《あな》にびゅんと吹《ふ》きこんできた。テラはためらったが、においをかごうとして近づいた。すると風は、ごうごうと音を立てながら門にあいた穴を吹きぬけ、オオカミの体を金属の桟《さん》に打ちつけた。

「テラ!」ツンドラは、のどもとに恐怖《きょうふ》がこみあげてくるのを感じながら叫《さけ》んだ。

ヘリカーンにはそれでじゅうぶんだった。ツンドラの恐怖をしっかりと感じとると、門の穴《あな》のほうにテラをひきずった。風にかみついたり、足をふんばったりして、テラはくるったように抵抗《ていこう》したが、目に見えない敵《てき》はひるみもしなかった。ツンドラがあいだに入ろうと前にジャンプしたが、強風に押《お》しやられ、氷山のはずれにくぎづけにされた。そのあいだにも、愛するテラは吠《ほ》えながら、金属《きんぞく》の穴へとひきずられていく。

たった今不死の国にいたテラが、次の瞬間《しゅんかん》には外の世界へ投げだされた。疾風《しっぷう》がテラにおそいかかった。致命傷《ちめいしょう》を負ったテラは、まもなく力つきるだろう。はげしい風に打たれて立つこともできず、それでも最後の力をふりしぼって、〈とこしえ〉に帰ろうとしたが、息もできないほどの雪煙《ゆきけむり》が頭のまわりを舞《ま》って、なにも見えなくなった。ツンドラは必死にテラの名前を呼《よ》んだ。テラはよろよろと体をひきずるようにして、門からはなれていった。そして横ざまにたおれ、はあはあ息をしながら動けなくなった。

雲にかくれながら、ヘリカーンはまだ息のあるテラの体を、あざわらうように見おろした。それから、ひょいと手首を動かすと、鳥を向かわせた。腹《はら》をすかせた鳥たちは、おたがいを意地悪くつつきあいながら、テラめがけておそいかかった。

ツンドラは、ひと声叫んで、頭をふせた。

門のところでそんな惨劇《さんげき》が起こっているとはつゆ知らず、ソフィアは中断《ちゅうだん》された式典《しきてん》をつづけていた。ソフィアは落ち着いたようすで優雅《ゆうが》に、小さなホリーに近づいていった。ホリーは母親のひざの上で、バブバブいっていた。ソフィアは前かがみになると、繊細《せんさい》なもようのついた小さなペンダントを、赤ちゃんの首につけた。それからやわらかなほっぺにキスをした。「こんなに早く必要になるとは思わなかったわ、ホリー。このペンダントの中には、長老たちの秘密《ひみつ》がかくされていますす。ぜったいに開けてはいけないけれど、かならず身につけていてね。一生その身を守ってくれるでしょう。愛の力はあなたの中にあること、それこそがあなたを守る盾《たて》となることを忘《わす》れないで。さあ、ゆっくりとおやすみなさい。わたくしが授《さず》けた力と知恵《ちえ》は、決して盗《ぬす》まれることはないから。このペンダントを身につけているかぎり、決してひとりではないのですよ」

ソフィアは体を起こして、招待客《しょうたいきゃく》のほうを向いた。「わたくしはもうひとつ、笑いの贈《おく》り物《もの》も持ってきましたよ、ホリー。それは――」ソフィアは雲の色の衣装《いしょう》をまさぐった。「それは、衣装は上に下に波打っていた。「それは――もう、お願いだからじっとしてててちょうだい！　それは、つまり――ああ、まったく！　やっと出てきたわ。この子の名前はアレクシアというのよ。あなたと同じころに生まれて、とってもおぎょうぎが悪いの」

「やめてよ！」小さなキツネが、マントから飛びだしてきた。大勢《おおぜい》に見られているので、一瞬《いっしゅん》、はずかしくなり、すとんとすわった。けれどもはずかしさはすぐに消えて、好奇心《こうきしん》のほうがまさってしまった。アレクシアはしっぽを高く上げてヴィヴィアナに近づき、前足をいすの上にのせた。金色の目で、赤ちゃんの緑色の目をまばたきもせずにじっと見つめ、それから新しい友だちのそばへ行こうと、ヴィヴィアナのひざによじのぼった。

「こら、下りなさい、レクシー！」ソフィアにしかられて、キツネはしぶしぶしたがった。

それからほかの招待客《しょうたいきゃく》らも、赤ちゃんへの贈《おく》り物《もの》を持って進みでた。ガイアは、バラの花びらで作った上がけをたずさえて近づいた。はずかしがりやの妖精《ようせい》たちは集団でやってきて、クリスマスツリーのかざりつけ用のライトと魔法《まほう》のストローをわたした。おそろしげなスフィンクス(注1)は、むずかしいなぞなぞの答えが入っているカプセルをさし上げた。水の精は何日もかかって、アワビの貝殻《かいがら》で白鳥の形の船を作っていた。小人とトロルは、いつものように、宝石箱《ほうせきばこ》をプレゼントした。こうした実用的でないものをプレゼントしたがる魔法の生き物たちとちがって、人間界に住む者たちは、おもちゃや本、やわらかいおくるみなどを贈った。やがてテラスじゅうが、包みや箱や樽《たる》であふれんばかりになった。気がつけば、ホリーはすやすやと眠《ねむ》り、ヴィヴィアナは疲《つか》れてぐったりしていたので、ニコラスは式典《しきてん》をおひらきとした。


お別れのあいさつも終わり、メルキオールとその助手たちは、食べ残しのごちそうに舌打《したう》ちしながら、テーブルをかたづけていた。ヴィヴィアナは宮殿《きゅうでん》の中で休み、ホリーはゆりかごのふわふわのレースに気持ちよく横たわっていた。外では、涼《すず》しい夜の中、ニコラスがベンチに腰《こし》かけ、物思いに沈《しず》んでいた。

しばらくすると、ニコラスは背《せ》すじをのばした。「テラ！」ニコラスは呼《よ》んだ。「ツンドラ！国境《こっきょう》を見に行かなくちゃならん」もどってきたのは静けさだけだった。「テラ！　ツンドラ！」ニコラスはもう一度呼《よ》んだ。やはり答えはない。あの二匹《ひき》らしくないことだ。背《せ》すじを冷たいものが走った。「ツンドラ。テラ」ほとんど聞こえないくらいの声で、ニコラスはいった。

恐怖《きょうふ》に息がつまりそうになりながらも、ニコラスはぱっと立ちあがると、うまやのほうへ向かった。ニコラスのただごとではない顔にドキッとして、うまやのゴブリンたちは大急ぎでヴォビスに鞍《くら》をつけた。ニコラスは馬の背にとびのり、「氷山だ、ヴォビス」と短く指示《しじ》した。「まず、アメジストから行こう」

ヴォビスを急がせる必要はなかった。強く地面をけったかと思うと、もう空をかけており、じきに星空の下ぶきみに光る紫色《むらさきいろ》の氷山が見えてきた。静かにニコラスは考えをめぐらせ、馬を進めた。月が昇《のぼ》り、冷えびえとした光を山々に投げかけていたが、すべては静まりかえっていた。どこかがこわされたり、何者かが侵入《しんにゅう》したりした形跡《けいせき》はなかった。ずっとつきまとっている恐怖のささやきに打ち勝つように、ニコラスは自分にいいきかせた。ヘリカーンは失敗して、すごすごと自分の牢屋《ろうや》に舞《ま》いもどったかもしれないではないか。だがそれなら、テラとツンドラはどこだ？

馬をかり、王国のいちばんはずれまでやってきた。氷山が、それからアマランス・ゲートが見えてきた。暗やみの中、目をこらして見ると、金の門はまだそびえ立っている。ニコラスが無意識《むいしき》のうちに心に抱《いだ》いていた不安は消えた。しかし、近づいていくと、門に穴《あな》が開いているのに気づいた。

「急げ」ニコラスは、しわがれ声でヴォビスにいった。まもなく馬をおり、ずたずたになった門に向かって歩を進めると、なにかが地面に投げだされているのが目にとまった。「ツンドラ？」

（注1）人間の頭とライオンの体に翼《つばさ》をそなえた怪物《かいぶつ》。通行人になぞをかけ、解《と》けない者を殺したという。

返事はなかった。

ニコラスはオオカミの横にひざをつき、ふさふさした白い毛をゆっくりとなでた。「なにがあったのだ？　けがをしているのか？　ああ、ツンドラ、もどってきてくれ」

オオカミの体がぶるぶるとふるえた。「できません、陛下《へいか》」ツンドラが低い声でいった。「もどってきてもらわなくちゃこまる。おまえがいないとなにもできん」

沈黙《ちんもく》が流れた。「死んだのです」

「テラか？」

「はい」

ニコラスはだまった。「どんなふうに？」やっとの思いでたずねた。

「風が」ツンドラの声がふるえた。「ものすごい嵐《あらし》が来て、気づいたら――テラの体を門に引きよせ、そして外に放りだしたのです――テラは……テラはわけがわからないようでした。あとを追おうとしましたが、動けませんでした。氷の上にくぎづけにされて。残酷《ざんこく》だった――嵐はまるでわたしにテラの死ぬところを見せようとしているみたいでした。それから」ツンドラはのどをつまらせた。「それから鳥が来て、テラの上に群《むら》がったんです」オオカミは話すのをやめた。

ニコラスは立ちあがり、宝石《ほうせき》のついた桟《さん》のほうへ歩いていった。そしてまるでクモの巣《す》のように、いとも簡単《かんたん》につきやぶった。門の外の暗やみをにらみつけると、さほど遠くないところに、うちひしがれたテラの体があった。ニコラスは近づいてひざまずくと、目玉のないまぶたを閉《と》じてやり、テラの魂《たましい》が苦しみをすぐに忘《わす》れるようにと祈《いの》りを捧《ささ》げた。それからテラの体を抱《だ》きあげて、自分てくれ、ツンドラ。たのむ」

ゆっくりとニコラスはヴォビスのもとに歩いていった。鞍《くら》にまたがりふりむくと、ツンドラの遠《とお》吠《ぼ》えが聞こえ、鳥肌《とりはだ》が立った。ヘリカーンの勝ちだな、とニコラスは思った。しかし、なぜテラなのだ？　テラなど関係ないだろうに。ほしいのは純粋《じゅんすい》な心のはずだ。

馬を進めるうちに、谷底をおおう黒い木々も銀の空き地もめずらしく動きがないのに気づいた。まるでみんなかくれているみたいだ。あるいは、なにかがかくれているみたいだ。さらさらと木の葉が鳴る音がした。もしやつがここに来ていたら？　ニコラスは突如《とつじょ》として思った。もしどうにかして入ってきたら？　ニコラスは手綱《たづな》をあやつり、ヴォビスはけんめいに前に進んだ。もし宮殿《きゅうでん》の中に入ったら？　ソフィアとわし以外にだれが気づくだろう？　ヴィヴィアナにもわかりはしない。やつが階段《かいだん》をのぼったら、赤《あか》ん坊《ぼう》のゆりかごに近づき、両手をのばし、赤ん坊にふれたら――

おそろしさにとらわれた。心臓《しんぞう》がどくどくと鳴りだす。「帰るぞ」ニコラスは急いでいった。

「さあ、急げ」

第六章

ニコラスは宮殿《きゅうでん》の階段《かいだん》をかけのぼっていた。靴音《くつおと》がだれもいない庭に鳴りひびいた。「ロト」玄《げん》関《かん》のところに立っていた召使《めしつか》いのゴブリンに、ニコラスはあえぎながらきいた。「妃《きさき》はどこだ？」

「ご主人様の真っ赤な顔とぎらぎら光る目にひるんだロトは、口ごもりながらいった。「お、お、お妃様は、こ、子ども部屋《べや》にいらっしゃいます、へ、へ、陛《へい》下……」

ニコラスは階段のほうに走りながら、肩《かた》ごしに叫《さけ》んだ。「竜《りゅう》たちを起こせ。宮殿の上を飛んでもらいたいのだ。メルキオールにいっとけ」

「待ってください、ニコラス！　まずホリーを連れてこなくては――今すぐに！」その声はソフィアだった。うしろにたらした髪《かみ》が、銀色の水のように流れる。すっと近づいてくるときも、足はみがきあげた床《ゆか》にほとんどふれていなかった。この千年間で、ソフィアがこれほどおびえた顔をするのは、初めて見た。その顔を見ただけで、ニコラスの心臓《しんぞう》が早鐘《はやがね》のように打ちだした。

ニコラスはうなずき、階段をかけのぼった。鏡の廊下《ろうか》は暗く静かだった。壁《かべ》から次々にあらわれて足元を照らすはずのろうそくの光も、子ども部屋《べや》に急ぐふたりの速度に追いつけないほどだった。いきおいよくドアを開けたふたりの荒《あら》い息づかいが、月の光に照らされた静かな部屋に、耳ざわりにひびいた。暖炉《だんろ》でパチンとはじける音がした。それからようやく、ヴィヴィアナがなにかにおどろいてすくんでいるみたいに、立ちつくす姿《すがた》が目にとまった。大きく見ひらいた目は、部屋の暗いすみに注がれている。

ニコラスはヴィヴィアナの見ているほうにおそるおそる目を向けた。

初めのうちは、ぼんやりとした輪郭《りんかく》が、暗がりでときおり、サッと動くのが見えただけだった。だが、しだいに形がはっきりしてきた。丈《たけ》の長い服の縁《ふち》や、にぶく光る鉄、やせ衰《おとろ》えて骨《ほね》のつきでた顔が、よどんだ霧《きり》の中からしだいにあらわれた。ヘリカーンが前に進みでた。細い目が、恐怖《きょうふ》にかたまった顔を順に見やる。「こんなところで会えるとはうれしいよ、ソフィア」舌《した》をペロッペロッと出しながら、ヘリカーンがいった。「また会えるのをずっと楽しみにしていたんだ」

ソフィアはヘリカーンから目をそらし、ゆりかごに横たわっているふわふわの包みをちらりと見た。それから目にも止まらぬ速さで、赤ちゃんのほうにぱっと飛びだしたかと思うと、やわらかなおくるみごと抱《だ》きあげた。そして、うしろへ下がって、逃《に》げだそうとした。

「ふふん」ヘリカーンは見くだしたように笑った。「ああ、そなたは愛と恐怖が背中《せなか》あわせなのをお忘《わす》れか？」ヘリカーンがソフィアのほうへさっと手をふると、ソフィアはホリーを腕《うで》に抱いたまま、銅像《どうぞう》のようにかたまってしまった。「おまえたちがこわがっていれば、すぐにわかるのだ。とくに、おれさまをこわがっているときはな」ヘリカーンはほくそえみながら、ソフィアのほうにぬっと近づいた。「おまえもだ、ばかめ」そうつぶやくと、指のひとふりでニコラスの動きもうばった。「おまえらがこんなにこわがってくれるとは、最高の気分だ。思ったよりずっと簡単《かんたん》にことが運びそうだ。さてと、お嬢《じょう》ちゃん」ヘリカーンはいいながら、服のひだから革張《かわば》りの小箱を取りだした。「贈《おく》り物《もの》を持ってきたぞ。かわいいお嬢ちゃんに贈り物をくれるのは、パパだけじゃないぞ」やさしくそういうと、ヘリカーンは箱を開けた。中には小さくて奇妙《きみょう》なものが入っていた。すきとおっていて、氷のように冷たく、精巧《せいこう》に作られている。それは雪を固めた心臓《しんぞう》だった。

「どうやら」もぞもぞ動くおくるみを、いやそうにながめながらヘリカーンはいった。「自分でやらなきゃならんようだな」おそるおそるソフィアの凍《こお》った腕《うで》からホリーを抱《だ》きあげると、床《ゆか》に寝《ね》かせ、おくるみをほどきはじめた。ねまきだけになった赤ちゃんは、自分に向けられるうつろな目を、めずらしそうに見つめていた。ヘリカーンは体をふるわせた。あとは、こいつを思いっきりこわがらせるだけだ。ホリーの明るい目に見られながら、ヘリカーンは灰色《はいいろ》のくちびるを真一文字《まいちもんじ》に結んだ。それからその黒い口を大きく開けると、ぎゃーっと叫《さけ》んだ。熱《あつ》くてくさい息が、赤ちゃんのほっぺにかかった。あごがはずれそうなほど口を開き、細い目をむいてみせる。

ホリーの顔がくしゃくしゃになった。ふにゃっと恐怖《きょうふ》の声を上げると、冷たい床にのけぞった。小さな手が、弱々しく宙《ちゅう》にふられている。

氷のからに閉《と》じこめられたニコラスは、怒《いか》りのあまり魂《たましい》の一部が黒ずんでくるのを感じた。

「よしよし」ヘリカーンは満足そうにいい、箱の中から氷の心臓を急いで取りだした。「上出来《じょうでき》だ」心臓を親指と人さし指でつまみながら、ヘリカーンはホリーのほうにかがんだ。やわらかいね

まきを、指がつきぬける。両親がひきつったまま、どうすることもできずに見まもる中、ヘリカーンはホリーの胸深《むねふか》くに、冷たい氷の心臓《しんぞう》をうめこんだ。ホリーの体の中に消えたヘリカーンの指は、からっぽになって出てきた。

弱々しい泣き声がやんだ。胸の中に入った冷たいものにびっくりして、ホリーは声も出せず、じっと横になっていた。ヘリカーンは、しばらく探《さぐ》るようにホリーを見ていたが、やがてまっすぐに立つと、にやっと笑った。「これでよしと。おまえの心はおおわれた。その純粋《じゅんすい》さも思いやりも保《たも》たれるということだ」ヘリカーンはつばを吐《は》いた。「おまえがおとなになり、結婚《けっこん》できるようになるまでな――このおれさまと」ばかにしたようにホリーを見る。「だがいい気になるなよ。おまえはただの器《うつわ》にすぎない。もぞもぞ動く器よ。それがいずれはおれさまの役に立つってわけだ。こんなことをいってもうしわけないが、婚約《こんやく》したってうれしくもない」ヘリカーンは頭を下げた。「もしおれさまの自由になるチャンスが失われないのなら、すぐにでもおまえをあの窓《まど》から投げて、下の石のテラスに落としたっていいんだ。そうしたらパパはどんな顔をするかな、おれの未来の花嫁《はなよめ》さんよ」ヘリカーンはそのようすを想像《そうぞう》して笑い、きたならしいつま先で、赤ちゃんをつついた。「だがな、今は自分をおさえることをモットーにしてるんだ。だから今のそのおやじの顔で満足するとしよう」ヘリカーンは、ニコラスとヴィヴィアナとソフィアのほうに向かって、一、二、三と指を鳴らした。

動けるようになった三人は、ホリーのところにとんでいって、冷たい床《ゆか》から抱《だ》きあげ、あやした。ヴィヴィアナは、ホリーの小さな顔にキスと涙《なみだ》の雨をふらせ、どこもけがをしてないかたしかめるように、小さな体にそっとふれてみた。ニコラスは、妻《つま》の腕《うで》に抱《だ》かれている小さな体をのぞきこんで、目にいっぱい涙《なみだ》を浮《う》かべていた。

ソフィアがいちばん先に立ちなおった。ゆっくりと立ちあがると、大きな黒い目でヘリカーンの冷たい灰色《はいいろ》の目を見すえた。あまりに嫌悪感《けんおかん》があふれていたので、魔法使《まほうつか》いは不覚《ふかく》にもあとずさりした。

「おまえはなにもできやしない」ヘリカーンはするどい声でいった。「おれさまは不死だからな！」

「おまえを殺したいと思っているとでも？」ソフィアはほほえみながらいった。「自分で死んでもらうほうがいいわ」そして一歩ヘリカーンに近づいた。

「なんともすばらしい後見人《こうけんにん》だ」ヘリカーンは乾《かわ》いたくちびるを落ち着きなくなめながらいった。「今夜はこの子を少しも守ってやれなかったなあ？　おれさまが呪《のろ》いをかけているあいだ、ただ立って見てただけだ」

「おまえがどんな呪いをかけるのか、直前までわからなかったのです」ソフィアはいって、また一歩近づいた。目はヘリカーンを見すえたままだ。「こんなことで、自分は力があるとお思い？」

「力はあるさ！」ヘリカーンは声を荒《あら》らげて反論《はんろん》した。「ここに来たじゃないか。不死の国に恐怖《きょうふ》をもたらしたじゃないか。それにおまえを凍《こお》らせた。おまえも、ばかな王様も！」

ニコラスがホリーから目を上げて、きっとにらみつけた。軽蔑《けいべつ》のあまり口をゆがめている。「おお、そうだ。王様らしい顔を見せてくれ」ヘリカーンは叫《さけ》んだ。「だが、今夜はあまり王らしくなかったな、ニッキー。おまえの国を閉《と》ざしてしまったし、これで終わりだと思ったら、大まちがいだ！　おれさまが勝つんだからな！」かぎづめのような指で、ヴィヴィアナの腕《うで》に抱《だ》かれているホリーを指さした。「あの子の心をもらえば、おれさまは自由になる。それから――それから――この国をおれさまの足で踏《ふ》みつぶしてくれるわ！」

「知恵《ちえ》には力がつきものです」ソフィアは答えた。「この子が自《みずか》らの意志《いし》で心をさしださなければならないことぐらいおわかりでしょう」

「こいつの意志などつぶしてくれる」ヘリカーンは即座《そくざ》にいいかえした。「いずれ時がくれば、こいつの意志など完全にたたきつぶす。そうすりゃ、つべこべいわずにおれさまのものになるさ」

ソフィアは頭をふった。「愛は勝ちます、ヘリカーン。そういうさだめなのです」

「そうともかぎらんさ」魔法使《まほうつか》いはぴしゃりといった。「さて、おれさまもここでゆっくり昔話をしたいところだが、もう行かねばならん。鳥たちがえさを待っているのでね」にやりとしてニコラスを見た。

ニコラスはゆっくりと立ちあがった。「出ていけ」と低い声。「出ていけ、さもないと――」ニコラスは片腕《かたうで》をふりあげた。

ぎゃっと声を上げたかと思うと、ヘリカーンはくるくるとまわり、やがてうすよごれた色の霧《きり》にとけて、消えていった。ニコラスはあとに残った、かすかな緑がかった粘液《ねんえき》の輪を見つめたまま立っていた。

「ニコラス！　ホリーのようすがおかしいわ！」ヴィヴィアナが叫《さけ》んだ。「顔が青ざめているし、息も苦しそうで、それに——それに——」

「おくるみをはずして」ソフィアがかたわらにとんでいって、指示《しじ》した。ヴィヴィアナが巻《ま》いたばかりのおくるみを、ふたりは急いではいでいった。一枚《まい》取るごとに、ホリーは楽に息ができるようになった。そして、ふたたびうすいねまき一枚になると、ようやくほっぺに赤味がもどった。まもなく、天井《てんじょう》に向かって、また楽しそうにバブバブやりだした。

「どういうこと？」ヴィヴィアナはソフィアにたずねた。

女神《めがみ》は急に疲《つか》れて見えた。やわらかないすに、どっかりと腰《こし》を下ろし、話しだした。「この子の心臓《しんぞう》は凍《こお》らされてしまいました。ごらんになったでしょう。わたくしたちの心臓と同じように脈打《みゃくう》って、ホリーを生かしつづけますが、ただし冷たくしておかなければなりません——凍ったままにしておかなければならないのです。雪が凍っていなければいけないのは当然のことで、もし溶《と》ければ、ホリーは死んでしまいます」

ニコラスとヴィヴィアナはぞっとしてソフィアを見つめた。「ごめんなさい、おふたりとも。ほかにいいようがないものだから。あたたかくなると、ホリーは今のようになってしまうのです。心臓がやわらかくなり、脈が乱《みだ》れます。力がぬけ、めまいを起こし、息が苦しくなるでしょう。でも心配しないで」ソフィアはふたりをなぐさめた。「ホリーの肌《はだ》は寒さを感じません。この子にとって、氷の世界のほうが心地《ここち》よいのです——そのほうが楽なのです。でも、気をつけなくてはなりません。毛布《もうふ》も、火も、熱《ねつ》も近づけてはいけません。もしかしたら——」ソフィアは部屋《へや》を見まわした。「まだあたたかすぎるかもしれません。わたくしがなんとかしましょう」衣装《いしょう》の内側を探《さぐ》ると、細い金の棒《ぼう》を取りだした。それを持って、ソフィアは天井《てんじょう》に向かって大きく弧《こ》を描《えが》いた。すると、とつぜん天井から雪がふってきて、きらきらした結晶《けっしょう》が床《ゆか》をおおいはじめた。ヴィヴィアナはぶるぶるとふるえた。「ええ、寒いわね。でも、じきに慣《な》れるでしょう。それにホリーは喜んでいますよ」

赤ちゃんは、大喜びで手足をバタバタさせ、あたりにちらちらと舞《ま》う虹《にじ》のシャワーを目で追いかけた。両親の心配をよそに、ホリーは温度が下がるほど顔色がよくなり、とうとうすいねまきひとつで雪に包まれながら、眠《ねむ》りこんでしまった。

ニコラス、ヴィヴィアナ、ソフィアは夜おそくまで話しこんだ。ホリーが生きていくために必要な、凍《こお》った世界の計画を立てていたのだ。喜びにはじまり、悲しみで終わった一日に疲《つか》れきったヴィヴィアナが寝《ね》てしまっても、ソフィアとニコラスはまだ話しあった。

「どうしてこんなことを許《ゆる》してしまったのだろう?」ニコラスは後悔《こうかい》にうめいた。「わしがやつをこわがりさえしなければ、やつに力を与《あた》えずにすんだのに」

ソフィアのきびしい目が、ニコラスの顔に注がれた。「ホリーが生まれた日から、あなたは変わりましたわ。不死である以前に、今は父親なのです。今夜、あなたは子どもの安全をおびやかされ、父親として恐怖《きょうふ》を感じたのでしょう」

「しかし、それにしてもなんという災難《さいなん》だ! 不死の国は、これまで恐怖など知らなかったのに」

「でも、知ってしまった。それでも、不死の国は存在《そんざい》しつづけます」ソフィアはいった。「それこそ長老たちがわたくしたちに学んでほしいことかもしれませんわね」

「わ、わ、わたくしたち？　おまえもか、ソフィア？」

「ええ、ニコラス。わたくしもあなたのそばで学びます」

「どういうことだ？」

「だって、帰れませんもの……」ソフィアは、相手を傷《きず》つけまいとしてことばを探《さが》した。「この暗やみが去るまでは、家に帰れませんから」

ニコラスはやっと理解《りかい》した。「ああ、そうか。呪《のろ》いか。やめてくれ」ニコラスは両手で顔をおおった。


シビルス広場は、二十四時間前とはまったくちがっていた。大聖堂《だいせいどう》から出てくる小さなお姫様《ひめさま》をひと目見ようと、楽しげに集まっていた不死の者たち。みな今もまだ集まってはいたが、びっくりしたその目は、群集《ぐんしゅう》の真ん中に立つニコラスにくぎづけになっていた。空をおおう邪悪《じゃあく》な灰色《はいいろ》の雲のもと、金色の王冠《おうかん》だけが、唯一《ゆいいつ》あたたかみを帯《お》びていた。広場にならぶ水晶《すいしょう》の建物も、ちがって見えた。かがやきはなくなり、壁《かべ》や屋根はどれも、押《お》しよせるなにかの暗い影《かげ》にふちどられていた。不死の者たちはふるえた。広場を吹《ふ》きすさぶ冷たい風のせいばかりではなく、ニコラスのことばの深刻《しんこく》さを感じたからだ。

「……民のだれかが不死の者から呪いを受けたら、以後、呪いが解《と》けるまでこの国を閉《と》ざさなければならないと定められておる」ニコラスはせきばらいをした。「つまり、ここを出ることはできんし、もうしわけないが、ここをおとずれてくれた者たちも帰ることはできんのだ」心配そうなひそひそ声が広がった。「それだけではすまぬのだ」ニコラスはつづけた。「そればかりか、呪《のろ》いが解《と》けるまで、新しくこの国に入ることもできない」ニコラスは目を落とした。

「なんだって?」「不死を得た魂《たましい》はどうなるんです?」「そいつらはどこに行くんだ?」「なぜなの?」いくつか声が上がった。

「わしにもわからん。こんなことは初めてだ。新しく不死を得た魂がどこに行くのかもわからん。なぜかという質問《しつもん》だが、これが長老たちの定めたおきてだということしかいえん。それだけだ」

「でも、どうしたら呪いは解けるんだ?」ケンタウロスのゼンワイラーが、戦う気じゅうぶんで叫《さけ》んだ。

「わからん」ニコラスは情《なさ》けなくくりかえした。「いっしょに探《さぐ》っていこう」

ソフィアが前に進みでた。「ホリーが、ホリーだけが、自分にかけられた呪いを解くことができます。あの子ならきっとできます」

ニコラスは感謝《かんしゃ》をこめて、古い友人を見た。「ああ、もちろんだとも。あの子はたぐいまれな子だ。知恵《ちえ》と力を持っておる。こんなことは長くはつづかんはずだ」

「クリスマスはどうなるんですか?」ニコラスの北極点《ほっきょくてん》のおもちゃ工場の件《けん》で協力したゴブリンがきいた。

「クリスマスイヴには、いつものように世界をまわることを許《ゆる》されると思う」ニコラスは説明した。「人間たちの幸せはうばわれてはならないからな」

「ですが、大切な助言者をうばわれている人間たちもおります」といったのは、若《わか》くてきまぐれな人間の王の相談役《そうだんやく》をしている魔法使《まほうつか》いだ。不死の者たちはむっつりとうなずき、妖精《ようせい》たちの中には羽をたたんでしまった者もいた。

「短いあいだだけだ。ほんとうだ」ニコラスはふたたびいった。

不死の者たちは静かにニコラスを見つめかえした。その目には、献身的《けんしんてき》な愛《あい》、同情《どうじょう》、忠誠《ちゅうせい》、哀《あわ》れみなどとともに、これまでに見たことがないものも浮《う》かんでいた——それは非難《ひなん》だった。

第七章

その年は、クリスマスの準備《じゅんび》にも特別な思いがあった。ヘリカーンの呪《のろ》いによって、王国は沈《しず》んだ空気に包まれてしまったが、不死の者たちはそれに打ち勝とうと心を決め、おおむねうまくやっていた。クリスマスには、さまざまなすばらしいお祝《いわ》いがおこなわれ、村のせまい坂道は、もよおしでわきかえっていた。プディングやキャンディーなどの、おいしいにおいが空気を満たし、家々は、クリスマスソングや讃美歌《さんびか》でにぎやかだったし、庭や壁《かべ》は花かざりやリースでかざられていた。そしてあらゆるところで、人間界の子どもたちへの贈《おく》り物《もの》作りという重大な任務《にんむ》がさかんに進められていた。昼も夜も、不死の者たちは、のみをふるったり、溶接《ようせつ》したり、トンカチでたたいたり、くっつけたり、彫《ほ》ったり、まげたりした。ファウヌスたちが人形の部品を小さなバスケットに入れてかけまわれば、六本の手を持つギルフィンたちが、目にも止まらぬ早業《はやわざ》でそれを組みたてる。トロイ戦争の勇士たちは、暖炉《だんろ》のそばで何時間もすごし、男の子たちのために、完璧《かんぺき》なおもちゃの兵隊を作った。小鬼《こおに》たちはいつものように、笑えるおもちゃを担当《たんとう》し、そのうちのひとり、地球からたずねてきていた小鬼《こおに》が、すばらしい発明をした。子どもたちの口から入って鼻から出てくる、ぴかぴか光るシャボン玉を作りだしたのだ。

ラッピング担当《たんとう》の妖精《ようせい》たちは、不死の国でも初めて見るような、美しいプレゼントにしたてあげた。光りかがやく妖精の紙で包み、ピンクと銀色のリボンを結ぶのだ。

ガイアとおつきの女性《じょせい》たちは、王国でいちばん大きなモミの木を説《と》きふせて、しばらくのあいだ、シビルス広場に来てもらった。モミの木はかなりのうぬぼれ屋だったので、ガイアが宇宙《うちゅう》一エレガントなかざりつけをするわと約束すると、ことわれなかったのだ。ガイアは約束を守った。天から星をひっぱってきて、ちかちか光るライトがわりにつるし、ふんだんにある宝石《ほうせき》の氷山から作ったプリズムもつるした。妖精たちもやってきて枝《えだ》えだにとまったので、羽を広げると、小さくて華麗《かれい》なチョウの群《む》れそっくりに見えた。

十二月二十四日の午後、ニコラスとトナカイたちが、例年のように村をまわって、さまざまな作業場からおもちゃを集める途中《とちゅう》、足を止めてモミの木をながめた。「これまでで、いちばん美しいツリーだ」ニコラスがガイアにいうと、ガイアは優雅《ゆうが》に会釈《えしゃく》した。広場を見まわすと、たそがれにたいまつの火が灯《とも》り、新しい姫《ひめ》をたたえてヒイラギのかざりがかざられていた。ニコラスは、見送りに集まってきた不死の者たちに向かって、明るくいった。「きっと今年のクリスマスは今まででいちばん美しいものになるだろう」集まっていたゴブリン、妖精、ファウヌス、精霊《せいれい》たちは、そうだというようにうなずき、豊《ゆた》かなバリトンの声を持つケンタウロスも加わって、ニコラスを歌で送りだした。

ニコラスはそりの中で、大きくふくらんだ袋《ふくろ》によりかかり、クリスマスがこの悲しみの王国に、なぐさめをもたらしてくれればと願った。「地に平和を、人に善意《ぜんい》を」ニコラスはつぶやき、やさしく手綱《たづな》を引いて、トナカイたちを前進させた。ご主人様の思いをくみとったトナカイたちは、まるで羽根のように軽々とそりを引き、うれしそうに雪の中をかけだしていった。

「どうした、ドナー?」門の近くまで来てスピードが落ちたので、ニコラスはたずねた。

「人だかりができています、陛下《へいか》」トナカイが低い声で答えた。「飛びこえれば、傷《きず》つけてしまいそうです」

きらきら光る門のそばに、ものほしそうな不死の者たちが集まっていた。そりが近づくと、みなニコラスに頭を下げ、ひとりの魔法使《まほうつか》いが歩みでた。「お願いです、ファーザー・クリスマス、どうか——どうかおたのみしたいのです」不安げに魔法使いは話しはじめた。年老いた目は、訴《うった》えかけるようにニコラスを見つめている。「こういうことは可能《かのう》でしょうか——その、今夜わしを連れていってくださるということが、できませんかな? この、うしろのとこにすわっとります。袋のとなりに。体重もほとんどありません。王様、わしが後見人《こうけんにん》をつとめるお方が、たいへんなことになっとりまして——」

「それは無理ではなかろうか、カドモス」ニコラスは気の毒に思いながらいった。

年老いた魔法使いはほとんど泣き声になっている。「自殺をしようとなさっておるんです! 悪い連中の声に耳をかたむけ、おじ上の陰謀《いんぼう》にあい、しかも……あのお方はまだお若《わか》いのに!」

ニコラスは老人の顔を見て、それから手をのばし、しわくちゃの手首をつかんだ。「乗りなさい。

なんとかやってみよう」みんなの顔が明るくなった。もしカドモスが人間界にもどれるのだとしたら、自分たちもいずれは、と思ったからだ。

トナカイたちは向きを変え、助走をつけやすいように、今来た道をもどった。力のかぎりに前にのびあがるように、地面をけった。上へ、上へ、そりはほとんど宙《ちゅう》に浮《う》きそうだった。しかし、なにかが起こった。いや、起こらなかったというべきか。トナカイたちは地面に落ち、ひづめが氷をかいた。おそろしいうたがいが、ニコラスの心にとびこんできた——もしかしたらまちがっていたのか。クリスマスの旅さえ許《ゆる》されなくなってしまったのか。そんな考えをわきへ押《お》しやった。「もう一度」ニコラスはドナーに指示《しじ》した。

「あの人のせいですよ」ドナーは魔《ま》法使《ほうつか》いのほうを向いたが、魔法使いは聞こえないふりをしていた。

「もう一度やってみよう」ニコラスはくりかえした。

そこで、もう一度やってみたが、やっぱりトナカイたちは落ち、氷をかくはめになってしまった。落ちこみながらも、ニコラスとトナカイたちは、今度は魔法使いを乗せずにもう一度うしろに下がった。ニコラスは三度目の出発の合図をし、トナカイたちは前にかけだした。ひづめが固い氷をガッガッとけり、そして——やった！　トナカイたちは空を飛び、そりもうしろを飛んでいく。これでだいじょうぶだろう。ニコラスは喜びいさんで全宇宙《うちゅう》に向かって叫《さけ》んだ。「メリークリスマス！」

はるか下方では、カドモスがふるえる声で叫んでいた。「ヴァンデルショット将軍《しょうぐん》のいうことは聞くなと伝えてくだされ！　ヴァンデルショットは無視《むし》せよと！」

「もちろん伝えるぞ！」ニコラスは手をふって答えた。


不死の国じゅうで、呪《のろ》いの影響《えいきょう》をいちばん受けていないのが、ホリーだった。レースのゆりかごの中で、あるいは母親の腕《うで》に抱《だ》かれて、あたりに舞《ま》う雪にキャッキャッと声をあげていた。悪夢《あくむ》のような数週間がすぎると、ヴィヴィアナは恐怖《きょうふ》でぼうぜんとしていた状態《じょうたい》から立ちなおり、わが子が凍《こお》った環境《かんきょう》の中でも豊《ゆた》かに暮《く》らせるようにしよう、と決心した。

「病弱な子みたいに扱《あつか》いたくないの」ヴィヴィアナはニコラスにいった。「ほかの子と同じような子ども時代を送らせたい」

ニコラスはやさしく、ホリーはほかの子とはちがうとさとした。

「それでも、すばらしい子ども時代を送らせてあげたいのよ」ヴィヴィアナはきっぱりといった。

「そうなるさ」ニコラスはいった。ふたりは、ヴィヴィアナの腕でゆられているごきげんなホリーを見おろした。

「こんなに美しい子、見たことあって？」ヴィヴィアナがきいた。

ニコラスはちいちゃなピンク色の指にふれた。「たしかに、見たことがない」ニコラスもうなずいた。それから急にいった。「たぶん、ウィル・オ・ザ・ウィスプが来てるんじゃないかな。だから笑ってるんだ」

「ほんとう？　ここに来てるの？」

「たしかじゃないが、勘《かん》だよ」

「あなたには簡単《かんたん》に見つけられるんじゃなくって？」

「ああ、だがウィスプたちはかまわれるのをいやがるからな。次の会議のときに、きいてみるよ」

「でも、百年も先じゃありませんか！」ヴィヴィアナはいいかえした。

「待てるさ」ニコラスは落ち着いていてていった。

ヴィヴィアナはホリーにほほえみかけた。「お父様はしんぼうづよい方ね。それに引きかえ、母は――」

「まだ人間の時間の感覚がぬけない」ニコラスが笑いながら口をはさんだ。

「この子はどちらに似《に》るのかしら？　あなただといいけれど」

「気性《きしょう》もおだやかみたいだな。泣かないし」ニコラスはいった。

「そうね、あの――あの夜以来」ヴィヴィアナの声がふるえた。

「落ち着きなさい。もう終わったことだ」ニコラスがやさしくいった。

「終わってないわ」ヴィヴィアナが泣いた。「この子は雪嵐《ゆきあらし》の中で暮《く》らすしかないんですよ！」

「そうだ。わしもそのことを考えていたところだよ。ホリーの子ども部屋《べや》に少し手を加えんとな」

ホリーの部屋はまもなく、一般的《いっぱんてき》な（といってもぜいたくではあったが）子ども部屋から、凍《こお》ったおとぎの国になった。床《ゆか》には大きな真珠貝《しんじゅがい》で作った乳白色《にゅうはくしょく》のタイルが敷《し》きつめられ、やわらかな虹色《にじいろ》の光を放っていた。壁《かべ》をおおっていたつづれ織《お》りははずされ、かわりに美しい貝殻《かいがら》のすだれがかけられた。ホリーのゆりかごも、大きな貝殻《かいがら》で作られ、ごくうすい絹《きぬ》の天蓋《てんがい》がつけられた。ガイアにプレゼントされた、バラの花びらの上がけをかければじゅうぶんで、真冬の寒い夜には、花々をかけて、永遠《えいえん》に消えないやさしいかおりをかぎながら、ホリーは眠《ねむ》った。

部屋《へや》の片側《かたがわ》にならぶ高い窓《まど》にかかっていた厚《あつ》いビロードのカーテンをはずすと、ヴィヴィアナはとつぜんいいことを思いついた。口がかたく、金属細工《きんぞくざいく》には定評《ていひょう》のあるヴァルコニドのノームたちを呼《よ》び、姫《ひめ》のために銀の森を作ってほしいとたのんだのだ。「森よ」ヴィヴィアナはくりかえした。「銀でね。すてきだと思わない？」自分でもばかげていると思いながらも、しゃべりつづけた。

「はい」ヴァルコニドのリーダーである、サマンダーがいった。

「そんなもの作れる？」

「ええ」サマンダーは簡単《かんたん》に答え、その声で一同はさっと頭を下げて、出ていった。

数日後、百人くらいのヴァルコニドが、木々をたずさえ、もどってきた。それは申し分ないできばえだった。背《せ》の高い銀の樫《かし》、オーク、かえでが、床《ゆか》から天井《てんじょう》へと枝《えだ》をのばし、枝は先にいくにしたがって細くなって繊細《せんさい》な葉をつけていた。葉はどれも紙のようにうすく、自然にある美しい木々とまったくたがわず、葉脈《ようみゃく》もついていた。ホリーの部屋に森ができたのだ。夏には涼《すず》しい日陰《ひかげ》を作り、冬にはきらきらと光る枝のレースになる、魔法《まほう》の森《もり》だ。ノームたちが持てる力をすべてそそぎこんだ結果、銀の木々は四季の移《うつ》り変わりまであらわすようになっていた。

「す、すばらしいわ！」目をみはりながら、ヴィヴィアナはいった。

「見事だよ」ニコラスも、サマンダーを感謝《かんしゃ》して見つめながら認《みと》めた。

ヴァルコニドたちはおじぎした。沈黙《ちんもく》があった。何人かのノームがサマンダーをひじでつついた。ため息をつきながら、サマンダーは帽子《ぼうし》を取り、前に進みでた。「あのう」サマンダーはいった。

「なにか？」ヴィヴィアナがいった。

「あのう」サマンダーはもう一度いいかけた。「なんでもお礼をしますよ、サマンダー」

「ホリーに？」ヴィヴィアナがきいた。

ノームたちはうなずいた。

「ええ、もちろんですよ。まだ会ってなかったのね、その、洗礼式《せんれいしき》のときに……」ヴィヴィアナは口ごもった。

「短すぎたので」

そこで、ヴィヴィアナはホリーをとなりの部屋《へや》から連れてきた。ノームたちはまわりに集まり、赤ちゃんの寝顔《ねがお》をおごそかに見つめた。上気《じょうき》したほっぺに、眠《ねむ》そうな目。とうとうサマンダーはずんぐりした茶色い手をのばすと、生えてきたばかりの赤味がかった金色の巻《ま》き毛《げ》にふれた。「けっこうです」最後にサマンダーはいった。そして、ヴァルコニドたちはそそくさとおじぎをすると、まわれ右をして帰っていった。

ヘリカーンが不死の国をおそってからちょうど一年と一日たった日、ツンドラがもどってきた。すがすがしい秋の日の午後で、ニコラスはひじょうにむずかしい人間同士の争いごとにどっぷりはまっていた。めがねを頭にのせ、机《つくえ》の上は証拠《しょうこ》と反証《はんしょう》でうまっていた。と、書斎《しょさい》のドアが静かに開いて、ツンドラが足をひきずりながら入ってきた。

友だち同士、なにもいわず見つめあった。オオカミはやせて疲《つか》れきって見え、毛もぼさぼさで、目はどんよりしていた。右の前足に、大きな傷跡《きずあと》がもりあがっているのが見えたが、どうしてそんな傷を負ったのか、この長い一年、国はずれにひとりぼっちでどうすごしてきたかなど、ツンドラは話したがらないだろう。「おかえり、友よ」ニコラスはそっとツンドラをいたわった。「おまえがいなくて、ことばにできないくらいさびしかったよ」

「ありがとうございます、陛下《へいか》。ここにもどれてうれしいです」ツンドラは足をひきずりながら、パチパチと音をたてる暖炉《だんろ》の前の敷物《しきもの》に近づいた。横になろうとして一度こちらを向いたが、急にやめて、鼻をつきだし、敷物のにおいをかいだ。ツンドラは体をこわばらせ、また疲れた足をひきずって、部屋《へや》の別の場所へ移動《いどう》した。そして、ニコラスの机のとなりに、なにもいわずに横になった。一分もしないうちに、ツンドラは眠《ねむ》りこんだ。ニコラスはなつかしい顔を見つめながら待った。五分、十分。ツンドラが目ざめないとはっきりわかってから、ニコラスはいすを引き、しのび足で部屋を出て、ヴィヴィアナに知らせにいった。それから、机の横に敷《し》くやわらかい敷物を探《さが》した。

ツンドラは三日間眠りつづけた。ときおり目ざめては、大量に肉を食べ、水をがぶがぶと飲んだ。そして四日目、ニコラスがまた机に向かっていっしょうけんめい仕事をしていると、ホリーがドアのところでよろけた。「どしん」ホリーがいった。

ホリーはここ三週間、歩こうとはするのだが、まだうまくいかない。毎日、ホリーが子ども部屋をぬけだそうとするので、母親や保育《ほいく》のゴブリンたちは、気が気ではなかった。宮殿《きゅうでん》のほかの場所をあたためている暖炉《だんろ》やストーブは、ホリーの氷の心臓《しんぞう》には危険《きけん》だからだ。だが、そんなことは知りもしないホリーは、チャンスがあればいつでも子ども部屋《べや》からさっといなくなり、部屋の外の魅力的《みりょくてき》な世界を探索《たんさく》するのに夢中《むちゅう》だった。つかまえられて、連れもどされても、ホリーは泣かなかった。ちょっと鼻歌を歌い、ゴブリンの髪《かみ》の毛をひっぱって、その鼻に巻《ま》きつけようとするだけだった。

まんまと脱出《だっしゅつ》に成功したことがある。最初は、古い魔法《まほう》の杖《つえ》がしまってある屋根裏《やねうら》部屋で見つかった。屋根裏部屋は寒かったが、「一歳《さい》の赤ちゃんがもしまちがって魔法をかけたら、どんなことになるかわからないわ」とヴィヴィアナはなげいた。その次にはニコラスの書斎《しょさい》に行き着いた。そして、ここは天国だ、と思ってしまった。父親がいるだけでなく、おもしろそうなものがたくさんあったからだ。地球儀《ちきゅうぎ》に、本に、インクに、ペーパーナイフ。けれども、どれもあぶないので、手のとどかないところに置かれていた。この脱走犯《だっそうはん》を部屋にもどさなければということなどすっかり忘《わす》れて、ニコラスはうれしさのあまり、ホリーを宙《ちゅう》にぽーんと投げあげたり、『地球の動物たち』という本のおもしろい写真を見せたり、開いた窓《まど》のところに連れていって、木々が風にはげしくゆれるようすを見せたりした。血眼《ちまなこ》になって赤ちゃんを探《さが》すゴブリンが、書斎にとびこんでくるころには、ホリーとニコラスはいつも共犯《きょうはん》になっているのだった。

さて、ホリーはまたもや脱出して、まっすぐにニコラスの書斎へ来ていた。ホリーは立ちあがると、父親のほうを見てキャッキャッと笑った。ニコラスも笑いかえした。ホリーは、あぶなくてすてきなペーパーナイフなどを探《さが》して、部屋《へや》を見まわした。すると、ニコラスのとなりに眠《ねむ》るツンドラを見つけた。なにかほんとうにおもしろそうなものを目にすると、ホリーは歩くのをあきらめて、ハイハイでとんでいく。あっという間に、ツンドラの顔にはあはあと息を吐《は》きかけ、自分の鼻をツンドラの鼻に押《お》しつけた。そしてじっと観察《かんさつ》した。「いぬ」ホリーはいった。

ツンドラは目を開けもしなかった。「わたしは犬じゃないよ」

「いぬ」ホリーはくりかえし、耳に手をのばした。

ツンドラは頭を上げ、ニコラスのほうを見た。「あなたの書斎《しょさい》に小さな人がいます、陛下《へいか》」

「わかっておる、ツンドラ。これがホリーだ」ニコラスは気がかりなようすで、片手《かたて》をふって暖炉《だんろ》の火を消し、もう一方の手で窓《まど》を開けた。

「ああ、この方が」ホリーが耳をもっと強くひっぱったので、ツンドラは目を細めた。「お目にかかれてうれしいです、お姫様《ひめさま》」

「いぬ」

「わたしは犬ではありません」

「おーかみ」

「そのとおりです」ツンドラはいった。それまでとちがう口調《くちょう》に、ニコラスはふりむいた。ホリーはオオカミのやわらかい首をやさしくたたいており、ツンドラはにっこりしていた。

次の朝、ニコラスがめがねをずらして観察していると、ツンドラはドアのむこうの廊下《ろうか》に足音が聞こえるたびに、期待するように頭を上げていた。ツンドラはなにもいわなかったし、ニコラスもよけいなことはいわずにいた。けれども昼食後、ニコラスが机《つくえ》にもどってみると、ツンドラがいつもいる敷物《しきもの》がからっぽになっていた。午後の時間が静かに流れていく——一時間、二時間、それでもツンドラはもどってこない。四時になると、じっとしていられなくなり、ニコラスはパタンと本を閉《と》じて、なにげないようすで、子ども部屋《べや》へと歩いていった。

見るより前に、声が聞こえた。笑い声の合間に、ホリーがかん高い声で叫《さけ》んでいる。「どう、どう、どう！」アレクシアも必死に声をかける。「しっかりつかまって！　しっかりつかまって！」

ニコラスはドアを開けた。ホリーは青いねまきを着ていた。お昼寝《ひるね》の時間なのに、ツンドラの背《せ》中《なか》にまたがって、両手でしっかりと首に抱《だ》きついている。アレクシアは自分もいっしょに楽しみたいと、ホリーのうしろに乗ろうとしていた。ピョーンととびつくアレクシア。そのたびにうまく横によけるツンドラ。アレクシアはどうしてうまくいかないのか不満げだ。一方、ホリーはおかしくてたまらないようすだった。ホリーやアレクシアには、ニコラスは少しもおどろかなかった。ツンドラにおどろいたのだ。威厳《いげん》があって、落ち着いていて、まじめなツンドラは、ニコラス以上に王らしい存在《そんざい》だった。そのツンドラが、背中に赤ちゃんを乗せ、おかしなキツネをしたがえて、部屋を走りまわっている。ニコラスが心の底からほっとしたのは、ツンドラが大いに楽しんでいたことだ。

この日から、ツンドラは古い仕事と新しい仕事の両方に取りくむようになった。ニコラスのもっとも信頼《しんらい》する助言者であり、誠実《せいじつ》で理性的《りせいてき》なご意見番であり、かしこくて敏速《びんそく》な守護者《しゅごしゃ》であると同時に、ホリーの遊び仲間であり、保護者《ほごしゃ》であり、親友として、誇《ほこ》りをもって、やさしく見まもるようになったのだ。ときどきニコラスは、ツンドラとホリーがぐっすり眠《ねむ》っているところを目にした。ホリーは、一日遊んで疲《つか》れきった忠実《ちゅうじつ》な友に腕《うで》を巻《ま》きつけていた。ニコラスはなるほどと思った。ホリーといれば、ツンドラは失ったテラのことを思い出さずにいられるのだろう。むすめが自分の大切な友を信じ、愛してくれることを、ありがたく思った。

第八章

「どうして?」ホリーは、不安そうに両親を見くらべながらいった。この十六日間、不死の国では夏の太陽のもと、うだるような暑《あつ》さがつづいているにもかかわらず、ホリーの部屋《へや》では銀の枝《えだ》えだから吹雪《ふぶき》が舞《ま》っていた。真珠貝《しんじゅがい》でできた床《ゆか》は、はだしで歩くには冷たすぎ、ヴィヴィアナはホリーの部屋に置いてあるビロードのコートを着こんでふるえていた。「どうして、寒くなくちゃいけないの?」

「おまえの心臓《しんぞう》が、寒くないとちゃんと働かないからだよ」ニコラスがいった。

ホリーは四歳《さい》の想像力《そうぞうりょく》で、必死に心臓の働きについて考えてみた。しばらくするといった。「よそにも、あたしみたいに病気の子がいるんでしょ? その子たちは遊びにこられる?」

「おお、ホリー」ニコラスはホリーを抱《だ》きあげながらいった。「ごめんよ。人間界には子どもがたくさんいるが、不死の国にはほかに子どもがいないんだよ。おまえはここでは特別なんだ」

ホリーのこまったような緑色の目がニコラスを見た。「わかった」とうとうそういい、ニコラスのひざからすべりおりた。そしてぱたぱたと床《ゆか》を横切ると、かくれ場所に行った。それはサマンダーたちが、いちばん大きな銀の木に作ってくれた、小さなくぼみだった。ホリーはその入り口に、緑の葉の刺繡《ししゅう》をしたスカーフをかけていた。考えごとをしたいとき、問題を解決《かいけつ》したいとき、またはひとりになりたいときには、そこへもぐって、カーテンを閉《し》めるのだ。

今も、ホリーは両親に手をふって、スカーフのうしろへと消えた。ごそごそと体を動かして、心地《ここち》よい姿勢《しせい》をとろうとしているようだ。長い沈黙《ちんもく》があった。しばらくすると、小さな声でホリーがささやきはじめた。「うん、いいよ。これもあげる。あたしのお人形、かわいいでしょ？　カサーナっていうの。お洋服がふたつあるんだ。カサーナも病気でね。クリームパンはいかが？　うん、おいしいね。もうひとつ食べる？　ぜんぶ食べてもいいよ……」

寒いときには宮殿《きゅうでん》じゅうどこに行ってもよかったのだが、ホリーはたいてい自分の部屋《へや》にいた。銀の木々の枝《えだ》の下には、貝殻《かいがら》のゆりかごにかわって、レースの天蓋《てんがい》をつけたガラスのベッドが置かれていた。赤ちゃん用のガラガラと木馬は、お人形と本とパズルに姿《すがた》を変えた。部屋の一方では、ミニチュアの町の中を、ガラスと木でできた小さな動物たちが行進し、もう一方にはホリーのイーゼルと絵の具が置いてあった。窓《まど》の下に設置《せっち》されている低くて長い棚《たな》には、〈とこしえ〉の作業場で作ったオルゴールがならび、ホリーはよく夕焼けを見ながら、かわいらしい音に耳をすますのだった。窓辺《まどべ》のふかふかしたいすは、ビロードのソファと、ティーテーブルのまわりにおいてある小さなひじかけいすのほうを向いている。食事は、雪をつむいだガウンをまとって、宮殿のダイニングルームで、両親とともにいただいた。このガウンはギエ氏の製作《せいさく》したもので、ろうそくの光に照らされると、ダイヤモンドのようにかがやいた。特別にあたたかい夜には、ニコラスは魔法《まほう》でちょっとのあいだ雪を呼《よ》びだし、ガウンを補強《ほきょう》したので、ホリーの心臓《しんぞう》は溶《と》けることなく、適当《てきとう》な温度に保《たも》たれた。

外の場合はもっと複雑《ふくざつ》だった。ぴりっと寒い冬の日などは、庭はもちろん宮殿《きゅうでん》の中より寒いので、ホリーにとっては都合《つごう》がよかった。ところが、外の天気はすぐに変わる。日差しが強くなって空気があたたまり、あぶない温度になるのを、だれが予測《よそく》できるだろう？　それに、そのあぶない温度っていったい何度だ？　不死の国にある聖《せい》アンボワーズ研究所のギャストン・ラヴァリエ博士《はかせ》でさえ、たしかな答えは出せなかった。ヘリカーンがやってきた運命の夜以来、何度かひやっとするできごとはあったものの、あれほどの事件《じけん》はなかった。それに、よちよち歩きの時代、ホリーは何度かあたたかい部屋《へや》に入りこんだが、なんともなかった。でも、きっと危機一髪《ききいっぱつ》だったのだわ、とヴィヴィアナはゆずらなかった。これは謎《なぞ》であり、むずかしい問題であり、ホリーにとっては、意味不明の罰《ばつ》でもあった。自分はどんな悪いことをしたのだろう、と考えはじめたのだ。

その夜、寝《ね》る時間をずっとすぎたころ、ホリーはきらきら光るベッドからはいだして、こっそり部屋を横切り、窓《まど》から外をながめた。窓の下にあるふかふかのいすにのぼって、ガラスに顔を押《お》しつける。西の空はまだピンク色で、宮殿の庭のずっと先には、色とりどりのランタンが、村の通りにつるされているのが見えた。遠くの明かりに影《かげ》がゆらめいて見えるのは、だれかが踊《おど》っているのだろう。パーティーが開かれているのかもしれない。ホリーはガラスに耳を押しつけ、もれてくる音楽が聞こえないか、けんめいに聞こうとした。なにも聞こえない。雪が床《ゆか》に舞《ま》いおちるかすかな音だけだ。

ホリーは慎重《しんちょう》に窓《まど》わくに両手をかけると、押《お》しあげた。静まりかえった部屋《へや》にぎいっときしむ音がひびいた。気むずかしいゴブリンがドアのむこうから顔を出すのではないかと思って、ホリーはびくっとした。でもなにも起こらない。ホリーはもう一度、窓わくを押して、いちばん上まで持ちあげた。やわらかな、あたたかい風が流れこんだ。夜は甘《あま》いかおりがして、いろいろな音に満ちていた。窓の下の暗い木陰《こかげ》からは、かさかさいう音や、チーチーという鳴き声が聞こえる。そのむこうの芝生《しばふ》からはセミの歌声がわきあがってきた。遠くから、笑い声や音楽の一節が風にのって聞こえてくる。ホリーは身を乗りだして、けだるい夏の空気をむさぼるように飲んだ。あごを上げて、星を、月を、夜空にひろがる魔法《まほう》のきらめきを見わたし、夢《ゆめ》を描《えが》いた。

「ホリー」ホリーはぎくっとしてとびあがった。ツンドラだった。白い毛が暗い部屋で光っている。

「窓は閉《し》めていなくてはなりませんね。開けていては、体があたたまってしまいますよ」

ホリーは小さすぎて、いいかえせなかった。小さすぎて、パーティーに出てみたいということや、あたたかい夜に集まって笑っている生き物たちを見たいということや、しんしんとふる雪と銀の風にはあきあきしているということを、説明できなかった。しかたなしにホリーは泣きだした。窓ぎわのいすに丸くなって、すすり泣いた。ツンドラはしばらくそっと見まもっていたが、やがて顔をよせ、やさしくホリーの耳をなめた。ざらざらしたツンドラの舌《した》はくすぐったくて、ホリーは泣きやみ、小さなしゃっくりをした。

「耳に涙《なみだ》がたまっていますよ」

「鼻にも」

「暑《あつ》いんですか？」

「ううん」ホリーは気のない返事をした。「だいじょうぶ。影《かげ》を見てたの。村でパーティーをやってるよ」

「パーティーをしたいんですか？」ツンドラが期待をこめてきいた。

ホリーが顔を上げた。希望にかがやいている。「ほんと？　ほんもののパーティー？　子どもも来るの？」

「い、いえ」ツンドラは自分のいったことを悔《く》やんで、口ごもった。「いいえ――ここには子どもはいませんからね。大人たちのパーティーですよ。舞踏場《ぶとうじょう》で」

ホリーはまたうなだれた。「だったらいらない」

オオカミは、かわいそうに思いながら見つめた。「すみません。そんなことがしたいわけじゃないですよね？」

ホリーはしっかりしたようすでツンドラを見た。「いいの。あたしを喜ばせようと思っていったんでしょ。あたしのことを好きだからよね」ホリーはツンドラの首に腕《うで》をまわし、顔を毛の中にうずめた。

「おやすみの時間ですよ」

「おやすみの時間ね」ホリーはすなおにくりかえし、なにもいわずに、窓《まど》ぎわのいすからおりて、ツンドラの背中《せなか》に乗った。ツンドラは慣《な》れたもので、文句《もんく》もいわずホリーをベッドまで運び、やわらかなマットレスの上に、どさっと落とした。そっと鼻をくっつけあうと、ホリーは体を丸めて、寝入《ねい》った。

時がすぎ、ホリーは人生が変わるような発見をいくつかした。それは二月のひどく寒い、どんよりとした日に起こった。寒くなればなるほど元気になるホリーは、部屋《へや》をとことこ走りまわって、お人形でサーカスを作っていた。ホリーのサーカスは、はらはらするような出し物がいっぱいで、眠《ねむ》っているオオカミたちの上を飛びこえるような、命知らずの芸もあった。ライオンの口にお人形の頭をさしいれようと、ホリーはライオンを探《さが》した。そうだ、車輪のついたおもちゃのライオンがあったっけ。あれを使おう、とホリーは思い出した。

でも、どこだろう？　ホリーは考えこみながらあたりを見まわした。このあいだ、動物園を作ったよね。そうか、クローゼットの中だ。ホリーはクローゼットのほうにぱたぱたと走っていって探した。雪のねまきを着たホリーは、いそがしい天使のようだった。クローゼットはそこだけでひと部屋ほどもあり、服はかかっていなかったが（服は氷のように冷たい洋服ダンスにしまってあった）どうしてもすてられないような、古いおもちゃやがらくたが入っていた。ホリーは奥《おく》の暗いところに目をこらした。ライオンはそこにころがっていたが、ホリーの目は見たこともないものに吸《す》いよせられた。なめらかな黒い皮におおわれた長い筒状《つつじょう》のものが、台の上にのっかっている。ホリーはまじまじと見つめた。なんだろう？　こんなものは見たことがなかった。明るいところに台をひっぱってくると、筒《つつ》のまわりには真鍮《しんちゅう》の金具《かなぐ》がついていて、一方のはしには厚《あつ》いガラスがついているのがわかった。もういっぽうのはしには、小さなのぞき穴《あな》が、のぞいてといわんばかりについている。ふっと思いついたのか、かつて見たことがあったのか、ホリーはその台を窓《まど》のところに持っていった。

しばらくして、ニコラスとヴィヴィアナが、ホリーに寝《ね》る前のお話を読んであげようとやってくると、むすめは本を積み重ねただけの不安定な台の上に乗り、うっとりと望遠鏡《ぼうえんきょう》をのぞきこんでいた。見たことのない望遠鏡だった。ホリーは興奮《こうふん》した顔で、両親のほうを向いた。「これ、なあに？」ホリーは息を切らせて、父親にたずねた。

村の明かりが大きく見えたのだろうか、とニコラスは望遠鏡をのぞきこんだ。ところが、目にとびこんだのは、常夏《とこなつ》の島の風景だった。色あざやかな赤と青のコンゴウインコがゆれるヤシの木にしがみつき、実をうばいあっていた。豊《ゆた》かな緑のむこうには、おだやかな太陽のもと、澄《す》んだ青い水がきらきら光っていた。ニコラスはこのあたたかそうな風景をしばしながめていたが、ホリーがぐいぐい服をひっぱって催促《さいそく》するので、そちらを向いた。「これは島だよ」

「でも青いのは？　青いのはなに？」しつこくきかれて、ニコラスは悲しみが押《お》しよせてくるのを感じた。ホリーはこれまで一度も、大量の波打つ水を見たことがないのだ。ホリーにとって水といえば、凍《こお》っていて、白くてかたまっているもので、海や湖や小川や滝《たき》のように水しぶきをあげることはなかった。むすめはほとんど閉《と》じこめられているのだということをあらためて思い出し、ニコラスは望遠鏡をたたきつぶしてしまいたい衝動《しょうどう》にかられた。ホリーが手に入れられないものを見せつけるだなんて。ニコラスはけんめいに心を落ち着けると、ホリーに海のことを説明した。ホリーの目はおどろきでまんまるになった。ニコラスが説明しおわると、ホリーはだまってまた望遠鏡《ぼうえんきょう》のほうを向き、踊《おど》る波やけんかしている鳥たちをあきずにながめた。

その夜おそく、ニコラスとヴィヴィアナは、あの望遠鏡がどこから来たのか思い出そうとした。だれにも知られずに、あのごちゃごちゃしたクローゼットの中に長年入っていたにちがいない。ヴィヴィアナは、あの山のような洗礼式《せんれいしき》の贈《おく》り物《もの》の中にたしかに見たような気がするといった。ニコラスは、きのうまであそこにはなかったはずだといった。けれども結局、ふたりとも単におぼえていないのだった。ふたりは気づいていなかったが、思い出せないのは、この望遠鏡が、うすいクモの巣のように、宮殿《きゅうでん》全体に魔法《まほう》をかけていたからだった。それは弱い魔法で、危険《きけん》もなければ、気づかれることもなく、魔法をかけた者もその意図《いと》も明かすことはなかった。ただ、だれもがその望遠鏡をあまり疑問《ぎもん》も持たずに受けいれるという小さな魔法だった。何日かすると、ニコラスとヴィヴィアナは、えたいの知れない望遠鏡の出どころを考えようともしなくなり、ホリーがレンズを通して、凍《こお》った部屋《へや》のずっと遠くに広がる、広大な海や、活気のある街や、めずらしい風景をながめるようすを、にこにこしながら見ていた。

ホリーにとってこの望遠鏡は、今まで考えてもみなかった、たくさんの物語や人生を見せてくれる窓《まど》だった。小さなレンズをのぞくと、夏の午後、アメリカのダコタのほこりっぽい庭で、鬼《おに》ごっこをしている子どもたちが見えた。アフリカのザンジバルでは、生まれたばかりの息子《むすこ》を自慢《じまん》げに見せびらかしている父親が、ロンドンの舞踏場《ぶとうじょう》では、紫《むらさき》色《いろ》のシルクのドレスを着た美しい女性《じょせい》が王子様の腕《うで》に抱《だ》かれて、くるくると踊《おど》っているのが見えた。すっかり引きこまれて見ていると、ヒマラヤの凍《こお》った山の斜面《しゃめん》を、けんめいに登っていく男たちの一団《いちだん》も見えた。パリではひとりの女性《じょせい》が、新しく発明されたすばらしいエレベーターを動かしてみせ、銀行家たちをおどろかせていた。とりわけ太った銀行家は、こんなあぶないもんに乗れるか、と拒否《きょひ》していた。中国では女帝《じょてい》の前に三千人の人々がひれ伏《ふ》していた。女帝の豪華《ごうか》な絹《きぬ》の服は、人々のかがめた背中《せなか》の海の上で炎《ほのお》のようにかがやいた。ゴブリンにしかられて、とうとう望遠鏡《ぼうえんきょう》から引きはなされたホリーの緑色の目にはまだ、なにもない平原をうれしそうに走っていく、自由な野生の動物の姿《すがた》が映《うつ》っていた。

この望遠鏡には、変わった特徴《とくちょう》があった。もっとも楽しくて、もっとも興味《きょうみ》をそそるような場面しか映さないのだ。ごみごみした大都市や、日の照りつけるアフリカのバンツーの村に焦点《しょうてん》をさだめてみても、いちばんいい面しか見えなかった。飢餓《きが》も、奴隷《どれい》も、貧困《ひんこん》も、強欲《ごうよく》も、悪も、暴力《ぼうりょく》も見たことがなかった。レンズを通して見た人間界は、喜びと冒険《ぼうけん》に満ちていた。よいおこないはかならず報《むく》われ、勇気ある者は勝利し、勤勉《きんべん》な者は成功をおさめ、だれからも笑顔《えがお》がこぼれ、子どもたちはゴブリンに止められることなく、自由に広い野原をかけまわっていた。夜、ガラスのベッドに横になり、枝《えだ》の影《かげ》におおわれながら、ホリーは人間界に行くことができたら、と想像《そうぞう》しながら眠《ねむ》りについた。

第九章

「ゆでたまごと」ホリーはいった。「レモネード、それにフライドチキンとケーキよ」

ツンドラが身ぶるいした。「フライドチキン？　だれがそんなもの食べるんです？　わたしはなにか食べてから出かけることにします」

ホリーはため息をついた。「ツンドラ、かっこうだけでもいいから、いっしょに食べるふりをしてよ。ピクニックなんだから。本で読んだの。フライドチキンを食べるんだって。だからお願い」

「わかりましたよ」ツンドラは不満そうにいった。

「それに、ケーキは好きでしょう」ホリーはツンドラにいった。

「あんたはケーキが好き」アレクシアがいった。「でも、あたしもケーキは大好き。とくにお砂糖《さとう》のかかったやつ。ホリーの八歳《さい》の誕生日《たんじょうび》、おぼえてる？」

「はっきりと」とツンドラ。

「あたしが夜中に目をさまして、〝お砂糖〟って聞いただけで吐《は》きそうっていったのに、あんた

〝お砂糖《さとう》〟っていったわよね、それで——」

「おぼえてるよ」ツンドラがさえぎった。

「あのときどうしていったの？」アレクシアが問《と》いつめた。

「どうしてだろうね」ツンドラが答えた。

ホリーはクローゼットに入って、バスケットを探《さが》していた。「ピクニックに行くときは、食べ物をバスケットに入れるのよ。ああ、あった」ホリーはあたりを見まわした。「それから下に敷《し》く毛布《もう》も いるね。毛布《ふ》の上にすわるんだって」

「毛布なんて持ってないでしょ」アレクシアがいった。

「ママなら持ってるかも」ホリーはいって、ヴィヴィアナを探しにいった。

どうしてお皿やカップやフォークを外に持ちださなくちゃならないんですか、という厨房《ちゅうぼう》のゴブリンたちを説《と》きふせていろいろなものをかき集め、ひとりと二匹《ひき》は宮殿《きゅうでん》の庭にくりだした。このピクニックを思いついた張本人《ちょうほんにん》のホリーが、先頭を行った。お話の本にはピクニックのことが書いてあって、外で食べるのはとても楽しくて、食べ物に虫が入っても気にならないとか、食べたあとはゲームをして遊ぶとかと読んだのだ。ピクニックはふつう、雪の中ではおこなわないものだけれど、それ以外の点ではふつうと同じにしよう、と決めていた。

それはすばらしくお天気のよい、きんきんに寒い日で、ひとりと二匹が小さな空き地をパリアン池まで歩いていくと、新雪にさくさくと足跡《あしあと》がきざまれた。モミの林に囲まれた池は、凍《こお》ってガラスのように光っていた。その岸辺《きしべ》に、ホリーは母親から借りた真っ赤な毛布を広げた。お皿とカップを注意深くならべ（手を使えるのはホリーだけだが、一応《いちおう》みんなの分を用意した）、そこに食べ物と飲み物を入れた。ツンドラとアレクシアはこまったようにレモネードとチキンを見つめ、おあいそ程度《ていど》にちょこっと口をつけると、あとは知らんぷりだった。けれども、アレクシアはゆでたまごを次から次からむさぼり食べたし、ツンドラは大きなチョコレートケーキをたいらげた。ホリーはあまりに楽しくて、たくさんは食べられなかったが、口を動かしながら、友だちににこっと笑いかけた。「本に書いてあったとおり。たしかに外で食べたほうが楽しい。それに食べ物に虫が入る心配だってないね」

それからしばらく、ホリーは両腕《りょううで》を枕《まくら》にして寝《ね》そべり、水色の空をながめた。アレクシアは、アヒルがいたらからかってやろうと、池のまわりを散策《さんさく》しはじめた。

ホリーはツンドラを見あげた。ツンドラは池のはるかむこうに目をすえたままだ。「なにか見えるの？」ホリーはきいた。

「わかりません。なにかおかしいのです」

「見にいこうよ」

「いいですよ。でもわたしが先に行きます。念のため」

ホリーはにっこりした。ツンドラはいつもそういう。「わかりましたよ、長官《ちょうかん》」ツンドラは正式には王室宮内式部《くないしきぶ》長官なのだが、その肩書《かたが》きをこそばゆく思っているのだった。

「ではまいりましょう、姫《ひめ》。オーベードとシェレンヘールの皇女《こうじょ》よ」ツンドラはすらすらと答えた。

ホリーは舌《した》を出し、ツンドラといっしょに仲よく池のふちを歩いて、黒い森へと向かっていった。

木々も冬ごもりするのだが、ツンドラとホリーが分け入っていくと、カサカサとささやく声が聞こえた。「こんにちは、姫様《ひめさま》。こんにちは、長官」老いた松の木が、重々しい声でいった。

ホリーは思わず吹《ふ》きだしそうになった。となりを歩くツンドラのわき腹《ばら》もひくひくしているのがわかったが、どちらもなんとか威厳《いげん》を保《たも》ってうなずき、歩きつづけた。森のむこうの雪におおわれた野原でなにかが起こっているのに、ようやくホリーも気づいた。ふつうの鹿《しか》くらいの大きさの小さな白いトナカイが、何度も小高い丘《おか》を登っては、かけおりていくのである。何度もそれをくりかえしながらも、そのトナカイはなぜか悲しそうだった。泣いているのだ。

トナカイの悲しげなようすにいてもたってもいられず、ホリーはかけよった。「どうしたの、トナカイさん？」ホリーがちょうど声をかけたとき、トナカイが丘からジャンプした。その声にびっくりして、ますますみじめな着地になってしまった。これががまんの限界《げんかい》だったのだろう、トナカイはあたりにひびきわたる声でわめいた。

「できないよー！」トナカイは泣き叫《さけ》んだ。「できなーい！」

「なにができないの、トナカイさん？」ホリーはトナカイの背中《せなか》をやさしくたたきながらたずねた。

「飛べないんだよー！」トナカイはわあわあ泣いた。

ツンドラの目は笑っていたが、まじめな声でいった。「ひとりでがんばることはない。生まれつき飛べるトナカイなんて、ごくわずかなんだ。だから学校があるんだよ。そこで飛び方を習えばいい」

「でも、ド、ド、ドナーがぼくに授業《じゅぎょう》を受けさせてくれないんだ」トナカイは鼻を鳴らした。

ホリーは腹《はら》が立った。「なぜ？　どうして受けさせてくれないの？」

そうきかれて、トナカイはさらに涙《なみだ》にくれた。「ぼくを見てよ！　この目をさ！」

「そんなに泣いてたら、目なんて見えないよ」ホリーはやさしくいった。

トナカイは涙をおさえようとした。頭を上げ、ホリーの顔を見た。トナカイは斜視《しゃし》だった。茶色い目の片方《かたほう》はまっすぐこちらを向いているが、もう一方はよそを向いていた。「わかったでしょ？」トナカイは悲しそうにいった。

ホリーはトナカイのあごの下のごわごわした毛をなでた。「お名前は？」

「メテオール」

「目は見えるの？　そうなっていても見える？」ホリーはきいた。

「うん」メテオールは身がまえていった。「だいたいね。遠くのものは見えないけど、それはほかのトナカイにまかせればいいもの。ぼくはひっぱるだけだ。力は強いんだよ」メテオールはつけくわえた。

「でもね、メテオール、クリスマスイヴにそりをひっぱるには、遠くまで見えなくちゃ。だって、途中《とちゅう》でいっぱい止まらなくちゃならないでしょう？」

メテオールはうなだれた。「わかってるよ」メテオールはみじめにいった。「わかってる。もっと優秀《ゆうしゅう》なトナカイはいっぱいいるし。でもぼく、飛べればそれでいいんだ。クリスマスイヴにそりを引けなくてもいいや。ぼく、飛びたいんだ。それなのにドナーはだめだっていう」

ホリーはツンドラのほうを見た。ツンドラはうなずいた。「ねえ、メテオール」ホリーはひざをついて、メテオールの顔をのぞきこんだ。「わたしたち、お手伝いできるかもしれない。ツンドラとわたしが、飛び方の授業《じゅぎょう》に出て、教わったことをあなたに教えるのよ。ドナーやコメットやほかの先生方がいったことを、一字一句《いちじいっく》までくりかえしてあげる！」

メテオールはどすんとすわりこんだ。「ホリーお姫様《ひめさま》だね」メテオールはとてもうれしそうにいった。

ホリーはうなずいた。

「へぇえ！」メテオールは、ホリーを上から下まで見た。「思ってたのとぜんぜんちがうや」

「どんなふうに思ってたの？」ホリーはふしぎに思ってきいた。

「それは、そのう——ええと……」すまなさそうに、しだいに声が小さくなっていく。

「なに？　なんなの？」ホリーはきいた。

「聞いたことだけど、あの、その——ええと——その、体が弱いって」メテオールは、あたりさわりのないことばを必死で探《さが》した。

ホリーはメテオールを見つめた。「体が弱いって？　心臓《しんぞう》のこと？　わたしの心臓はいつも冷やしておかなくちゃいけないから、あまり外には出られないの。今日みたいな日以外はね。みんなはわたしのどこが悪いと思っているの？」

「みんな——心臓だっていってる、今、姫様がいったみたいに」メテオールはあわてていいわけをした。「でも、でも——姫様を見たことがないから、それでいろいろと想像《そうぞう》しちゃうんだ」

「どんなことを？」ホリーはくいさがった。

「いや、つまんないことだよ」

「どんなことを？」ホリーはくりかえした。

「ええと」メテオールは地面を見た。「妖精《ようせい》か小鬼《こおに》みたいに小さいんだって聞いた。歩けないんだっていう人もいるし、何年も前に悪い魔女《まじょ》に連れ去られたんだっていう人もいる。だから——」メテオールは急いで話を終わらせようとした。

「だから、なに？」ホリーはうながした。〈とこしえ〉の住民たちが、ホリーのことを考えているとも知らなかったし、そんな根も葉もないうわさをでっちあげているなど、思いもよらなかった。

「だから、王様は前みたいに、ぼくらのところにお出ましにならないんだって——姫様《ひめさま》を取りもどすために、闇《やみ》の魔法の勉強にいそがしいからだって」メテオールはもごもごといった。

「そんなばかげた話は聞いたこともありません」ツンドラがぴしゃりといった。

「わかってる。でも、きかれたから答えただけだよ」

ホリーはだまって、なめらかな白い空を見あげた。まもなく、また雪がふりはじめるだろう。やがてホリーはその緑色の目をメテオールに落とした。涙《なみだ》があふれてくる。「みんなにいってくれる？」ホリーはメテオールにたのんだ。「わたしのことを見たって。小さくもなければ、連れ去られたりもしてないって。心臓《しんぞう》のことだけなのよ。冷たくしておかなくちゃならないから、だれにも会いにいけないの。それにパパは闇の魔法の勉強なんかしてない。わたしの世話をしてるだけよ」ツンドラがなぐさめるように、ホリーの頭に鼻をすりよせた。ホリーはぱちぱちとまばたきした。

「さあ」と力強くいった。「飛び方の授業《じゅぎょう》について、相談《そうだん》しよう」

次の日、ホリーはなにげないようすでうまやにすべりこんだ。ドナーが、やる気満々の若《わか》いトナカイたちに飛び方の基礎《きそ》を教えていた。ホリーは胸《むね》の高さほどの入り口の扉《とびら》の上によじのぼって、知らん顔でそこにすわると、トナカイたちが助走の大切さや、正しい姿勢《しせい》について講義《こうぎ》を受けるのを聞いていた。コメットがみんなにジャンプの練習をさせているときは、口にわらを一本くわえながら、干草《ほしくさ》のかたまりの上に寝《ね》そべって見ていた。

「とにかく自信を持つことだっていってたよ」その日の午後、ホリーはメテオールにいった。「ドナーはね、風速だとか、地表付近《ふきん》の重力だとか、宙《ちゅう》に浮《う》くまでどのくらいの速さで走らなくちゃならないかとか、ずっとしゃべりつづけていたけれど、コメットはひと言、飛べると信じることだっていってた。わたしもそうだと思う。風速だの、重力だのを気にしてたトナカイたちはみんな落ちたけど、自信をもって飛んだトナカイたちは、空に向かって見事なジャンプを見せてたもの」

そこで特訓《とっくん》がはじまった。天候《てんこう》がゆるせば、ホリーとツンドラは、毎日午後になると池の裏《うら》の小さな空き地に行って、メテオールと落ちあった。そこで、ホリーはその日の授業《じゅぎょう》をくりかえし、メテオールの飛ぶ練習を指導《しどう》した。来る日も来る日も、メテオールは雪の中でねばり強く練習をした。ときどき見事な弧《こ》を描《えが》くこともあったが、ほとんどは氷をけちらし、足がこんがらがる結果になるだけだった。一日に何度も、メテオールは雪の中から体を起こし、汗《あせ》びっしょりになって、よろけながら、しわがれ声を出した。「今度こそわかったよ」ホリーとツンドラは見まもりつづけるうちに、このままでは無理じゃないかとうたがいながらも、メテオールのやる気だけはうたがわなかった。

ある凍《こお》りつくような寒い日、アレクシアも練習を見についてきた。それまでにも何度もいっしょに出かけたが、落ち着きのない性格《せいかく》のため、すぐにアヒルやリスや、一度などアナグマに気を取られてしまったのだ。だからまだメテオールに会ったこともなかったし、特訓《とっくん》を手伝ったこともなかった。だが今日は、ホリーがきれいに雪をならしてやった斜面《しゃめん》を全速力でかけていくトナカイに向かって、アレクシアははげましのことばや、役に立たない忠告《ちゅうこく》などを叫《さけ》びつづけた。メテオールが十八回目の挑戦《ちょうせん》からもどってきたとき、アレクシアはえらそうにしっぽを丸め、目を細めてメテオールを見た。「あんた、やる気ないでしょ」

メテオールはショックを受けて、アレクシアを見た。「もちろん、やる気はあるよ、このおたんこなす！　何週間も足がちぎれるほど、がんばってるっていうのに！」

「もっとはげましてあげなくちゃ、レクシー」ホリーがいった。

アレクシアは意地になって鼻をつんと上に向けた。「でも、ほんとにやる気がないんだもの。飛びたいのはわかるけど、それとはちがうわよ。メテオールはね、『今度こそ飛べたらいいだろうな』なんて思いながらかけおりてるわけ。でもそんなんじゃなく、『飛んでる。ぐんぐん上がってる。宙《ちゅう》に浮《う》いてる！』って思わなくちゃだめよ」

ホリーはびっくりしてアレクシアを見つめた。「そうよ、レクシー。きっとそうよ！」ホリーは、すねたような顔をしているメテオールのほうを向いた。「メテオール、アレクシアのいうとおりにやってみようよ。自分は飛んでるんだっていいきかせて、心からそれを信じるの。地面から体が浮くことを考えて、体のまわりを風が吹《ふ》きぬけていく感じを想像《そうぞう》するのよ。ほかにはなにも考えないで！」

「うまくいかないよ」メテオールはぶつぶついった。

「ほらね」アレクシアが冷ややかにいった。「ほんとは飛びたくなんかないのよ」

「飛びたいよ！」メテオールは爆発《ばくはつ》した。「飛びたくてたまらないんだよお！」

「でも、失敗するのもこわくてたまらないわけね」アレクシアがするどくいいかえした。「いっしょうけんめいやって失敗するのがこわいもんだから、手をぬいてるのよ」

ツンドラは、アレクシアのきついことばに頭をふったが、その目にはいつになく尊敬《そんけい》の色があった。ホリーも、アレクシアがどういうわけか、メテオールの問題を見ぬいたことに気づいた。でも、メテオールのうなだれた頭をなでながらささやいた。「メテオール、だれでも失敗するのはこわいよね。わたしもよ。でも、見てるのはわたしたちだけでしょ。それにわたしたちはあなたが飛べても、飛べなくても、好きよ。だからやってみて。力のかぎりにやってみてごらん」

メテオールは頭を上げた。「わかった、全力でやってみる」

メテオールはふりかえって、丘《おか》の上まで足早にもどっていった。そして、雪に鼻先をこすりつけた（ドナーのアドバイスだ）。そして、目を細めて空き地の先を見おろした。一瞬《いっしゅん》、考えこんだあと、走りだした。

メテオールの前足が持ちあがるずっと前から、みんな今度こそいける、とわかっていた。走りに、毅然《きぜん》とした姿勢《しせい》に、前へとつき進むようすに、今までとちがうものが感じられたからだ。ついに飛んだとき、メテオール自身もそれに気がついていないようだった。メテオールの頭にあったのはただひとつ、自分が飛ぶ姿《すがた》だけだった――体の下で目がまわるようにうずまく空気、重力をこえて体がふわりと持ちあがる――すると、とつぜんそのとおりになった。空き地のはずれに集まった茂《しげ》みの、まばらに残る裸《はだか》の枝《えだ》をかすめながら、メテオールはただ走りつづけ、上へ上へ、どんどん高く、池のまわりの木々が小さな黒いかたまりに見えるまで上っていった。空をかけると、日光がぎらぎらとまともに顔に照りつけた。その最高の瞬間《しゅんかん》、太陽にまで飛んでいけそうな気がした。それから、下を見てみた。ホリーとツンドラとアレクシアが、ずっと下で歓声《かんせい》を上げ、応援《おうえん》していた。どの顔もかがやいている。メテオールは笑顔《えがお》を返した。そして、数秒後にはまっすぐにおりてきた。やわらかな新雪の上に落ちたのは運がよかった。雪をふりはらっているあいだに、仲間たちが雪をかきわけながら、集まってきた。

「よくやった、がんばったな！」ツンドラがほめた。

アレクシアがその足元で跳《と》びはねた。「ね？　ね？　あたしのいったとおりでしょ？」

足の数が少なくていちばん不利なホリーは、両腕《りょううで》をふりながら、雪の中を最後にやってきた。「すごい！　最高よ！」そう叫《さけ》んで、ホリーは雪の吹《ふ》きだまりにたおれこんだ。ぴょこっと頭を上げても、まだにこにこしていた。「すごかった！　だれが見たって、もう何年も飛んでたみたいだった！」

メテオールは軽やかに雪の中を歩いていくと、ホリーが背中《せなか》につかまって起きあがれるようにひざまずいた。

「ありがとう」メテオールの気づかいに感謝《かんしゃ》して、ホリーはいった。

「いや、ぼくのほうこそ」メテオールは真剣《しんけん》に答えた。「姫様《ひめさま》がいなかったら、ぼくはけっして飛べなかった。命令にはなんでもしたがいます——いつまでも」

「それでは、わたしを起こしなさい」ホリーは笑いながらいった。メテオールの首に両腕《りょううで》を巻《ま》きつけると、くぼみからひっぱりだしてもらった。ホリーはささやいた。「あなたのこと、とっても誇《ほこ》りに思ってる」

「もう二度と飛べないとしても？」

「もう二度と飛べないとしてもよ。でも、飛べると思う」

メテオールはまた飛べた。アレクシアがえんえんと、あたしのおかげよ、というのから逃《のが》れるように、その日だけでさらに何度か飛んだ。次の日には、またあっという間に飛べなくなっていたらどうしよう、という不安も乗りこえた。その次の日には、鳥のようにゆったりと空を飛び、どこにでも望むところに着地できるようになった。次の週、ホリーの提案《ていあん》により、メテオールはコメットを呼《よ》んできて、実は飛べるのだと打ち明けた。コメットはもちろん、ではやってみろ、といい、メテオールは喜んで飛んで見せた。するとコメットは、ドナーをおいしそうな夕食の席からひっぱりだして、めずらしく独学《どくがく》で飛べるようになったトナカイを見てくれといった。

「ふん」ドナーはまだくちゃくちゃかみながらいった。「どうやって飛べるようになった？」目は着地するメテオールを追っていた。

「さあねえ」コメットがいった。

「どうやって飛べるようになったんだ？」ドナーはメテオールに呼《よ》びかけた。

「友だちが手伝ってくれたんです」メテオールは答えた。

「友だちというと？」ドナーはうたがわしそうにきいた。「トラーか？」生徒たちは、飛ぶ秘訣《ひけつ》を部外者にもらしてはいけないことになっていた。

「いいえ、トラーじゃありません。ホリー姫《ひめ》とツンドラです。それから小さなキツネのアレクシアも」メテオールはいやいやつけくわえた。

「ホリー姫だと？　なぜ姫を知っている？」

「ぼくが飛ぼうとしているのを、ある日お見かけになって。かわいそうに思われたのでしょう。手伝ってくださることになったのです」

「うーむ」ドナーは考えた。天使のような顔をして、うまやのまわりで寝《ね》っころがったりして、なにをしているのかとふしぎだったのだ。「目はどうだ？　見えるのか？」

「まだ一度もぶつかってません」

「うん、そうか。それでは仲間に入るがいい。着地をもう少し練習する必要がある」

「はい」メテオールはすなおに答えた。

コメットはやさしくメテオールにほほえみかけた。「あきらめないでよくここまでがんばったな。いい根性《こんじょう》してるぞ」

ニコラスに話したのはコメットだった。その夜、夕食の席で、ニコラスはホリーをじっと見ていた。ホリーはヴィヴィアナやソフィアと、なぜ人間の女の子は、手袋《てぶくろ》をはめたり、はずしたりしなければならないのかという、説明のつかない問題についておしゃべりしていた。ホリーは望遠鏡《ぼうえんきょう》で、女の子が手袋をはめたり、はずしたりするのを見て、いったいどういうことかと考えていたのだった。手袋が発明されるずっと前に人間界を去ったヴィヴィアナとソフィアには、答えられなかった。

ニコラスがとつぜん切りだした。「飛ぶ勉強をしているそうだな」

「見た目よりむずかしいよ」ホリーが答えた。

「聞くところによると、メテオールによくしてやったそうじゃないか」

「メテオールって?」ヴィヴィアナがとまどってきいた。

「わたしが飛ぶのを手伝ったトナカイでね――」ホリーが話しはじめたが、ニコラスがさえぎった。

「それは親切なことをしたね。だが、これからはドナーとコメットにまかせておきなさい。仕事に口出しする気だなどと思われたくないからね」

ホリーは、なにをいいたいのか察《さっ》して、ニコラスを見た。「わたしのことを守りたいっていうのはわかるけど、みんなはわたしがどこか悪いから、かくしてるんだと思ってるのよ」

「どういうことだね?」ニコラスは両手をテーブルの上に置いて、きいた。ソフィアは刺《さ》すような視線《しせん》をニコラスに送った。

ホリーは、メテオールが教えてくれたおかしなうわさ話を伝えた。「ほんとよ、パパ。わたし、ときどき村に行ってみんなに会いたい。今みたいに寒いときなら、あぶなくないし、こんなばかげたうわさはやめさせたいの」

「でも、飛び方も知らないのに、どうやってトナカイに教えたの？」ヴィヴィアナは、小さな問題が解決《かいけつ》されないかぎり、大きな問題は解決できないとでもいうようにいった。

ホリーが説明しているあいだ、ニコラスはだまって考えていた。これが民とのあいだに距離《きょり》を感じるようになった原因《げんいん》だったのだ。将来《しょうらい》に向けて考え、願い、計画するとき、いつもその奥底《おくそこ》に、恐怖《きょうふ》の波がひたひたと押《お》しよせてくる。宮殿《きゅうでん》をはなれるときはいつも、階段《かいだん》の途中《とちゅう》で立ちどまり、もう一度うしろをふりかえってしまう。おもちゃが作られている作業所に立ちよるときも、「地上の生物に援助《えんじょ》と慰《なぐさ》めを委員会」で静かに報告《ほうこく》を聞いているときも、かすかな恐怖のささやきに注意をそがれてしまうのだ。ホリーは無事だろうか？　こうしている今も、もしかするとヘリカーンが、ホリーの部屋《へや》のドアの前にいるかもしれない。もう二度とホリーには会えないかもしれない。くだらん、とニコラスは自分を責《せ》めた。まったくばかげたことだ。おくびょう者の考えることだ。

人々は知っていた。かつてはニコラスの考えが、はっきりその目にあらわれたのに、今はヴェールがかかって見えない。その裏《うら》にある秘密《ひみつ》を、おしはかることもできない。ニコラスが以前のように、心を開いてくれなくなったことを人々は知っていた。国の上にかかった新たな影《かげ》を見ながら、人々はあれこれ考えをめぐらしていたのだ。

ニコラスはホリーを見やった。メテオールの初飛行のようすを説明している。顔はかがやき、両手は、トナカイの飛び方にはほど遠いが、まねてバタバタしている。まちがっていた、とニコラスは思った。この子の未来が心配だからって、わしらと同じように、不死の者たちがこの子を愛するのを、じゃましてはならない。

「ホリー、おまえが正しいようだ」ニコラスはとつぜん宣言《せんげん》した。「村へ行き、不死の者たちと知りあいになって、暮《く》らしぶりを学びなさい。わしらがおまえをひとり占《じ》めするわけにはいかん」

ホリーとヴィヴィアナはびっくりしてニコラスを見た。「ほんと?」ホリーは喜びの声をあげた。

「ほんとうですか?」ヴィヴィアナもくりかえした。

「ああ、ほんとうだ。すぐにでも外出を計画しよう」ニコラスはうれしそうに笑いながら、ひげをなでた。「ペロタの試合を見にいくっていうのはどうだね?」

ソフィアは自分の前に置かれた皿をぼんやり見つめながら、だまってすわっていた。なにかを思い出そうとするように目を細めていたが、やがてもとの表情《ひょうじょう》にもどった。そして、友人を見まわすと、にっこりした。「ペロタね。すごくいい考えですこと」

第十章

それは太陽と氷がかがやく、まぶしい冬の午後だった。ヒイラギの赤い実が、雪の下から顔をのぞかせ、光っている。いつもなら自分の名前の由来《ゆらい》であるヒイラギの木のところで立ちどまってゆっくりとながめるのだが、今日のホリーはちょっと手をふっただけで、足早に走り去った。黒いブーツが雪の上にさくさくと足跡《あしあと》をきざむ。ツンドラがとなりを楽々と大またで歩いていく。凍《こお》った地表を踏《ふ》むと、ばりばりと音がした。「思ったんだけど――」ホリーはツンドラにおくれまいと、息を切らせながらいった。「ソフィアはちょっと早めに授業《じゅぎょう》を終えてくれたんじゃない？」

「しゃべりながら走ると息が苦しくなりますよ」ツンドラが助言した。

「でも」

不死の者の中には、〈とこしえ〉から出られないことにいらだっている者もいたが、日々の生活の苦労からはなれ、休日を与《あた》えられたととらえている者もいた。ソフィアは、神の思《おぼ》し召《め》しと思っていた。もともと、ソフィアはヴィヴィアナのもっとも信頼《しんらい》する友人であり、心の支《ささ》えであったが、ヴィヴィアナがホリーの身に起きたことへのはげしいショックから立ちなおると、ソフィアが助けるべき相手は母親からむすめに変わった。ホリーがいつかヘリカーンと対決《たいけつ》する日が来るのは避《さ》けられない。すさまじいものになるであろうその戦いのために、準備《じゅんび》しておかなければいけないことは、ソフィアもわかっていた。ふりかかる危険《きけん》からいちいちむすめを守ろうとしているニコラスを見るにつけ、父親にはとうてい教えられないだろうことを、自分が教えなくてはならない、とソフィアは思った。用心のため、ニコラスにもヴィヴィアナにもなにもいわなかった。ただ、ホリーの家庭教師《きょうし》になりたいと申し出た。賢人《けんじん》の中の賢人に子どもを教えてほしいと思わない親がどこにいるだろう。ふたりは喜んでこの申し出を受けた。

はたから見れば、ソフィアの授業《じゅぎょう》はごくふつうの教育に見えた。よい家庭教師ならだれもがするように、読み書きと計算を教えた。しかし、ソフィアは想像《そうぞう》の技《わざ》や、心のかけひきや、勇気の学問をも教えた。ホリーは、自分の先生は世界一頭がいいと信頼《しんらい》しきっていて、教えられたことはすべて飲みこんだ。ソフィアもまた、自分の生徒が通常《つうじょう》の授業の裏《うら》にかくされている秘密《ひみつ》の授業をも、しっかりと学んでいることに満足していた。それに、ふつうの生徒とちがって、ホリーは決して飽《あ》きなかったし、いつも学ぶ意欲《いよく》を持っていた。

けれども今日はちがった。今日は早くペロタの試合に行きたくてたまらなかった。しかし、ソフィアはがんこだった。授業が終わるのは三時、一分たりとも早めるわけにはいかないという。ホリーは落ち着かなかった。鉛筆《えんぴつ》をころがし、カールした髪《かみ》をいじった。645と書くところを、456と書いた。そして、時計がすばらしい音色で三時を告げると、ホリーはぱっといすから立ちあがり、ツンドラの待つ廊下《ろうか》へととんでいった。

　ホリーとツンドラは、速く、もっと速くと、走りに走った。小さな木立《こだち》をまわりこむと、目の前にパリアン競技場《きょうぎじょう》が広がっていた。ホリーはびっくりして息をのんだ。霜《しも》のおりた広い芝生《しばふ》の上で、今まさにペロタの試合がおこなわれていた。

　不死の国でおこなわれるペロタは、人間界のものと似《に》ているところもあったが、もっと乱暴《らんぼう》なスポーツだった。選手たちは長い柄《え》のついた丸いカゴを持ち、それで小さな赤いボールをすくって、ゴールに投げ入れる。すると得点になる。しかし、カゴはボール保持者《ほじしゃ》がゴールに近づかないようにするために、かわしたり、ついたりという乱暴なことにも使われた。このように荒々《あらあら》しい上に、チームは二つではなく三つあり、ゴールは三つではなく四つあるのだ。四つ目のゴールはクモの巣《す》と呼《よ》ばれていて、そこにボールを入れるとマイナス点になる。そこだけはきっちり決まっているものの、あとはルールなどほとんどなく、あってもしょっちゅう破《やぶ》られているので、やじや非難《ひなん》の声が飛び交《か》っていた。

　唯一《ゆいいつ》ゲームの秩序《ちつじょ》を守る審判《しんぱん》は、めずらしくやせたゴブリンで、グシャと呼ばれていた（ほんとうの名前はエリトリオンといったが、その髪型《かみがた》のせいでみんなグシャと呼んでいた）。グシャは、違反行為《いはんこうい》があると、そのつどホイッスルを鳴らし、同時にせかせかとスコアもつけていた。

　ファウヌスも、ゴブリンも、サテュロス（注1）も試合をするが、中でもいちばん見ごたえがあるのは、四本足と二本の腕《うで》を誇《ほこ》るケンタウロスの試合だった。馬のがっしりした体と、猛烈《もうれつ》ないきおいで走る能力《のうりょく》を持つ一方、人間同様にずるがしこい作戦を練り、チームプレーがじょうずで、いかさまも得意だった。だから、ケンタウロスのペロタは、荒《あら》っぽいが、スピードがあって、わくわくするゲームなのだ。

ホリーは口をあんぐり開けてゲームを見ていた。赤いボールをしっかりおさめたカゴを、喜びいさんで頭の上にかかげている選手を追いかけて、三十八頭のケンタウロスが叫《さけ》び声を上げながら、怒濤《どとう》のようにかけていく。ゴールのほうに突進《とっしん》していくと、ボールを持ったケンタウロスは腕《うで》をふりおろして、ゴールを決めようとしたが、わき腹《ばら》を思いっきりつかれて、横だおしになった。二頭のケンタウロスはぬかるみにもつれあってたおれ、ぶつぶつ文句《もんく》をいった。ボールは二頭の手元をはなれ、霜《しも》のおりた芝生《しばふ》をころころころがっていった。

ケンタウロスたちはふたたび叫び声を上げながら、小さな赤いボールめがけて、ひづめの音も高らかにぐんぐん迫《せま》っていく。ホリーは、先頭を行くゼンワイラーが、地面からボールをすくいあげようと、雄叫《おたけ》びを上げながらカゴを前にのばすのを見た。グシャははげしくホイッスルを吹《ふ》き鳴らし、「タイムアウト！　タイムアウト！」と叫んだが、だれも聞く耳を持たなかった。みんな得点のことなど気にしていなかったからである。とにかく、ボールを追いかけ、つかみ、叫んで、投げる、それだけだった。

「ホリー！　こっちに来てすわりなさい」ニコラスがそりの上から叫んだ。ニコラスは試合開始からそこにいた。実は始球式もつとめたのだ。王としての栄誉《えいよ》ということもあるが、ケンタウロスはボールを投げた者を踏《ふ》みつけるので有名なので、だれもやりたがらなかったせいもある。ケンタウ

（注1）半人半獣《はんじんはんじゅう》の酒や女を好む森の神。

ロスたちはニコラスを尊敬《そんけい》していたので、なんとか難《なん》はまぬがれたものの、それでもひやりとする一瞬《いっしゅん》だった。ニコラスはボールが手をはなれる瞬間まで、自分は不死なのだ、不死なのだ、と心の中で唱《とな》えた。そして大急ぎで逃《に》げた。

ホリーは父親の横にかけよった。「パパ」ニコラスのとなりの席《せき》にすべりこみながら、ホリーはいった。「これってきっと世界一おもしろい試合ね」

「そうだな」ニコラスはうけあった。「なにしろケンタウロスの試合だからな。リシニアスを見てみろ。左のほうにいる栗毛《くりげ》のやつだ。あいつはすばしこいぞ。見ろ、ほら、走っていった！　リナスとアップホーグのうしろにまわりこむつもりだ――ほら、見ろ！」栗毛のケンタウロスは、うまく敵《てき》のすきまに割《わ》りこみ、ひざをついて、大切な赤いボールを取りかえした。

「でも、わたしはゼンワイラーが好き」ホリーは試合を見つめながら、つぶやいた。「だってすごく大きいし、楽しそうにやっているんだもの」

「ああ、ゼンワイラーのようなやつはいない」ニコラスも同意した。「そんなに戦略《せんりゃく》はないようだが、いちばん勇気がある」

そのことばを証明《しょうめい》するかのように、ゼンワイラーはちょうどほかの選手の背中《せなか》をとびこえようとしていた――あたりまえだが、じっと立っている選手ではなく、走っている選手の背中だ。とびこえられた方は、それに気づいてさっと向きを変えると、ゼンワイラーが着地するあたりに動いた。ゼンワイラーは地面にたおれて一回転し、急いで立ちあがると、どなった。グシャはホイッスルを力いっぱい吹《ふ》いたが、怒《おこ》ったゼンワイラーはおかまいなしに行動に出た。さっとカゴを放り投げると、強い腕《うで》を下にのばし、敵《てき》の首根《くびね》っこをつかんで持ちあげたのだ。持ちあげられたケンタウロスはもがいたが、その力はゼンワイラーにはとうてい及《およ》ばなかった。ゼンワイラーは敵を背《せ》にかつぐと、そいつのチームのほうへと地ひびきをたてながら、フィールドをかけていった。チームメイトが仲間を助けようと、どかどか近づいてくると、ゼンワイラーは荒馬《あらうま》のように後足で立ちあがり、やってくる群《む》れのすぐ目の前に、背中であばれる乗客を落とした。ケンタウロスたちは大声を上げて、仲間を踏《ふ》みつける前に急ブレーキをかけようとした。ゼンワイラーは、勝利の雄叫《おたけ》びをあげながら、カゴを拾いに急ぎもどった。ホリーは、集まったファウヌス、サテュロス、ゴブリンたちとともに、とびあがってゼンワイラーに声援《せいえん》を送った。

ホリーは、そりでじっとしていられなくなり、出ていってサイドラインのところで歩きまわったり、とびあがったりしている観客《かんきゃく》にまじった。ニコラスは居心地《いごこち》のよいそりの中から、ホリーがほかの者たちと手をたたいたり、歓声を上げたりするようすを、やさしく見つめていた。あの子はこれでいいのだ――〈とこしえ〉の住民たちにまじり、いっしょになって楽しむべきなのだ。フィールドでのおふざけをたたえて、ホリーとファウヌスが手をにぎりあっていた。目をみはるようなパスが、ゴールにつながったのを見て、ホリーはマクスという名の小さなファウヌスと、うれしそうに笑いあっている。内気なゴブリンでさえ、青く長い指でフィールドのほうを指さしながらだいじな試合の進展《しんてん》を教え、ホリーとことばを交わしているようだ。

ニコラスはぶるるとふるえて、首にしっかりとマフラーを巻《ま》きなおした。黒い雲が空を疾走《しっそう》し、気温が急激《きゅうげき》に下がっている。「ツンドラ」ニコラスは呼《よ》びかけた。「ホリーのようすを見たかね――

―ツンドラ？」ニコラスはすわりなおしてあたりを見まわしたが、ツンドラはいなかった。

ニコラスは立ちあがって、フィールドを囲む観客《かんきゃく》の輪を見わたした。すると、オオカミが少し高くなったところから、試合をしているケンタウロスたちにしっかりと目をとめているのが見えた。

ツンドラを見つけて一瞬《いっしゅん》安心したニコラスだったが、今度ははてなと思った。「あいつはいったいなにを見ておるのだ？」とつぶやいて、ツンドラの視線《しせん》を追った。どうやら一頭のケンタウロスのようだ。小柄《こがら》で灰色《はいいろ》のが、みんなから少しおくれてついていく。だが、それがどうしたというのだ？ ニコラスはいぶかしく思った。もう一度見た。おだやかだった胸《むね》の内を、不安が切り裂《さ》いた。あんなケンタウロスは見たことがない。

次の何秒間かは、苦しいほどゆっくりと流れた。ツンドラはさっとニコラスのほうを見て、それから観客の中のホリーを見つけた。同じころ、すっかりおくれた灰色のケンタウロスが、凍《こお》った地面でくるりと向きを変えると、うろたえたようにサイドラインのほうを向いた。ファウヌスたちは、このおかしな行動にやじを飛ばしはじめた。ぎりぎりまで沈黙《ちんもく》していたグシャも、数を数えて、はげしくホイッスルを吹《ふ》き鳴らしはじめた。ルールに反し、四十頭の選手がフィールドにいたからだ。

ホリーはふしぎそうにマクスのほうを見た。このホイッスルの意味を説明してくれるかもしれない。芝生《しばふ》を囲む黒い木々に風がひゅうひゅうと吹きはじめ、腐《くさ》ったようなにおいが、観客のほうにただよってきた。

「うへー！ なんだよ！」顔をおおいながら、ファウヌスとゴブリンが叫《さけ》んだ。ホリーはせきこんで、新しい友だちの肩《かた》に顔をうずめたので、ツンドラの白い影《かげ》がすぐわきを通って芝生のほうにかけていったのが見えなかった。

灰色《はいいろ》のケンタウロスは、いまやフィールドの外へ向かっていた。ニコラスはホリーのほうへ走りながら、勝利の叫《さけ》びを上げたケンタウロスの口が黒いのをはっきりと見た。そして、ケンタウロスはホリーが立っているあたりへ、真っ赤に燃《も》える球を投げつけたのだ。ボールはホリーにはあたらなかったが、近くに落ちて、まわりの雪を瞬時《しゅんじ》に溶《と》かし、めらめらと炎《ほのお》を上げた。

「パパ！　なにがあったの？」ニコラスがかけつけると、ホリーは泣いていた。逃《に》げまどう生き物たちにもみくちゃにされている。炎はどんどんいきおいを増《ま》す。燃えるものもないのに。ニコラスはホリーの顔色が悪いのに気がついた。急いでホリーを抱《だ》きあげ、そりのほうを向いたが、まわりはぜんぶ、ぱちぱち燃える炎に囲まれている。ニコラスは必死であたりを見わたし、火の切れ目がないか探《さが》したが、どこにもなかった。ニコラスがひざまずいて、雪のなかにホリーを寝《ね》かせたときには、ホリーはもう気を失っていた。

そのころ、ツンドラは灰色のケンタウロスに追いついていた。ぴょーんとひととびすると、ケンタウロスの背中《せなか》にのり、がぶりとその首すじにかみついた。ヘリカーンは殺しても死なないだとか、逆《ぎゃく》に自分があぶなくなるだとかは、思いもしなかった。ただ純粋《じゅんすい》なオオカミの怒《いか》りにまかせて、なにがあっても、食《く》らいついたままはなすまい、と思っていた。ケンタウロスはもがき、悪態《あくたい》をつき、金切り声を上げたが、ツンドラの牙《きば》に長く耐《た》えてはいられなかった。ケンタウロスはよろめき、たおれた。

ほかのケンタウロスたちが、なにが起こったのか理解《りかい》するまで、しばらくかかった。ぼうぜんと見つめながら、立ちつくしていた。ゼンワイラーがふるい立って叫《さけ》んだ。「来い、ケンタウロスたちよ！　戦いだ！」この叫びにつき動かされて、ケンタウロスたちがオオカミとその敵《てき》のほうへと、ひづめをとどろかせながら突進《とっしん》していった。いちばん足が速く、いちばん怒《おこ》っているゼンワイラーが最初に灰色《はいいろ》のケンタウロスのところに到着《とうちゃく》した。すばやく距離《きょり》を測《はか》り、ケンタウロスの尻《しり》を思いっきりけとばそうとしたが、はずして、もう少しでツンドラをけるところだった。

灰色のケンタウロスは耳をつんざくような叫び声を上げると、最後にぐいと体を持ちあげた。「苦しむがいい！」とキーキー声でいった。「おまえのひづめを鉛《なまり》に変えてやろう、このロバめ！」ぶつぶつとなにかを唱《とな》える声が聞こえると、ゼンワイラーがうしろにたおれた。足が不自由になっていた。ツンドラはますます牙《きば》をつきたてたが、おそかった。ケンタウロスはくさい雲になって消えた。

ホリーはドアに耳をくっつけた。木のドアを通して、部屋《へや》の中の声がよく聞こえた。ホリーはここにいるはずではなかった。前日の災難《さいなん》から回復《かいふく》するまで、横になっているようにいわれていた。けれども、宮殿《きゅうでん》につづく小道をやってくる代表団《だいひょうだん》の声が聞こえたので、自分の部屋から大広間へと通じる秘密《ひみつ》の道を（ほんとうのことをいうと、そんなに秘密でもないのだが）こっそりやってきたのだ。

市民連盟《れんめい》に派遣《はけん》されてきたというファウヌスの静かな声が聞こえる。もちろん、ケンタウロスたちが自《みずか》ら宮殿にやってくるはずはない。床《ゆか》や天井《てんじょう》やドアがあるところは苦手だからだ。そこで、不死の国でいちばん機転《きてん》のきく生き物であるファウヌスたちが代表団《だいひょうだん》に選ばれたのだろう。

しかしそのときのファウヌスは、ゼンワイラーのぐあいについて心配そうにたずねるニコラスに、静かな声で答えるだけだった。はい、ゼンワイラーの鉛《なまり》のひづめは、永遠《えいえん》に治りませんし、取ってしまうこともできません。はい、ラヴァリエ博士《はかせ》が診察《しんさつ》しましたが、手術《しゅじゅつ》のしようがないということでした。はい、歩けますが、ゆっくりとで、二度とペロタをすることはできません。はい、とても落ちこんでいます。

「しかし、王様。わしらは別の件《けん》でお話にまいりました」鈴《すず》の鳴るような声が切りだした。ロムラスだ、とホリーは思った。年よりのファウヌスで、青いベストを着ており、「とこしえの花」という授業《じゅぎょう》を受けもっていることで知られていた。不死の国に新しく入ってきた者たちのための授業だ。いまや新しく入ってくる者もなく、ロムラスは手持ちぶさたにぶらついては、書きもしない本のため、必要もない標本《ひょうほん》などを集めていた。しかし、今、ロムラスは自信に満ちた声をしていた。

「お子様の、姫様《ひめさま》のことです。昨日《きのう》はそのお姿《すがた》を拝見《はいけん》できて、みな喜んでおりました。いや、喜んでいたなんてもんじゃありません」ロムラスは急いでいいなおした。「かわいらしいお方で、わしらはただただ、なにかしてさしあげたい、お姿を拝見していたいという強い気持ちでいっぱいになりました。ホリー姫がお達者《たっしゃ》でおられることだけが、わしらの望みです」ロムラスはコホンとせきをした。「そのことを念頭《ねんとう》において、代表として申しあげたいのはですな、民の中には姫様が公共の場に――つまり、その――村においでになることに、不安をおぼえる者もいるということです」

ロムラスが意を決するまでに、しばらく間があった。「不死の者の中には――もちろん、わしではありませんが、中には——姫様《ひめさま》がおいでになると、わしらに——いや、みなに危険《きけん》が及《およ》ぶのではと考える者もいるのです」

ソフィアの銀色の声がひびいた。「お忘《わす》れですか、ロムラス。ホリーが危険をもたらすのではなく、わたくしたち自身の恐怖《きょうふ》が危険をもたらすのです。わたくしたち自身の問題なのですよ」

ひづめを踏《ふ》みかえる音がし、ふるえる声がいった。「でも、姫様がごいっしょのときに、おそれるなっていわれても無理だ」

しばらく沈黙《ちんもく》が流れ、やがてニコラスが口を開いた。その声は沈《しず》んでいた。「ロムラス、サイレニックス、そしてほかの者たちよ、おまえたちの誠実《せいじつ》さと勇気に感謝《かんしゃ》する。おまえたちの心配はよくわかった。わしも同じ気持ちだ。むすめのことを知ってもらい、わしと同じようにむすめを愛してもらいたいと願っていたが、危険が大きすぎることがわかった。ホリーがおまえたちのところへ行くことは、こんりんざい禁止《きんし》する」

怒《おこ》ったような小さな声が、とつぜんこの流れを中断《ちゅうだん》した。「あの、びくびくするのははずかしいことだと思います！」ホリーはひと言も聞きもらすまいと、ドアに耳を押《お》しつけた。「ぼくはきのう初めて姫様に会いましたが、とってもとってもかわいらしいお方でした。もし姫様がぼくらのところに来たいとおっしゃるなら、喜んでお迎《むか》えするべきだと思います。だって、ぼくらより、姫様のほうがずっとたいへんなんだ。そうじゃない、ロムラス？」

それはペロタの試合で出会ったファウヌスのマクスだった。ホリーははっとして、考える間もなくドアを押し開けて姿《すがた》をあらわし、石の床《ゆか》を横切ってマクスのもとにかけよった。ホリーがあらわれた瞬間《しゅんかん》、不安が波紋《はもん》のように広がったが、ホリーは気づかなかった。忠実《ちゅうじつ》な友ができたという思いでいっぱいだった。

「ああ、マクス。いってくれてうれしかった」ホリーはやさしくいった。「でも、心を痛《いた》めたり、仲間に腹《はら》を立てたりすることなんてないよ」ホリーはロムラスのほうを向いてうなずいた。「ロムラスは正しいもの。不死の国で、これ以上いやなことが起こってほしくない。もうじゅうぶん騒《さわ》ぎを起こしてきたんだもの。かわいそうなゼンワイラーに、ほんとうにほんとうにごめんなさいと伝えてね。ことばではいえないくらい悪いと思ってる。そして、ときどき遊びに来てね。この宮殿《きゅうでん》に」ホリーはほほえもうとした。「お茶会でもしよう。いつか」

代表団《だいひょうだん》は、向きを変え、ホリーにさよならをいって、ドアから出ていった。ホリーは最後のひとりが見えなくなるまで、その背中《せなか》を見送っていた。そして、いすに凍《こお》りついたようにすわっているニコラスにひと言もことばをかけないまま、秘密《ひみつ》の道を通って、自分の部屋《へや》にもどった。


その夜、ニコラス、ヴィヴィアナ、ソフィアはヴィヴィアナの部屋に集まっていた。ホリーの心臓《しんぞう》が凍《こお》らされてしまった、あの長い夜のように。

「あいつはもどってきませんわ」ソフィアはきっぱりといった。「今はね」

「なぜだ？」ニコラスは暖炉《だんろ》の前を行ったりきたりしながら、暗い声でいった。「したいことはなんでもできるのではないのか」

「ニコラス」ソフィアはニコラスの目をまっすぐに見つめていった。「絶望《ぜつぼう》するなんて、あなたらしくないですわ。あいつは目的をはたしたから、もどってはきません」

「それはなんなの？」緊張《きんちょう》してすわっていたヴィヴィアナがきいた。

「ホリーをひとりぼっちにしたかったの」ソフィアはいった。「話し相手や生きがいを求めさせ、どれも不死の国では見つからないと思わせたかったのです。不死の者たちに、ホリーに対する恐怖《きょうふ》を植えつけ、またホリー自身も不安にさせて、ここで幸せに暮《く》らせないようにしたんだわ」

「なんて残酷《ざんこく》な」ヴィヴィアナが叫《さけ》んだ。

「残酷なだけじゃない」ニコラスが苦々しく答えた。「孤独《こどく》になったホリーは、ますます人間界にあこがれるだろう。やつのねらいはそこだ。そうだろう、ソフィア？」

ソフィアはうなずいた。

「しかし、わしになにができる？　あの子のために、民を危険《きけん》にさらすわけにはいかん。ゼンワイラーを見てみろ！　ほとんど歩けないような不自由な体になってしまったんだ——それもわしらのせいで！」

「あなたは正しいことをしたのです、ニコラス」ソフィアがいった。「ほかにどうしようもありませんもの。でも、それがホリーの暮らしをせばめてしまった。あまりにも孤独な暮らしですわ」

ニコラスはぎゅっと口を結んだ。「あの子にはわしらがいる。それでじゅうぶんだろう」

「でも、ずっとというわけにはいかないわ」ヴィヴィアナがいった。

「いいや、永遠《えいえん》にだ」ニコラスが答えた。

「いいえ！」ソフィアとヴィヴィアナが同時に叫《さけ》んだ。ふたりは視線《しせん》を交わした。どんなに愛されていても、永遠《えいえん》にとらわれの身でいれば、ホリーの心はこわれてしまうだろう。「ねえ、ニコラス」ヴィヴィアナが口を開いた。「ホリーが自分自身で決めるときが、いつか来るって――」

「もしまちがった選択《せんたく》をしたら、やつに滅《ほろ》ぼされてしまうんだぞ」ニコラスがさえぎった。「そんなことを許《ゆる》すわけにはいかん」

「でも、逃《に》げることはできないでしょう」ソフィアがいった。

「いや、できる」ニコラスがすぐに答えた。「ホリーはここに、この宮殿《きゅうでん》にいれば安全だ。わしらが目を光らせて守ってやれるからな。だからあの子はずっとここにいるんだ」

ふたりの女性《じょせい》はおたがいを見つめた。この人はまちがってるわ。ヴィヴィアナの青い目が光った。

ええ。でも、そのうちわかるわ。ホリーが教えるでしょう。そして、愛が勝つのよ、とソフィアの黒い目が答えた。

ニコラスはなにもいわずに、ぱちぱち燃《も》える暖炉《だんろ》を見つめていた。

第十一章

ホリーは惨事《さんじ》の起こったペロタの試合以来ずっと、あまりにおそろしく、みじめな気持ちだったので、なぜ自分が火の球でねらわれたのか、たずねられずにいた。その後のいろいろなことから、あれは自分のせいだったように思えた。それがほんとうなのか疑問《ぎもん》にも思わないまま、非《ひ》は自分にあるのだと思いこんでいた。ニコラスとヴィヴィアナはというと、ヘリカーンのことと、オディルの牢獄《ろうごく》から自由になるためのもくろみについて、ホリーに話そうということになった。「ホリーは知っておかねば」ふたりは結論《けつろん》に達した。「なにも知らずにいるのは、ひじょうに危険《きけん》だ」しかし、何度となくその機会があったのに、うまくいかなかった。おまえは呪《のろ》われている、そのことばがいえなかったのだ。ずっとずっと地下深く、灰色《はいいろ》の肌《はだ》の魔法使《まほうつか》いが住んでいて、おまえの心を得るためには、どんな悪事でも働き、すべてが成功したあかつきには、みんなを滅《ほろ》ぼしてしまうだろう。その男がおまえを待っている、とはとてもいえなかった。

そのかわり、ふたりはホリーにやさしくおやすみのキスをして、髪《かみ》をなで、ゆっくりおやすみなさい、と声をかけて部屋《へや》のドアを閉《し》める。そしてホリーは、頭上の銀の葉にきらめく月の光を見つめながら、バラの花びらの上がけをあごまでひっぱりあげ、そっとお祈《いの》りをするのだった。それはいつも、どうか長老様、わたしを悪い夢《ゆめ》からお救いくださいさい、ということばでしめくくられた。たいてい、この願いは聞き入れられ、ホリーは深い眠《ねむ》りに落ちていった。けれども、ときどき長老たちに祈りが聞こえなかったのか、悪夢《あくむ》がクモのようにひそやかにホリーの心にしのびよってくるときもあった。

夢の中で、ホリーは実際《じっさい》よりもずっと背《せ》が高くて、まわりじゅうに子どもがいた。子どもたちは小さくて、たよりがなくて、ホリーが世話をしてやっている。子どもたちは芝生《しばふ》の上を、ごろごろころげまわって、ホリーはそれを見ながらいっしょになって笑っていた。そのあいだじゅう、ホリーの心の奥底《おくそこ》には、執拗《しつよう》ならたがいと、いいようのない恐怖《きょうふ》があった。やがて、子どもたちが遊んでいた芝生が、みるみる持ちあがり、おそろしいうなりを上げて、急にかたむいた。そして、そこからぺっと吐《は》き出されたのは、見たこともない生き物だった。しなびて黄色みがかっていて、しわのあいだからねばねばした白い粘液《ねんえき》がにじみでている。それは身ぶるいして、なにか獲物《えもの》はいないかと探《さが》すように頭をまわしている。ホリーはぞっとしながら、そいつが探しているのは自分だと確《かく》信《しん》するのだ。逃《に》げだそうと、必死で足を動かしかけるが、そこで子どもたちに目がいく。この子たちをおいて逃げるわけにはいかない。しかし、すばやい動きが、生き物の注意をひいてしまった。そいつはこっちを向き、ホリーを見つけた。長く黄色い指を上げてホリーをさし、大きな黒い口を開けて笑っている。腕《うで》がくねくねと伸《の》びてきて、今にもホリーを——

ホリーは目がさめた。はあはあ息をしている。髪《かみ》は汗《あせ》でびっしょりだった。ツンドラが頭を上げ、心配そうにきいた。「お母様を呼《よ》んできましょうか」

ホリーがくいしばった歯をゆるめるまで、少し時間がかかった。「ううん」

「なぜ？」

「心配するからよ」

「でもなぜひとりで、がまんするのです？」

短い沈黙《ちんもく》が流れた。「ひとりじゃないもん。いっしょにいるじゃない」

ツンドラはじっと考えていた。「バルコニーに出て、月を見ませんか？」

「ううん」

「お話でも聞かせましょうか？」

「ううん」

「ほんとうにお母様を呼ばなくていいですか？」

「いい」

ツンドラは納得《なっとく》できず、暗やみの中でベッドのほうを見つづけた。ホリーがぱんぱんと枕《まくら》をたたいてふくらまし、寝《ね》がえりを打つのが聞こえた。部屋《へや》は静かだった。ツンドラは考えこみながら、交差させた前足に頭をのせ、目を閉《と》じた。

ベッドから押《お》し殺したようなすすり泣きが聞こえる。ツンドラは立ちあがって、ホリーに近づいた。月の光がさしこんで、ホリーが眠《ねむ》っていないのがわかった。顔を枕にうずめて、肩《かた》をふるわせている。ツンドラがやさしく鼻でホリーをつつくと、ホリーは涙《なみだ》でぬれた顔を上げて、いつものように、赤くなった鼻をツンドラの鼻にくっつけた。「不死なんかじゃなきゃよかった」ホリーはつぶやいた。

「なぜ？」

「ずっと終わらないような気がするから」

「悪夢《あくむ》が？」

「そう」

「終わりますよ、ホリー。いつか、終わります。いつとはいえませんが」

「そうね」ホリーはツンドラの耳をひっぱり、ツンドラは満足そうにため息をもらした。「ツンドラ？」

「ん？」

「そっちのベッドで寝《ね》てもいい？」

ツンドラは目を開けた。「ベッドなんかじゃありませんよ。ただの敷物《しきもの》です。あなたには固すぎますよ」

「ううん、だいじょうぶ。窓《まど》ぎわのいすのクッションを下ろすから」

「はあ、わかりました。けとばさないでくださいよ」

ホリーは敷物の上で横になったツンドラによりそうように、クッションをならべた。そしていっしょに横になり、もぞもぞ、くねくねと動いた。「やめてください。じっとして」ツンドラが注意した。

ホリーはすなおにしたがい、じっとした。しばらくして、「ありがとう」とホリーがささやいた。

「なにがですか？」

「もうこわくなくなった」

「それはよかった。おやすみなさい」


十二時間後、ツンドラはオークの古木の陰《かげ》に立ち、黒い枝《えだ》を見あげながら、めずらしくたのみこむような表情《ひょうじょう》を浮《う》かべていた。「カリスタス、お願いだ、出てきてくれ。ひとつたのまれてくれよ」ツンドラは木の上のほうに向かって呼《よ》びかけた。

「やだね」木の中から怒《いか》りに満ちた声が聞こえた。

「王様のむすめのことだぞ！　姫《ひめ》じゃないか！　忠誠心《ちゅうせいしん》はないのか？」ツンドラは戦略《せんりゃく》を変えて、叫《さけ》んだ。

「前にもいったろ。ホリー姫様には同情するが、悪夢《あくむ》を追いはらってさしあげたために、羽を鉛《なまり》に変えられてはたまらないからね。悪夢なんてだれでも見るものさ」声はのべたてた。

「おまえの羽が鉛になるものか。このあわれな死にぞこないのハトめ」ツンドラはうなった。

「でも、約束できないだろ」フクロウがぴしゃりといいかえした。

ツンドラはため息をついた。「そうだな、カリスタス。約束はできないが、そんなことはありえないと思う。わたしはいつだって姫様といっしょにいるが、今のところ鉛に変えられては――」

「そりゃあ、運がいい！」カリスタスはぎゃあぎゃあいった。

「おい、怒《おこ》らせるなよ！　魔女《まじょ》たちによると、フクロウだけが悪夢《あくむ》を追いはらう呪文《じゅもん》を知っているそうじゃないか。それなのにどいつも腰《こし》ぬけの情《なさ》けないやつで、助けてくれないんだ！」

「帰ってくれ！」フクロウは答えた。巣《す》にひっこんでいき、声が聞きとりにくくなった。

「いやだ！」

「それなら、ユーフェミアにたのむんだな。あいつは腰ぬけなんかじゃないぜ」声がすすめた。

「どこにいるんだい？」

「そんなに遠くない。北に一キロ半くらい行ったところだよ。オークの木だ。すぐわかる。巣の外に『ユーフ』と書いた表札がある」

「どうして？」ツンドラはうたぐりぶかくいった。

「行けばわかるさ」カリスタスは、楽しげにいった。

ツンドラは、頭の上から聞こえてくるクスクス笑いを無視《むし》して、くるりと向きを変えた。軽やかに走っていくと、めざす木はすぐに見つかった。乱暴《らんぼう》な文字で書かれた表札はどうも信用がおけず、ユーフェミアが出てくると、ツンドラはますますうたがいを持った。たしかにユーフェミアは雪のように真っ白なフクロウで、ミルクのような羽はかがやいていたが、ひょこひょこ歩くようすは、なにかうさんくさいし、太い枝《えだ》の先まで出てきて、厚《あつ》く重なりあった葉のすきまから下をのぞいたのを見て、ツンドラはもう少しで、どうも失礼しました、といって立ち去るところだった。しかしツンドラは、わらにもすがる思いだった。

「ええ、もちろんですとも、もちろんですとも」ユーフェミアはツンドラに断言《だんげん》した。「悪夢《あくむ》を追いはらうのね――子どもの遊びみたいなものよ。フクロウがいちばん初めに習う呪文《じゅもん》なんですから。とても短い呪文ですしね。ただね」ユーフェミアは急いでつけたした。「フクロウ語でいわなくてはならないの。だから、あなたには教えられなくてよ」

ツンドラはどうしてほしいかを説明した。そして、ユーフェミアがすぐに承知《しょうち》したので、びっくりしてしまった。「まあまあ、おかわいそうなお姫様《ひめさま》！　もちろん、わたしはとってもとってもいそがしいのですけれどね、義務《ぎむ》は果《は》たさなくちゃいけませんもの。王室のために働かなくては」ユーフェミアはバタバタバタとはばたいた。「今すぐに荷物をまとめますから、どこにも行かないでね！」そういうと、枝《えだ》の上をぴょんぴょん、バサバサと、巣《す》のほうへもどった。

ツンドラは表札を見た。「なぜ、木のところに『ユーフ』としか書いてないんだい？」しばらくは返事がなかった。「よく聞こえないわあ」小枝をがさがさとひっかきまわしながらユーフェミアがいった。

「表札はなぜ『ユーフ』となっているんだ？」ツンドラがどなった。

またしばらく返事がなかった。それからフクロウが頭をつきだした。「あのいまいましいリスたちのしわざよ。遊んでるうちに、表札を投げとばしたの。それでこわれてしまったのよ。でもわたし、ほんとにほんとにいそがしくって、新しいのを作るひまがなかったのね。さあ、準備《じゅんび》ができたわよ！」小さなピンク色のハンカチに死んだネズミをくるんで、巣穴《すあな》から出てきたユーフェミアは、楽しそうに叫《さけ》んだ。

ツンドラとユーフェミアが宮殿《きゅうでん》に着いたのは、ちょうどホリーが教室から出てきたときだった。ツンドラが計画を説明した。夜の世界には特にくわしいフクロウが、夢《ゆめ》をあやつる力を持っていることはよく知られていた。人間界に住む魔女《まじょ》たちは、フクロウを送って、相手に身の毛もよだつような悪夢《あくむ》を見させるので有名だ。まれにではあるが、フクロウは夢を追いはらうのにも使われていた。夢をあまりにもよく見たり、そのせいで、かなうはずもない望みを抱《いだ》いたりしたときに、追いはらってくれるのだ。それが人間にきくのなら、不死の国でもきかないはずはない、とツンドラは考えた。ユーフェミアが、ホリーのベッドの上にある銀の木に来てくれるだけでいい。ホリーが悪夢におそわれたら、フクロウの魔法《まほう》で感じとって、秘密《ひみつ》の呪文《じゅもん》を唱《とな》えれば、パッと悪夢が消えてなくなるはずだった。

ホリーは楽しみなようすで、ツンドラからユーフェミアへと視線《しせん》を移《うつ》した。「できるの？」ホリーはいきおいこんで、フクロウにきいた。

「もちろんです。呪文にかけては、有名な家系《かけい》の出ですから。もうご心配いりませんよ、お姫様《ひめさま》」

「すてき」ホリーは叫《さけ》んだ。「もう悪夢を見なくていいのね、これからずっと」

その日の午後、ツンドラとホリーは、ユーフェミアにすばらしい宮殿を案内《あんない》してまわった。雪がちらつくいちばん高い小塔《しょうとう》に登ったときには、ユーフェミアは景色に見とれていた。今は食糧《しょくりょう》貯蔵庫《ぞうこ》として使われている、いちばん深いところにある地下牢《ちかろう》も探検《たんけん》した。ホリーは動物の友だちに囲まれながら、自分の部屋《へや》で夕食をとった。フクロウは生まれつきキツネをおそれるものなので、慣《な》れるまでアレクシアはおとなしくしているようにいわれていた。それからツンドラと、新しく加わったユーフェミアという顔ぶれだった。夜が深まってくるにつれ、ユーフェミアの口数がだんだん少なくなっていくのに、ツンドラは気づいた。アレクシアはいつものように、今日あったことをことこまかにおしゃべりし、ときおりホリーが質問《しつもん》をはさむこともあったが、午後じゅうやかましくしゃべりつづけていたユーフェミアが、今は静かにしている。

その後、ホリーがねまきを着たときも、ツンドラはまだ観察《かんさつ》しつづけていたが、ユーフェミアが木の上で明らかに眠《ねむ》っているのを見て、がっかりしてしまった。ふわふわの胸《むね》の中に深く頭を沈《しず》め、目をつむっている。

まもなく、部屋《へや》は静かになった。月の光が窓《まど》からさしこみ、壁《かべ》に光と影《かげ》の絵を描《えが》いている。ツンドラのまぶたが重くなった。ホリーは眠っていた。

どれだけの時間がたったのだろうか、ツンドラは小さなカチッという音で目がさめた。本能《ほんのう》にしたがって、ツンドラは身動きせず、そっと片目《かため》を開けた。暗やみの中を見わたしてみると、フクロウらしき影が、せまい窓わくにとまっているのが見えた。掛《か》け金《がね》にくちばしがひっかかっているらしい。窓ガラスを羽でたたいてもがいていたが、外に出ることはできずにいた。

ツンドラはしばらくそのようすを見ていた。「ホームシックかい？」冷たい声でとうとうたずねた。

「ムフッ、アーク。オプ」ユーフェミアはフクロウ語で答えた。

「どうしてだ？　助けてくれる気があるようには見えないが」

「アドフクド。オプ！」

「なあに？」ホリーが眠《ねむ》そうにベッドからいった。「まあ、たいへん。かわいそうに、ユーフェミアが！」ホリーは窓辺《まどべ》へとんでいき、フクロウのくちばしを金属《きんぞく》の輪っかからはずしてやった。「痛《いた》かった？　だいじょうぶ？」

ユーフェミアは答えなかった。

「恥《はじ》を知れ！」ツンドラが急にどなった。

「わかってますよ」フクロウがそっといった。頭をひっこめている。

ホリーはツンドラとユーフェミアを見くらべて、とまどってしまった。「なにを話しているの？」

「逃《に》げだそうとしたんです」ツンドラが説明した。

ユーフェミアが鼻を鳴らした。「そうするしかなかったのよ」

ホリーがフクロウの頭に指をのせた。「なぜ？」

「あなたの悪夢《あくむ》を追いはらえないからですよ！」ユーフェミアがとつぜん叫《さけ》んだ。「ひとことも呪《じゅ》文《もん》を思い出せないんです！」

「最初から呪文なんて知らなかったんだ」ツンドラが怒《いか》りをしずめようとしながらいった。

「そうですよ」ユーフェミアが泣いた。「知らなかったの！　いっしょうけんめい勉強したのよ。何日も何日もがんばったのに、おぼえられなかったの。失敗したの！　テストにも落ちて、今度はあなたたちの期待も裏切《うらぎ》ったのよ！」ユーフェミアはぎゃあぎゃあわめいた。「カリスタスのほうが、わたしよりずっとうまくやるでしょうよ」

「あいつは来ないよ」ツンドラはホリーのほうを心配そうに見やりながらいった。「こわいんだ」

「こわい？」ホリーがきいた。「なにが？」

「自分の羽も鉛《なまり》に変えられるんじゃないかと思ってるんです」ツンドラがつぶやいた。

心配したとおり、ホリーの顔がゆがんだ。「そう」ホリーはそっといった。しばらくすると、ホリーはユーフェミアのほうを向いて、小さく笑った。「ほらね？　あなたはカリスタスより勇気があるってことよ。カリスタスがどんなにフクロウ語を知ってるとしてもね」

ユーフェミアはほんの少し頭を上げた。「ええ」おそるおそるいった。「きっとカリスタスよりは勇気があるんだと思います」

「腰《こし》ぬけのカリスタスよりね」ツンドラも力づけるようにいった。

ユーフェミアは尾羽《おばね》をふるわせた。「わたし、なにが起きようとも、あなたがたからはなれません！」ユーフェミアは大声でいった。そして、遠慮《えんりょ》深くつけくわえた。「そう望まれればってことですけどね」

「もちろんそう望んでるってば、ユーフェミア。いっしょにいて」ホリーはいった。

「ただし、悪夢《あくむ》の問題は残ったままです」ツンドラがいった。「どうしたものでしょう？」

「眠《ねむ》らなければ、悪夢も見ないわよ」アレクシアがいらついたように、すみっこから叫《さけ》んだ。「ユーフェミアには関係ないでしょうよ——フクロウだもん。でも、あたしはキツネで、夜は眠るの。ホリーもそうでしょ。だからおしゃべりはやめて」

次の朝からユーフェミアは宮殿《きゅうでん》で新しい生活をはじめた。そして、ホリーが大きな白いフクロウを肩《かた》にのせて歩く姿《すがた》も、すぐに見慣《みな》れたものとなった。その後もツンドラは、ホリーの悪夢《あくむ》を追いはらえるものを探《さが》して、王国じゅうをまわることになったが、それでも最初の試《こころ》みを後悔《こうかい》することはなかった。

ニコラスの書斎《しょさい》に、ホリーがどうしても気になる本が一冊《さつ》あった。細かく彫刻《ちょうこく》をほどこされた木製《もくせい》の台にのっている本だ。小さいころの記憶《きおく》をたどってみると、その台に彫《ほ》られた鳥やサルたちが、ツタや花々の茂《しげ》る森から顔を出しているようすを、びっくりして見つめていた気がする。なめらかな曲線やうねを何時間も指でなぞりながら、夜になると動物たちが台から飛びだしてくるんじゃないかと想像《そうぞう》したものだ。小さな木彫りの動物たちが、なにもかもが巨大《きょだい》な世界で、父親の本棚《ほんだな》にぶらさがったり、床《ゆか》をかけめぐったり、はいまわったりしているんじゃないかと。

成長するにつれて、ホリーは台ではなく本そのものを見つめるようになった。何百年も大切にあつかわれてきたと思われる、めずらしい品だった。表紙は、鈍《にぶ》くかがやく古めかしい金属《きんぞく》でできており、宝石《ほうせき》がちりばめられていた。この本に持《も》ち主《ぬし》はなかったが、あずけられた者たちは代々、本への敬意《けいい》をこめて、表紙にかざりをつけくわえた。今ではみがきあげられたルビーにエメラルド、粗《あら》けずりのサファイヤにムーンストーン、美しく面取《めんと》りをしたダイヤモンドがかがやき、表紙の真ん中には巨大なブラックオパールがはめこまれていた。

千年以上もその本を管理しているニコラスは、〈とこしえ〉でいちばんの画家を呼《よ》んで、ある秘《ひ》密《みつ》のしかけをした。本を閉《と》じ、明かりの下で少しかたむけたときにだけ見える絵を、ページの側面に描《えが》いてもらったのである。長いあいだ、この本にふれることを禁《きん》じられていたホリーだったが、何カ月ものあいだ、ページの側面にいっしょうけんめい目をこらしたすえ、さしこむ日の光の中、ついに絵が浮《う》かびあがったのを見ることができた。それは、宝石色《ほうせきいろ》の氷山に囲まれた不死の国が、冬の日没《にちぼつ》の消えかかる明かりの中に浮きだしている絵だった。絵の中では雪がふっており、そのひとひらひとひらが、消えゆくバラ色のかがやきを受けて光っていた。真ん中には、ヘビのような緑色をしたヴェリディアン川がくねくねと流れており、〈見晴台《みはらしだい》〉の上には魔法《まほう》の木が輪になって立っていて、枯《か》れ枝《えだ》を空に向かってのばしていた。

ホリーが十二歳《さい》のときのある夏の夕ぐれだった。いつものように小雪を舞《ま》い散らせながら、ニコラスの書斎《しょさい》に入っていくと、机《つくえ》で読書をしていたニコラスは、急いで窓《まど》を閉《し》め、むすめが外に出たがらないうちに、たそがれどきのやわらかな空気を閉めだした。ホリーはなにもいわずに緑色のビロードのソファに身を投げて、クッションに顔をうずめた。ニコラスもなにもいわなかったが、むすめが足をむやみにばたばたさせているのを見て（ソファのひじかけにバンバンあたっていた）、この子はたいくつなのだ、と判断《はんだん》した。

その思いに答えるように、ホリーがうなった。「つまんないよーーーーお」クッションの上にあごをのせて、ホリーはため息をついた。「なにもすることがないんだもの」

「することならたくさんあるだろう。本を読んでもいいし、きのうやってた人形作りをしてもいい。マザー・セルティングに手紙を書くのもいい。このところ、ぐあいがよくないそうだからね。ラテン語を勉強してもいいじゃないか。わしの手紙を整理するのはどうだ？　先週マリブラン先生が作ってくださった歌を練習するのはどうだね？　こんなにすることがあるじゃないか」

ホリーはソファからのけぞって、父親を逆《さか》さに見つめた。「人間の子どももたいくつすることがあるかなあ？」ホリーは考えこむようにいった。「きっとしないと思う」

「そりゃ、するさ。子どもはみんなたいくつする」

「望遠鏡《ぼうえんきょう》でのぞくと、たいくつしているようには見えないけど」

「うーむ」ニコラスは本のほうを向いた。

聞こえるのは、ホリーがあいかわらず足をばたばたさせる音だけだ。

「パパ？」

「ん？」

「本を見てもいい？」

「なに？　この本か？　今、読んでいるんだが」

「それじゃなくて、あそこにある本」ホリーはあごで指し示《しめ》した。「『とこしえの本』よ」

この時が来るのを、ニコラスはわかっていた。もう何年も覚悟《かくご》を決めてきたのだが、「だめだ！　見てはいけない！」と思わずどなりそうになった。けんめいに自分をおさえて、しばらく口をつぐんだあと、むすめの大きな緑色の目を見つめていった。「いいよ。いいとも。きっとたいくつを退《たい》治《じ》する方法が見つかるだろう」

急に大人になったような責任《せきにん》を感じ、ホリーは手が汚《よご》れていないかたしかめた。ニコラスはそれを見て、大らかに笑った。「心配しなくていい。おまえの手で汚《よご》れるような本ではないよ」

「でも」ホリーはいいながらも、木製《もくせい》の台のほうへ歩いていった。近くにあった丸いすをひっぱってきてすわり、できるかぎりそっと、本の表紙を開いた。『とこしえの本』ホリーは読んだ。

「『この国の住人の偉業《いぎょう》を、時の初めからつづる』」

ホリーは、厚《あつ》いクリーム色のページをゆっくりとめくった。最初のページには、花や炎《ほのお》でかざられたPの字が描《えが》かれている。プロメテウス(注1)だ。それからデゥカリオン(注2)。そして、ガイア、ミューズ(注3)たちとつづいた。ゆっくり読みはじめたが、しだいにスピードが出てきた。不死の者すべてが、ひとりひとり記録され、永遠《えいえん》の命につながるどんな偉業をなしとげたかが書かれていた。最初から不死であった魔《ま》法《ほう》の生き物や神々は、一覧表《いちらんひょう》になっていて、人間のためにしたよい働きや贈《おく》り物《もの》なども記されていた。何千というページはどれも、その主人公の肖像画《しょうぞうが》で彩《いろど》られていた。歴史家トゥキュディデスのページを開いたときには、おどろいてしまった。一度、カフェではちみつ酒を飲んでいるところを見かけたが、この肖像画はほんものそっくりで、まるで生きているように見えた。

「ねえ、この人たちどうやって――?」といいかけて、急に口をつぐんだ。ニコラスのページに行きあたったからだ。そこにのっていたのは、やさしく力強い目と、豊《ゆた》かな茶色いあごひげをたくわえたニコラスその人だった。ホリーは、ニコラスの生《お》いたちに目を走らせた。何世紀も前に、ミュラという騒《さわ》がしい小さな町で暮《く》らしていたことや、そこで助けた子どもたちのことを知り、おどろいた。数ページ後ろには、笑いを押《お》し殺しているようなヴィヴィアナの絵があり、カッパドキアでどんな仕事をしたかが書かれていた。

無私無欲《むしむよく》、寛大《かんだい》さ、悪に直面してもゆるがないやさしさ、信頼《しんらい》、慈善《じぜん》、正義《せいぎ》、強さ、勇気、謙虚《けんきょ》、平静、献身《けんしん》、そしてなにより、愛——ホリーは、これらの賜物《たまもの》をほかの者のために使った人々の話を次から次へと読み、心にきざんだ。迷信《めいしん》にふりまわされている人々に医学で秩序《ちつじょ》をもたらそうとした医師《いし》ガレノスがいた。自分の手には余《あま》ると百も承知《しょうち》でアーサー王のために全力をつくした予言《よげん》者《しゃ》マーリンがいた。人嫌《ひとぎら》いの学者エラスムス・ダーウィンの心をなぐさめた作家エラスムスがいた。ホリーの視線《しせん》はモーツァルトの疲《つか》れた顔に、元気のよいバッハの顔に注がれた。それからほら、目をぎらぎらさせた画家のティントレットがいる。マザー・セルティングと弟子《でし》のフィンタは、数えきれない無実《むじつ》の人々を調査官《ちょうさかん》らから救いだしたあげく、自《みず》からは牢獄《ろうごく》で命つきた。ホリーはニコールズ夫人《ふじん》(注4)のところをクスクス笑いながら読んだ。村をおどおどと歩いているときは、なんだかさえない感じがする人なのだが。音楽の授業《じゅぎょう》のときはとてもきびしいマリブラン先生の手柄《てがら》を知ったときには、口をあんぐり開けてしまった。時間がたつのも忘《わす》れ、腕《うで》や足が疲《つか》れてふるえているのも感じず、ニコラスがこちらを探《さぐ》るように見ているのも気にせずに、ホリーは読みつづけた。

ようやくホリーは頭を上げ、父親のほうを向いた。ニコラスにはむすめの考えていることがわか

(注1) 巨人神《きょじんしん》のひとり。天上から火を盗《ぬす》んで人間に与《あた》えたために、最高神ゼウスの怒《いか》りにふれて罰《ばつ》を受けた。
(注2) プロメテウスの息子《むすこ》。妻《つま》ピュラーとともに、ゼウスが起こした大洪水《だいこうずい》に生き残り、人類の祖《そ》となった。
(注3) ゼウスのむすめで、芸術《げいじゅつ》・学問をつかさどる九人の女神《めがみ》。
(注4) 『ジェーン・エア』などを書いたイギリスの小説家、シャーロット・ブロンテの結婚後《けっこんご》の名前。

っていた。また本の上にかがみこみ、ページをくる手がますます速まる。指で厚《あつ》い紙をめくるのがもどかしいようだった。

そして、あった。その絵はきのう描《えが》かれたみたいだった。じっさい、きのう着ていたドレスだ。ホリーはにっこり笑った口もとと、緑色の目をじっと見つめた。自分の赤味がかった金髪《きんぱつ》を、初めて見るように観察《かんさつ》した。あまり気がすすまないながらも、ホリーはとなりのページに目を移《うつ》した。

「ホリー・クロース」というかざり文字がいちばん上に書かれていた。その下は白紙だった。

第十二章

「ほら、鳥たちが歌いだした。空もピンク色になってきたでしょう？　ホリー、少し眠《ねむ》らなくてはだめよ」ヴィヴィアナがむすめのおでこをなでた。

ホリーは、母親の肩《かた》に頭をあずけたが、なにも答えなかった。目のまわりに青黒いくまができ、見るともなしに絨毯《じゅうたん》の細かい柄《がら》を見つめていた。「わたしは、ここの子じゃない」ホリーはまたいった。

何時間も説明してきたニコラスが、しんぼうづよく答えた。「もちろんおまえはここの子だ。わしらの子どもだ。うちの子だよ」

「でも、わたしなにもしていないもの――不死の国に呪《のろ》いをもたらしただけ。みんながわたしをこわがるのも無理ないよ」

ニコラスは答えた。「おまえが呪いをかけたんじゃない。やったのはヘリカーンだ。みんながこわがっているのは、おまえじゃなくてヘリカーンだよ」

「わたし、人間を助けることなんて、なにもしていない。世の中のためにも、なにも！」ホリーはかすれた声でつづけた。「わたしは不死なんかじゃない――なにかのまちがいでできたのよ！　自然のいたずらか、それとも――それとも――天災か。生まれたそのときから、問題ばっかり起こして」

「まあ、ホリー、そんなことないわ。わたしたちが思いもしなかったほど、いっぱいの愛で心を満たしてくれたじゃないの」ヴィヴィアナがいった。

「ある男の子がね」ニコラスが話しはじめた。ホリーが小さいころからずっと聞かされて育った話のはじまりのことばだ。「クリストファーという子が、エンパイア・シティに住んでいて、わしに手紙をくれた。そして、だれもしたことのない質問《しつもん》をしてきたのだ。わしになにか願いごとはないかときいてくれたんだよ。ほしいけれども、持っていないものはないか、と。その後どうなったか、おぼえているかね、ホリー？」

「ええ、パパ」暗い気持ちが消えていった。「わたしを望んだのよ」

「その手紙を読んだとき、わしらが望むたったひとつのものは、おまえだと気づいたのだよ」何度も語られた物語が、むすめの顔から不安の色を消し去っていくのをながめながら、ニコラスはつづけた。「まるで太陽の光と黄金がつまったような手紙だった。とつぜん、わしらは心の中のもっとも大切な願いに気づき、おまえが生まれるとわかったのだ。その喜びを、おまえが成長していくなかで、日々感じているんだよ、ホリー」

「呪《のろ》いがかかっていても？　わたしがこんなひどいことをしても？」ホリーは信じられない思いで

たずねた。

「あなたがこの瞬間《しゅんかん》、変わらずにいてくれるのなら、このままでじゅうぶんよ」ヴィヴィアナがいった。

ホリーは母親の腕《うで》に身をまかせた。「太陽の光と黄金」とつぶやきながら、頭が重くなっていった。長い沈黙《ちんもく》があって、ニコラスがうなずいた。ホリーは眠《ねむ》っていた。外は、夜明けのピンク色がうすれ、すがすがしいあざやかな青に変わっていくところだった。

午後もおそくにらせん階段《かいだん》を上りながら、ホリーはばかみたい、と思った。ほとんどみんながなんとかしてわたしを避《さ》けようとしているっていうのに、わたしったらほんの少しの友だちから逃《のが》れて屋根裏《やねうら》にかくれようとしているなんて。

屋根裏といっても、ほんとうの屋根裏ではなかった。宮殿《きゅうでん》のいちばん高い小塔《しょうとう》のてっぺんにある小さな部屋《へや》だ。細いらせん階段を上った先にあるその部屋に、ホリー以外はだれも行きたがらなかった。ニコラスは太りすぎているので、階段の最後のカーブのところでつっかえるといい、ツンドラは地面からそんなにはなれるのはオオカミの性質《せいしつ》に反するといいはった。いつも勤勉《きんべん》なゴブリンの召使《めしつか》いでさえ、あの高さを登って小塔をそうじしたり、とんがり屋根にはためく旗《はた》をとりかえたりするのはごめんだとことわった。そこで、これらの仕事は、喜んで小塔に行くホリーにまかされていた（ヴィヴィアナは、ホリーが細い窓《まど》から身をのりだして旗をとりこむのを見ていられなかった）。けれども今日はそうじに来たのではない、逃れてきたのだ。

石造《いしづく》りの窓《まど》わくに身をもたせながら、ホリーの顔はやわらかな夏の風に吹《ふ》かれ、体はそっとうずまく雪に冷やされていた。宮殿《きゅうでん》は、〈とこしえ〉の谷を見おろす小高い丘《おか》に建っており、目もくらむほど高い塔《とう》の上からは、織物《おりもの》を広げたようなこの国のすばらしい景色を見ることができた。村が見え、畑や庭を通ってくねくねと流れるヴェリディアン川が見え、そのむこうには名もない広大な平原が広がっていた。今日はその平原に紫《むらさき》の光がチカッチカッと点滅《てんめつ》している。自分の魔法《まほう》に満足した魔法使いが、誇《ほこ》らしげに両手を腰《こし》にあてているようすが見えるようだった。もしかしたら、その魔法使いも家に帰れない者のひとりかもしれない。もしかしたら、毎朝目ざめるときには、人間界にある自分のベッドにいる気がするのに、目をあけるとやっぱり不死の国にとらわれたままだと知るのかもしれない。わたしのことを考えるかしら？　あの赤《あか》ん坊《ぼう》さえ生まれなければ、わしは好きなように生きられたのに、とひとりごとをいうかしら？　そして、水晶玉《すいしょうだま》を取りだして、王様なりだれか自分が守る人のようすを見るにちがいない。王様がくりかえしくりかえしまちがった決定をくだすのを見て、ここから動けず、なにも変えられないことをなげくかもしれない。

「ああああ」ホリーは、両腕《りょううで》に顔をうずめて、うめいた。けれどもどうしようもなかった。どんなに目をつぶっても、ゆうべからホリーの心を騒《さわ》がせているさまざまな情景《じょうけい》は消えなかったからだ。〈とこしえ〉の門の前で、入れてもらえるのをしんぼうづよく待っている新しく不死になった魂《たましい》たちや、もう家には帰れないとわかったときの訪問者《ほうもんしゃ》たちの凍《こお》りついた表情、アマランス・ゲートのそばでツンドラが耐《た》えた恐怖《きょうふ》や、ゼンワイラーの足が鉛《なまり》に変わってたおれる場面、そしてそれにつづく悲鳴と混乱《こんらん》。

それに、ほかにもまだあった。幼《おさな》いころの記憶《きおく》に、ためらいがちにひっかかっているもの。もっとも古い記憶の中で、ゆらゆらとゆれ、ふるえているもの。身を守ることもできず落ちていく場面だ。下にはなにもなく、上には暗くてすべりやすい穴《あな》の口がぼんやりと見えるだけ。そこから悲鳴がえんえんと聞こえた。

ホリーは頭をぐいと持ちあげると、窓《まど》のふちにしっかりと手をかけた。初めて小塔《しょうとう》があぶなっかしく思えた。見あげると、青い空が少しふるえているように見える。今度は明るい景色を見おろしたが、なにかが爆発《ばくはつ》したかのように視界《しかい》がさえぎられた。目の前に火花がふってくる感じだ。空が落ちてくる、と混乱《こんらん》する頭で思った。畑、野原、芝生《しばふ》、川、名もなき平原、平原なき名、村、むら、むくろ。

「いいえ」ホリーは声に出していった。「いいえ、わたしはこわくない。かくれたりしない。おまえよ、ヘリカーン」あいつの名前を口にしたことはなかった。口にしてみると、少し気分が悪くなったが、大きく深呼吸《しんこきゅう》してつづけた。「ヘリカーン、おまえのほしいものはわかってる。なにを期待してるかわかってる――どうしてわかるのかしら。でもわかるのよ。わたしがおまえのところにはっていって、心をあげるからどうかほかの者を助けてくれ、とたのむだろうと思ってるのね。わたしが取引すると思ってる――わたしと引きかえにほかの者をと――だけど、それはちがう。おまえが自由になったらどうする気かは明らかだから、助けたりしない。戦う。不死になりたいから、なんとかして本物の不死になりたいから、降参《こうさん》したりしない。自分の力でやってみせる。おまえなんかこわくない！」

まったく気づかないうちに、ソフィアがとなりに来ていた。ホリーのこわばった体を両腕《りょううで》で抱《だ》きしめると、雲の色の衣装《いしょう》がかすかに衣《きぬ》ずれの音をたてた。ソフィアはささやいた。「そのとおり。戦うのよ。あなたは雌《めす》ライオンの心を持っているのですからね」

ホリーは代母《だいぼ》の肩《かた》を包むひんやりとした亜麻布《あまぬの》にありがたく頭をあずけた。「あいつ、聞こえたかしら？」ホリーは小さな声できいた。

ソフィアの黒い目が、小さな石造《いしづく》りの部屋《へや》をさっと見わたした。「ここには、あいつはいやしない。でも、聞こえたと思うわよ」

「ああ、ソフィア。わたし、どうすればいいの？　本物の不死には、どうしてなったらいいの？」

ソフィアはホリーをぎゅっと抱きしめた。「あなたは本物の不死よ、ホリー。保証《ほしょう》するわ」

「でも、あの本は」

「あなたの物語は、これから長い時間をかけてつづられていくのよ」

「どうやって？」ホリーはやけになって叫《さけ》んだ。「わたしが生まれたせいで、不死の国がだれも外へ出られない牢獄《ろうごく》になってしまったというのに、どうすればその国の役に立てるっていうの？　わたしはどうすればいいの？」

「そのうちわかるわ」

ホリーはまじまじとソフィアを見つめた。「なにが起こるかわかってるのね」

ソフィアは首をふった。「いいえ、わからないわ。わからなくてよかったと、宇宙《うちゅう》の長老様たちに日々感謝《かんしゃ》しているのよ。起こりそうな未来はいくつも見えるけれど、どれが起きてもおかしくな

いの。わたくしの知るかぎりでは、たったひとつの決まった未来なんてないということよ。わたくしたちひとりひとりが、来《きた》るべき未来を作りあげていくの。宇宙《うちゅう》というのはね、いつも同じように進む時計ではないのよ。迷路《めいろ》のようなもの。ひとりのプレーヤーがある道を選ぶたびに形を変え、大きくなっていく、巨大《きょだい》なパズルなの。なにかを選ぶたびに、自分の未来を作っていくのよ。あなたの物語がどんなふうに終わるかはわからない。みんなと同じように、どうなるか見ているしかないの」ソフィアはほほえんだ。「それは、ヘリカーンも同じよ」

「でも、わたしが次にどうしたらいいかもわからないの？」ホリーは食《く》いさがった。

「ええ、ほんとうにわからないわ。わたくしがいったのはね、だれも他人にこうしろとはいえないということよ。あなたが自分で決めなくてはならないわ。それがあなたの道だから」

「人間界に行ってもいいの？」

ソフィアは首をふった。「自分の心にしたがいなさい——わたくしにはなにもいえません」そしてやさしく笑った。「あなたにそんな旅をすすめたなどと知ったら、お父様はわたくしをこのとんでもない小塔《しょうとう》から放り投げてしまうでしょうね。それにね、呪《のろ》いをうまく逃《のが》れて、人間界に旅をする秘密《ひみつ》の方法なんて、知らないのよ。もし知っていたら、とっくに使っているわ」

「そう」ホリーはがっかりしていった。

ソフィアはホリーのほほをなでた。「でもそんな方法はきっとあるでしょうね」ホリーは顔を上げたが、ソフィアはこの小塔の小部屋《こべや》をいやそうに見まわしていた。「こんなハト小屋みたいなところで話しあわなくてはだめなの？」

「階段《かいだん》をずっと上ってきたの？」ホリーは、初めて気がついて、きいた。

「まあ、なにをいってるの。こういう労力を避《さ》けるために魔法《まほう》を使わなかったら、なんの意味があるの？」

「おりるほうがたいへんよ」

「四百段もの階段を、ヤギみたいにどすんどすんとおりていくつもりはありません。来たときと同じようにするわ」

「それができない人もいるじゃない」ホリーはにっこりしながらいった。

「ふう。あなたのお父様はとってもすばらしい人だけど、魔法に関してはほんとうに頭がかたいんだから。そういうことは人間と同じようにするのが、あなたのためだと思ってるのよ」

「それって、わたしにも魔法が使えるってこと？」ホリーが声を上げた。

「ほとんど無理だけれど」ソフィアはひるんでいった。「でも、使えるわね」

「ほんと？　わたし、飛べる？」

ソフィアは目をくるりとまわした。「子どもねえ――いちばんむずかしいことを、今この瞬間《しゅんかん》にやりたがるんだから。はっきりいって無理です。もし、わたくしが教えるのなら――といっても教えるといってるわけじゃないけれど、いちばん基礎《きそ》からはじめてもらうわ。まず、厨房《ちゅうぼう》から」

「厨房？」

「ジャムのびんのふたをはずすところからね」

「なーんだ」ホリーはがっかりした。

「ほら、ごらんなさい。ジャムのびんがおもしろくないなら、もっと高度な技《わざ》に取りくむには向いていないわね」

「ジャムのびんもおもしろそうね」ホリーは急いでいった。「飛ぶほうがもうちょっと刺激的《しげきてき》だけど」

「刺激的とはまた大げさね。まあでも、もしお望みならこのいまいましい小屋からぶーんと一気に下ろしてあげる」

「お願い」

そこでソフィアは白い指をホリーの髪《かみ》にのせると、いくつかロシア語のことばをささやいた。ひゅーっという音がして、次の瞬間《しゅんかん》、ホリーは池の真ん中にいる石のニンフの腕《うで》にひっかかった。

「まあ、なんてことでしょう！」ニンフはふるえて、金切り声を上げた。

「ほんとうにごめんなさい」ホリーはあやまった。「ちょっとした手ちがいがあって。ごめんなさいね。けがはなかった？」

ソフィアの姿《すがた》はどこにもなかった。そこで、もうしばらくニンフにあやまってから、ホリーは石の服を伝いおり、にごった水をかきわけて、宮殿《きゅうでん》のほうへ向かった。靴《くつ》もだめになったうえ、結局、階段《かいだん》を歩いて下りるより二倍も時間がかかってしまった。

その日から自分がなにかを探《さが》しはじめたことに、ホリー自身が気づいたのは、もっと後のことだ。もしそのときホリーが、自分が生まれたせいで、〈とこしえ〉が呪《のろ》われたことを知ってどう思うかときかれたら、悲しいし、どうしていいかわからないし、不安だし、みんなに悪いと思う、と答えただろう。自分にはなんの力もないと答えたかもしれない。けれども、ホリーの中でなにかがゆっくりと動きだした。まるでおなかがすいたときのように、なにかを強く求めだしたのだ。それが勇気だとは思わなかった。ヘリカーンとの避《さ》けられない出会いをおそろしく思う気持ちが、いつも心の奥《おく》に鉛《なまり》のように横たわっていたからだ。しかし、それは勇気だった。注意し、守られ、かくれる生活に甘《あま》んじるのではなく、ホリーは生まれつき与《あた》えられた不死を、どうしたらほんとうの意味で自分のものにできるか模索《もさく》しはじめた。

ホリーは、人間たちの生活にくぎづけになりながら、さらに長い時間、望遠鏡《ぼうえんきょう》を見てすごすようになった。ある家族が、ある地区が、あるいはひとりの子どもが、日々の活動をこなしていくようすを、何時間でもじっと見つめていた。世界のあちこちをめぐり、むしむししたジャングルや、風の吹《ふ》きすさぶ山頂《さんちょう》をおとずれることもあったが、しだいに活気あふれる魅力的《みりょくてき》な街エンパイア・シティ（人間たちはニューヨーク・シティと呼《よ》んでいる）にひきつけられるようになった。ほかの場所では見られない人々のようすが、そこにはあった。ビジネスの中心ウォール街《がい》では、山高帽《やまたかぼう》をかぶった陽気な紳士《しんし》たちが、えらそうに胸《むね》をつきだし、りっぱなおなかをかかえて闊歩《かっぽ》している。ショッピング街では、ご婦人《ふじん》たちが屋根のない馬車から手袋《てぶくろ》をはめた手を上げて、たがいにあいさつを交わしているかと思えば、みすぼらしい子どもたちの一団《いちだん》が、馬のひづめのあいだをかけぬける。屋台が、警察官《けいさつかん》が、行商人が、すりが、歩道でしのぎをけずっている。五番街の巨大《きょだい》な邸宅《ていたく》からは、召使《めしつか》いたちが出てきて、空を見あげ、見えたものを知らせにまたもどっていく。ぼろぼろのアパートの最上階からは元気のいいおばあさんが、通りの反対側にある別のぼろぼろのアパートに住む、同じような年ごろの元気のいいおばあさんに、その日のニュースを叫《さけ》んでいる。路面電車はカンカンとベルを鳴らし、馬はカッポカッポ歩き、子どもたちはキャーキャー叫んでいる。

望遠鏡《ぼうえんきょう》は、たくみな魔《ま》法使《ほうつか》いだった。初めのうちは、楽しい場面やうれしい場面だけを見せて、ホリーをとりこにしてきたが、今は人間界の影《かげ》をも徐々《じょじょ》に映《うつ》すようになった。世界のあちこちにさびしそうな顔や、絶望《ぜつぼう》した魂《たましい》や、悲しい物語の数々が見えはじめた。望遠鏡は巧妙《こうみょう》にも、ひどく残酷《ざんこく》な場面や、救いようのない不当な場面は映さず、簡単《かんたん》に改善《かいぜん》できそうで、ホリーが思わず助けたくなるような、小さな悲劇《ひげき》だけを映した。やつれた女性《じょせい》が、冷たい風に身をちぢめ、うすい肩《かた》かけをしっかりと巻《ま》きつけるのを見たとき、ホリーはため息をつき、そわそわと足を踏《ふ》みかえた。炭《たん》坑《こう》で働く若者《わかもの》が、荷車を引く疲《つか》れきった馬をなぐっているのを見た日には、悲痛《ひつう》な叫びを上げて、部屋《へや》から飛びだした。何時間もあとにツンドラがクローゼットの中で見つけたとき、ホリーは目の前に悪人がいるつもりになって、いいあいをしている最中だった。「わたしならやめさせた」ホリーは悲しそうにいった。「もしあの場所に行けたならね」

ホリーとソフィアは、魔法の授業《じゅぎょう》を始めたことを、ニコラスにはいいそびれていた。数週間のち、ホリーはちょっと眉《まゆ》を上げるだけで、ジャムのびんのふたを開けられるようになった。といっても、たいしておもしろいことでもなかった。

ある冷たい日の午後、ツンドラはホリーを探《さが》して、宮殿《きゅうでん》の中を歩きまわっていた。自分の部屋にもいない、教室にもいない、厨房《ちゅうぼう》でゴブリンにお菓子《かし》をねだってもいなかった。池のほとりにも行ってみた。石のニンフたちはクスクス笑ってさんざんじらしたあげく、お姫様《ひめさま》はお通りになっていないわよ、と教えてくれた。ツンドラはまた進んだ。庭園にもいない、ハーブ畑にもいない、パリアン池でスケートをしてもいなかった。

ツンドラはすわりこんで、ため息をついた。それから池のそばの木立《こだち》に目をこらした。二本の足が、松の木からぶらさがっている。ツンドラは近よった。それはホリーの足だった。目を閉《と》じて、松の木の枝《えだ》に腰《こし》かけているのだ。そしてなにかつぶやいている。

「なにをしてるんですか?」少しあいだをおいてから、ツンドラがやさしくきいた。

「しーっ。飛んでるの」ホリーは目を開けずに答えた。

ツンドラはもうしばらく待った。それからせきばらいをしていった。「わからないように飛んでるんですね」

「魔法《まほう》を使おうとしてるのよ」ホリーは、歯をくいしばって答えた。

と、とつぜん池のほうから、カモの鳴く声と、叫《さけ》び声、それにコンコン吠《ほ》えたてる声がして、アレクシアが葦《あし》の茂《しげ》みをかきわけてきた。「あっちへ行ってろ!」怒《おこ》ったカモが叫んでいる。ツンドラの姿《すがた》を見つけると、アレクシアは松の木の下にかけよってきた。

「カモのやつらったら、わけわかんないわ」アレクシアは息を切らせている。「まったく怒りっぽいんだから」

ホリーが笑ったので、キツネは上を見た。「あれ、ホリー! なにしてるの?」

「飛ぼうとしてるんだそうだ」ツンドラがいった。

アレクシアは枝《えだ》にすわったホリーをじろじろながめた。「もうやったじゃない？　メテオールと」

「魔《ま》法《ほう》を使おうとしてるのよ」ホリーはまたいった。「おしゃべりはやめてくれるとうれしいんだけど」

そこで、アレクシアとツンドラは、ホリーがなにかつぶやくのを見ながら、おとなしくすわっていた。

「ぜんぜんだめみたいね」アレクシアがツンドラにいった。

「しーっ」

にわかに白いものが飛んできたかと思うと、ユーフェミアがホリーの上の枝《えだ》に舞《ま》いおりた。「なにをしているの？」ユーフェミアがたずねた。

「飛ぼうとしてるんだ」ツンドラが笑いをこらえるのに苦労しながらいった。

ユーフェミアはすまし顔でいった。「子どもの遊びね」羽を逆立《さかだ》て、また落ち着かせた。「わたしが教えてあげましょ」

「魔法を使おうとしてるのよ」ホリーがこれをいうのは三度目だ。

ユーフェミアは首をふった。「いいえ、魔法なんかいらないわ。集中すればいいんですよ。さあ、かぎづめで、いいえ、足でもいいけど、枝をしっかりつかんで。お尻《しり》を持ちあげて、背中《せなか》をぴんとのばして」

「でも、ユーフェミア――」ホリーがさえぎろうとした。

フクロウはそれを無視《むし》した。「それから、羽を広げるの。そこがポイントよ。飛びたつ前にしっかり広げておかなくてはだめ。ひなたちがよく失敗するのはそこなの。羽を広げないで――」

「ユーフェミア、わたしには――」

ホリーはことばを切った。小さな黒いものが、急にホリーの前を通りすぎて、地面にポサッと落ちたからだ。

それはペンギンだった。小さくて、びしょぬれのペンギンだった。身動きせず、ぎゅっと目をつぶって、ツンドラの足元に横になっている。

ホリーは魔法《まほう》そっちのけで、急いで木から下りた。「だいじょうぶ？　どうしたらいい？」ペンギンは片目《かため》を開けると、またすぐに閉《と》じた。「なにもしないから。約束する」

ペンギンは両目を開けると、オオカミとキツネとフクロウと女の子に見つめられているのに気づいた。ペンギンはおそろしそうにみんなを見つめかえした。それからぱっと起きあがると、全速力で逃《に》げだしたが、ペンギンの体のつくりでは、たいして速くはなかった。アレクシアがすぐに前にまわりこみ、だいじょうぶだから、心配することないんだから、と吠《ほ》えたてたが、ますますこわがらせるだけだった。ペンギンはどこか逃げ道はないかと、むやみにあたりを見まわしていたが、ようやくある方向に行くことに決めた。上だ。

しかし、残念ながらペンギンは飛べなかった。ぬかるんだ地面にぼちゃっと落ちて、ふるえた。

「ごらんなさい、ホリー。この子もあなたと同じように飛べませんよ」ユーフェミアがいった。

ホリーは同情《どうじょう》するようにこの小さなペンギンを見た。「飛ぼうとしてたの？」

ペンギンはうなずいた。

「それで、木から落ちたの？」

ペンギンはまたうなずいた。

「だいたい、どうやってあそこに登ったわけ？」アレクシアが大声でいった。ペンギンが返事をしないのはよく聞こえていないからだ、と思いこんでいるのだ。

ペンギンの顔に恐怖《きょうふ》の色が浮《う》かび、ぶるぶるとふるえた。

「よほどこわい目にあったんでしょうねえ」ユーフェミアがそのようすを見ていった。

「だれかにいじめられたんでしょ」アレクシアがいいきった。

ツンドラはふと思いついた。「ロック鳥のしわざかい？」

ロック鳥の名前を聞くと、ペンギンははげしくふるえだした。

「ロック鳥だったんだ」ツンドラがいい、ペンギンがうなずいた。

「ロック鳥が木の上にのせたの？」ホリーが怒《おこ》っていった。「なぜ？」

小きざみにふるえながら、ペンギンは頭をふった。わからないようだ。

「ロック鳥のユーモアのセンスは変わっていますからね」ツンドラがいった。

アレクシアは鼻を鳴らしたが、ホリーは激怒《げきど》した。「なんてひどいロック鳥！　体が大きいからって、なにをしてもいいと思ってるのね。かわいそうに！」ホリーはやさしくペンギンを見た。

「わたしたちのうちへ来ない？」

ペンギンは不安そうにホリーを見たが、うなずいた。ホリーはペンギンを雪の中から持ちあげると、抱《だ》きよせてなでてやった。まだふるえているペンギンを抱いて、ホリーは宮殿《きゅうでん》へと向かった。うしろには、ツンドラ、アレクシア、ユーフェミアがつづく。どちらかというときたないお客様のことを、ゴブリンたちにあれこれいわれてはかなわないと、ホリーは用心深く足音をしのばせて廊《ろう》下《か》を進み、自分の部屋《へや》に着くとほっと胸《むね》をなでおろした。「まず、お風呂《ふろ》に入らなくちゃね」ペンギンを床《ゆか》に下ろすと、ホリーは足早にバスルームに向かった。小さく息をのむ音が聞こえ、足を止めてふりむくと、ペンギンは、ホリーの動きに合わせて雪がふっているのを初めて目にして、びっくりしてかたまっていた。だまって見つめていたが、やがてまがったくちばしをあけると、思わず舌《した》をつきだして、雪を受けとめた。クォーッという喜びの声を上げると、ペンギンは冷たい床の上でくるくるまわりだした。

そのようすを見ていて、ホリーは気づいた。「あなたも寒いのがいいのね？」うなずくペンギンを、ホリーはにっこりして見おろした。自分の氷の世界がだれかの役に立ったと知ってうれしかったのだ。「わたしもよ。もしここにいたかったら、喜んでお迎《むか》えします」ペンギンは元気よくうなずき、ぴょこっと飛びあがった。ホリーは笑った。「ええ、ええ。自分の部屋だと思ってね」そして優雅《ゆうが》におじぎをした。

ペンギンもふかぶかとおじぎを返したので、つんのめりそうになった。

寒い部屋を分かちあえる友だちが見つかってうれしかったので、ホリーは冷たいお風呂を入れに、足取りも軽くバスルームに向かった。数分後、ペンギンはガラスの浴槽《よくそう》のふちから、キャッキャッと叫《さけ》びながらすべりおりていた。ホリーもふちに腰《こし》かけ、冷たい水を足ではねかした。

ペンギンの生《お》いたちについて知ったのは、ずっとあとのことだ。名前は最後までわからなかった。もともと名前がなかったからだった。とうとうペンギンは口を開き、物心ついたころからエメラルドの氷山にあるほら穴《あな》にひとりぼっちで住んでいたこと、不運にもロック鳥に出会うまで、ほかの生き物がいることさえ知らなかったことを、ホリーに語った。話しかけられたことがなかったので、ことばを学ばなければならなかった。ゆっくりと話せるようになっていったが、あせるとよくつっかえた。

赤ちゃんペンギンが、卵《たまご》のからを割《わ》って外に出たとき、最初に見た顔を母親だと思いこむように、このペンギンもホリーを母親のように思っていた。そして、ぜひ自分に名前をつけてくれというので、ホリーは喜んで引きうけることにした。いろいろ考えたり比べたりしたすえに、エンパイア・シティにちなんで、エンパイアと名づけることにした。数日もするとエンピーと呼《よ》ぶようになり、エンピーも嬉々《きき》としてスカートにまとわりついて、よちよち歩きまわった。宮殿《きゅうでん》全体を自分のものだと思いこみ、ほかの住人はちょっとうるさい親戚《しんせき》ぐらいにしか思っていないアレクシアやユーフェミアとはちがって、エンピーは大きな部屋《へや》や広い廊下《ろうか》を歩いていると落ち着かないようだった。むしろ魔法《まほう》の雪に冷やされたホリーの部屋が気に入って、ホリーがもどってくるのをしんぼうづよく待ったり、次に出ていくのを心配そうに見つめたりしていた。まれに、ツンドラたちと外に遊びに出かけることもあったが、それでもホリーの部屋にある銀の森にもどってきたときほど、楽しそうなことはなかった。

第十三章

妖精《ようせい》たちは、かくれんぼ大会の真っ最中だった。自分たちでも、どうしてこれがはじまったのかわからなかった。二、三年に一度、小さなお遊びが雪だるま式に大きくなって、妖精たちがお祭り騒《さわ》ぎをはじめてしまうことがある。すると、〈とこしえ〉の空は数週間、あっちからこっちへ仲間を探《さが》してくるくる飛びまわる妖精の群《む》れでごったがえすのだった。ほかの者の気持ちは複雑《ふくざつ》だった。中には、ブンブンと飛びまわる妖精の大群《たいぐん》を見ておもしろがる者もいたが、妖精の無責任《むせきにん》さのあらわれだと苦々しく思う者もいた。妖精たちは遊びはじめると周囲のことなど目に入らなくなり、だれかにぶつかってもあやまりもしなかった。

一度、ケンタウロスのリシニアスが、爆発《ばくはつ》しそうになった。ある妖精が、リシニアスの背中《せなか》に、ウィル・オ・ザ・ウィスプがかくれているといってきかなかったのだ。妖精はリシニアスの背骨《せぼね》のところをいったりきたりしながら、細い指で毛をかきわけたので、とうとうリシニアスは悲鳴を上げた。そして、妖精の羽をつかんで捕虜《ほりょ》とし、今すぐにかくれんぼをやめろと迫《せま》った。ところが、そのせいでひどいめにあってしまったのだ。妖精《ようせい》の大群《たいぐん》がブンブンと羽を鳴らしておそいかかってきて、一人一本ずつ毛をかみ切っていったので、リシニアスはまるはだかになって、ぶるぶるとふるえることになった。それから妖精たちは、さくらんぼを投げつけ、笑いものにしたので、とうとうリシニアスは降参《こうさん》して、捕虜《ほりょ》を解放《かいほう》した。すると、妖精たちは魔法《まほう》をかけて毛が生えてくるようにしてくれたが、生えてきた毛は紫《むらさき》色《いろ》だった。これにはリシニアスもかんかんになった。ケンタウロス対妖精の全面戦争になる前になんとかしなくては、とニコラスが割《わ》って入るしまつだった。

今回のかくれんぼ大会は、以前のお遊びとはちょっとちがった。というのも、宮殿《きゅうでん》の中でおこなわれたからである。いつもなら〈とこしえ〉全体が会場になるのだが、今回このお祭り騒《さわ》ぎがはじまったのは、寒い冬の時期で、妖精たちは寒いのが大の苦手だった。しかし、お遊びをやめるかわりに、ブーケーン姉妹が親切にも仲間たちに、宮殿でおつづけなさいよ、お祭り騒ぎをするにはじゅうぶんな広さだから、といって招《まね》いた。そして、妖精らしいのんきさから、ブーケーン姉妹はそのことをニコラスにいうのを忘《わす》れた。それで、そんなことがおこなわれているらしいことは、メルキオールがとつぜん背中《せなか》に一撃《いちげき》をくらって、階段《かいだん》からころがりおちたときに初めてわかったのだ。妖精たちがはげしく追いかけっこをしながら、うつぶせにたおれているメルキオールの体の上を飛んでいったとき、ちょっと前まで宮殿の排水《はいすい》について話しあいをしていたニコラスは、びっくりして目をみはった。つづいて十四匹《ひき》の妖精たちが、ヤッホーと叫《さけ》んだり、歌ったりしながら、階段の手すりをすべりおりてくる。三番目のグループは、大広間を照らすシャンデリアに楽しそうにぶらさがっている。

ブーケーン姉妹の長女であり、この騒《さわ》ぎを招《まね》いた張本人《ちょうほんにん》でもあるマキナが、メルキオールにていねいにあやまったので、ニコラスは例によって心の広いところを見せ、このままお遊びをつづけることを許《ゆる》した。けれどもまもなくニコラスは、自分の寛容《かんよう》さを悔《く》いることになる。なぜならその後二週間もお遊びはつづき、いっこうに終わる気配がなかったからだ。ニコラス自身、二度もはりたおされたし、ホリーが見たところ、被害《ひがい》がいろいろ出ていた。ヴィヴィアナの部屋《へや》にある五つのランプのうち四つがこわされたし、ニコラスの笏《しゃく》がおさめられたガラスのケースは粉々にされてしまったし、召使《めしつか》いのゴブリンたちはみんな仕事を辞《や》めさせてくれといいだした。ゴブリンたちは、廊《ろう》下《か》も横歩きで進み、うしろにだれかいないかびくびくしながら、非難《ひなん》がましくぶつぶついっていた。怒《おこ》ると、青い肌《はだ》がますます青くなる。片腕《かたうで》を三角巾《さんかくきん》でつったメルキオールは、あさがおのような色をしていた。

それでも、ホリーは妖精《ようせい》たちが好きだった。ブンブン飛んでいる一群《いちぐん》を追いかけて、廊下を、階《かい》段《だん》を、せまいすきままで、ずっとついていった。大きめの妖精が鍵穴《かぎあな》につまってしまったときは、棒《ぼう》でつついてうまく助けてやり、だれにもいわなかった。二日間の熱戦《ねっせん》のさなか、温室のオレンジの木陰《こかげ》にかくれている妖精を見つけたときも、だまっていた。すっかり権威《けんい》を傷《きず》つけられたとばかりに、頭から毛布《もうふ》をかぶってすわっているツンドラのとなりで、ホリーは階段の柱のあいだから足をぶらぶらさせて、シャンデリアでおこなわれている騒々《そうぞう》しい採点《さいてん》会議にやんやと声援《せいえん》を送っていた。「楽しいと思わない？」ホリーはオオカミに大声でいった。ツンドラはうなっただけだった。

そんなホリーでも、ときにはこの騒ぎにうんざりすることがあった。妖精たちの声は小さいが

(四人か五人がいっしょに声を合わせて、ようやくまともに聞こえるくらいだ)七百もの妖精《ようせい》がいっしょだと、オオジカの群《む》れがガラスの上を暴走《ぼうそう》しているような音になる。ソフィアは二日目には、断固《だんこ》として妖精たちを教室から閉《し》めだした。だからホリーが静かなときをすごしたいと思ったら、教室に行けばよかった。シーンとした部屋《へや》にすわっていると、ホリーのまわりで雪がしんしんとふり、机《つくえ》やいすの固いふちにレースのヴェールをかぶせていく。ホリーはねんど細工をした。ひっぱったりなめらかにしたりして、顔を作っていく。やわらかなねんどを手にすると、なんだかふしぎなことが起こるような気がした。指のすばやい動きにあわせて、心がどこかへさまよいだす。そして、五分か十分か二十分ののち、はっと気がつくと、自分の作りあげたものにびっくりするのだった。それはいつも、ホリーの知っているだれかの顔にそっくりだった。その顔を両手に持ってながめ、どうやって作ったのかしら? とホリーは思った。絵画ではこんなふしぎなことは起こらない。ツンドラの肖像画《しょうぞうが》を描《えが》いたときには、ソフィアに涙《なみだ》が出るほど笑われた。

「わたしはきっと、彫刻家《ちょうこくか》なのね」ある夕ぐれ、ちょうど作りあげたマキナの顔を満足そうにながめながら、ホリーはひとりごとをいった。宮殿《きゅうでん》のどこかで、妖精たちの叫《さけ》ぶ声がかすかに聞こえる。またヴィヴィアナの部屋に侵入《しんにゅう》したらしい。

「みなさん」小さな声が髪《かみ》の毛の中からした。ホリーが巻《ま》き毛《げ》に思わず手をのばすと、うすい羽が指にふれた。枯《か》れ葉《は》ほどの重さもない小さな足が、手の上を歩いてくる。ホリーは静かに息をするようにした。こんなに近くで妖精を見るのは初めてだった。「この上ない不幸」小さな妖精はいった。「疲《つか》れて針金《はりがね》」ホリーはキーキー声のするほうを横目で見た。

「でも、あなたも妖精《ようせい》の仲間でしょ？」ホリーは妖精のいっている意味を想像《そうぞう》しながら、返事をした。ニコラスがいつか妖精の話しことばについていっていたことを思い出したのだ。まったくちがう言語ではないんだが、独特《どくとく》の話し方だ、と。ホリーは、むっとした小さな顔にほほえみかけた。それは、ブーケーン姉妹のすえっ子で、体もいちばん小さいエマリリスだった。エマリリスはホリーの手首にとまると、騒音《そうおん》から身を守るように、青緑色の羽をしっかりと体に巻《ま》きつけた。

「かくれんぼはきらいなの？」ホリーはたずねた。

「見つけんぼは、あまりにも流れが速い」エマリリスはふきげんそうにいった。「するどく研《と》いだナイフの舌《した》でもある」エマリリスは緑色の髪《かみ》をなでつけると、満足そうに部屋《へや》を見まわした。「青ざめた世界、からっぽのバケツ」

「そうよ」ホリーも同意した。「妖精たちから逃《のが》れてここへ来たんだけど、いつのまにかこれを作っていたの。見て、マキナよ」

「見おろすにはずいぶん遠い」エマリリスはのべた。

ホリーは小さな体を見つめた。エマリリスは正しい。マキナの顔はえらそうに見えた。「ええ、そうね。でもマキナは気位《きぐらい》の高い妖精だもの。もっともっとお人形を作ろうかしら。人間界の子どもたちにあげたいんだけど、うまくいきそうにないの。いつもだれか知ってる顔になってしまって。それに、性格《せいかく》まであらわしてしまう。マキナはこの顔、気に入らないでしょうね」

「マキナは鏡を見、血が愛を歌う」

ホリーはしばらくその意味を考えなくてはならなかった。「つまり、これを見たら気に入るだろうってこと？」

「黄金のはかり」

「そうだってこと？」

エマリリスはうなずいた。「お父様はあたたかさにくるまれて？　袋《ふくろ》にはかたいペチコートや頭やレースがいっぱい。手がとどく？」

ホリーは、これを理解《りかい》しようと頭をしぼった。「ええ！　そうよ！　お人形をパパにわたして、クリスマスに配ってもらうのね。子どもたちへのプレゼントを――あなたがいったようにレースにくるんで」

エマリリスは、ホリーの顔をのぞきこんで、はっきりときいた。「なぜ？」

ホリーはがっくりと肩《かた》を落とした。「だって、なにかしなくては」ホリーは静かにいった。「だって、あなたや仲間の妖精《ようせい》たちも、不死の国に閉《と》じこめられてしまったでしょう。みんな、わたしのせいなのよ。わたしは不死になる資格《しかく》がないの。だって、人間界の人々のために、なにも重要な働きをしていないんですもの」

「塔《とう》の上のくるくるまわる紙のように、靴《くつ》に固くて手がとどく」

「でも、できないの！」ホリーは急に叫《さけ》んだ。「行けないんだもの！　知ってるでしょ？　ここを出られるのはパパだけなの。あとのみんなはここに残って、閉じこめられたまま。いずれ……いずれ……」どうしてもあの名前を口にすることができなかった。「あいつが、わたしをつかまえに来るまで」

エマリリスは、明るい目で探《さぐ》るようにホリーを見た。「長い夜の半周で」エマリリスは、注意深くことばを選びながら、ようやくいった。「まばゆい白さが昇《のぼ》るとき、あなたの心が行く」

「どうやって？」ホリーは真剣《しんけん》にたずねた。

「長い夜に招《まね》かれ」ホリーにわかってもらおうとして疲《つか》れきったようすのエマリリスがいった。

「雪から雪へ」それから首をふって、もう話せなくなった。

ホリーはポケットからやわらかなハンカチを取りだすと、エマリリスのために小さなベッドを作ってやった。妖精《ようせい》はそこまではっていくと、頭の上にテントのように布《ぬの》を広げ、すぐに眠《ねむ》ってしまった。ホリーは部屋《へや》が暗くなるまで、妖精を見守っていた。

ホリーは、部屋にならべたクッションの中にふかぶかと体を落ち着けた。「半周」ホリーはつぶやいた。妖精のことばの意味を何時間も考えて、頭が痛《いた》くなりそうだった。

「もう一回、ぜんぶいってみて」アレクシアがもう二十回も同じことをいっている。

「『長い夜の半周で、まばゆい白さが昇るとき、あなたの心が行く』っていったのよ」ホリーは復唱《ふくしょう》した。

「ぜんぜん意味がわかんない」キツネが鼻を鳴らした。

「きっと意味はあるのよ」ホリーは熱心《ねっしん》にいった。「わたしの心っていうところね――人間界に行って、そこでよい働きをする方法はある、って意味だと思うの。きっとそういいたかったのよ」

「じゃあ、その子はまちがってるのね」アレクシアが顔をしかめた。「呪《のろ》いがあるじゃない」

ツンドラが同情《どうじょう》するようにホリーを見た。「きっと作り話ですよ。妖精《ようせい》たちはひどいうそつきですから」

「作り話なんかじゃない。わたしを助けてくれようとしたのよ」

「だったらお父様にきけばいいのに」アレクシアがいった。

「いったでしょ」ホリーがしんぼうづよくいった。「もしパパにいえば、止めるに決まってる。人間界に行ってほしくないのよ」

「わたしも行ってほしくありませんね」ツンドラがいった。

ホリーはツンドラの耳のあいだをかいてやった。「だまって」ホリーはあおむけになって、頭の上の枝《えだ》を見つめた。「『半周』っていうのがいちばんの鍵《かぎ》ね。半周ってなにかしら?」

長い沈黙《ちんもく》があった。

「わかった、じゃあ『まばゆい白さが昇《のぼ》るとき』っていうのは? どういうことかしら?」

「氷山の底に穴《あな》が半分あいてて、そこに落ちたら、人間界に行けるっていうんじゃないかな」エンピーが意見をいった。

ホリーはエンピーを傷《きず》つけないように、笑いをかみころした。「そうかもしれないね」

アレクシアはそんなに気がきかなかった。「氷山は白くないじゃないの、ばかねえ。みんな色がついてるでしょ?」

エンピーはうつむいてしまった。

「レクシーったら、いじわるいわないの」ホリーがおだやかにいった。

「エマリリスをつかまえて、説明させたらどうかしら？」ユーフェミアがいった。

「妖精《ようせい》は説明できないんだ」ツンドラが答えた。「これでもせいいっぱい説明したつもりだろう」

「それに」とホリー。「エマリリスを見つけるには、何カ月もかかるし」

「ソフィアは？」エンピーが小さな声でいった。「助けてくれないかな？」

ホリーはまっすぐにすわりなおした。「ソフィア！　そうね！　あの人ならなんでも知ってる！」

「よく考えたね」ツンドラがいった。

「ペンギンにしてはね」アレクシアがいった。


ソフィアは宮殿《きゅうでん》の中に住んでいて、その部屋《へや》はユーサース塔《とう》の古い棟《むね》にあるとホリーは知っていたが、まだそこをおとずれたことはなかった。次の朝、真鍮《しんちゅう》の取っ手のついた木彫《きぼ》りのドアの前に立ったとき、ホリーは個人《こじん》の部屋に入っていいものかどうか、ためらった。ソフィアがいやがると思ったわけではない。中がどうなっているのか、わからなかったからだ。

ノックをしようと手を上げた瞬間《しゅんかん》、木そのものが溶《と》けてなくなったように、ホリーは大きな暗い部屋に入っていた。壁《かべ》には豪華《ごうか》なタペストリーがかけられ、明かりは真鍮のランプにゆらめくろうそくの炎《ほのお》だけだった。エナメルで描《えが》かれたお姫様《ひめさま》や、火の鳥や、黄金の馬の絵もかけられている。すけるようなついたてのうしろから、濃《こ》い湯気《ゆげ》が立ちのぼり、洞窟《どうくつ》のような空間にたちまち紅茶《こうちゃ》のかおりがひろがった。

「お入りなさい、ホリー」ついたてのうしろからあらわれたソフィアは、いつもと変わらず落ち着いた表情《ひょうじょう》だった。「お茶はいかが？」

「あの、けっこうです」宝石《ほうせき》のようにかがやく絵から目をそらすことができずに、ホリーはいった。沈黙《ちんもく》が流れた。

「ご機嫌《きげん》うかがいに来てくれたの？」とうとうソフィアがたずねた。「もうおそくない？　寝《ね》てなくていいの？」

ホリーはにっこりした。「もう朝よ、ソフィア！」

「そう」ソフィアは動《どう》じずにいった。

「そうよ。カーテンを開ければ、わかるのに」

ソフィアは窓《まど》に下がったビロードを見つめた。「わたくしは自分で時間を決めるわ。さあ、わたくしにどんな用事なの？」ソフィアは紅茶《こうちゃ》を飲んだ。

ホリーは前の日のできごとを説明した。エマリリスのことばをくりかえしたとき、ソフィアは感心しないというように首をふって、声を上げた。「まったく、妖精《ようせい》たちときたら！　ほんとにいたずら好きなんだから。マキナにいっておかなくては」

「いえ、それはやめて」ホリーがたのみこんだ。「エマリリスはわたしを助けようとしてくれたのよ」

「でもホリー、ちっとも助けになってないじゃないの！」ソフィアが叫《さけ》んだ。「まだ手に入らないものを、あなたにほしがらせただけよ。まだ解《と》くには早すぎるなぞなぞを出したのよ」

ホリーは泣きそうになった。「ソフィア、わたし、ほんものの不死になりたいの。生まれつきじゃなく、ふさわしいおこないをして不死になれれば、ほかにはなにもいらない。お願い、ソフィア！　ここでは、仲間はずれなの。人間界に旅して自分の道を見つけないかぎり、なにも変わらないのよ。助けて！」ホリーはソフィアのそばにひざをついた。

その悲しそうなようすに、ソフィアの顔はやわらいだ。「まあまあ。では、最初からもう一度はじめましょう。わたくしに願いをかなえてほしいといっているのね？」

「ええ」ホリーは上を向いた。顔に希望の光がさしている。「人間界に行かせて」

ソフィアはため息をついた。「あっちに行って、なにをするつもり？」

「わからない」ホリーは正直にいった。「なにかがわたしをエンパイア・シティに引きつけるの。わたしの運命はきっとあそこにある。自分のなすべきことを見つけられるような気がするの」

「それはそうね」ソフィアはあっさりいった。

「じゃあ、行かせて！　魔法《まほう》を使えるでしょ？　願いをかなえて」

「いいえ、ホリー。これは宇宙《うちゅう》の法則《ほうそく》なの。あなたの力でかなえられる願いを、わたくしがかなえるわけにはいかないわ」

ホリーは代母《だいぼ》の顔をじっと見つめた。「わたしの力で？」

「そうよ」

「わかるの？」

「ええ」

「いつ?」

「もうすぐよ！　道は見つけられるわ。気長に探《さが》さなくてはだめよ。でも、もうすぐ見つかる」ソフィアはとつぜん立ちあがると、カーテンのかかった窓《まど》のところに歩いていった。

ホリーはだまってすわっていたが、やがて頭を上げた。「気長に待つことにする。でももうひとつだけ教えて。お願い」

ソフィアはほほえんだ。「なにかしら?」

「わたしはむこうで死ぬの?」

雲の色の衣装《いしょう》が急に動きを止め、ソフィアは凍《こお》りついたように立ちつくした。それからおどろいたことに、その体が炎《ほのお》のような青い後光《ごこう》に包まれた。ゆっくりと衣装は透明《とうめい》になっていき、ホリーの目の前でソフィアは姿《すがた》を消した。

第十四章

「もうすぐだっていったもん。それも二度も」ホリーはいいはった。

「ソフィアは不死なのよ」アレクシアが不満そうにいった。「五千年も生きてる人にとって、もうすぐっていつなんだか」

エンピーはホリーのひざにすりより、頭をなでてもらっていた。

「エンパイア・シティ・クイズをしませんか」ツンドラがいった。

ホリーが気乗りしないようにうなずいた。「いいよ。問題を出して」

ツンドラはすわりなおしてたずねた。「エンパイア・シティの市長はだれ？」

「簡単《かんたん》よ。ウィリアム・ストロング氏」

「簡単でしたか」ツンドラはあわてた。「では、これはどうです？　道路清掃《せいそう》を管轄《かんかつ》している部署《ぶしょ》の責任者《せきにんしゃ》はだれか？　これはわからないでしょう」

ホリーは舌《した》をつきだしていった。「ジョージ・エドウィン・ウォリング大佐《たいさ》よ」

「ジュニアです」

ホリーは笑った。「ジョージ・エドウィン・ウォリング・ジュニア大佐《たいさ》。どんな意味だか知らないけど」

「まあ、正解《せいかい》ってことにしましょう」ツンドラが気前よくいった。「今度はむずかしいですよ。五番街と十丁目の角《かど》にいたとします。ワシントン・スクエアまで何ブロック歩けばいいですか？」

ホリーは目を閉《と》じて数えた。「四つ——いえ、五つよ。細い路地を入れればね」

「ブロックってなあに？」エンピーがきいた。

「街は道で四角く区切ってあるの。その四角い部分をブロックっていうのよ」ホリーが説明した。

アレクシアが尊敬《そんけい》のまなざしで見つめた。「なんで知ってるの？」

「むこうに行くまでに、少しでもエンパイア・シティのことを勉強して準備《じゅんび》しておこうって、ツンドラと決めたのよ。パパの本を借りて読んでるの」

「ホリーは望遠鏡《ぼうえんきょう》を使って、街の地図まで作ったんだよ」とツンドラ。

「調査《ちょうさ》ってことね」ユーフェミアがなるほどというようにいった。「とっても、フクロウ的です」

「やってみなよ」アレクシアがせきたてた。

ホリーは巨大《きょだい》なアマランス・ゲートを見た。金の柱はとうに修復《しゅうふく》され、かつてめちゃめちゃにされたあとはどこにも見あたらなかった。黄金の桟《さん》にはめこまれた宝石《ほうせき》が、午後の光を受けてかがやいている。ホリーの心臓《しんぞう》はどきどき鳴りだした。もし知らないうちに呪《のろ》いがうすれていたのだったたら？　もし門まで歩いていってひっぱって、すぐに開いたら？　もしそれだけで自由になれるのなら？

「やってみなくちゃ、どうなるかわかんないでしょ？」アレクシアがいった。

ホリーは雪の中でおとなしく待っているヴォビスをふりかえった。馬はなにも答えてくれない。

「そうね、レクシー」もし？　ホリーはどうにか息《す》を吸うと、ぴかぴか光る金属《きんぞく》のほうへ近づいた。もしかしたら？　天をあおぐと、門のてっぺんはほとんど見えなかった。ホリーは、掛《か》け金《がね》についている輪っかにふるえる手をのばした――が、その手を止めた。輪が持ちあげられない。まったく動かない。ためしに、金の桟《さん》をゆすって、思いっきり押《お》してみた。巨大《きょだい》な門はびくともしなかった。

すると、なにかが目に入った。門の外、人間界の領域《りょういき》の雪に、影《かげ》がいくつも見える。影を落とすようなものなど、なにもないのに。だがたしかにうっすらとした影が、気長になにかを待っているのだ。その正体を知って、ホリーはのどがしめつけられるような感じがした。この影は、ホリーがもたらした呪《のろ》いによって、門の中へ入れなくなった不死の魂《たましい》たちだ。そう思うと涙《なみだ》があふれた。

「この下を掘《ほ》ってみようか？」レクシーが門のほうに歩いていき、柱の近くの雪を前足でかきはじめた。

「いいえ、レクシー。やめて」ホリーはあわてていった。「わたしたち、ここにいちゃいけないのよ」だが、アレクシアはとうにやめていた。

「地面の中に壁《かべ》があるみたい」前足をながめながらアレクシアがいった。「目に見えないんだけどね。つめが割《わ》れちゃったわよ」そしてホリーを見た。「もう行こう」

「ええ」ホリーはほっとしていった。「ここは悲しい場所ね」

時は、ひとりと四匹《ひき》の仲間をしんぼうづよく待った。ホリーは十七歳《さい》になったが、楽しみにしている旅はまだ果《は》たせていなかった。授業《じゅぎょう》を受け、ねんど細工に時間をついやし、友だちと遊び、両親を愛していたが、そのどんな瞬間《しゅんかん》もホリーは待っていた。顔には静かながらも機《き》をうかがっているようすが見られ、なにをしていても気がかりなようだった。ニコラスとヴィヴィアナは、むすめが人間界にこそ自分の運命があるとかたく信じていることは知らなかったが、もうそろそろ子どもじみたことでは満足しないということはわかっていた。窓《まど》の下に広がる木の海をぼんやりとながめているときにも、その目にはあこがれがやどっているのが見てとれた。

ある十月のまぶしい朝、ホリーとヴィヴィアナが、雪の舞《ま》い散るホリーの部屋《へや》ですわっていると、重い足音が廊下《ろうか》にひびいてくるのが聞こえた。腹《はら》を立てているようすのニコラスが部屋に入ってきて、どっかりといすに腰《こし》を下ろした。その衝撃《しょうげき》でいすがふるえた。

「ニコラスったら、気をつけてくださいな」ヴィヴィアナがいすを見ながらいった。

ニコラスは心ここにあらずというようすで、だまってすわっていた。そして、ついに叫《さけ》びだした。

「どうすることもできん！　身動きがとれんからな」

「なにで身動きがとれないんですか？」ヴィヴィアナがきいた。

「妖精《ようせい》たちだ」ニコラスは憎々《にくにく》しげにいった。「あいつらに魔法《まほう》をかけねばならん。まったく手に負えん」

「魔法《まほう》をかける？　どういうこと？」ホリーが叫《さけ》んだ。

「なに、ちょいとしたまじないだよ。全員ではないにしても、大半《たいはん》にはかけんとな。そうでもしないと管理できんのだ。いや、ずっとというわけではない」ホリーの傷《きず》ついた顔を見てニコラスはいった。「二、三カ月といったところだ。あいつらはほんとうにどうかしてる。ゆうべ、なにをしでかしたと思う？」

「まあ、なんですの？」ヴィヴィアナが心配そうにいった。

「人形の店に押《お》し入って、例のお祭り騒《さわ》ぎをやったのだ！　そこでなにをしたと思う？」

ホリーはすでに顔をしかめながら、首をふった。

「店の中にある人形という人形の頭や手足をもぎとって、湖のそばでたき火にしやがった！　それでも悪いなんて思ってやしない！　『たき火の明かりで、スケートをしたかったの』とネメケルがいうんだ！　クリスマスのための人形が！　何千という人形が！　クリスマスまでたったの二カ月だというのに！　それでもなにも感じちゃいない！」ニコラスはわめきちらした。

「きっとわからなかったのよ」ヴィヴィアナがいった。

「ああ、そうだ！　なにもわからないだろうさ。そこが問題なのだ。あいつらには責任感《せきにんかん》というものがまったくない。常識《じょうしき》もなにもない。動物以下だよ！」

「まあ、パパ、そんなことないわ」ホリーがいった。「妖精《ようせい》たちはすばらしいじゃない！　たしかに注意が足りないし、荒《あら》っぽいけど、それは気持ちのおもむくままに生きているからよ。常識なんて通用しないことくらい、パパも知ってるでしょ？　妖精たちのせいじゃないわ――ああしかできないのよ」

「だが、人形のことはどうしろと?」ニコラスが問《と》いつめた。「みんなこわされてしまったんだぞ」

「妖精《ようせい》たちを閉《と》じこめるより、新しい人形を作ることに魔法《まほう》を使ったら?」ホリーが答えた。

ニコラスは頭をふった。「そんなに簡単《かんたん》なことじゃないんだよ。魔法を使うとしてもだな、人形一体一体の顔をまず思い浮《う》かべねばならん。それに、今必要なのは何百、何千という人形だ。それを数週間でできると思うか? だが今は」ニコラスはしぶしぶいった。「今はそんなことをいってもはじまらん。人形は同じような顔でもしかたあるまい。ゴブリンたちにおもちゃの電車作りをまかせることができたら、人形の顔を三、四通り考えることにしよう。それが限界《げんかい》だ。人間界の店にあるのと変わらない人形と、走りののろい電車になるだろうが、ほかになにができる?」

「わたしに手伝わせて!」ホリーがいった。

ニコラスはうたがうような目をホリーに向けた。「人形を作ったことがあるのかね?」

「ええ、あります。今、見せるわね」ホリーはとびあがって、ねんど細工を取りにいった。走って部屋《へや》を出ていくときに、紙があたりにちらばった。

ホリーはスカートをたくしあげ、そこに作品をいくつも入れてもどってきた。「見て!」父親の前にすわると、ホリーはいった。ニコラスは山のような人形と顔をのぞきこんだ。そして、ヴィヴィアナとソフィアの顔を取りあげると、びっくりしたようにながめた。

「これをみんな作ったのかね?」ニコラスはおどろいてきいた。「すばらしいじゃないか!」

ヴィヴィアナはねんどで作られた自分の肖像《しょうぞう》を見つめた。そして手でなでながら、そっとつぶやいた。「とてもきれいに作ってくれたのね、ホリー」

ニコラスはにっこりした。「ほんとうにそっくりだよ」

「でしょう！」ホリーは勝ち誇《ほこ》ったように父親のほうを向いた。「わたしが人形の顔を作るわ。二カ月あれば、たくさん作れる」

「磁器《じき》でも作れるかね？」ニコラスがたずねた。

「できるんじゃないかしら」

ニコラスは両手に持った顔を見おろした。「おもしろいな。これは、マリブラン先生だ。きっと喜ぶぞ」

「ね？　いいでしょ？」ホリーがきいた。

両親は顔を見あわせ、むすめに対する誇りをことばに出さず伝えあった。「もちろんよ、やっていいわ」ヴィヴィアナがいった。

「そりゃあ、助かる」ニコラスはいかにも事務的《じむてき》な口調《くちょう》でいい、むすめと握手《あくしゅ》を交わして、契約《けいやく》を結んだ。

ホリーは人形作りの作業場で働きはじめた。そしてたちまち大発見をした。こんなに楽しいことはこれまでなかったのだ。長いあいだ願ってきた、人間のためになにかするということを、自分はやっている。夕方、作業場を出て、ツンドラを静かにしたがえて歩きながらまわりを見まわすとき、不死の者たちが道を歩いていても、もうはずかしく思うことはなかった。毛深い腕《うで》にカゴを下げて家路《いえじ》を急ぐケンタウロスに、ホリーは頭を上げてにっこりと笑いかけた。

「こんばんは、姫様《ひめさま》」ケンタウロスはていねいにいい、ニカッと歯を見せて、笑いかけてくれた。

わたしのことを責《せ》めないんだわ、とホリーは思った。すると足取りも軽くなった。

もちろん、作業場がほとんどからなのには、いやでも気づいた。ニコラスは、ホリーが連れてくる寒さのせいで、みんなよりつかないんだ、といいはっていたが、ホリーはちゃんとわかっていた。いつもならこの作業場は、人形が大好きで、人形作りに喜びを感じているゴブリン、ギルフィン、ファウヌスたちの鼻歌が聞こえるのだが、ホリーがいる今は、シーンとしていた。というのも、昔のうわさは今も消えておらず、ホリーのいるところには、ヘリカーンがやってくるかもしれない、とほとんどの者が信じていたからだ。勇敢《ゆうかん》にも残ったのは、たった三人だった。年よりのゴブリン、ムラカは、ほとんどしゃべらなかったので、危険《きけん》だということをほんとうにわかっているのかどうか、微妙《びみょう》なところだった。ラベンダー色のギルフィン、テレジマは、だれが押《お》し入ってきても、この六本の腕《うで》でホリーを守ってやると大声で宣言《せんげん》し、一本一本その腕をまげてみせた。そして、昔からホリーの味方だったマクスは、力いっぱいホリーを抱《だ》きしめ、すぐとなりにいすを持ってきてすわった。「話して」マクスは楽しげにいった。「前に会ってから今までのこと、ぜんぶ話《と》して」

そこで、ホリーは友だちとおしゃべりをしたが、仕事の時間になるとだまった。目を閉じると、顔が見えてくる——どこから来たのかしら？　望遠鏡《ぼうえんきょう》で見た子どもの顔？　それとも単に心の中で想像《そうぞう》しただけ？　ねばりけの強い磁器《じき》用《よう》のねんどを両手で形作りながら、ホリーは頭に浮《う》かんだ輪《りん》郭《かく》を追った。目を閉《と》じたまま、ホリーはふたつの丸いほほを作り、あごをゆるやかにカーブさせ、小さな鼻先をとがらせた。目をぱっと開くと、今度はまゆげと、おでこと、今にも話しだしそうな口を作った。

「ようこそ」ホリーは自分の作った顔にささやくと、作業台の上においた。ムラカとテレジマが手足をつける番だ。マクスはことばもなく、となりにすわって見つめていた。

「どうやったの？　完璧《かんぺき》な顔じゃないか――型もないのに――それも五分とかからないで！」マクスはまくしたてた。

「わたしにもわからないわ」人形を作る夢《ゆめ》の国からもどってきたホリーがいった。

「魔法使《まほうつか》いだ！」マクスがかん高い声を上げた。

部屋《へや》のすみでいねむりをしていたツンドラは、頭を上げて、警戒《けいかい》するようにマクスを見た。ホリーは首をふった。「空を飛べなければ、魔法使いとはいえないわ」

作業場で長い時間働いたあとでも、エンパイア・シティに行きたいというホリーの夢は変わらなかった。毎晩《まいばん》夕食のときにひとりと四匹《ひき》の仲間が集まるとたいてい、いつ、どうしたらホリーの旅が実現《じつげん》できるかという話題になった。エマリリスがくれた手がかりについて、またソフィアの妙《みょう》な答えについて、ツンドラとホリーは何度も何度も考えた。アレクシアは、グリフィンを買収《ばいしゅう》しろとか、クリスマスイヴに父親になりすませとか、だんだんとんでもない脱出《だっしゅつ》計画を提案《ていあん》するようになった。エンピーはなんとか役に立ちたいと頭をしぼり、しまいにはホリーの部屋を出て、ひとりでエマリリスを探《さが》しにいった。けれども妖精《ようせい》の姉妹のうち、イオとピアラナが鏡の廊下《ろうか》でエンピーにおそいかかり、はしからはしまで追いかけまわしたので、とうとうエンピーはぐったりしてホリーのひざに逃《に》げかえった。

ユーフェミアはだまっていた。ホリーとツンドラが話しあえばあうほど、ユーフェミアは静かになっていった。毎晩《まいばん》、みんながその問題を持ちだすと、ユーフェミアはいちばん遠くの枝《えだ》に飛んでいって、真っ白な頭を胸《むね》に深くうずめ、眠《ねむ》ってしまう。というか、眠っているように見える。十一月の風が吹《ふ》きすさぶ暗い夜、積みあげた枕《まくら》に身をあずけて、ホリーはもう千回もくりかえしたせりふを口にした。「どうにかして出られるはずよ」

ツンドラも千回もくりかえした質問《しつもん》をした。「でも、どうやって?」

すると、銀の木から叫《さけ》び声がした。「おやめなさい!」ユーフェミアだった。「もう、そんなというのはやめて、なにかなさいな!」

ホリーは起きあがった。「でも、どうやって?」

「それじゃあ、ツンドラがいってるのと同じでしょう」ユーフェミアがわめいた。「もう耐《た》えられないわ。わたしは、なにも知らないばかなフクロウですけどね、毎晩ここにすわって、おんなじことをくりかえしているのは、もうたくさん。じっとしてないで、なにかなさい!」

「どうしたらいいっていうんだい?」ツンドラがたずねた。

ユーフェミアは、神経質《しんけいしつ》そうにみんなの顔を見まわした。「調査《ちょうさ》ですよ」

ホリーはにっこりした。「どんな調査?」

ユーフェミアはくるりとむこうを向いて、みんなから顔をかくした。「それはね、勉強です。読書です。だって、昔は不死の国への入り口がたくさんあったんでしょう？　わたしはおぼえてませんけどね、たくさんあったはずですよ。歴史の本を勉強すればいいわ。秘密《ひみつ》のぬけ道が見つかるかもしれないでしょう」

ホリーは体を起こした。「たしかにそうだわ、ユーフェミア。調査《ちょうさ》しなくちゃ！　わたしたち、行きづまってたわ！」ホリーはとびあがると、スカートを手ではらった。「秘密のぬけ道ね」考えこむようにくりかえした。「パパの書斎《しょさい》に行ってくる！」

ユーフェミアは心なしか背《せ》すじをのばし、自慢《じまん》げにいった。「調査ですよ！」

とはいっても、最初の試《こころ》みは失敗に終わった。ホリーは、『とこしえのある一日』という本を読みふけり、ツンドラは手を使えない生き物にしてはせいいっぱいの速さで魔法《まほう》教本をめくり、読む力よりもプライドのほうが高いユーフェミアは、本をどれも逆《さか》さまに見ているのを指摘《してき》されて、とうとう見張《みは》りに徹《てっ》します、と宣言《せんげん》した。ひとりと二匹《ひき》がよろよろとホリーの部屋《へや》にもどったのは、もう明け方四時のことで、成果はなにもなかった。けれどもホリーはめげたりしなかった。父親の書斎から何冊《さつ》も本を持ってきて、なにか新しい手がかりは、方法は、希望はないか、けんめいに調べた。

「一五二一年にノームの一団《いちだん》が、魔法の船に乗ってただよってきた、とあります」ツンドラがいった。「いや、これはだめだ。その船は一五二三年に爆破《ばくは》されたそうです」

「ダッパートゥットによると、ロック鳥は魔法の絨毯《じゅうたん》で来たそうよ」数時間後にホリーがいった。

「ほんとですか？　飛べなかったんでしょうか？」

「なにも書いてないわ。でもその後、絨毯《じゅうたん》はペルシャに返されたそうだから、これもだめね」

静けさが部屋《へや》をおおった。長いあいだ、聞こえるのはページをめくるパラパラという音だけだった。ホリーはため息をついた。

「ホリー？」高い銀の枝《えだ》からユーフェミアが声をかけた。

「なあに？」ホリーは『不死の旅』という本を取りあげながら、気のない返事をした。

「うーんと、そうね。あの分厚《ぶあつ》い本を見たらどうかしらね？」

「どの分厚い本？」

「あれよ。お父様の書斎《しょさい》にある、台の上の」

ホリーはフクロウを見つめた。「『とこしえの本』ね」

「そう。それですよ」ユーフェミアは答えた。

ホリーはもう書斎にかけだしていた。

『とこしえの本』は何ページあるのだろう？　数千？　数万？　もっと？　ホリーはそれを一ページ残らず読んだ。英雄《えいゆう》たちの話、魔法《まほう》のできごと、不死の歴史などを読むうち、日付は十二月に変わったが、秘密《ひみつ》のぬけ道のことはどこにもなかった。なにか見つけたと思うたびに、それはもうなくなったとか、変わってしまったとか、今は呪《のろ》われているとわかるのだった。それでも、ひとにぎりの可能性《かのうせい》を与《あた》えてくれる名前がひとつだけあった。「ボレアス（注1）の虹《にじ》」というものだ。

ホリーは重い本を両腕《りょううで》にかかえて、ツンドラのところにやってきた。「これをどう思う?」疲《つか》れた声できいた。「『ボレアスの虹《にじ》』よ。北方のオーロラの光でできた虹なの。聞いて。『五百年に一度かかるボレアスの虹は、人間界と不死の世界をつなぐ道が開くことを告げ知らせる。ほんの短い時間あらわれて、あざやかな色を放つこの虹に人間はおどろき、この世の終わりとまちがう者も多い』ですって。どう思う?」

「五百年に一度ですよ」ツンドラは指摘《してき》した。「最後にあらわれたのはいつだったんですか?」

「書いてないわ」ホリーはいっしょうけんめい探《さが》した。「でも、これかもしれないわよね?」

ツンドラは気の毒そうにホリーを見た。「はい。きっとこれでしょう」

(注1) 北風の神。

第十五章

　そうしているうちにクリスマスが近づいてきた。ホリーとマクスにもうおしゃべりしているひまはない。ふたりとも、クリスマスに人間の子どもたちにあげるのにじゅうぶんな数の人形を、一心不乱《ふらん》に作っていた。目にも止まらぬスピードで、人形に手足を取りつけていくテレジマの六本の手は、かすんで見えた。ムラカだけが、いつもの調子で働いていた。几帳面《きちょうめん》に小さなコートやドレスのボタンをとめ、靴《くつ》ひもを結び、つやつやの髪《かみ》にそっと帽子《ぼうし》をのせてやっている。にっこり笑った人形の列はどんどん長くなっていく。クリスマスまであと四日、残る人形の数はあと四百。あと三百九十九、あと三百九十八……。

「さあ、一万五百四十四体できたぞ！」テレジマが大声で知らせた。「あと三百八十二だ！」

　ホリーとマクスが手をたたいて喜んでいると、ドアが開いてニコラスが作業場に入ってきた。入るなり、おどろいて足を止めた。あの女性《じょせい》はいったいだれだ？　形作った人形を窯《かま》で焼《や》くために、作業場をきびきびと横切って棚《たな》にのせ、また小さな作業台に舞《ま》いもどって次の人形を作りはじめているのは、ホリーだった。金色の髪《かみ》を、大きな緑色の絹《きぬ》のスカーフでくるみ（これは人形の洋服のあまり布《ぬの》なのだが）、ほほは、いそがしさに赤味がさしている。すらっとした手は、ねんどのかすにまみれ、足取りはまるで踊《おど》っているようだった。大きくなったな、とニコラスは思った。もう子どもではない。あとどれくらい、手もとにおいておけるだろう？

その思いは、ホリーの歓迎《かんげい》の声にさえぎられた。「パパ！　見て。こんなにたくさん作ったのよ！」

「それにひとつひとつちがう！」ニコラスは喜んだ。「それぞれちがう表情《ひょうじょう》をして、個性《こせい》があるな。みんな、よくやった！」

「このお方がすばらしい働きをしたのでございますよ」キーキー声でいったのは、ムラカだった。そして顔をホリーのほうに向けた。「このようなお方は見たことがございません」

「むすめをほめてもらってうれしいよ、ムラカ」ニコラスはかがやくような笑顔《えがお》でいった。

ムラカはうなずいた。おしゃべりはこのくらいにしておかなくては。

「ありがとう、ムラカ」ホリーは身を乗りだして、ムラカの耳にささやいた。ムラカは、うっすらほほえむと、また前かがみになって仕事にもどった。

「陛下《へいか》！」作業場の外から声がした。

「ああ！　ここだ！」ニコラスはドアを開けながらいった。「お入り、ファーマー」

背《せ》の高い、おかしな服装《ふくそう》をした男が、かけこんできた。一面に計算式が書きこまれた書類《しょるい》の束を持っている。「これがちょうどとどきまして」男の声はマフラーのせいで、くぐもって聞こえた。

明るい目が麦わら帽子《ぼうし》の下からのぞく。帽子はとばされないように、長いビロードのひもがついている。これが、ホレーショ・サディアス・ファーマー、不死の国のふしぎなほどよくあたる気象学《きしょうがく》者《しゃ》である。ファーマーは、地球上のどの場所の天気でも常《つね》にニコラスに伝えることが、自分の使命だと思っていた。「陛下《へいか》にお伝えしなくては」というのが口ぐせで、ファーマーがいうところの「ご注進《ちゅうしん》」のために、しょっちゅう宮殿《きゅうでん》にかけこんでいるのだった。ファーマーが積雲《せきうん》だの巻雲《けんうん》だのいいだすと、ほとんどの不死の者たちはげんなりするのだが、ニコラスはおもしろい男だと思っていた。重要な事柄《ことがら》だというような顔で自分の書斎《しょさい》に招《まね》くので、ファーマーは大喜びだった。

ファーマーはわきあがる思いにふるえながら、書類《しょるい》を手に、おおげさな身ぶりで話しはじめた。

「お知らせしておかなくては、と思いまして。明日、思いがけず寒冷前線《かんれいぜんせん》が人間界の北アメリカ上空にかかります。これが雪と氷をもたらし、クリスマスイヴまでつづくでしょう。こんなに広い範《はん》囲《い》が雲でおおわれるのは、ひじょうにめずらしいことであります。まったく例のないことでして」とまどいの色がファーマーの顔をよぎったが、コホンとせきをしてもちなおした。「合衆国《がっしゅうこく》の東側全体では――例によってフロリダ州《しゅう》は除《のぞ》きますが」ここでファーマーは鼻をすすった。「そこではしたがって、ホワイトクリスマスが予想されます。西側の地域《ちいき》では――」ファーマーはあえて州とは呼《よ》ばなかった。「お天気は――」

「エンパイア・シティは雪になるのかしら？」ホリーが割《わ》って入った。

ファーマーはこの割りこみに気を悪くして、めがねをずらしてにらみつけたが、だれがいったのか気づくと、あわてて頭を下げた。「はい、姫様《ひめさま》。大雪でございます」

「どれくらい寒いの？」

「毎晩氷点下《まいばんひょうてんか》まで下がります、姫様《ひめさま》」ファーマーはあいそ笑いをした。

「昼間も？」

「かなり寒うございます。ずっと氷点下ということはないでしょうが、それでもかなり寒いはずです。以上でよろしいでしょうか、姫様」ファーマーは派手《はで》な身ぶりでつけくわえた。

「ええ、じゅうぶんよ。ファーマーさん、ありがとう」ホリーは目をかがやかせていい、父親のほうを向いた。「パパ！　聞いた？」といきおいこんでいった。

心の中の恐怖《きょうふ》と戦いながらも、ニコラスは平静を保《たも》とうとした。「ああ、聞いたよ。エンパイア・シティでは、つまりニューヨークでは、ホワイトクリスマスになるそうだな」

「パパ？」ホリーの顔には「お願い」と書いてあった。「やってみてもいい？」

「なにをだい？」ニコラスは、から元気でいった。

「わかってるくせに、パパ。いっしょに連れてって。クリスマスイヴの旅に。お願い。お願い」

ニコラスの心の中では、たくさんの恐怖が追いかけっこをしていたが、むすめの目はニコラスの顔に希望を探《さが》している。できっこない。前にもやったじゃないか。うまくいかない。だからやってみても害にはならんだろう。しかし、もしうまくいったら？　わしはどうすればいい？　あの子を連れていくわけにはいかん。そんなのはだめだ。心臓《しんぞう》が耐《た》えられないだろう。しかし、寒くなるといった。いや、そんなに寒くないかもしれん。ファーマーだって予報《よほう》をはずしたことはある。それにヘリカーンがいる。もしむすめがむこうへ行ったとわかったら、どんな手を使ってでも、居場所《いばしょ》を探《さが》すだろう。人間界にいれば、見つけるのは簡単《かんたん》だ。そして殺すかもしれん。「だめだ！」ニコラスがとつぜんどなったので、みんなはびっくりした。「ぜったいにだめだ！」

気象予報士《きしょうよほうし》として当然ながら、サディアス・ファーマーは嵐《あらし》が近づいていることをすぐに見てとった。「それでは、わたしはこれで」かん高い声でそういうと、「陛下《へいか》、姫様《ひめさま》！　お妃様《きさきさま》にもよろしくお伝えくださいい！　ごきげんよう！」と、ドアに向かってかけだした。

テレジマ、マクス、それにムラカまでもがおどろいて顔を見あわせ、急ぎの用があるといって、倉庫にひっこんだ。ギルフィンの最後の腕《うで》が階段《かいだん》の下に消えると、ホリーは父親に向きあった。ほほはピンク色に燃《も》え、目は花火のようにきらめいている。それでも、声は落ち着いていた。「わけをちゃんと説明して、パパ」

どんなに自分の考えは正しいと思っていても、相手は反論《はんろん》するに決まっていると感じた瞬間《しゅんかん》、気分がめいり、説得できるように話すことが急にできなくなってしまうことがある。「うまくいかん」ニコラスは、おろかにもいちばん弱いところから話をはじめた。「前にもやってみた」

「またやってみればいいじゃない」わたしはパパのむすめだもの、うまくいくかもしれないわ」

まずいはじめ方だったとさとったが、正しい方向にはもどせそうもなかった。「いや、人間界に行くなぞ、危険《きけん》すぎる。おまえの心臓《しんぞう》は――」

ホリーは必死でさえぎった。「でも、ファーマーさんのいうことを聞いたでしょ？　氷点下ですって。雪ですって。パパ、ここでも冬には外に出られるわ。むこうではちがうなんてことないはずよ。だって――」

「だめだ！　もし気を失ったらどうする？　どうやっておまえを守ればいい？　子どもたちのクリスマスがだいなしになってもいいのか？　いいや、だめだ。危険《きけん》すぎる！」

「パパ」落ち着こうと努力しながらホリーがいった。「こわがってるのね、ヘリカーンが――」

おそれていた名前がむすめの口にのぼると、ニコラスはかっとなった。あわてて、がんこおやじのような返事をした。「だめだ！　許《ゆる》さん！」

めったに怒《おこ》ったことのないホリーが、これには怒った。父親のそでをつかんでいった。「許さんですって！　どうしてそんなことがいえるの？　わたしとわたしの夢《ゆめ》を、どうしてゴミみたいにかたづけてしまえるの？」その目は怒《いか》りに燃《も》えていた。「許さんなんていわせない。わたしを止めることなんてできない。わたしがエンパイア・シティに行けるものなら、パパもヘリカーンも止められないわ！」ホリーはくるりと向きを変えると、作業場から飛びだしていった。むすめにではなく、自分自身に腹《はら》を立てているニコラスを残して。


二時間後、ホリーは母親の腕《うで》に抱《だ》かれていた。ふたりのスカートのまわりには、湿《しめ》ってくしゃくしゃになったハンカチがいくつか落ちていたが、ホリーはもう泣きやんでいた。ホリーは体をはなし、母親の顔をいとおしそうに見た。「ヘリカーンのせいよ。わかるの」そういってため息をついた。

その名前を聞くと、ヴィヴィアナは身ぶるいした。「そうね。お父様はあなたのことを思うとこわいのよ。ただそれだけ」

「でもママだってこわいのに、あんなにわからずやじゃないわ」

ヴィヴィアナは少しさびしそうに笑った。「反対したってしかたがないとわかっているからよ。もし、わからずやなことをいって、あなたを止められるものなら、そうするでしょう。でも、もし人間界に行くチャンスがあるなら、どんなに危険《きけん》だろうがあなたは行くと、わかっているんだもの」

ホリーはだまっていた。心は、ずっと昔のおそろしい夜のふちへともどっていた。記憶《きおく》の底の暗やみに閉《と》じこめられた、おぼろげな瞬間《しゅんかん》が呼《よ》びもどされる――下へ、下へと落ちていき、頭の上では風がひゅうひゅう鳴っている。「いいえ」思いを断《た》ち切るようにホリーはいった。「あいつがこわいからって、ここに永遠《えいえん》にいるわけにはいかないわ。そんなことすれば、不死どころか弱虫の負け犬になるだけだもの」ヴィヴィアナの絹《きぬ》の肩《かた》かけについているふちかざりを、ホリーはぼんやりとひっぱった。

むすめを抱《だ》きしめるヴィヴィアナの腕《うで》に力が入った。「こんなふうに、あなたをここにとどめておくことができればね」ヴィヴィアナはつぶやいた。

「でも、そんなことしないわよね」ホリーはほほえんだ。「そうはいっても、これはたとえばの話でしかないって、自分にいいきかせてるの。だって、不死の国から出られないかもしれないんだものね」

ヴィヴィアナはホリーの心を見とおすようにいった。「それはそうだけど、あなたはどう思ってるの?」

「きっとエンパイア・シティに行けると思ってるわ」ホリーは本心をいった。

「そうね、わたしもそう思う。だれも不死の国を出られないけれど、どういうわけかあなただけは出られるとはっきりわかるの」ヴィヴィアナはため息をついた。

「もどってきます、ママ。約束するわ」

もどれるものならね。ヴィヴィアナは心の中でいった。そして、声に出してはこういった。「ごらんなさいな。もうすっかり大人の女性《じょせい》になって」

ホリーは首をふった。「そうかしら。まだ子どもだって気がするけど」

「わたしもよ。もう千歳《さい》をこえてますけどね」

「ママも?」ホリーはぱっと見あげた。「女の人は、結婚《けっこん》すれば大人になったような気がするんだと思っていたのに」

「いいえ。恋《こい》をするとね、むしろそれまで以上に子どものような気がするものよ」

「そうなの?」ホリーは顔をしかめていった。「ママは……」声が細くなっていく。

「恋をしたことがあるかって?」ヴィヴィアナがかわりにいった。

ホリーは顔を赤らめた。「どんな感じ?」遠慮深《えんりょぶか》くきいた。

ヴィヴィアナは考えながら、ホリーの巻《ま》き毛《げ》に指をからませた。「時が止まったような感じがするわ」そこでひと息入れた。「うれしくてふるえるような感じ。世界じゅうのなによりも、生きてるって感じ。秘密《ひみつ》のような感じ」

ホリーは見るともなしに、足元を見つめていた。「秘密」夢《ゆめ》見《み》るようにくりかえした。それから急にはずかしくなって、ヴィヴィアナの肩《かた》かけを頭からかぶった。「なぜそうだってわかるの？」ヴィヴィアナはかくれているむすめにやさしくほほえみかけながら、その頭から肩かけを取った。「恋《こい》をしていると、なぜわかるかって？　ああ――それはね。そのふたりにしか聞こえない音楽があるのよ」ヴィヴィアナはそっと笑った。「ちょっと待ってて」

ヴィヴィアナは立ちあがると、となりの部屋《へや》に消えた。もどってきたときには、ガラスの箱を持っていた。ガラスの氷の上で小さな男女の人形がワルツを踊《おど》ると、千もの光がきらめき、さまざまな色となって踊る。このめずらしいものを手わたされ、ホリーはびっくりして見つめた。

「これはなに？」ホリーはいきおいこんできいた。

「オルゴールよ。お父様がくださったの。まだわたしが人間のときでね、若《わか》くて、求婚者《きゅうこんしゃ》もたくさんいたのよ。ある日――収穫祭《しゅうかくさい》で――お父様を見かけて、こんなにかしこそうなお顔は初めて見たと思ったの。オークの木のとなりに立ってらして、わたしが見ているのに気づくと、枝《えだ》のほうに手をのばして、この箱を取りだしたの。わたしは近づいた――ほんとうは父親から、知らない男の人とは口をきくなといわれていたのだけど――そして、聞いたこともないくらいすばらしい、なんともいえない音楽を聞いたのよ。その音楽を聞いていたい、お父様をずっと見ていたい、それだけを思った。音楽はわたしたちふたりを魔法《まほう》で包み、わたしたちは踊りだし、そして――」ヴィヴィアナはくすくすと笑った。「友だちはみんな、わたしの頭がどうかしたのかと思ったらしいわ。だってみんなにはなにも聞こえなかったから。わたしのことを大笑いしてね。でも気にしなかった。それからはお父様のことしか、気にならなくなったの」ヴィヴィアナは思い出にふけりながら、ほほえんでいた。

ホリーは長い指をのばしてそっとガラスにふれた。ヴィヴィアナはその箱をむすめの手にたくした。「持っていなさい」

「でも、これはママとパパの――いらないの？」ホリーは口ごもった。

「わたしたちのための働きは終わったわ。お父様もこれを引きついだのだから、今度は次の人に引きつがなくては」

ホリーはけげんな顔をした。「だれがパパにわたしたの？」

「ソフィアよ。でもそれは長いお話。またいつかね。このオルゴールを、いつか恋《こい》する日のために、大切に取っておきなさい。その日がきたら、きっとあなたのために音楽をかなでてくれるでしょう」


その日の夕方、ホリーとニコラスは抱《だ》きあって仲なおりをした。仕事と、めずらしく怒《おこ》ったせいとで疲《つか》れたホリーは、いつもの調査《ちょうさ》はお休みにした。ガラスのベッドに丸くなって、頭上で銀の葉がそよぐのを聞きながら、枕《まくら》の上に置いたオルゴールを見つめていた。夜の暗がりのせいで、その色は弱くなっていたが、つややかな表面から、青と紫《むらさき》だけが、きらりと光を放っていた。頭上のどこかで、ユーフェミアがホーと寝言《ねごと》をいい、遠くのすみでは、アレクシアがスースー寝息をたてている。宮殿《きゅうでん》の外では、真っ暗な空にたくさんの星がちりばめられていた。

数時間後、目をさましたホリーが最初に見たのは、まばゆくかがやくオルゴールだった。色とりどりの光が、枕《まくら》の上だけでなく、ベッド全体に踊《おど》っていた。ホリーは自分の腕《うで》が、ピンク、緑、ラベンダー、金色の光であやしく彩《いろど》られているのを、寝《ね》ぼけまなこでうっとりと見つめた。ただおどろいて見ているうち、ぼんやりとした興味《きょうみ》を抱《いだ》き、頭からはなれなくなった。まだ夜で、部屋《へや》は暗い。なぜこんなにかがやいているの？　眠《ねむ》りのウミヘビが、またホリーを深海へとひっぱりこもうとする。きっとおかしな夢《ゆめ》を見ているのだわ、と思った。寝がえりを打つと——もっと目をみはる光景が広がっていた。夜の暗やみに支配《しはい》されているはずの窓《まど》が、空いっぱいにゆらめく光を映《うつ》しだしている。何百という色のかけらが、ものすごく大きな弧《こ》を夜空に描《えが》いている。ホリーは目をぱちくりした。起きあがって目をこすった。胸《むね》の高まりをおさえて、そろそろと窓に近づき、目の前に広がる景色を見た。真下の池から出ているると思われるちらちら光る大きな虹《にじ》は、不死の国の上空を巨大《きょだい》な色の橋となってまたぎ、はるか遠くに消えていた。「ボレアスの虹だわ」ホリーは息をのんだ。

ツンドラがとなりにあらわれた。銀色の毛が、虹の光を受けて、玉虫色《たまむしいろ》に光っていた。「ボレアスの虹ですね」ツンドラもぼうぜんとくりかえした。

しばらくだまって見つめていたが、やがてホリーがつぶやいた。「長い夜の半周で」ツンドラはなにかききたそうにホリーのほうを向いた。「長い夜の半周で」ホリーはくりかえした。「エマリリスのいったとおりよ。虹は半円だし、今日は十二月二十一日で、一年のうちでいちばん夜の長い日だわ。エマリリスは最初からわかっていたのよ」

ホリーとツンドラは長いこと見つめあっていた。それからホリーがささやいた。「帰ってくるって約束するから」

ツンドラは顔をそむけた。「もしも、呪《のろ》いが――」と、いいよどんだ。

「なに？」

「呪いですよ、ホリー。呪いが破《やぶ》られなければ、帰ってこられないのです」

「心配しないで」ホリーはツンドラの首に両腕《りょううで》をまわしていった。「クリスマスの日にパパに連れて帰ってもらうわ。どうにかして、もどってくるわよ」

それができるんでしたら、とツンドラは思った。

ほかの者も次々に目をさまし、なにが起こったか見た。ユーフェミアは、すぐにそりを用意するようメテオールに伝えに飛んだ。ホリーは、アレクシアのきびしい監視《かんし》のもと、衣装部屋《いしょうべや》を行ったりきたりして、持っていく洋服や靴《くつ》を集めていた。

「そんなの持っていけないわよ。最近じゃ、そんな色を着る人間の女性《じょせい》なんていないってば」キツネは声高《こわだか》にいった。

「レクシー、じゃまをする気？」ホリーはあせって叫《さけ》んだ。片手《かたて》には青いポプリン地のスカートを、もう一方の手には黒いブーツを下げている。「エンパイア・シティに行っても場ちがいじゃない服が三着あれば、それでいいの。じゃあ、選んでよ」

「それから靴に、手袋《てぶくろ》に、帽子《ぼうし》に、ペチコートに、それにねまきもいるじゃない」アレクシアはまくしたてた。

ホリーは走りまわるのをやめて、小ギツネを見つめた。「どうしてそんなこと知ってるの？　一度だって望遠鏡《ぼうえんきょう》をのぞいたことはないでしょう？」

アレクシアはキツネなりに肩《かた》をすくめていった。「ちょこちょこ情報《じょうほう》を集めてるだけよ。キツネはファッションセンスばつぐんなんだから」

「すごいわ。じゃあ、選んで」ホリーはほっとしていった。「教室からねんどを少し持ってこなくちゃ。それからペチコートでオルゴールをくるむわ。あとパパとママの肖像画《しょうぞうが》も取りにいかなくちゃ」ホリーはどんどん増《ふ》えるだいじなものを腕《うで》にかかえながら部屋《へや》をくるくるとまわっていた。

「それとソフィアのも」

ツンドラはホリーの手さげをいぶかしそうにながめた。「あまりたくさん持っていかないほうがいいですよ、ホリー。虹《にじ》がどれだけの重さに耐《た》えられるか、わかりませんからね」

「わかってるわ。でもツンドラ、『とこしえの本』は持っていかなくちゃね。そうすればわたしも不死と認《みと》められたかどうかわかるわ」

みんなはふりかえって、宝石《ほうせき》がはめこまれたきらきら光る銀色の表紙の、どっしりとした本を見た。ツンドラが頭をふった。「あなたと同じくらいの重さがありますよ、ホリー」

「持っていかなくちゃ」ホリーは本ののっているテーブルのところまで歩いていって、その前に立った。「お願いだから、わたしといっしょに旅をして」本に向かってひかえめに声をかけた。

パチンという小さな音がひびいた。分厚《ぶあつ》い本はテーブルにのったまま、ぴくりとも動いていない。だが、ホリーが持ちあげようと手を伸《の》ばすと、本はまるで絹《きぬ》のスカーフくらいの重さと大きさになって、ひらりと飛びこんできた。ほんとうに軽い。

「ありがとう」ホリーが本の表紙をぽんぽんとたたくと、動物たちはびっくりして目を丸くした。

ようやくレクシーが服を選びだし、ホリーは衣類一式と、オルゴールと、本と、肖像画《しょうぞうが》と、人形を作るための上質な磁器用《じきよう》ねんどを手さげにつめた。そして、長いこととめ金をいじってかがみこんでいたが、顔を上げると、目には涙《なみだ》があふれていた。「行ってきます」口ごもりながら、ホリーはいった。「すぐにもどってくるから」

「行ってきますだって？」みんなは信じられないというように声を合わせた。

「どういうことよ、ホリー」アレクシアが叫《さけ》んだ。「あたしたちもいっしょに行くんじゃないの？」

「わたしたちをおいては行けませんよ！」ユーフェミアもいった。

エンピーは泣きだした。

ツンドラはなにもいわず、表情《ひょうじょう》も読めなかった。ホリーはみんなを心配そうに見つめた。「みんなはわたしの大切な友だちなんだもの、連れていけたらどんなにいいか――わかるでしょ？　こんな不安だらけの旅で、みんながいないなんて、きっとさびしいと思う――」ホリーの声がふるえ、しばらく話すのをやめて、涙のあふれる目でみんなを見つめた。「みんながいなくて、やっていけるのかどうかわからないわ。今までそんなことなかったから。毎日、それも一瞬《いっしゅん》一瞬、みんながいなくてさびしいと思うでしょう。だけど――だけどね、わたしは人間のように見えなくちゃならないのよ」頭を下げて、たのみこむようにツンドラの目をのぞきこんだ。「人間たちは、エンパイア・シティをフクロウやペンギンやキツネやオオカミを連れて歩いたりしないわ。そんなことしないのよ」

八つの目が、程度《ていど》の差こそあれ、わかったというようにホリーを見つめた。理解《りかい》はできるが、気に入らない。「三日でもどってくるから」ホリーはもう一度安心させるようにいい、両手で涙《なみだ》をぬぐった。それでもみんなはだまったたままだった。「パパとママに書き置きしなくちゃ」ホリーは急いでいった。

ホリーが愛と謝罪《しゃざい》のこもった文をしたため、クリスマスイヴにエンパイア・シティでニコラスと会いましょう、とつづっていると、うしろで動物たちがひそひそやっているのが聞こえた。書きおわってふりむくと、みんながホリーのいすを半円状に取りかこんでいた。代表に選ばれたらしいアレクシアが、一歩前に進みでた。「ホリーをひとりで行かせるわけにはいかないって結論《けつろん》に達したわよ」ホリーはいいかえそうとしたが、みんなにきびしい目で見つめられて、だまった。「それから、いっしょに旅をするのは、ツンドラがいいってことになったの。理由その一、ツンドラなら犬に見えるし、人間はよく犬を連れて歩いている。理由その二、いちばん獰猛《どうもう》だから、いざっていうときにホリーを守れる。理由その三、置いてきぼりはいやだってさ」

ホリーはツンドラをじっと見つめた。「言い争いをしてもむだみたいね」

「どんないいわけも聞きませんよ」ツンドラがきっぱりといった。

「なら、やめとくわ」ホリーは、アレクシアに、それからエンピーとユーフェミアにほほえみかけた。「わかってくれてありがとう」エンピーがよちよちと近づいて、ホリーのひざに頭をこすりつけた。「すぐ帰ってくるわ」ホリーはまたいった。

ホリーはとなりにツンドラをすわらせ、足元に手さげを置いて、居心地《いごこち》よくそりにおさまった。メテオール率《ひき》いる八頭の若《わか》いトナカイたちは、わくわくする旅のはじまりに、じっとしていられないようすで、雪を踏《ふ》みしめていた。ホリーは自分の部屋《へや》の窓《まど》をふりかえった。暗くて見えなかったが、友だちがさよならと手をふっているにちがいない。ホリーは宮殿《きゅうでん》からなかなか目をはなせなかった。大小さまざまな塔《とう》、どこまでもつづく大きな壁《かべ》、子ども時代の思い出、ホリーにとって唯一《ゆいいつ》の愛すべき家。それから、興奮《こうふん》と希望で生き生きと顔をかがやかせ、前に向きなおると、なめらかな革《かわ》の手綱《たづな》を力をこめてつかんだ。自由へ、ホリーは心の中でいった。それから声に出して叫《さけ》んだ。

「エンパイア・シティへ」

トナカイたちはこの瞬間《しゅんかん》をずっと待ちつづけていた。協調した動きで、重力に逆《さか》らいながら、せいいっぱい前にかけだした。雪におおわれた野原を走っていくと、トナカイたちのひづめが地面をける重い音がする。「上がれ!」メテオールが叫んだ。「今だ!」トナカイたちはぴったり動きを合わせて、舞《ま》いあがった。銀色の影《かげ》がまぼろしのように池に映《うつ》り、そのまま静かな空にかかる虹《にじ》へとのぼっていった。「ボレアスの虹」のかがやきの中へと突入《とつにゅう》すると、おどろくほどのあたたかさが一瞬感じられ、トナカイたちは光りかがやいた。虹のトナカイたちはあざやかな天の色を帯《お》び、ひづめはきらきら光る虹のくずを踏みしめ、馬具《ばぐ》は色とりどりの光と宝石《ほうせき》でかがやいている。美しく彩《いろど》られた毛を風になびかせながら、トナカイたちは進んだ。

まもなく一行は〈とこしえ〉の門の上にさしかかった。雪におおわれた地面に静かに立つ、鍵《かぎ》がかかった門。黄金の門をしっかりと見すえたホリーは、息をするのも忘《わす》れるほどだった。もしかしたら、通れないかもしれない。しかし、そりは一瞬《いっしゅん》もためらうことなく、不死の国と人間界との境界線《きょうかいせん》をすべるようにこえていった。生まれ故郷《こきょう》が静かに遠ざかってゆくと、ツンドラは自分の愛する女の子が、大人の女性《じょせい》らしく堂々《どうどう》としてくるのを感じた。もはや、ツンドラの首に両腕《りょううで》をまわして甘《あま》えたりもしない。そのかわり、自分の未来は自分で守るとでもいうように、毅然《きぜん》と前を向いてすわっている。ホリー自身も、自分の中でなにかが変わったのを感じていた。一分ごとに、夢《ゆめ》が現実《げんじつ》に近づいていく。早く人間界に行って、そこで自分の仕事をはじめたくてしょうがなかった。生まれついた不死を、自分のものとするために。そして、自分の誕生《たんじょう》がもたらした呪《のろ》いから国を救うために。

遠く、現在でも永遠《えいえん》でもなく、いつも腐《くさ》っている場所で、ヘリカーンが粗末《そまつ》なベッドから起きあがった。この寒さにはもううんざりだが、仕事はまだはじまったばかりだ。喜びという感情《かんじょう》はヘリカーンにはない。あるのは勝利感だけだ。鉄の床《ゆか》を横切り、鏡の前に立つと、ヘリカーンはかさぶたのできた人さし指で、自分の肌《はだ》をなでた。部屋《へや》のすみで体をゆらしているベイシュレグは、おもしろくなさそうにながめながら、ぶよぶよした手で、ピンク色のぐにゃぐにゃしたものを機械的に口に運んでいる。

「スーッ」ヘリカーンは鏡に映《うつ》った姿《すがた》に近づくと、長い牙《きば》をくちびるでかくした。これだけはどうしようもない。「お目にかかれて光栄です、クロースさん」声はますます低くなり、くちびるはほとんど動かなかった。「わたしどもの美しい街には、長くご滞在《たいざい》で？」目が責《せ》めるように細くなった。「あなたはこの街に、思いもよらない美しさを添《そ》えてくださいます」ヘリカーンはあごを上げ、一心に口元を見つめた。「なんてすてきなペンダントをつけておいでですよう」わたしの祖母《そぼ》がつけていたのによく似《に》ております。祖母よ、やすらかに。奇遇《きぐう》ですな」ヘリカーンは、ひと息入れた。くちびるから舌《した》がだらりとたれたので、あわててもどした。「奇遇ですな、ほんとうによく似ている。ちょっと拝見《はいけん》してもよろしいでしょうか？」ヘリカーンはだまった。今度こそだいじょうぶだ。口の色はどの角度から見てもほとんど気づかれない。

ヘリカーンは両手を見た。黄色くとがったつめをひたいにもっていくと、肉につきさし、引き裂《さ》いた。分厚《ぶあつ》い肉のかたまりがはがれた。そうしてどんどんはがしていった。首も、耳も、かさぶただらけの腕《うで》も、ほねばった肩《かた》も――銀色の肉を引き裂いてはぎとった。

その下から、なめらかな、血色のよい、人間の皮膚《ひふ》があらわれた。意志《いし》の強そうな顔が鏡の中から見つめかえしてくる。健康的《けんこうてき》で活力にあふれた顔だ。細いすじでしかなかった目が広がっていき、大きくはっきりとした目になった。骨《ほね》も人間の骨格《こっかく》になるように溶《と》けて形を変えた。高いほお骨、しっかりしたあごの上のうすいくちびる――ちょっとうすすぎたか。長いつめはひっこみ、きちんと手入れのされた力強い手があらわれた。ヘリカーンは顔をしかめ、頭をしめつけている鉄のバンドを細い針金《はりがね》にまでちぢめた。少し肉に食《く》いこむのだがしかたがない。それをやや流行おくれの長さの豊《ゆた》かな髪《かみ》でかくした。銀のメッシュが入った、ふさふさとした茶色の巻《ま》き毛《げ》がしわのないひたいにかかり、よっぽど注意してみないかぎり、その下に細い針金があるとは気づかなかった。

ヘリカーンは口をきゅっと結んで、にっこりした。ハンサムな目がさっと下を見ると、ぼろぼろの服は消えてなくなり、かわりに一八九〇年代の金持ちのニューヨーカーらしい、仕立てのよい落ち着いた上着とベストが姿《すがた》をあらわした。時計の鎖《くさり》からは、著名《ちょめい》な社交クラブの紋章《もんしょう》がひかえめに下がっている。真っ白な麻《あさ》のシャツの上には地味なシルクのネクタイを締《し》めている。ズボンのポケットにはチーフを入れ、やり手のビジネスマンのように軽快《けいかい》に何歩か歩くと、ぴかぴかの靴《くつ》の下でゴキブリがつぶれた。華麗《かれい》な身ぶりで鏡のほうを向き、おじぎをし、手を伸《の》ばし、指のあいだから黒い山高帽《やまたかぼう》を出した。それを頭にのせると、あいさつのためにすぐまた取った。「お目にかかれて光栄です、クロースさん」ヘリカーンはにやっと笑った。「ベイシュレグ！　わたしの人間としての美しさをどう思うかね？」

ベイシュレグは、くちびるのない口をくちゃくちゃと動かしながら、ヘリカーンを見た。「ご主人様の美しさには比《くら》べるものもありません」

自由。なにもさえぎるもののないまわりを見て、ホリーは頭をうしろにそらせ、笑った。ほほを打ち、髪《かみ》をひっぱりながら、風がうずまく。眼下《がんか》にちらちらと見える人間界を、ホリーは大喜びで見ていた。砂漠《さばく》の砂《すな》ぼこりやギザギザの山脈をこえて、トナカイは走る。なだらかな虹《にじ》の上を走りながら、そりは灰色《はいいろ》の大西洋をこえ、とうとうアメリカ大陸に向かった。かすかな光が見えて、エンパイア・シティが近いことがわかると、ホリーは息をつめた。

とつぜん、片腕《かたうで》を上げた自由の女神《めがみ》が、港に見えてきた。ホリーは思わず、そりの中で立ちあがってしまった。

可能性《かのうせい》の街が、光と自《みずか》らの生命力でかがやきながら、ホリーの下に広がっている。雪が白いチョウのようにくるくるまわって、広い通りや、小さな路地に舞《ま》い落ち、高い建物にも、今にもくずれそうな家にも同じように積もっていく。目的地に近づいたトナカイたちが下降《かこう》をはじめると、ホリーの目の前には、次から次へと街の景色がくりひろげられた。

発明されたばかりの電灯にきらめくブロードウェイは、騒々《そうぞう》しい音でホリーを歓迎《かんげい》してくれた。チリンチリン、ガシャンというううるさい音楽、足を踏《ふ》み鳴らす音、どよめく笑い声、へたくそなバイオリン。楽しげな音の洪水《こうずい》は、そりが南東部地区のうす暗くて混雑《こんざつ》した通りにさしかかると、呼《よ》び声《ごえ》と口笛に変わった。そりはキーッ、ガタンガタンと走る高架《こうか》鉄道を追いかける。住宅街を通り、駅に入ってくると、乗客が吐《は》きだされた。ホリーには小さなクマがたくさんおりてきたように見えた。みんなコートや毛皮で厚着《あつぎ》をしていたからだ。ぴかぴか光る丸屋根が見えてきた。世界一高いピューリッツァー・タワーだ。びっくりしている間もなくタワーは消え、今度は聖《せい》パトリック教会のすばらしい尖塔《せんとう》が見えてきた。さらに進むと、静かで洗練《せんれん》された街なみになってきた。広くて、手入れの行きとどいた道の両側には、とんがり屋根や大きな柱や玄関《げんかん》ポーチをそなえた邸宅《ていたく》がならんでいる。そうしたりっぱな家々の屋根をこえて、ホリーは北へ飛んだ。メトロポリタン美術館《びじゅつかん》のレンガの建物に向かい、それから急に西にまがって、雪が厚く積もった小高い丘《おか》に行った。

やさしく、そっと、そりは着地した。

第十六章

一八九六年　ニューヨーク

完全な静けさ。ホリーには、凍《い》てつく空気の中に吐《は》きだされる、期待にふるえた自分の息づかいだけが聞こえていた。

夜明けが近かった。あと一時間ぐらいで、空はすっかり明るくなるだろう。遠くに細い枝《えだ》をよせあう黒い木々が、そしてそのうしろにぽつんと大きな館《やかた》が、ぼんやりと見えた。木々と、ホリーが立っているレンガのテラスのあいだには、かちかちの氷だけがずっと広がっていた。すぐ目の前には、大理石の台座《だいざ》にのった天使の像《ぞう》がある。一瞬《いっしゅん》、世界が息を止め、待ち、じらしているように感じられた。それから、太陽の最初の光が街にふれると、凍《こお》った屋根や枝えだが、きらきらとかがやいた。

耳で聞こえるより先に、肌《はだ》で感じた。この大都市が目ざめたのだ。とつぜん、百万以上の人々のエネルギーがわきたち、朝がはじまった。最初はばらばらだった音も、大きくなって、ほかの音とまじりあい、大合奏《だいがっそう》を作っていった。馬のひづめが御影石《みかげいし》の道にひびき、早起きの人々があいさつを交わしている。路面電車がガタガタいい、銀色のそりの鈴《すず》はチリンチリン鳴り、子どもたちはわーっと叫《さけ》び声を上げ、窓《まど》は寒さをふせぐためにピシャッと閉《し》められ、機械はふたたびブーンと音を出して動きだした。コートや毛皮で厚着《あつぎ》をした人たちが、急ぎ足でセントラルパークを通って、五番街のほうへ歩いていく。だれも目を上げて、女の子を見ようとはしなかった。コートも着ずにテラスに立って、いつまでも見飽《みあ》きないというように景色をながめている女の子を。

まだ、「ボレアスの虹《にじ》」の紫《むらさきいろ》色がぬけないメテオールは、テラスの下の草地で、しんぼうづよく待っていた。虹のトナカイたちが作るあざやかな色は、白く広がる雪の上に映《は》えて、ホリーは思わずほほえんだ。

「魔法《まほう》みたいだと思わない？」ホリーはトナカイたちをさした。

犬のようにおとなしくホリーの足元にすわっているツンドラが、つぶやいた。「美しいです。だけど人間は魔法を見るとびっくりしますよ」

ホリーはにっこりした。「考えがあるの、ツンドラ。ちょっと待ってて」ホリーは草地にさっとかけおり、メテオールのラベンダー色の耳にささやいた。ツンドラは、メテオールがうなずいてニコッと笑うのを見た。すると、次の瞬間《しゅんかん》、おどろいたことに虹のトナカイたちは、絹《きぬ》のリボンでつながれた回転木馬に生まれ変わったのだ。ホリーは目をきらきらさせながら、飛んで帰ってきた。

「ほらね！　こんなに華《はな》やかな回転木馬、見たことある？　子どもたちが喜ぶと思わない？」

ツンドラは頭をふった。「なにもかも考えてあったんですね？」

ホリーは笑った。「計画を立てるにはたっぷり時間があったわ。でもトナカイたちがそれぞれ虹の色に染《そ》まるとは思わなかった」

　黒いごわごわのコートを着た人がひとり、テラスのそばを通りかかったが、だいじな仕事に向かうところなのか、わき目もふらず進んでいく。回転木馬に変わった虹色《にじいろ》のトナカイなど、まったく目に入っていない。自分の心配事にしか目が向いていないのだ。そりに乗っているあいだに、人間がいるところではしゃべらないと約束していたにもかかわらず、ツンドラはそっとつぶやいた。

「人間はあまり注意深くないようですね、ホリー」

　目ざめていく街のようすに心をうばわれていたホリーに、ツンドラのことばは耳に入らなかった。けれども声のするほうに向いて、ツンドラの首に両腕《りょううで》を巻《ま》きつけた。「ねえ、感じる？　どんなにすばらしいかってことを」ホリーは夢中《むちゅう》になっていった。「これこそがだいじなのよ！　これが生きるってことなのね！」

「犬ってのは、どうしてあんなに長いことじっとすわっていられるんでしょうね」ツンドラがぶつぶついった。

「じゃあ、歩きましょうよ！」ホリーは天使に手をふった。「さよなら、天使さん！」

　天使はだまっていた。

「おぼえておいてくださいーーここでは、天使はしゃべりませんから」ツンドラが閉《と》じた歯のすきまから声を出した。口ひげを生やして、毛皮のついたコートを着た男が、ホリーをめずらしそうにながめながら、通りすぎていった。「服装《ふくそう》がなにかへんなんでしょうか、ホリー？」

　ホリーは自分の服装を見た。シンプルなブラウスに、ヒイラギの葉のもようのついた深い緑色の上品な長いスカートだ。「たぶん、帽子《ぼうし》をかぶって、コートを着るべきなんだと思うわ」ホリーは認《みと》めた。そして、手さげの中をのぞきこんで、スカートにぴったりあう、サテンのリボンがついてつばが上向きになったおしゃれな帽子と、緑色のマントをひっぱり出した。「レクシーったらどうやって……」ホリーはマントを肩《かた》にはおりながら、びっくりしてつぶやいた。うすい生地《きじ》なのに、きれいなひだを作って体をおおうと、厚手《あつで》のマントのように見える。「さすがレクシーだわ」次に、つやつやのまとめ髪《がみ》の上に帽子をのせ、おどろくほど長いピンでとめると、飛びだしたカールを帽子の中にしまいこんだ。「これでよし。まともに見える？」

ツンドラがホリーを見た。「そう思いますよ。人間にも毛が生えていれば便利でしょうにね」

ホリーはテラスの階段《かいだん》をかけのぼり、反対側に消えた。ツンドラは急いであとを追い、いっしょに遊歩道に出た。長い通りは雪におおわれ、両側には木の枝《えだ》のカーテンがかかっている。ここそ、お金持ちたちが夏には馬車を、冬にはそりを見せびらかしに来るところだ。ほら、最初の一台が通りをやってきた。しゃちほこばった御者《ぎょしゃ》が、しっかりした造《つく》りの大きなそりを引く二頭のすばらしい黒馬をあやつっている。流行なのか、そりは貝殻《かいがら》の形をしており、赤い革《かわ》の座席《ざせき》に、毛皮の敷物《しきもの》、チリンチリンと鳴るベルもつけていた。ホリーは、さっそうとした馬と、そりの優雅《ゆうが》さに目をみはったが、なにか気がかりな感じもした。

それがなにかと考えていると、無表情《むひょうじょう》の御者が手綱《たづな》をぐいっと引いて、そりを急停車させた。中から子どもたちと、しっかり着こんであごをこわばらせた、きびしい顔の女性《じょせい》がおりてきた。ホリーの心は浮《う》きたった。やっと子どもたちに会えた。これまでずっと、その時を待っていたのだ。はりきって前に進みでたものの、あいさつのことばはくちびるのところで止まってしまった。

「チャールズ、じっとしてなさい」きびしい顔の女性《じょせい》がぴしゃりといった。「アリス、若《わか》いお嬢《じょう》さんはぴょんぴょんはねまわるものじゃありません。ジェローム！　ハリソン！　さっさと歩きなさい！　エヴリン、鼻のところに指をやるんじゃありません。おしおきしますよ。はい、ならんで」

五人の子どもたちは、最年長のチャールズを先頭に、どうにか二列にならんだ。「では、遊びなさい！」女性が叫《さけ》んだ。「お父様のご指示《しじ》により、きっかり三十分遊んでかまいません。わけのわからないご指示だわ」ぶつぶつとつけ足した。苦虫《にがむし》をかみつぶしたような顔をして、怒《おこ》ったように体をゆさぶりながら、女性はそりにもどり、『貧《まず》しい階級の堕落《だらく》』という題の本を読みはじめた。

ホリーが落ち着かない気持ちでながめていると、五人の子どもたちは二列になったまま、霜《しも》のおりた芝生《しばふ》のほうに歩いていった。そこで止まったかと思うと、三十分たつのをじっと待つ気らしい。いちばん小さなハリソンは、かがみこんで小枝《こえだ》を拾ったが、それをどうしていいのかわからないようだった。

ホリーは耐《た》えられなくなった。たまらず両腕《りょううで》を広げて、おとなしい子どもたちのほうへ歩いていった。「おいで、みんな。雪の天使を作りましょうよ」

子どもたちは、あやしそうにホリーを見た。とうとうチャールズが「雪の天使ってなに？」といった。

ホリーはにっこりした。「いらっしゃい。見せてあげる」

五人の子どもたちはたがいに顔を見あわせ、ただ立ちんぼで三十分すごすよりはましだと思ったのか、ホリーについてきた。新雪が厚《あつ》く積もっているところまで来ると、ホリーはマントと帽子《ぼうし》を取った。「見て！　腕《うで》をこんなふうに広げて、雪の中にばったりたおれるの。一気にね」ホリーは銅像《どうぞう》がひっくりかえるようにうしろ向きにたおれた。「それから腕を上下にふるのよ。そうすれば、羽みたいに見えるでしょ。それからね」ホリーは注意深く立ちあがりながらいった。「自分の天使をこわさないように、起きなくちゃだめ。ここがいちばんむずかしいところよ。ほら！」ホリーは自慢《じまん》げにしめくくった。「完璧《かんぺき》な天使でしょう？」

子どもたちは、目を丸くしてホリーを見た。「若《わか》いお嬢《じょう》さんなのに」少したつとアリスがキーキー声でいった。「雪の中にわざところぶなんて」

「楽しいわよ。若いお嬢さんだって、楽しみは必要でしょ？　さあ、やりましょう！」

子どもたちはびっくりして、動けずにいた。エヴリンの指がそろそろと鼻に近づいた。するとハリソンが、はっきりした声でいった。「ぼく、できるよ」ハリソンは、真新しい雪のところに歩いていくと、ばったりとうしろにたおれた。「ねえ、これおもしろいよ」ゆっくりと雪の中から立ちあがったが、ちょっと天使をこわしてしまった。「もう一回やる。もっとうまく起きなくちゃ」

「ぼくもやる」ジェロームがいった。

「みんないっしょにやったほうがきれいよ」ホリーが提案《ていあん》した。「天使の列ができるわ」

「そうね」ふいにエヴリンがいった。「やってみよう」

五人の子どもたちは、じっと雪の中で時間がすぎるのを待つのではなく、初めて遊んだ。走って、すべって、夢中《むちゅう》になって雪の中に飛びこんでいった。ハリソンは、小枝《こえだ》で絵を描《えが》くことを思いついた。アリスは雪だるまを作った。家庭教師《きょうし》のベローズ先生は、読書に没頭《ぼっとう》していたので、なにも気づかなかった。先生が時のたつのを忘《わす》れていたおかげで、一時間も楽しく遊んでいた。

「今度は池に行って、スケートしましょう」ホリーは、アリスのふたつ目の雪だるま作りを手伝って、息を切らしてすわりこんだ。

「そうしよう！」子どもたちは声をそろえて叫《さけ》んだ。エヴリンはホリーと手をつないだ。

ホリーはぴょんと立ちあがって、マントと帽子《ぼうし》をつけた。子どもたちは北へ向かうホリーのうしろに楽しそうに集まった。「さあ、行きましょう！」

「チャールズ！」怒《おこ》ったような、かん高い声がした。「アリス！　エヴリン！　ジェローム！　ハリソン！　すぐに来なさい！」ベローズ先生が本をバタンと閉《と》じて、みんなのほうに大またで歩いてくる。「よくもまあ！」先生はけわしい声でいった。「こんなおぎょうぎの悪いことができたものね！　知らない人とはしゃぎまわったりして！」声が怒《いか》りでかすれた。

まごついた子どもたちは、いいかえすことばもなかった。目をふせて、むっつりとだまりこんでいる。このようすを見ているうち、ホリーはおそろしくなった。ベローズ先生のがっちりしたあごを見つめ、とうとうお説教に割《わ》りこんだ。「すみませんが、ベローズ先生。池に行こうといいだしたのはわたしです。子どもたちは悪くありません」

厳格《げんかく》な顔がホリーのほうを向いた。「どちらさまかしら？」先生はぴしゃりといった。

「ホリー・クロースといいます」

するどい目が、ホリーの乱《みだ》れた服装《ふくそう》をじっと見たので、ホリーはあわててほつれた髪《かみ》を帽子の中に入れた。「だれの許可《きょか》があって、わたくしが面倒《めんどう》を見ている子どもたちを、悪がきたちとのスケートにさそったんですか？」

「わたしがいいと思いました」ホリーはしっかりと返事をした。

「あのね、クロースさんとおっしゃったかしら？　それではこまるんです。ルイス・ブランフェルズ医師《いし》のお子さんたちは、計画もなしに遊びに出かけたりしませんの。それに、そんな身分の低い子どもたちとスケートするなんて、ありえません。あなたには魅力的《みりょくてき》に映《うつ》るでしょうけどね」

『身分の低い』ってどういうことですか？」ホリーは、わからなかったのですなおにきいた。

ベローズ先生はますます顔を赤くした。「池によくやってくる、むさくるしい庶民《しょみん》のことを、身分が低いっていうんですよ、クロースさん」

「ああ」ホリーはベローズ先生の顔を見つめながら、ぼんやりといった。「そういうことですか」

「それでは、ごきげんよう！」ベローズ先生は、吐《は》きすてるようにいった。

ホリーは、わからないというように首をかしげた。この場の話題とは、関係ないことを考えているようだった。ベローズ先生の小さな青い目をしばしのぞきこむと、先生は目をそらした。ベローズ先生が急にそわそわしはじめたのを見て、子どもたちは口をあんぐりあけた。先生はへんな形にハンカチをねじっている。

「なにをこわがっているのです？」ホリーはやさしくいった。

「子どもたちを」ベローズ先生は息をのみこんだ。

「どうして？」

「みんなわたくしをきらっているから」

「いいえ。こわがっているだけで、きらっているのではありません。あなたが好きになってあげれば、みんなだって好きになってくれます」ホリーは真剣《しんけん》に先生の目を見つめ、エヴリンの手を、自分の手から先生の手に移《うつ》した。

ベローズ先生が、ごくりとつばをのみこんだのがわかった。先生のおびえた顔を見つめていたエヴリンは、とつぜん先生のことがかわいそうになった。

「ベローズ先生、だいじょうぶよ。もう、おうちに帰りましょ」

先生は自信なさそうにほかの子どもたちを見た。チャールズがホリーのほうを見ると、ホリーは力づけるようにうなずいた。「そうだよ、ベローズ先生。帰って、勉強をはじめよう。星座《せいざ》についてもっと教えてください。あれ、すごくおもしろかった。さあ、帰ろう」

チャールズがベローズ先生の腕《うで》を取った。アリスがあわててホリーのほっぺにさよならのキスをし、ハリソンとジェロームもまねをした。「さよなら、ホリー！　さよなら！」ハリソンは少しおくれて、小枝《こえだ》で木の幹《みき》をたたきながら行った。

「これで少しよくなったわ」みんなのうしろ姿《すがた》を見ながら、ホリーがいった。「それにしても、人間って複雑《ふくざつ》ね」

「お父様によると、人間には恐怖《きょうふ》があるからだそうです」ツンドラが声をひそめていった。

「そう、パパはわかっているわね」めがねをずらして、やさしくこちらを見る父親を思い出して、ホリーはちょっぴり家が恋《こい》しくなった。手さげを持ちあげると、ホリーはいった。「回転木馬のところに行きましょう。メテオールたちに、どんなにすてきか、伝えておきたいの。身分の低い人たちにも会えるかもしれないわね。きっと身分の高い人たちより幸せにちがいないわ」

遊歩道はたちまち、そりでいっぱいになった。馬たちが楽しげにベルを鳴らしながら練《ね》りあるき、そのそりの座席《ざせき》にぬくぬくとおさまっている厚着《あつぎ》の人たちでさえ、すてきな朝に元気がわいてきたようだ。ご婦人《ふじん》たちはヴェールを上げて、あいさつを交わしている。若《わか》い男性《だんせい》たちは、つややかな黒い帽子《ぼうし》を持ちあげて通りかかったご婦人にあいさつし、たがいに陽気なことばを交わしていた。

「まだ寒そうな顔をしてるな、テイラー？」「すばらしい朝だな、ブレース！」「右側に注意しろよ、ボストウィック！」急に混雑《こんざつ》してきた通りをながめながら立っているホリーを、男性たちはものめずらしそうに見ていた。くちびるにほほえみをたたえ、あたりを食《く》い入《い》るように見ているようすは、冷静さをよしとする上流階級のご婦人たちとは、かけはなれていた。「すごくかわいい子だな」ひとりの若い男性が、馬で通りすぎるとき、友だちにいった。

「あの犬がほしいなんていうなよ、ロー」友だちがツンドラを見ながらいった。「歯のするどい種類みたいだぞ」

「こらこら、勇気と騎士道精神《きしどうせいしん》はどこへいった、ナップ？　ぐるっとまわって、もう一度そばを通ろう。あいさつを受けてくれるかもしれないぞ」ローはじょうずに馬の向きを変えると、もと来た道をもどったが、ホリーの姿《すがた》はなかった。「どこへ行ったんだろう？　どうどう！　あの騒《さわ》ぎはなんだ、ナップ！」ローは強く手綱《たづな》を引いて、道からはずれてつき進もうとする馬を止めた。「いったいどういうことだ！」

「子どもだよ。道のまんなかにいる。おいどけ、クソがき！」ナップがふきげんそうにいった。

小さな子どもが通りのまんなかに立って、まわりにいるたくさんの馬や乗り物を見つめていた。御者《ぎょしゃ》たちはおどしたり、どなったりするが、子どもはどうしていいかわからず、根が生えたようにその場に立ちつくしている。どうにか馬をおさえたローは、ののしりのことばを吐《は》き、それでも子どもが動かないとわかると、むちに手をのばした。

ホリーが子どものとなりにあらわれた。走ってきたので、ほほが紅潮《こうちょう》している。「なにをしてるの？」ホリーはすごいけんまくでローにどなった。「いったいなにをしているんです？」手にむちをつかんでいるのを見て、ホリーはまたいった。

ローは赤くなって、まるで熱《あつ》い物にでもさわったように、手に持ったむちを落とした。「子どもがこんなふうに道に飛びだしてきちゃ、馬があぶないだろ」ローはぶつぶついった。

「馬があぶないですって？」ホリーは信じられないというようにくりかえしたので、ローはますます赤くなった。「こっちは子どもなのよ」ふしぎそうな顔で見つめる男の子のほうに向くと、ホリーはいった。「だっこしてもいい？」

男の子がまじめな顔でうなずいたので、ホリーははずかしそうな御者ふたりには目もくれずに、男の子を道路わきの安全なところまで抱《だ》いていった。この子はホリーが初めて腕《うで》に抱いた子どもだった。ずっとこの時を待っていた。甘《あま》くて、ちょっと汚《よご》れたかおりを、ホリーは思いきり吸《す》いこんだ。ぎゅっと抱きしめたあと、ホリーはその子をそっとおろした。「さあ、ママはどこかしら？」

男の子はだまっていた。「ママはいない」やっとそういった。

ホリーは心配になって男の子を見た。「パパと来たの？」

「パパもいない」

「じゃ――だれが、あなたの面倒《めんどう》を見てるのかしら？」

「だれも。自分で見てる」ぼろぼろの服を着た男の子は、得意《とくい》げにいった。

「いくつ？」

男の子は顔をこすった。「わかんない」

「どこに住んでるの？」

「ここだよ！」腕《うで》をふりまわしながら、男の子は答えた。

ホリーは明るい雪と、葉の落ちた木々を見まわした。「公園に？」

「うん！　おいで、見せてあげる！」

「ご婦人《ふじん》はそんなもの、見たかないよ」ぶっきらぼうな声がした。年上の男の子が木のあいだをすりぬけてきて、小さな男の子のひじをしっかりとつかみ、ホリーに声をかけた。「おいらが連れてくから。もう心配しなくていいよ」

「あなたはだれ？」ホリーがきいた。

「こちらはジェミーです」小さな男の子が王室の人を紹介《しょうかい》するようにいった。

「ジェレミーだ」年上の男の子は急いでいった。「この子はうまくいえないんだよ」

「はじめまして、ジェレミー」ホリーはにっこり笑っていった。「わたしはホリーよ。あなたの名前は？」小さな男の子にきいた。

「コウモリ」男の子はすぐに答えた。

「コウモリ？」

「コウモリだよ。暗くても、コウモリみたいに目が見えるから」

ここで、ジェレミーはしゃべりすぎだと思ったのか、またコウモリのひじをつかんだ。「もう行くよ」ジェレミーはていねいに頭を下げていった。その身のこなしの品のよさ、ぎょうぎのよさに、ホリーは心を打たれた。つぎだらけの服も、不潔《ふけつ》さも、気にならないほどだった。

「あなたも公園に住んでいるの？」ホリーはジェレミーを引きとめようとしていった。

「ときどき」

「ときどきジェミーは仕事に行くんだ」コウモリがいった。

「こいつがいってるのは、仕事があるときは部屋《へや》を借りる、ってことだよ。でも今は──今はここにいる」

ホリーは雪をかぶった森を見わたした。「どこで寝《ね》るの？」

「見せたげる！」コウモリがいきおいよくいったが、ジェレミーがその手をぎゅっとにぎった。

「ご婦人《ふじん》はそんなもの見ないよ」ジェレミーはきっぱりといった。

「いいえ、見たいわ、ジェレミー。ほんとよ」

「いいんだよ」

「あら、なぜ？」ホリーはがっかりしていった。

「あんたみたいな人が見るところじゃないさ」ジェレミーはがんこにいった。

「ジェミーったら。この人はだれにもいわないよ」コウモリが口をはさんだ。

ホリーはジェレミーのほうを向いた。「そのことを心配してるの？　わたしならだれにもいわないわ。それに」ホリーは笑った。「だれにいったらいいか、わからないもの」

目は口ほどにものをいう、とジェレミーはずっと前に学んでいた。ホリーのあたたかなほほえみで、ジェレミーのうたがいは解《と》けはじめた。ジェレミーはじろじろとホリーを見た。「どこから来たんだい？　このあたりのご婦人《ふじん》じゃないようだけど」通りすぎるそりにあごを向けた。

「ええ、ちがうわ。ずっと遠くの国から来たのよ」

「イタリア？」コウモリが知ったかぶりをした。

「ことばが通じてるだろう？　青い目と金髪《きんぱつ》だし。イタリア人じゃないよ」ジェレミーは軽蔑《けいべつ》するようにいった。

「いいでしょ、ジェミー。住みかに連れていこうよ」コウモリがたのみこんだ。

「わかったよ」ジェレミーが折れた。三人と一匹《ぴき》は公園の木の生《お》い茂《しげ》ったところに向かって歩きはじめた。コウモリを先頭に、ツンドラをしんがりに。

「おいらにも犬がいるんだ」ジェレミーはふりかえっていった。「住みかに行けば、会えるよ。あんたのみたいに大きくはないけど。こいつはオオカミみたいだもんな」

ツンドラは息をつまらせ、ホリーはあわてて質問《しつもん》をしはじめた。ジェレミーは十一歳《さい》で、コウモリは四歳ぐらいだという。「たしかなことはわからない。まだチビのときに迷《まよ》いこんできたんだ。

まだしゃべれないくらい小さくてさ。でもおいらたちで世話をしたんだ」

「お父さんもお母さんもいないといってたけど」ホリーは遠慮《えんりょ》がちにいった。

「うん、たぶんいないと思う」

「あなたも？」

しばらく間があった。「おいらにはいるよ」けわしい顔でジェレミーはいった。「もしまだ死んでなければね」

「どこにいらっしゃるか――わからないの？」ジェレミーを傷《きず》つけないことを願いながら、たずねた。

「ああ。でもどこにいるにしても、酔《よ》っぱらってるだろうさ」

「酔っぱらってる？」

ジェレミーはにやっと笑った。「ほんとによその国から来たんだね？」角をまがると、岩や茂《しげ》みに目かくしされた小さな広場に出た。みすぼらしい子どもたちが、小さなたき火の残り火のまわりに集まっている。十五人から二十人くらいだろうか、下はコウモリぐらいの子がふたりに、上はジェレミーより大きそうな男の子が何人かいた。大半は男の子だったが、女の子も何人かいた。ワンピースとエプロンドレスを重ね着して、細い足にはぼろを巻《ま》きつけている。子どもたちは、そうしていれば消えないとでもいうように、一心に火を見つめていた。やせたほっぺを目にして、こんなにあわれな顔は見たことがないとホリーは思った。となりの子にもたれた女の子が、ひどくつらそうなせきをしはじめた。少しおさまると、火がいちばん燃《も》えているわきにしかれたうすい毛布《もうふ》の上に横になり、目を閉《と》じた。

　コウモリがそこへかけよった。「ジェミーが来たよ！」

子どもたちはみんなすぐに目を上げた。いちばん年少の子たちがにっこり笑った。みんな口々に、「おかえり、ジェレミー！」「なにかニュースはある？」「食べるものある？」といった。いたずらそうな小さな白い犬が、茂《しげ》みの中から出てきて、はげしくしっぽをふった。

　ジェレミーは元気よく大またで歩いていった。「浮《う》かない顔だな。腹《はら》がへったのか？」ポケットからでこぼこの包みを取りだして、子どもたちにパンを分けあたえた。「マーティ！　もっとたきぎを集めてこいっていったよな？」ジェレミーがのこりのパンを放り投げると、小さな犬が見事にキャッチした。

「探《さが》しにいったんだよ」大きな子が鼻を鳴らしながらいった。黒い髪《かみ》が、よれよれの帽子《ぼうし》からつんつんはみだしている。「だけど、あちこちにおまわりがいてさ」

「なら、もう一回行ってこい。今、遊歩道を通ってきたけど、おまわりなんか見かけなかったぞ」

男の子はいやそうに立ちあがると、のろのろ歩いていった。

「やあ、サイドウォーク」ジェレミーは、ひざにまとわりついて大歓迎《だいかんげい》してくれている犬に声をかけた。「これがおいらのいった犬だよ」ジェレミーはホリーに誇《ほこ》らしげにいった。「見つけたのが歩道《サイドウォーク》だったし、横向《サイドウェイ》きに歩《ウォーク》くから、サイドウォークって名前にしたんだ」

　この小犬がジェレミーのまわりを、サーカスの馬みたいなへんてこな横歩きで歩くのにホリーは気がついた。見ていると楽しくなった。「犬がこんなふうに歩くの、初めて見たわ」ホリーは人間

界にいることを忘《わす》れてひざをついた。そして「どうして横向きに歩くの？」と犬に話しかけた。

ジェレミーは自分にきかれたのだと思って答えた。「きっと小さいときに足を骨折《こっせつ》したから、こんなふうに歩くようになったんだと思う。おいで、サイドウォーク、ご婦人《ふじん》にかまうんじゃない」

犬にことばは通じなかったにせよ、ホリーのやさしい心がわかったのか、夢中《むちゅう》になってホリーのほほをなめた。

「だいじょうぶよ」ホリーは立ちあがった。ツンドラを見ると、あきれかえっているようすなので、おかしかった。

ジェレミーはちがうほうに注意を向けた。眠《ねむ》っている女の子に近づき、ほっぺに手をあてた。ふう、とため息をつく。「ひどい熱《ねつ》だ」

「いつもだれかが熱を出してるでしょ」女の子はふるえながらいった。

「さあ、起きて、リシー。チョコレートを持ってきたよ」ジェレミーは地面に寝《ね》ている小さな姿《すがた》にやさしくいった。「毛布《もうふ》も持ってきた」

女の子は目を開けた。「チョコレート？　ほんものの？」

「もちろん、ほんものさ。さあ、起きて」ジェレミーは女の子を抱《だ》き起こすと小さな箱をわたした。

女の子が夢中《むちゅう》になって開けると、なめらかな黒くて四角いチョコレートが出てきた。

「わあぁ」ほかの子たちが、ごちそうに目をくぎづけにしていった。

「これは、リシーにだ」ジェレミーがきびしくいって、みんなうなずいた。

「あの女の人はだれ？」男の子か女の子かわからない、ぼろを着た子が、ホリーを見ていった。

ジェレミーが目を上げた。「ホリーだよ。おいらたちの住みかを見たいって」ジェレミーは立ちあがって、ホリーに近づいた。「どう思う？　ほら、夏以外はあそこで寝《ね》るんだ」木箱などから集めたうすい板で作られ、ぱたぱたとはためく布《ぬの》でおおいをしてある小さな小屋を、ジェレミーは誇《ほこ》らしそうに指さした。「中にはわらがしいてあって、あったかいんだよ」そこで、ほめてもらいたそうに待った。

だが、ホリーはことばを失った。その目は、チョコレートの最後のかけらがついた指先をなめているリシーから、たき火に近い場所を争って仲間を丸太から押《お》しのけているコウモリへと移《うつ》った。なんという世界なのだろう。子どもたちが寒空の下で暮《く》らし、世話をしあい、飢《う》えた目で食べ物を見つめる世界とは？　これが人間界の暮らしなのだろうか？　なぜ、こんなことが？　なぜ地球は、子どもたちが寒さと飢えをしのげるようになっていないのだろうか？　しばしのあいだ、ホリーは不死の国に帰りたいと思った。銀の木々にかくれてしまいたいと思った。でも、それではいけないとすぐにわかった。この子たちがこんな暮らしをしているのは、この子たちの飢えや絶望《ぜつぼう》から目をそらした人々のせいだ。「いいえ」ホリーは思わず、口をすべらせた。ジェレミーがふしぎそうに見ている。

「なにがだい？」

ホリーは気持ちを落ち着けた。なにかしなくては、と思った。できることなら、助けたい。ホリーはにっこりとジェレミーのほうを向いた。「ほんとうにえらいわね、ジェレミー。子どもたちにもちゃんと心を配ってあげて」

「ああ」ジェレミーはてれかくしに乱暴《らんぼう》にいった。「みんなうまくやってるよ」そこで暗い表情《ひょうじょう》になった。「リシー以外はね。リシーはぐあいが悪くて」

「お医者様は――」おそるおそるホリーはいったが、ジェレミーの苦笑いにさえぎられた。

「連れていこうとしたさ。金もあった。けど、入れてくれなかったんだ」怒《おこ》ったように声を上げ、まねをした。「『出ていけ、うじ虫どもめ！』そういわれたんだ。おいらは――大暴《おおあば》れしてやろうかと思ったよ。でもしなかった。そんなことしたって、リシーは治らないからね」ジェレミーはこぶしをかためた。「かわりに、あったかい食べ物を買ってやったんだ。医者にかかるよりよっぽどましさ」

「ジェレミー」ホリーはいきおいこんでいった。「この子たち、今おなかすいてるかしら？」

ジェレミーはホリーを見た。「もちろん腹《はら》ぺこだよ。いっつも腹をすかしてる」

「じゃあ、食べ物を取りにいきましょう」ホリーはたのんだ。

「ちょっと待てよ、金はあるのかい？　おいら、ここんとこ働いてないんだ」

「お金？」ホリーは泣きそうになった。「食べ物をもらうのにお金がいるの？」

「まったく」ジェレミーはあきれかえっていった。「いったいどこの国から来たんだい？」

「わたしは〈とこしえ〉という不死の国から来たの。そこにはお金なんてなかったわ」ホリーは品格《ひんかく》をただよわせていった。となりで、ツンドラが落ち着きなくもぞもぞした。

「へーえ、そこには、どうやって行くんだい？」ジェレミーがきいた。

「行けないわ。今は、わたしも行けないの。父がクリスマスに迎《むか》えにくるから、いっしょに帰ろうと思って。でもジェレミー、どうやって――」

「お父さんがクリスマスに来るって？」ジェレミーがさえぎった。

「ええ、でもジェレミー――」

「どうやって来るんだよ。この雪で鉄道も止まってるっていうのに」

「そりで来るのよ。ねえ、ジェレミーったら！」

「なに？」

「お金ってどこでもらえるの？　食べ物を買いたいんだけど」

ジェレミーはホリーのむじゃきさにため息をついた。「ただもらうわけにはいかないよ。仕事につかなくちゃ。働かないといけないんだ。それか、なにかものを売るかだね。そうやってお金をもらうこともできるけど、おいらはほかの人がほしがるようなものは、持ってないからな」

「ふつう、人はどんなものがほしいのかしら？」

「そうだな、家とか」ジェレミーは陽気にいったが、ホリーの顔は沈《しず》んだ。「小さいものだってあるさ。宝石《ほうせき》とか、服とか、きれいなものとかさ」

「宝石？」ホリーは叫《さけ》んだ。「見て！　ブレスレットがあるわ！」細い手首をつきだすと、金の腕輪《うで》が光っていた。「これを売って、子どもたちに食べ物を買うことはできるかしら？」

「でもホリーは？　おいらたちのためにお金を使っちゃったら、自分の食べるものがなくなるぜ」

「そしたら、仕事につくわ。いらっしゃい。これを売って、食べ物を買いましょう」

ホリーのせっかちぶりに、ジェレミーは笑った。「じゃあ、まず宝石店に行かなくちゃ。そしたら、そこで為替《かわせ》を書いてくれるから、それを持って銀行に行ってお金に替《か》えて、それから初めて店に行って食べ物が買えるんだよ」

「それじゃ、時間がかかりすぎるわ！　どうすればいいの？」

ジェレミーは雪の積もった地面を見つめて、考えた。顔を上げたときには、目がかがやいていた。

「わかった。どうすればいいか、わかったよ」

その三十分後には、事は解決《かいけつ》していた。ジェレミーはホリーとツンドラを引きつれて、あごひげをはやしたヘンリー・マックエルヘニーという人の小さな屋台へ行った。そこでは、トーストしたパンに、焼きたてのソーセージをのせて売っている。そのとなりでは、同じような赤ら顔をした奥《おく》さんが、カップに紅茶《こうちゃ》やココアをたっぷり注いでいる。マックエルヘニーさんと仲よしであるジェレミーは、持ち前の営業《えいぎょう》の才能《さいのう》を武器《ぶき》に自信たっぷりに交渉《こうしょう》をはじめ、数分後には取引を成立させていた。ホリーの金のブレスレットと引きかえに、マックエルヘニーさんはクリスマスまで、おなかをすかせてよってくる子どもたちみんなに、ただで食べさせるという約束をしたのだ。しっかりと握手《あくしゅ》が交わされると、ホリーは自分もおなかがすいてたおれそうなことに気づき、最初のお客になってもいいでしょうか、とたのんだ。はでな身ぶりでソーセージが二本ふるまわれると、ホリーとジェレミーはさっそくすわりこんで、夢中《むちゅう》でサンドイッチをたいらげた。ホリーはたびたびナプキンで口をふくのでおくれがちで、ジェレミーはずっと前に食べおわっていた。指についた汁《しる》をおいしそうになめているジェレミーを見て、ホリーは、ほかの子どもたちにもこのことを伝えていらっしゃいよ、といった。すると、次の瞬間《しゅんかん》には、もうジェレミーは公園に向かってかけだしていた。すれちがう顔見知りに手をふりながら走っていくジェレミーを、ホリーは見ていた。

「あいつはいい子だ」となりで声がした。見あげると、マックエルヘニーさんが立っていた。

「ええ」ホリーもあたたかい気持ちでうなずいた。「とてもやさしい心を持っていますわ」

「ちまたじゃ、公園の王様って呼《よ》ばれてるんだよ」マックエルヘニーさんは、遠ざかっていく姿《すがた》を目で追いながらいった。「公園のすみからすみまで知ってるし、そこに集まる子どもたちも全員知ってるからな」

「できれば――」ホリーはいいかけたが、どうつづけていいものかわからなかった。

「ああ、おれもそう思う。できればあいつがつぶされちまわないように、ってな。いやっていうほど苦労してるからな」

「ウーフ」ツンドラが弱々しくいった。

ホリーはつい話しかけてしまった。「なにかいった？」

「ウーフ」今度はもっとうったえかけるようにいった。ホリーがかがみこんで、顔をのぞきこむと、ほんの少し、目つきがけわしくなっているようだ。

「その犬、腹《はら》が減《へ》ってるんだろう」マックエルヘニーさんがいった。

「ウーフ」ツンドラは思いっきりうなずいた。

「見てみろ！　まるでおれのいったことがわかったみたいだ！　いい犬だ！」

ホリーがソーセージをもらってやると、ツンドラは一気にのみこんだ。二本目をもらおうとしているときに、ジェレミーが子どもたちを連れてもどってきた。うわさは公園じゅうに広まっていた。マックエルヘニーさんの店に行けば、ソーセージがただでもらえるってさ。「やあ！　ジェレミー！　うわさはほんとうかい？」近くの空き地からあらわれた双子《ふたご》が叫《さけ》んだ。

「ああ、ほんとうだよ。食べていきなよ！　ここにいるホリーお嬢様《じょうさま》からのさしいれだ！」やぶの中から、池のほうから、わんぱくぼうずたちが集まってきて、ジェレミーに手をふったり、声をかけたりしている。ジェレミーはといえば、子どもたちひとりひとりをホリーの前に連れてきて、耳元でささやいた。「この人がおごってくれたんだ。金のブレスレットを売ってね。ありがとう、っていうんだぞ。おいこら、いうんだ！」しまいにはホリーが、もういいから、とたのみこんだ。

まもなく、マックエルヘニーさんの屋台は、ソーセージをほおばる子どもたちでいっぱいになった。リシーが二本も食べるのを見て、ホリーはうれしかった。すきっ腹《ぱら》にあたたかい食べ物が入っていくたびに、ぎゅっと目を閉《と》じている。コウモリは、はしゃぎすぎてシャツにココアをこぼし、小さなピンク色の舌《した》を出して、ネコのようになめていた。

と、とつぜん子どもたちのおしゃべりを引き裂《さ》いて、いやな声がひびきわたった。「なんだ、これは！　いつからこんな、こぎたない店になったのだ！　気分が悪い。こんなところでランチを食《く》うのはよそう、ルイーズ」

毛皮のついたあたたかそうなコートに身を包んだ老人が、子どもたちをきたないものでも見るように見つめている。そのとなりには、十歳《さい》ぐらいの女の子が立っており（老人の孫《まご》むすめだろう、とホリーは思った）、うらやましそうにみんなを見ていた。

「近づくんじゃない、ルイーズ」老人はぴしゃりといった。「汚《よご》されてはかなわん」

祖父《そふ》のことばにはずかしくなった女の子は、真っ赤な顔で立ち去ろうとしたが、ジェレミーは目を光らせながら大声でいった。「おいらたちは、豚《ぶた》じゃないっすよ！」

白髪《しらが》の老人はびっくりして立ちどまった。「よくもわしに話しかけおったな、浮浪児《ふろうじ》め！」老人がどなった。

女の子が老人のそでをつかんだ。「行こうよ、おじいちゃん」みんなの目に見られて、女の子はますます顔を赤らめた。

「手をはなしてくれ、ルイーズ」老人はマックエルヘニーさんに向かっていった。「こんなチンピラどもを集めて、どういうつもりなのか聞きたいね」

「ここには、チンピラなんかいませんぜ」マックエルヘニーさんはおだやかに答えた。「あんたを数に入れなければね、スターリングさん」

老人はびっくりして息をのんだ。それから背《せ》すじをのばすと、「今いったことを後悔《こうかい》するぞ、マックエルヘニー」と冷たい面持《おもも》ちでいい、去っていった。

ルイーズは、去っていく祖父から、きびしい顔で見つめる子どもたちに、こまりきったようすで目を移《うつ》した。「ご、ごめんね。おじいちゃんたら、あんなことといって――」

「ルイーズ！」

「ごめんね」女の子はジェレミーを見つめながらくりかえした。ジェレミーがうなずいたので、女の子はほっとしたようににっこり笑い、走って祖父《そふ》のあとを追いかけた。

「救貧院《きゅうひんいん》よりましさ」しばらくするとジェレミーがいった。「閉《と》じこめられて、頭がおかしくなるんじゃないかと思うぜ。朝から晩《ばん》まで、説教、説教でさ」

屋台はもうからっぽで、マックエルへニーさんと奥《おく》さんだけが、調理台で食材をきざんだり、まぜたりしていた。数週間ぶりでおなかがいっぱいになり、すっかり体もあたたまった子どもたちは、もう遊んでいた。初めのうちは、近くの小さな丘《おか》をすべりおりて遊んでいたが、そのうちコウモリが岩に上って、むこうに見たこともない虹色《にじいろ》の回転木馬があるのを見つけた。氷のあずまやにおさまったトナカイたちが、ぐるぐる楽しげにまわっている。コウモリはじっと見つめた。そして目をこすった。それから、わーっといいながら、かけおりてきた。

「すっごいよ！」コウモリは、近くの丘をころがりおちているジョーンとチックにいった。「おいでよ！　すっごいんだから！」まもなく、回転木馬は子どもたちでいっぱいになった。一頭のトナカイの背中《せなか》に、二、三人の子どもがもぞもぞとのっかり、きらきらと回転しはじめると、冷たい空気にうれしそうな叫《さけ》び声がひびいた。ふしぎなことに、近くの道を急ぐ厚着《あつぎ》をした大人たちは、この回転木馬にも、子どもたちの楽しそうなようすにも気がつかなかった。

静かになった屋台では、ツンドラがホリーのいすのとなりでうたた寝《ね》をし、ホリーはほおづえをつきながら、ジェレミーの話に同情《どうじょう》していた。

「それでここへ来たのね」

「ああ。八歳《さい》になる前の夏だった。夏の夜は、公園よりいいところなんてないぜ。家の中の人たちはみんな、汗《あせ》だくになって寝《ね》がえりを打っているっていうのに、ここでは涼《すず》しくって——だからさ、おいらたち、ニューヨークじゅうでいちばん快適《かいてき》なんだ！」

「でも、ジェレミー。いつまでもここに住むわけにいかないでしょう？」

「なんでさ」

「いつかは家がほしいと思わない？」

しばらくのあいだ、ジェレミーは認《みと》めるもんかというがんこな顔をしていた。けれども、ホリーが顔を下げて、その目をのぞきこむと、なにかが溶《と》けていくようだった。「うん、そうだな。家がほしいや。ほしくないやつなんて、いるもんか。だけど、そんなのかないっこない。だから、考えるだけむだだよ」

「どうしてかないっこ——かなうはずがないの？」

ジェレミーはまたがんこな顔にもどった。「かないっこないもの。学校にも行ってないし、金もない。なんにもないんだ。運がよくても、せいぜい下働きとか、工事の手伝いぐらいしかできない。もしかしたら、小さなアパートを借りるくらいはできるかもしれないけど、それだけさ。それ以上は無理だ」

ホリーはジェレミーから目をそらさなかった。「なんにでもなれるとしたら、なにになりたい？」

ジェレミーは、ふたりのあいだのテーブルに指を走らせた。「そうだな」しばらくするといった。

「医者になれたらいいな。そうすりゃ、リシーみたいな子を治してやれる」ジェレミーはてのひらを広げ、荒々《あらあら》しくいった。「でも、そんなのかないっこない。忘《わす》れたほうがいいんだ」

ホリーはなにもいわなかった。わたしは忘れないわ、と心の中で誓《ちか》った。

ジェレミーはめずらしそうにホリーを見た。「あんたみたいな人、初めてだよ。いいとこのお嬢《じょう》様《さま》みたいに見えるのに、ぜんぜんそんなふうじゃない」

「まあ、それはありがとう。じゃあ、どんなふうなの？」

「おいらの会った中にはいない。おいらたちのことを心配してるようだもの」

「そうよ」ホリーはすなおにいった。

ふたりは顔を見あわせて笑った。「仕事を見つけてやんなくちゃな」ジェレミーが急にいった。

「公園で寝《ね》るわけにはいかないだろ」

「そうね」もうしわけなく思いながら、ホリーはいった。「できないと思うわ」

「ところで、名前はなんていうんだい？　フルネームさ」

「ホリー・クロースよ」

「えっ、サンタ・クロースみたいじゃん」ジェレミーは信じられないというようにいった。

「そう、ほんとにサンタ・クロースよ。わたしの父なの」

ジェレミーは笑った。「うまいよ。それも、真剣《しんけん》な顔でいうんだもの」

「わたしは真剣よ」

「ああ、そうだよね。おいらはもうサンタ・クロースを信じるほど、子どもじゃないからな」

今度はホリーが見つめる番だ。「サンタ・クロースを信じてないの？　そういう人がいるとは聞いてたけど、実際《じっさい》に会うとは思ってもみなかったわ」

ジェレミーは、ホリーのびっくりしたようすに落ち着かなくなって、すわりなおした。「ちょっと待ってよ、もう冗談《じょうだん》はやめだ。ほんとにクロースって名前なの？」

「どうして冗談だと思うの？　わたしの名前はホリー・クロースで、サンタ・クロースのむすめよ。わたしは不死の国から来て、父はその国の王なの」

「今度はお姫様《ひめさま》ってか？」ジェレミーが用心深くいった。

「ばかいわないで。わたしはわたしよ。そんなことは関係ないわ」

ジェレミーは腕組《うでぐ》みをした。「じゃあ、証明《しょうめい》しろよ」

「証明はできないわ。わたしの正体がそんなにだいじなの？　わたしは今ここにいて、あなたの友だちなのに」

「この方はホリー・クロース。〈とこしえ〉の王、ニコラスのむすめだ」低い声がした。「サンタ・クロースともいう」

「だまって、ツンドラ」ホリーがいった。

「い、犬がしゃべった」とジェレミー。

「しゃべっちゃいけなかったのに」ホリーが非難《ひなん》するようにいった。

「犬はしゃべらないぜ」ジェレミーがびくびくしながらいった。

「第一に、はっきりいっておくが、わたしは犬ではない。オオカミだ。第二に、わが王を信じていないなどというのは、裏切《うらぎ》りであるばかりか、たいへん無礼《ぶれい》なことだと申しあげよう。第三に、もしわたしが地球上にいるふつうのオオカミとはちがうとお気づきなら、答えは簡単《かんたん》。ホリー姫《ひめ》がご親切にもお教えになったとおり、よその国、すなわち〈とこしえ〉という不死の国から来たのだということがおわかりになるだろう」ツンドラは威厳《いげん》をもっていい、「今聞いたことは、みんな心の中にしまっておくように」とつけくわえた。

「しゃべった」ジェレミーはいった。

「不死の国から来たからよ。そこでは動物はみんなしゃべるの」ホリーはしんぼうづよく説明した。

「それで、あんたはお姫様で、サンタ・クロースのむすめだって？」ジェレミーがくりかえした。

「そのとおりよ」

ジェレミーは長いあいだ、ホリーを見つめていた。ちょっとやそっとではおどろかないことが、ジェレミーの自慢《じまん》だったが、どういうわけか、このお嬢様《じょうさま》というか、女の子には、度肝《どぎも》をぬかれた。これまでに会ったどんな人ともちがった。この世にいるすべてのタイプの人に出会ったことがあると思いこんでいたが、それでもこの人だけはちがった。誠実《せいじつ》なほほえみのせいかもしれない。ジェレミーが子どもなのに熱心《ねっしん》に耳をかたむけてくれたからかもしれない。それとも、ほんとうに本人がいうとおりの人だからかもしれない。今度ばかりは、信じて受けいれることができるかもしれない。もしかすると――ジェレミーはにっと笑った。「信じるよ！　どうしてかわからないけど、でも信じる！」

「それは光栄です」ツンドラは、ちょっぴりいらついたようにいった。

「だまって、ツンドラ。信じてくれてうれしいわ、ジェレミー。もちろん、だれにもいってはいけないことはわかるわよね――その、ツンドラがしゃべるってことよ。そんなことを知らせにきたわけではないの」

ジェレミーはうなずいた。「だれにもいわないよ。信じてくれていい」そしてオオカミをふしぎそうに見た。「まったく、びっくりだよな。しゃべる犬だぜ」

「わたしは犬ではない」ツンドラはため息をついた。

ジェレミーの顔に光がさした。「そうだ！」ホリーを見ながらいった。「いい仕事があるよ！」

ふたりと一匹《ぴき》は急ぎ足で、ほとんど走るようにセントラルパークから五番街をぬけていった。もし通りすがりの人が、立ちどまってよく見たとしたら、きっと頭をかかえたことだろう。若《わか》くて美しいお嬢《じょう》さんが、ぼろを着た浮《ふ》浪《ろう》児《じ》と巨《きょ》大《だい》な犬といっしょに、いったいなにをしているんだろう、と。だが、さいわいなことに、だれも立ちどまってよく見ようとはしなかった。ホリーとジェレミーとツンドラは、人でいっぱいの道を走りぬけていった。初めのうちホリーは、五番街にならぶ大きな家に注意をひかれてばかりだった。五十二丁目のヴァンダービルト邸《てい》が目に入ると、ぴたりと足を止めた。ジェレミーは少しもどって、ホリーの目をさまさせた。「ほらあ」ジェレミーはいらしていった。「急がないと」

ホリーはレンガと大理石でできた、どっしりとした大邸宅《だいていたく》を見つめた。「ここには、王様はいないと思ってたわ」

「あそこに住んでるのは王様じゃないよ。ただの金持ちさ。おいで、ホリー。立ちどまってるひまはないよ」

一行は左にまがり、また左にまがった。道は小さく、細く、きたなくなってきた。このあたりの家には、美しいもようも、小塔《しょうとう》も、ステンドグラスの入った窓《まど》もなかった。ありふれた茶色い石造《いしづく》りで、古くて少し崩《くず》れかかっており、急な階段《かいだん》がついていた。それから、小さな商店街がはじまった。いいにおいのするパンがならんだパン屋さん、せまい靴《くつ》屋《や》さん、色とりどりの布《ぬの》でかざられた生地《きじ》屋《や》さん、店主が居眠《いねむ》りしている小さな本屋さん。ジェレミーは、一軒《けん》の小さな店の前に来ると、ぴたっと止まった。すぐ後ろを走っていたホリーは、あやうくぶつかりそうになった。

「ここだよ」

ショーウィンドウにはカーテンがかかっている。ドアの上を見ると、楕円形《だえんけい》の看板《かんばん》に流れるような美しい文字で、〈キャロルのふしぎ屋〉ときざまれていた。

ホリーはぎゅっと目をつむると、もう一度開けてみた。店はまだそこにあった。異様《いよう》に長いトンネルを、何日も何日も旅してきて、やっとぬけたと思ったら、この看板の下に放りだされていた、そんな感じがした。キャロルのふしぎ屋、か。ふしぎ屋。なんだか聞いたことがあった。なぜかなつかしい気がした。

「どうしたんですか、ホリー?」ツンドラが小さな声でいった。

「へんな感じなの。どこか遠いところから、なつかしいんだけれど、よく知らない国に落とされたみたい」

「そうじゃないですか」

「ええ。それはわかってるんだけど。この看板《かんばん》を見たことがあるような気がするの。どこかで……」ホリーの声が小さくなった。ツンドラは納得《なっとく》がいかないようすだ。「なんでもないのよ。きっと望遠鏡《ぼうえんきょう》で見たんだわ。たぶんそれだけよ」ホリーは急いでいった。

「いい？」ジェレミーは声を落とした。「むこうでいったとおりにいうんだよ」ジェレミーは頭をふって、公園のほうをさした。「あんたは、えーっと——どこだっていいや——どっかに住むおばあちゃんに会いに、いや、ただおばあちゃんに会いにでいい——旅をしてる途中《とちゅう》で、ここに二週間ほど滞在《たいざい》するんだ」ホリーは口をはさもうとしたが、ジェレミーはつづけた。「わかってる、わかってるって。パパがクリスマスに迎《むか》えにくるんだろ。だけど、クライナーさんにそんなことという必要ないよ。どうやらお金が足りないし、おもちゃの工場で働いていた経験《けいけん》が（ジェレミーはこの『経験』ということばを強調した）あるから、偶然《ぐうぜん》出会ったおいらにすすめられたっていうんだ。クリスマスのいそがしい時期だけでもここで働かせてもらえないか、って」ジェレミーは息を切らせていった。「わかったかい？」

ホリーはまじめな顔でうなずいた。「わかったわ。どこから来たことにするの？」

「メインだ」

「メインって、何の？」

「メインだよ。州《しゅう》の名前だ。いつも雪がふっていて、深い森があって、動物たちもたくさんいる」

少年の顔にちょっぴりさびしさがよぎった。

「すてきなところなのね」ジェレミーの表情《ひょうじょう》に気づいて、ホリーがいった。

「ああ。準備《じゅんび》はいいかい？」

ホリーがうなずいたので、ジェレミーはドアを引いて開けた。木とニスと絵の具のなつかしいにおいが、ふわっとただよってきた。ホリーは〈キャロルのふしぎ屋〉に足を踏《ふ》み入れた。

第十七章

ふたりと一匹《ぴき》の足音が、静かな店の中にこだまするようだった。うす暗さに目が慣《な》れてきて、あたりを見まわすと、さまざまに工夫《くふう》をこらしたありとあらゆるおもちゃが、床《ゆか》から天井《てんじょう》までびっしりとつまっている棚《たな》が見えた。色のついた積み木に、足が車になっているしゃちほこばった馬に、くるくるまわるコマに、鉛《なまり》の兵隊たちに守られた手のこんだお城《しろ》。子どもが乗れるくらいの大きさの、きらきら光る金属《きんぞく》の馬車が店のすみにあり、背《せ》の高い竹馬と、星のもようのついた凧《たこ》が、それを見おろしている。真っ赤なうずまきもようのすてきな熱気球《ねつききゅう》が、天井に浮《う》いている。

くるみ割《わ》り人形たちが、ちょっといじわるな笑顔《えがお》を浮かべて、ミニチュアの田舎町《いなかまち》が入ったガラスケースの上にならんでいる。ホリーはおどろきのあまり息をのみ、ひざまずいて、ミニチュアの町の大通りにならぶ小さな店や家をのぞきこんだ。小さな家はどれも、細かいところまで精巧《せいこう》につくられていた。パリッとした白いカーテンのかかる窓《まど》はかがやいていたし、ホリーの小指ほどもない小さなパラソルは、玄関《げんかん》ポーチで使ってもらえるのを待っていた。せいぜい三十センチの高さの木々が、教会の庭の裏《うら》に深い森を作り、その中に流れる銀色の小川もちらっと見えた。一頭の鹿《しか》が首を下げて、冷たい水を飲んでいる。近くの雪におおわれた野原では、二匹《ひき》の白ウサギが、立ちどまって肩ごしにようすをうかがっていた。森の真ん中の小さな空き地には、クリスマスツリーが立っていた。ちらちら光る金や銀のかざりつけがされていて、てっぺんには涙《なみだ》のつぶほどの小さな天使がついている。根元には、きれいな色の紙で包まれた、ちっちゃな箱が積み重ねられている。ホリーはもう一度、このすばらしい景色をながめた。小さな家の中ものぞいたし、深い森に目をこらしてもみた。けれども、だれもいない。「へんね」ホリーはつぶやいた。小さな田舎町《いなかまち》に住人はいなかった。たった一体の人形さえ、この国には住んでいないのだ。

ホリーは立ちあがった。あらゆる種類のおもちゃを見慣《みな》れた緑色の目で、茶色や黒や白のクマ、異国情緒《いこくじょうちょ》あふれる中国のランタン、紙でできた大きな花かざり、そしてぴかぴかの汽車がのった大きな機械じかけの鉄道セットを見まわす。本格的《ほんかくてき》なものから単純《たんじゅん》なものまでさまざまあった。ホリーは、おどろくほどたくさんならんだおもちゃの時計から、AはアクロバットのA、Bはバルーンの B、と書かれている厚紙《あつがみ》の絵へと視線《しせん》を移《うつ》していった。マストのついた船は帆《ほ》をいっぱいに張《は》っている。ふしぎな機械じかけのピアノは、子守唄《こもりうた》を演奏《えんそう》している。あやつり人形はこわいのからかわいいのまで、それにボードゲームや手品や、おもしろそうなものが、まだまだたくさんあった。

でも、人間の姿《すがた》をした人形はどこ？　ホリーはもう一度見まわした。さらにもう一度。店じゅうどこを見ても、一体たりとも見あたらない。こんなにおもちゃであふれかえっているのに、それもすばらしいおもちゃばかりなのに、どんなすみっこやすきまを見ても、〈キャロルのふしぎ屋〉には、人形がひとつもなかった。人形の家に置くようなちいちゃな人形もなければ、ほのぼのとした布《ぬの》できた人形もない。えくぼのかわいい赤ちゃん人形もなければ、さわるのがはばかられるほど上等な磁器《じき》の人形もなかった。ほんとにおかしいわね、とホリーは思った。

店そのものにも人影《ひとかげ》はなかった。ホリーとジェレミーとツンドラ以外に、生き物はいないようだった。〈キャロルのふしぎ屋〉の中で、おもちゃがところせましとならべられた壁《かべ》に囲まれていると、通りの音さえも遠く、くぐもって聞こえた。聞こえてくる音といえば、ここからは見えない時計のチクタクという重苦しい音だけだった。

「ここで手が足りないっていうのは、ほんとうなの？　あまりいそがしそうには見えないけど」

ジェレミーは、初めてお客がいないのに気がついたように、あたりを見まわした。「ああ、ほんとだよ。今はそんなにいそがしそうじゃないけど、見てなよ、ときどきものすごくいそがしくなるから。クライナーさんが、いそがしいのがきらいってわけじゃないんだ。いつも客が足りないって文句《もんく》いってるくらいだから」

「人形を置けば、もっとお客さんが来るでしょうにね」

「人形？」

「気がつかなかった？　ここには人の姿《すがた》の人形がないのよ」なんのことやら、といいたげなジェレミーの顔が、ホリーにはおもしろかった。

ジェレミーは棚《たな》を見まわした。「はあ、ほんとだ。そういや、見たことないや」

「それっておかしいと思わない？」

「うん、そうだね。女の子は好きなのにね」ジェレミーはそっけなくいった。

「あなたはどうなの？」

「おいら？」ジェレミーはびっくりしていった。「もちろん興味《きょうみ》ないよ。人形は女の子のおもちゃだ」

「女の子のためだけじゃないわ」ホリーはむっとしていった。「みんなのためよ。人形は心の友だちだもの」

「へええ！〈とこしえ〉じゃ、男の子も人形で遊ぶのかい？」

ホリーが口を開いて説明しようとしたとき、黒いスーツを着た、やせて小柄《こがら》な男があらわれたので、会話がとぎれてしまった。ホリーはその人を見た瞬間《しゅんかん》、しわだらけの人だわ、と感じた。顔のあちこちに、左右対称《たいしょう》の深いしわがきざまれているのだ。眉間《みけん》にたてに走っている二本の心配そうなしわにはじまり、ずっと下へいくと、口の両脇《りょうわき》にいくつもカッコの形にしわが入っている。けれども、こういった不安そうなしわにもかかわらず、とてもやさしそうで、とくに今は、ジェレミーを笑顔《えがお》で迎《むか》えていた。「こんにちは、ぼうや。こんなに寒いが、調子はどうだい？」この人は、ただのあいさつでこんなことをいっているのではない、ほんとうにジェレミーのことを心配していているのだ。それがわかったホリーは、すぐにこの人が好きになった。

「ああ、寒いのなんかへっちゃらだよ、クライナーさん。それより、おたくこそ調子はどうなの？あんまりいそがしそうには見えないけど」

「今はな」クライナーさんは顔をしかめた。「ひと息つけるのを感謝《かんしゃ》しないと。今朝はたくさんお客様がいらして、わたしひとりで相手をするのはてんてこまいだったからね」

「じゃあ、バス夫人《ふじん》はまだもどってないんだね」ジェレミーがわざと気の毒そうな声を出しているのに、ホリーは気づいた。

「ああ、かわいそうだと思うよ。もちろん、バス夫人のつま先もな」クライナーさんは、バス夫人のつま先を苦しめているなにかを思って、心から悩《なや》んでいるようだった。「だが、いちばんやっかいなのは、クリスマスシーズンのまっただなかで、バス夫人の足が不自由になったことだ。こんなにやっかいなことはない」クライナーさんは、うしろめたそうにせきをした。

「キャロルさんが下りてきて手伝うとも思えないしね」ジェレミーがそっけなくいった。

「それはないだろう」クライナーさんも同じようにそっけなくいった。ふたりともおもしろがっているように見えたので、ホリーはどうしてかしらと思った。ジェレミーはそのあいだにも話を進めていた。

「そのことなんだけどさ、クライナーさん。今、手が足りないと思ってるだろ？」

「ああ、ジェレミー。どちらかといえば、そうだな」

「それでは」ジェレミーは手品師《てじなし》気取りで、大げさにホリーのほうに手をふってみせた。「おいらの友人を紹介《しょうかい》するよ。ホリー・クロースさんだ。前におもちゃの工場で働いていたことがあるから、仕事はわかってるよ。だけど、ずっとここに住むわけじゃないんだ」ジェレミーはあわてていった。「おばあちゃんに会いにいく途中《とちゅう》で、ちょっと立ちよっただけでね。少しお金が足りないんで、一時的に雇《やと》ってくれるところを探《さが》していたのさ。それで、知りあいから紹介されたとき、あんたのことを思い出したんだよ、クライナーさん。もしかしたら、手伝いがほしいんじゃないかなって」ジェレミーは小さくおじぎをし、期待をこめた笑顔《えがお》で話をしめくくった。

クライナーさんは、片手《かたて》をさしだし、なにかききたそうにホリーを見た。心配そうな目は、かしこそうでもあり、完全にジェレミーの話を信じたのではないにせよ、信じたふりをしてくれるつもりでいるようだった。ホリーはクライナーさんの手を取りながら、その目を見かえしていった。

「お目にかかれてうれしいです、クライナーさん。ジェレミーのお友だちなら、世界じゅうみんなのお友だちであると信じてますわ」

クライナーさんは、少し興味《きょうみ》をかきたてられたようだが、上品にそれをかくそうとした。この人はただのかわいい売り子ではなく、教育のある洗練《せんれん》されたお嬢様《じょうさま》だ。どういうわけで、仕事なんか探《さが》すことになったのかな、とクライナーさんは思った。「そうですか」めがねをいじりながら口を開いた。「おもちゃの工場で働いたことがおありで。どこの工場ですか？」

「メインだよ」ジェレミーがすぐにいった。

「さようで？」クライナーさんはていねいにいった。「あの州《しゅう》におもちゃの工場があるとは知りませんでしたな」

「工場というより、作業場のようなところです」ホリーは、くちびるをゆがめながらいった。「人形を作ってました」

「ほお、人形をね」眉間《みけん》にきざまれた二本のたてじわが、ますます深くなった。「人形ですか」クライナーさんはさびしそうにいった。

「あなたが入っていらしたとき、ちょうど棚《たな》の上に人形がないか、探《さが》していたんですよ。見落としたのかしら」

「見落としちゃいませんよ。うちは人形を置いてないのです」

「どうして？」ホリーはびっくりしてたずねた。「とても人気のあるおもちゃだと思いますけど」

「ええ、とても。たしかに人気があります。しかし、オーナーのキャロルさんが、人形がお好きじゃないのです」

「人形がお好きじゃない？」

「人形を好まないのです」そういいかえれば、はっきりするとでもいうかのように、クライナーさんはいった。

「それで――」ホリーはいった。

「それで、うちは人形を置いていないのです」クライナーさんは、ますます沈《しず》んだ顔でいった。

ホリーは、人形を置いていないことにふれるのはよくないと思い、話題を変えようとした。「ここには、子どもたちのほしがるものがなんでもあるんですね」と熱心《ねっしん》にいった。「ケースの中にある小さな町なんて見事だわ」

「キャロルさんが、ご自分でお作りになったのです」クライナーさんは、少し元気をとりもどしていった。「なにからなにまで、ぜんぶね」

ホリーは感心した。「とてもおじょうずなんですね。あのクリスマスツリーのかざりなんて、よっぽど器用じゃないと作れないわ。ドイツ製品《せいひん》かと思いましたもの」

クライナーさんはにっこりした。「おもちゃのことをよくごぞんじで、クロースさん。たしかにドイツ製品《せいひん》は、彫《ほ》りはすばらしいのですが、キャロルさんによれば、色使いには繊細《せんさい》さが欠けるそうですよ」

「わたしも同感です。ロシア人は、エナメルでぬることで解決《かいけつ》しましたけれど、こんなに小さいものを作れるとは思えませんし」

「たしかにそうです」クライナーさんがいった。ジェレミーは、ふたりを交互《こうご》に見ながら、満足そうな笑《え》みを浮《う》かべていた。

「ひとつ意見をいわせてもらうなら、くるみ割《わ》り人形を、こんなふうに横にずらすと――」ホリーはいじわるな顔のくるみ割り人形を、ガラスケースのふちから遠ざけた。「子どもたちは、もっとこの小さな町を見てみたくなるんじゃないかしら。どうでしょう?」

クライナーさんは、それを見てうなずいた。「ほんとうですな。たしかにそうだ。こちらのカウンターは、どう思われます? キャロルさんは、オルゴールはまとめて展示《てんじ》したほうがいいとおっしゃるが、これでは子どもたちはあまりオルゴールを見ないのです」

ホリーは小首をかしげた。「とっても美しい宝箱《たからばこ》のようなものを作って、そこにいくつかならべたらどうかしら? ほかのものは、ケースにしまっておくの。こんなふうに、少しだけね」ホリーはぎっちりならべられたオルゴールを、見栄《みば》えのいい陳列《ちんれつ》に手際《てぎわ》よく変えた。「このほうが、子どもたちが引きつけられると思いますけど」

クライナーさんは大喜びだった。「ほんとにすばらしい、クロースさん。ほんとにすばらしい。

あなたみたいな方を探《さが》していたんですよ。どのくらい、いられるんです？」

「ええと——」ホリーはいいかけたが、ジェレミーが割《わ》って入った。

「二週間だよ」ジェレミーは大きな声でいった。

「それならいい。クリスマス前の三日間は、いちばんの書《か》き入《い》れ時《どき》ですからね」クライナーさんは、がらんとした店を見わたして、ため息をついた。「そう願いますよ。さて、クロースさん、わたしはあなたに来ていただけるとうれしいんだが、もちろん、まずキャロルさんに相談《そうだん》しなくてはなりません」不安げにくちびるをなめた。「今すぐ二階に走っていって、きいてきますからね」心ここにあらずといった感じで、ウサギのぬいぐるみをつかみ、その耳をそっとひっぱった。「ああ、そうだ。今すぐ二階に走っていって、きいてきますから」クライナーさんはくりかえすと、肩《かた》をいからせ、店の奥《おく》から二階の廊下《ろうか》へとつづく、うす暗い階段《かいだん》のほうへ歩いていった。この廊下からは、店全体が見わたせる。その先は住居《じゅうきょ》へとつづいているようなのだが、うす暗い明かりしかなく、ビロードのカーテンで厚《あつ》くおおわれているので、どのあたりに住居の部分がかくれているのか、ホリーにはわからなかった。クライナーさんの軽い足音がまもなく止まった。

「気に入りませんね」低い声がいった。

ツンドラだった。「この店がきらい？」ホリーがきいた。

「店はいいんですよ。ランプが足りない感じではありますけどね。気に入らないのはあれです」ツンドラは鼻を、うす暗い二階廊下のほうに向けた。「上にはなにがあるんです？　それにどうしてクライナーさんは、あんなに神経《しんけい》をとがらせているんでしょう？」

ホリーはたずねるようにジェレミーを見た。「それは、キャロルさんのせいだよ。あんまり人あたりのいいタイプじゃないんだ。おかしいよね。おいらがもし、おもちゃ屋のオーナーだったら、最高に楽しくすごせると思うんだけど、キャロルさんはそうじゃないみたい。笑ったことがないし、あの目で見つめられるとふるえあがっちゃうんだ。だれのこともあんまり好きじゃないんだと思う。でも、クライナーさんのことは、ほかの人よりは好きみたいだよ。だって、クライナーさんとは話すけど、それ以外はほとんど口をきかないもの。でも口をきかれるのもどうかな。きつい口調で命令するところしか、聞いたことがないから。クライナーさん、この手配をしてくれ、クライナーさん、この件《けん》にすぐに対応《たいおう》してほしい、ってなぐあいにね。二階に上がれるのも、クライナーさんだけさ。あとメイドもだけどね。でもそのメイドだって、入れない部屋《へや》があるらしいよ。でもいっとくけど、おいらにいじわるはしない。クライナーさんが、おいらにおこづかいをくれようとして、ちょっとした配達をたのむときも、キャロルさんはいいよ、っていって、きちんとはらってくれるんだ。ただ、あいそがないだけだよ」

ツンドラの表情《ひょうじょう》がけわしくなった。「ホリー」しばらくすると、ツンドラがいった。「ここを出ましょう。いやな感じがします」

一瞬《いっしゅん》、ホリーはしたがおうかと迷《まよ》った。ツンドラがいうことは、かしこいし、たしかだし、説得力がある。昔からずっとそうだ。それに、ホリー自身も同じ気持ちでいることを認《みと》めないわけにはいかなかった。〈キャロルのふしぎ屋〉には、その暗さといい、人形のない棚《たな》といい、どこか奇妙《きみょう》で、不安な気持ちにさせるものがあった。なにか、楽しくない気分にさせるものが。しかし、もうひとつの声がした。わたしは、幸せでない人たちを助けるために、人間界に来たのではなかったかしら？　それこそ、人間が不死になるための——不死を認《みと》められるための——仕事ではなかったかしら？　ホリーはぎゅっと真一文字《まいちもんじ》に口を結び、あごをつきだした。わたしは逃《に》げない。わたしは、この店にいるわ。もし、キャロルさんがわたしの助けを必要とするなら、心をこめて助けてあげましょう。ここを最高のおもちゃ屋にしてみせる。

ツンドラはため息をついた。ホリーの決心を読みとったのだ。静かに店のすみに歩いていってすわった。

ホリーはあたりを見まわした。「もっと明るかったら、この部屋《へや》ももっと楽しくなると思わない？」

ジェレミーが答えた。「ああ、でも電灯は高いよ」

「そうよね。でも、太陽の光なら安いわよ。あのカーテンをぜんぶ開けましょう」ホリーは店の正面の、厚《あつ》い布《ぬの》でおおわれたショーウィンドウに歩みよった。「ジェレミー、はしごはある？　これをはずしたら、お日様の光がさしこんでくるわ。それにどうしてショーウィンドウにおもちゃをかざってないのかしら？　これじゃ、だれも、おもちゃ屋だってことがわからないでしょうに」ホリーは、熱心《ねっしん》に見まわした。「あのかわいいクマちゃんたちをショーウィンドウに移《うつ》しましょう。クリスマスパーティーをさせるのよ」ホリーはマントを脱《ぬ》いで、特別目を引く茶色いクマに手をのばした。

ツンドラはすみのほうから、じっと階段《かいだん》を見つめていた。

そのころクライナーさんは、重い木製《もくせい》のドアを注意深くノックしていた。「キャロルさん？」そっと呼《よ》びかけた。「キャロルさん？」

急にドアが開いた。クライナーさんが見つめていると、キャロルさんはなんの関心も示《しめ》さずに背《せ》を向けて、作業台の前のいすにどっかりとすわり、小さな惑星《わくせい》の模型《もけい》づくりに一心に取りくみはじめた。近くで見れば、まだ若《わか》いとわかるのだが、その顔は疲《つか》れていた。半開きの目には喜びがなく、とがったあごの上の口はむっつりと閉《と》じられていた。長い指で一本の細い針金《はりがね》をもう一本につないだとき、一瞬《いっしゅん》満ち足りたような表情《ひょうじょう》が浮《う》かんだものの、やっと顔を上げたときには、いらいらしたようすにもどっていた。「なんだ、クライナーさん？」

「ええと」クライナーさんはせきばらいをした。「おじゃましてすみません。若い女性《じょせい》が下に来ておりまして、一時的に職《しょく》を探《さが》しています。きわめて有能《ゆうのう》で、信用のおける女性だと見受けました。ちょうどバス夫人《ふじん》がお休みのため人手が必要でしたから、二週間ほど雇《やと》ってはどうかと思うのですが」クライナーさんは、のりのきいたえりと首のあいだに指を走らせた。「もちろん、お認《みと》めいただければの話ですが」

「履歴《りれき》は？」

「ええと。女性はメイン州《しゅう》の出身で、以前にニューヨークで働いたことはございません」

半開きの冷たい目が、クライナーさんのほうを向いた。「どこの馬の骨《ほね》かもわからないむすめさんを雇いたいというのかい？」

クライナーさんは、ぴんと背《せ》すじをのばした。「そんなことはございません、キャロルさん。ジェレミーという子どもがその女性《じょせい》を連れてきて、身元を保証《ほしょう》したのでございます」

「ほう。そりゃ、推薦《すいせん》にはちがいない」そういったキャロルさんの顔には表 情《ひょうじょう》がなかった。細くて器用な指で、もう一本の針金《はりがね》をつなげるあいだ、しばしの沈黙《ちんもく》があった。クライナーさんは作業台の前に立って、待っていた。「もう決めたんだろう」キャロルさんが、顔を上げずにいった。

「それなら、いいと思うようにしなさい。ただ、その女性には、自分の仕事に専念《せんねん》して、ぼくのことはかまわないように、と注意してくれ。ぼくの決めた規則《きそく》に反するようなことをしないか、しっかり見ているからな。わかってくれるね、クライナーさん？」

「はい」クライナーさんは短く答え、まわれ右してドアへ向かった。

ドアを開けると、キャロルさんがまた口を開いた。「その人の名前は？」

「クロースさんです」クライナーさんは答えた。「それでは」

「ああ」キャロルさんはいった。

クライナーさんは急いで階段《かいだん》を下りかけたが、階下で待ちうけている光景を見て、途中《とちゅう》で足が止まってしまった。店がいつになく明るいのだ。クマの家族が、きれいにかざりつけられた小さなクリスマスツリー（これはホリーが店の奥《おく》のほうにある別の展示《てんじ》から取ってきたものだ）を取りかこんでいる。クマたちは綿《わた》でできた雪の中で、手に手を取って（というか、足に足を取って）どうやらクリスマスキャロルを歌っているようだ。ショーウィンドウのかざりつけだけでは終わらなかった。ホリーとジェレミーは、紙でできた葉っぱと木の実の長いかざりをねじって、店のはしからはしまでつるした。ホリーははしごのてっぺんからいった。「ここに小さな金のメダルを下げたら、華《はな》やかになると思わない？」クライナーさんが恐怖《きょうふ》の叫《さけ》びを上げたので、ふたりはようやく気がついた。

ホリーはにっこりと笑いかけた。「すてきでしょう？」

「ああ、クロースさん」クライナーさんはいいはじめた。「ああ、クロースさん。すてきかどうかは、関係ありません。キャロルさんは、店の陳列《ちんれつ》に関してはものすごくきびしいお方なので、もうしわけないがこういうことは――」

店のドアが開いて、青いコートに身を包んだ若《わか》い女性《じょせい》が入ってきた。「こんにちは」女性は帽子《ぼうし》のヴェールを上げて、ちょうど近くにいたクライナーさんにあいさつした。「通りかかったら、おたくのウィンドウにかざってあるかわいらしいクマちゃんが目に入ったのよ。ここがおもちゃ屋さんだったなんて、知らなかったわ！」女性は笑いながらいった。「あのちっちゃな帽子をかぶったなまいきそうな茶色いクマは、うちのぼうやにぴったり。ええ、それよ。なんて顔なのかしら！ここにクマちゃんもあったなんてねえ」クライナーさんに向かって晴れやかな笑顔《えがお》を浮《う》かべるようすは、お金をはらって物を買っているというより、なにかプレゼントをもらっているようだった。女性は、きれいに包まれたクマを小脇《こわき》にかかえると、満足そうな顔でさっそうと店をあとにした。

店のドアが閉《し》まり、小さなベルがチリンチリンと鳴った。しばし、はりつめたような静けさがあったが、やがてクライナーさんが大声で笑いだした。それにつられて、ホリーも、ジェレミーも笑いだした。「ああ、やれやれ」クライナーさんが涙《なみだ》をふきながら、やっとのことでいった。「店のかざりつけは、どうぞつづけてください。ジェレミー、クロースさんをお手伝いして。ふたりとも、正式採用《さいよう》です」

「ありがとうございます、クライナーさん」ホリーは手をさしだした。「ほんとうに、ありがとうございます」もう一度いい、感謝《かんしゃ》の目でクライナーさんを見つめた。

やわらかなホリーの手をにぎると、しわだらけの顔が少し赤らんだ。「なんとなく思うのですが、クロースさん。これからますますお世話になるような気がします」

「ねえ、ホリー。このかざりを棚《たな》の上にもつけようよ」ジェレミーが熱心《ねっしん》にいった。

「そうね、この金のメダルも結びつけましょう。それから、クライナーさん？」ホリーは少しおねだりする調子でいった。「ここにクリスマスツリーがあったらすてきだと思いません？　ほんもののクリスマスツリーです」

クライナーさんは両手を上げた。「クロースさんにはお手上げだ。そりゃ、すばらしいでしょうな。明日、買ってきますよ」


もしかしたら、おもちゃには秘密《ひみつ》の世界があるのかもしれない。子どもならだれしも想像《そうぞう》するように、ドアが閉《し》まったあと、おもちゃたちは起きだして、夜じゅう踊《おど》ったりはしゃぎまわったりするのかもしれない。夜が明けて最初に目をさました人間のあくびと足音が聞こえてくると、凍《こお》りついたように動かなくなって、また一日わたしたちをだますのだ。わたしたちがなにかへまをしたりすると、ときどき目配《めくば》せなんかしあったりして。その日の午後、このおもちゃ屋では、そんなことが信じられるようだった。おもちゃたちは、サンタのむすめがそこにいることを、まるでわかっているみたいだった。クライナーさんが目をぱちくりしているあいだに、ホリーがいるその店は、どんどん明るく、楽しく、生き生きとしてきたからだ。機関車はもっとぴかぴかに、ぬいぐるみはもっとかわいらしく、木のおもちゃたちも明るい色になった。ホリーはどのおもちゃにもひさしぶりに会った友だちのようにふれ、まっすぐに立てたり、かわいくならべかえたりした。クマの仲間たちはいっしょにならべ、宝物《たからもの》であふれる見事な宝箱を作り、城《しろ》をおびやかす竜《りゅう》に立ちむかう鉛《なまり》の兵隊を配備《はいび》した。チェック柄《がら》のパラシュートを屋根にしてあやつり人形の劇場《げきじょう》を作り、くるくるまわる天使のついた燭台《しょくだい》も、よく見える場所に置いた。ホリーが、かざりつけたり、おおったり、いろいろな工夫《くふう》をほどこすたびに、店は光を放ち、クリスマスのかおりが立ちこめてくるようだった。

「これでよしと！」両手いっぱいに常緑樹《じょうりょくじゅ》の枝《えだ》を（クライナーさんが結局折れて、花屋に走ったのだった）かかえたホリーが、踏《ふ》み台の上からいった。「これでじゅうぶんだと思う？」

「まだまだ」ジェレミーが笑いかけながらいった。ジェレミーにとって、こんなにすばらしい日は初めてだった。食べものがあって、あったかくて、おまけに大切なことがわかっている人がいる。

「もう一本、足したほうがいいよ。貧弱《ひんじゃく》に見えたらいやだろ？」

ホリーはカウンターに上った。「貧弱はだめ！　クリスマスは一年に一度しかないんだから！」

ふりかえってジェレミーのほうを見た。急に遠くなった感じがする。「だって、一年に――」頭上の明るい光がぎらぎらする。ホリーは目をぱちくりした。「なんだか――」そしてとなりにある棚《たな》につかまった。

店のすみからツンドラがとんでいった。ホリーがふらふらとカウンターから落ちたとき、ツンドラはちょうどその下にすべりこんだ。一瞬《いっしゅん》、動けなくなっていたジェレミーが、はっと気がついて、ホリーを受けとめようと手を前にのばした。すると、ホリーは気を失ってはいたが、けがもなく、オオカミのふかふかの背中《せなか》にのっかった。

ツンドラはやっとのことで、大声を出すのをおさえた。クライナーさんが心配のあまりふるえながら、水を取りに奥《おく》へ行ったのをみはからって、ジェレミーに急いでささやいた。「ドアを開けろ。冷たい空気を入れるんだ」

ジェレミーはすぐにしたがった。店の中に凍《い》てつくような空気がどっと流れこんでくると、ホリーのほほに赤味がもどり、呼吸《こきゅう》もふつうにもどった。クライナーさんがコップに水をくんで、急いでもどってきたとき、ホリーはぱっちり目を開けた。ホリーとツンドラはしばらく視線《しせん》を交わした。なにもいわなくても、ホリーは感謝《かんしゃ》を、ツンドラはいたわりを伝えた。

「いい犬をお持ちだ、クロースさん」クライナーさんがうれしそうにいった。「こんな光景は見たことがない！　あなたがたおれかけると、すぐにこの犬が棚《たな》の下に走ってきて助けたんですよ。これはおどろきましたな！　なんという種類です？　ウルフハウンドかな？　きっとカナダの犬でしょうな。ほんとにいい犬だ！　かしこい犬だ！」ツンドラに向かっていい、頭をよしよしとたたいた。ツンドラはかみつきそうになるのをけんめいにこらえた。「さて、クロースさん」クライナーさんはホリーのほうに注意を向けた。「しばらく食事をなさっていないのではありませんか？」

「ええ、そうなんです」ホリーはひかえめにいった。気を失ったほんとうの理由を説明するくらいなら、なんでもよかった。

「思ったとおりだ！　なにか栄養のあるものを食べないといけませんな」そういって、するどい目を向けた。「もしかしたら、少しばかり栄養が不足しているのかもしれない。だが心配は無用ですぞ。喜んでお給料の前ばらいをいたしましょう。それにだ！」クライナーさんはふふっと笑った。「今日の午後だけで、食事代くらいかせいでおいでだ。このいすでちょっと待っててくださいよ。すぐに走って買ってきますから。ミートパイがいいですか？　にんじんスープは？　体にいいですよ。ケーキはどうです？　お茶ももちろんほしいでしょう。すぐにもどりますので、すわっててください」

「ありがとうございます」ホリーは弱々しい声でいった。

ドアがバタンと閉まると、ジェレミーがすぐにしゃべりだした。「ホリー、どうしていわなかったんだい？　マックエルヘニーさんのとこで食べたじゃないか。そんなに腹《はら》は減《へ》ってないだろ？」

「ええ、すいてないわ。ただ、しばらく席をはずしてほしかったのよ。ねえ、ツンドラ。どうすればいいのかしら？」

「どうしたのさ？」ジェレミーが目を丸くした。「どういうことだい？」

ホリーはツンドラの毛に顔をうずめた。「こんなふうに期待を裏切《うらぎ》るわけにはいかないわ」

「わかってますが、ここは人間界ですよ。あなたがここで死んでしまっては、だれも助けることができません」ツンドラがやさしくいった。

「なんだって！　ホリーは死ぬの？」ジェレミーが叫《さけ》んだ。

その怒《いか》りと不安のいりまじったようすが、ホリーをちょっぴり笑わせた。「いえいえ、死んだりなんかしないわよ。ただ、ちょっと病気を持っていてね。あたたかくなると、心臓《しんぞう》がうまく働かないの。〈とこしえ〉では、みんなとはなれて、寒いところに暮《く》らしていたのだけど、ここなら寒いからだいじょうぶかと――」ホリーの声がとぎれた。

「ホリー」ツンドラがなだめるようにいった。「もうだいじょうぶですよね？」

「でも、もし屋内にいられないのなら、ここだって無理だし、そうしたら――そうしたら――」ホリーの目にあふれた涙《なみだ》がぽたりぽたりとツンドラの白い毛の上に落ちた。

「落ち着いて。なにか方法を考えましょう」

「でも、どうやって、ツンドラ？　このままじゃ、公園の子どもたちも助けられないわ。こんな――もしも――」ホリーの目はさっき落ちた涙にくぎづけになった。どうしたのだろう？　涙はぷるぷるとふるえながら、ほんのわずかずつ不透明《ふとうめい》になり、かたまっていった。「見て」ホリーはびっくりしながらいった。ホリーの涙は雪に変わったのだ。

小さな雪片《せっぺん》が天井《てんじょう》からちらちら舞《ま》ってくる。それは、次から次へと止まることがなかった。雪はそよ風に運ばれる花びらのように、優雅《ゆうが》にそっとふっているのだった。

ジェレミーは口をあんぐりと開けた。「こんなの見たことないや」手をのばすと、小さな雪片がてのひらに落ちた。それは一瞬《いっしゅん》かがやいたかと思うと、溶《と》けて水になるのではなく、ふっと冷たい空気に変わった。「なんなの？」ジェレミーがかすれた声できいた。

ホリーは赤味がかった金髪《きんぱつ》に雪をちりばめたまま、笑いだした。「魔法《まほう》よ、ジェレミー。この魔法の雪が、わたしの心臓《しんぞう》を冷たく保《たも》って、溶《と》けないようにしてくれるの。ここでもこの魔法がきくとは思わなかったけど、でもできるのね！　ツンドラ！」ホリーがあまりに強く抱《だ》きしめたので、ツンドラはせきこんでしまった。「ツンドラ、これがどういうことかわかる？」

「どういうことですか？」

「つまり長老たちは、わたしがここにいるのを望んでいらっしゃるのよ」無意識《むいしき》のうちに、ホリーは首にかけたペンダントに指をのばしていた。「ありがとう」雪にささやいた。

「今日はすごい日だな」ジェレミーがいった。

ホリーはぴょんと立ちあがると、うれしそうにいった。「さあ！　仕事にもどりましょう！」

「クライナーさんがスープを買ってもどられるまで、休んでいたほうがいいんじゃないでしょうか」ツンドラが提案《ていあん》した。「そうすれば、いらぬ説明をしないですみます」

「まあ！」ホリーはまたぺたりと床《ゆか》にすわりこんだ。「それもそうね！」

「これはどう説明するつもり？」ジェレミーが両手をふって、棚《たな》やテーブルにそっと積もりはじめた雪を指した。

ホリーとツンドラはうろたえておたがいを見つめた。けれども、室内にふる雪のいい説明を思いつかないうちに、店のドアがチリンチリンと鳴った。クライナーさんが自分のまわりにうずまく雪をぽかんと見つめながら、立ちつくしている。手にしていた紙袋《かみぶくろ》がぽとりと床に落ちた。なにもいわずに、クライナーさんはこの雪景色をながめている。手袋をはめた手をさしだして、雪片《せっぺん》を受けとめてみた。じっと調べていると、眉間《みけん》のしわがますます深くなった。雪が溶《と》けてふっと消えると、ホリーのほうを問いつめるように見た。それから、なにくわぬ顔をしているツンドラのほうに視線《しせん》を移《うつ》した。それからまたホリーのほうを向いていった。「これには、わけがあるのでしょうな」

「魔法《まほう》ですわ」ホリーは簡単《かんたん》に答えた。

クライナーさんはうなずいた。手をのばして落とした紙袋《かみぶくろ》を拾い、起きあがったときにはふつうの顔にもどっていた。「そう思いましたよ」そしてホリーに紙袋をわたした。「ミートパイは？」ホリーはクライナーさんに目を向けたまま、期待をこめてうなずいた。「にんじんスープもいかがかな？　体にいいですぞ。どうやってこの魔法をかけたのかはききませんが、解《と》くことはできるんですか、クロースさん？」

「できないと思います」ホリーは目を落とした。

「それではこうしましょう、クロースさん、あなたと――」

ドアのベルが特別大きな音をたてた。八歳《さい》ぐらいのふたりの子どもが、手をつないで店に飛びこんできた。目はちらちら舞《ま》う雪にくぎづけになり、口はびっくりしてあんぐり開いている。色とりどりの包みをかかえた元気のよい女性《じょせい》がそのあとから入ってきて、大きな声でいった。「エドワード！　マイケル！　勝手にお店に入っていかないで、って何度いったらわかるの！」女性はふたりの男の子の肩《かた》をつかむと、ぐいっとひっぱった。

「だってママ！」ふたりの男の子は声をそろえていい、「見てよ！」と、雪のかぶったおもちゃと宙《ちゅう》に舞う雪を指さした。

元気のいい女性《じょせい》は見あげると、なにが起こっているのかのみこめないまま、また男の子たちをぐいっとひっぱり、それからもう一度よく見つめた。「まあ！　こんなことって、あるのかしら？」女性はそっといって、また見つめた。「いったいどうやってるんです？」女性はクライナーさんのほうを向き、クライナーさんはホリーに助けを求めた。

「魔法《まほう》ですわ、奥様《おくさま》。クリスマスの魔法です」ホリーは答えた。

女性はにっこりと笑った。「そうなんですか。エドワード、マイケル、これは魔法の雪なのよ。きっとサンタ・クロースからの贈《おく》り物《もの》ね！」ふたりの男の子はうなずいた。これはたいていの大人がする説明より、ずっとわかりやすかった。「見てごらんなさい」母親は楽しそうにいった。「ほら、兵隊さんたちがいるわ！　あんなのがほしかったんじゃない？」

店のドアがまたチリンチリンと鳴った。上品な黒いコートを着た、やせた男の子が立っていて、めがねの奥でひとみをかがやかせている。「見て、カーストンさん。雪がふってる！」

「そんなはずは！」背《せ》が高くて、やさしい顔をした男の人が、つづいて入ってきた。「なんということだ！　きみのいうとおりだな、マーティン！　いったいどうやって――？」

男の人は、うるさい女の子たちに押《お》しのけられた。一人、二人、三人、四人、五人もいる。みんなあったかそうなコートを着て、どの子もいばっている。その子たちの先生が、息を切らせながらついてきた。「みなさん！　みなさん！　まあ、なんてことでしょう！　お父様にいいつけますよ！　きゃあきゃあ叫《さけ》びながら通りを走ったりして！　まったく！　もう！」それから目の前の景色を見て、だまりこんだ。けれども女の子たちはそうはならなかった。雪を見て叫び、店の中でちりぢりになって、雪のかぶったおもちゃをひとつずつ調べにかかった。

茶色いコートを着て目をぱちくりしている紳士《しんし》。びっしょりぬれた帽子《ぼうし》をかぶった、びっくりしている若《わか》い女性《じょせい》。やさしいおじいちゃんをひっぱっている三人の孫《まご》たち。ばあやの背中《せなか》におぶさってバブバブいっている赤ちゃん。ぼろを着た四人のきたない男の子たちは、ジェレミーにあいさつし、すごいなあ、どうやったんだよ、といっている。三人の太った金髪《きんぱつ》の子どもたちは、床《ゆか》をころげまわって喜びをあらわした。体の冷えきった女の子は、きらきらするひとみで雪の舞《ま》うのを見ていたが、やがてホリーにそっと手わたされたミートパイを持って、こっそり店を出ていった。

クライナーさんは、うたがっていたことなどすっかり忘《わす》れて、あちらこちらへと飛びまわり、子どもたちのために、クマやコマ、汽車やスケートを下ろしてあげていた。ホリーもいそがしく子どもたちのところにおもちゃを運んできたり、ときには子どもたちをおもちゃのところに運んでいったりした。特別な直感が働くのか、どの子にもぴったり合うおもちゃがわかるのだった。上品なやせた男の子は、理科の実験セットをつかんで帰り、うるさい女の子たちはあわれな先生に、太鼓《たいこ》をたたきながらはねるブリキの犬をひとつずつ買ってくれたら、午後じゅういい子にしていると約束した。ホリーは、この子たちがおとなしくなるなんてことあるかしら、と思ったが、それでもブリキの犬を五つ探《さが》しだし、笑顔《えがお》で女の子たちを見送った。パパが見たら喜ぶのに、とホリーは思った。ニコラスは、ちょっぴりわんぱくで元気な子どもたちが大好きだったからだ。目をぱちくりしていた紳士は、甥《おい》に消防車《しょうぼうしゃ》を買った。背中におぶさっていた赤ちゃんには新しいウサギのぬいぐるみが与《あた》えられたが、さっそくよだれで汚《よご》していた。四人のぼろを着た男の子たちは、かつてはぼろを着ていた男の子だったクライナーさんの厚意《こうい》で、それぞれ片手《かたて》にいっぱいキャンディーをもらって帰った。やさしいおじいちゃんは、実は熱烈《ねつれつ》な鉄道マニアで、鉄道のおもちゃ一式を孫《まご》たちに買ってやった。太った金髪《きんぱつ》の三人は、しばらく姿《すがた》を消したかと思うと、背《せ》の高い太った金髪の母親を連れてもどってきて、そりを三つと、スケート靴《ぐつ》を三足と、太鼓《たいこ》を三つ買ってもらった。

このお客さんたちが帰ってしまうと、またちがうお客さんたちが入ってきて、ふしぎな店に感動する人々は増《ふ》える一方だった。ドアのベルがチリンチリンとうるさいので、クライナーさんはとうとうドアを開けはなしたままにしておいた。そうしておいても温度はとくに変わらなかったからだ。人々は次から次へと足を止め、のぞきこみ、びっくりして店に入り、にっこりして、真新しいおもちゃを手に帰っていった。ホリーとクライナーさんはあまりのいそがしさに、話をするひまもなく、何年もいっしょに働いてきた相棒《あいぼう》のように、ほんの一言二言で、いいたいことを伝えあっていた。ジェレミーでさえ、茶色い紙で品物を包み、赤いリボンをかけて、翌朝《よくあさ》配達とメモすることも、サッサッとできるようになった。

ツンドラだけは見ていた。黒いベストを着た背の高い男性《だんせい》が階段《かいだん》を下りてくるのを。そして、雪や光にあふれた楽しい雰囲気《ふんいき》を見て、半開きの目がキラリと光り、くちびるがぎゅっと結ばれるのを。手袋《てぶくろ》をはめた長い指が手すりを支《ささ》える柱をつかみ、なにかを探《さが》すように店じゅうを見まわして、やっと見つけたとでもいうように視線《しせん》をホリーに注ぐところを。

ちょうどそのとき、ホリーは小さな子どもを抱《だ》きかかえて棚《たな》の前に行き、キリンとゾウのどちらがいいか選ばせていて、まったく気がついていなかった。けれども、ふりかえって灰色《はいいろ》の目と出合ったとき、魂《たましい》までくだけてしまいそうな気がした。この人を知ってる、すぐにホリーはそう思った。ずっとこの人を知っていた。子どもを抱《だ》く手をゆるめると、急いで床《ゆか》に下ろした。暗いひとみがホリーをまだ見つめ、髪《かみ》やほほをじりじりと焼いているような気がした。

どうしたのかしら？　両手がふるえているのに気づいて、ホリーは思った。ふつうの顔をしていなくちゃ、と思い、立ちあがった。買い物客たちの波にもまれながら、古くからの友だちの姿《すがた》を見て安心したくなった。しかし、ツンドラはこのとき、安心させる姿ではなかった。足をふんばって、階段《かいだん》の上にあらわれた男をにらみつけ、少しの動きも見のがすまいとしていた。ホリーはツンドラを見つめた。こんなツンドラを見るのは初めてだ。急にそれがなんであるかわかった。狩《か》りをするときの姿だ。

ホリーはツンドラのとなりへ急ぎ、たしなめた。「やめて。どうしてそんなかっこうをしてるの？　どうしたっていうの？　ううん、答えなくてもいいわ」近くのお客さんを心配そうに見やりながらホリーはいった。ツンドラはおとなしくすわったが、けっして男から目をそらそうとはしなかった。

「クロースさん！」クライナーさんが呼《よ》んでいる。「こちらへ。キャロルさんをご紹介《しょうかい》しますよ」

ホリーはほほがかっと熱《あつ》くなるのを感じながら、店の中を横切っていった。クライナーさんが午後のできごとをぺちゃくちゃしゃべっているあいだ、キャロルさんはだまっていた。店に舞《ま》うふしぎな雪のことにさえ、ふれなかった。クライナーさんは、ますます必死になってしゃべり、ようやくホリーがとなりにたどりついたときには、ほっとしたように明るくいった。「こちらが、今お話しした目をみはるようなできごとの数々を引き起こした張本人《ちょうほんにん》ですよ。クロースさん、キャロルさんをご紹介《しょうかい》させてください。キャロルさん、こちらがクロースさんです」

キャロルさんは、ふたたび灰色《はいいろ》の目をホリーに向けた。するとまた、無意識《むいしき》のうちに思ってしまう。わたしはこの人を知っている、と。この人は、わたしをぜったいに許《ゆる》さない、というように見ているわ。でも、わたしがなにをしたというのかしら？

笑顔《えがお》のようなものを浮《う》かべ、けれどもちっともうれしくなさそうに、キャロルさんはちょっと頭を下げると、手袋《てぶくろ》をした手をさしだした。「お目にかかれて光栄です、クロースさん」

第十八章

ホリーは去っていく黒い上着を、ちょっぴりがっかりしながら見送った。あの人は、なんのそぶりも見せなかった。ホリーを見てもふだんと変わりないようすで、ちょっとした遠慮《えんりょ》みたいなものさえ見せなかったのだ。でも、遠慮する必要なんてあるのかしら？　ホリーは自分に問いかけた。ばかげているわ。あの人のことは知らないし、あの人もわたしを知らない。わたしはこの店で働くただの売り子じゃないの。バス夫人《ふじん》とそのつま先ほども気にしてないのよ。バス夫人と謎《なぞ》のつま先のことに思いをはせたホリーは、急におかしくなった。そして、混《こ》みあった通路のほうへ顔を向けた。

手足の長い、ひょろっとした十代の少年がふたり、店の中を歩いていた。ふたりのあいだには、細い手を兄たちににぎられた、かよわい小さな女の子がいた。六歳《さい》にもなっていないようだ。病弱そうな顔を見つめながら、ホリーは心配になった。女の子が楽に手をつなげるように、少年たちは少し前かがみにならないといけなかったが、ふたりとも喜んでそうしているのがよくわかった。女の子が望めば、逆立《さかだ》ちだってしかねなかった。

「寒かったらいうんだぞ、フィービー」背《せ》の高いほうの少年がいった。

「わかった。そんなに寒くない」女の子は小さい声でいった。

「十分で帰るようにって、母さんにいわれたんだ」もうひとりの少年が落ち着きなくいった。「もう十分以上たってる」

「でも、疲《つか》れてないもん、ジョージー。ほんとよ」

「でも母さんにいわれたんだから、フィーブ」少年はたのみこむようにいった。

女の子の目に涙《なみだ》があふれた。ホリーはその疲れた顔に、幼《おさな》いころの自分を重ねた。病気のせいで、また、ホリーの幸せだけを願うまわりの大人たちによって、何度も何度も、さまたげられたり、あきらめさせられたりしたことを。愛情《あいじょう》という名のもとに閉《と》じこめられている者の気持ちを、ホリーは痛《いた》いほどわかっていた。

ホリーは三人に近づいた。少年たちは、どうしたらいいかという顔を向けた。ホリーはにっこり笑いかけて、フィービーの背の高さに合わせてひざまずいた。「すてきでしょ?」雪を指さしながら、ホリーはいった。

女の子はうなずいた。

「見て。つかまえてごらん」ホリーは雪片《せっぺん》をさしだした。「溶《と》けないのよ。消えちゃうの――ひゅって!」それから小さな声でいった。「魔法《まほう》なの」

フィービーの目が大きくなった。「魔法なんて初めて見た」

「でも、あると信じてたでしょう?」

　女の子はまたうなずいた。

「秘密《ひみつ》を知りたい?」またうなずく。「この雪はね、わたしの病気をよくしてくれるの。わたしの体を冷やしておくために、いつもいっしょにいてくれるのよ」

　フィービーは、ふしぎそうな顔をした。「わたしはいつもあったかくしていなさい、っていわれるのに」

「病気がちがうと、治しかたもちがうのよ。あなたはあったかく、わたしは冷たくしていないといけないのね。でも、ここでいっしょに遊べるわね。わたしがいるかぎり、雪はふってるわ。だから、もし明日来たら、また雪が見られるわよ」

「もうよくなった?」

「ええ、とっても。すっかり元気になったわ」

　フィービーは兄たちを見あげ、それからホリーに耳うちした。「お医者さんはね、わたしはもう治らないっていってお母さんにいったの。お兄ちゃんたちにはいわないで」フィービーは上をちらっと見ていった。「きっと泣いちゃうから」

「じゃあ、元気になって、そのお医者さんをびっくりさせればいいわ」

　フィービーはちょっぴり笑った。「そうできたらいいな。先生ったら、わたしのお人形をぜんぶ焼いちゃったんだもん」

「焼いちゃったの?」ホリーはおどろいてたずねた。

フィービーはまじめな顔でうなずいた。

「こら、フィーブ、それはしょうがなかったんだろ？」大きいほうの兄がいった。「病気の菌《きん》がついてたんだから。焼くしかなかったんだ」

フィービーは、つんとあごをつきだした。「ぜんぶ焼くことなかったでしょ。テンパッツィーは残しておいてくれればよかったのに」

「おい、フィーブ。ほかのお医者さんだって、同じことをしたよ」

「人形ならまた買ってあげるから、フィーブ」年下の兄がいった。「ここならきっと、かわいい人形があるよ」

ホリーは、それはちがうとはいえなかった。「それが」もうしわけなさそうに口を開いた。「うちには、えっと――その――」そして、店の床《ゆか》を見まわした。すみのほうにホリーの手さげが置きっぱなしになっているのが見えた。「特別なお人形しかないの」立ちあがりながらホリーはいった。「棚《たな》にはならべてないのよ。見れば、その理由がわかるわ。五分だけ待ってもらえないかしら？その――えっと――用意しなくてはいけないから」

ふたりの少年は、こまったようにおたがいの顔を見た。「母さんから十分で帰ってこいっていわれたんです。でも、もう十分以上たってて」

「あと五分だけ。お願い」

「そうだなあ……」ふたりは決めかねてつぶやいた。

「うん」フィービーがまたあごをつきだしていった。「待ってる。そうしろっていうんなら、フランクのコートも着るから」

ホリーはもう手さげを手に、倉庫へとかけだしていた。静かな倉庫に入ると、不死の国から持ってきた磁器用《じきよう》のねんどを手さげの中からひっぱりだした。そして目を閉《と》じて、指でやわらかなねんどを形作りはじめた。目をかたく閉じたまま、ホリーはフィービーの顔を思い描《えが》いた。やせて疲《つか》れきった顔ではなく、バラ色で、元気で、少しがんこそうな顔だ。しばらくのあいだ指はなでたりひっぱったりして、形のないものに生き生きとした力を与《あた》えていった。フィービーの目にやどっていた力を。

ホリーは目を開けて、手元を見た。そうだ、これこそ健康《けんこう》で強い、フィービーが望むフィービーの姿《すがた》だった。人形の顔は丸くてふっくらとしていたが、意志《いし》の強そうなあごは今のフィービーのままだった。足もう骨《ほね》ばって折れそうな足ではない。走ったり、跳《と》んだり、スキップしたり、じだんだだって踏《ふ》めそうな足だ。ホリーはにっこりした。

でも、服はどうしよう？　はだかの人形では、フィービーは喜ばないだろう。ホリーは人形を置き、手さげの中を探《さが》した。レクシーが入れたスカーフがあった。青と緑で葉っぱを刺繍《ししゅう》した深紅《しんく》のシルクのスカーフだった。フィービーが着そうな柄《がら》ではないが、なにもないよりましだ。うす暗い部屋《へや》にはさみを探した。スカーフは切らないと使えない。近くにあった引き出しをあけてみたが、はさみはない。ホリーはあわてふためいてそこらじゅう引っかきまわしたが、はさみはなかった。人形の体にスカーフをそのまま巻《ま》きつけようか。人形の……。ホリーはテーブルの上を見て、びっくりして息をのんだ。人形はピンクのシルクのドレスを着て、青緑のサッシュベルトをつけていた。

黒い髪《かみ》が、茶色い目の上にふんわりとかかっている。ほほはほんのりピンク色で、腕《うで》の先には小さいが、しっかりした手がついている。ホリーの作ったがんじょうな足も、白いタイツと、ぴかぴかの革靴《かわぐつ》をはいていた。どこから見てもこの人形は、すばらしい冒険《ぼうけん》からひょっこり帰ってきたようだった。

ホリーはじっと見た。首にかけているペンダントに無意識《むいしき》に指をのばしたのは、その日二度目だった。「ありがとう」びっくりして人形を見つめながら、そっとつぶやいた。そのとたん、わかったのだ。これはフィービーの夢《ゆめ》だ。この人形は、あの子が失ったたくさんの人形のかわりというだけではない。あの子の希望を形にしたものだった。これこそ、わたしのするべきことだわ、とホリーは思った。このためにわたしは来たのよ。

ホリーは急いで人形を抱《だ》きあげると、店にかけもどった。そこにはあの三人がいた。ふたりの兄たちが、もう行こうよ、と説得している。フィービーは兄たちの顔を見ては、首をふっていた。ホリーはそちらのほうへ小走りで行くと、女の子の前にひざまずいた。「見て、あなたの人形を見つけたわ」

にっこり笑っている人形を見て、フィービーの目はおどろきでまんまるになった。「わたしだ」フィービーはつぶやいた。「わたしだ！」

兄たちもどれどれとのぞきこんだ。「すごいや！　フィーブ！　おまえじゃないか！」フランクが叫《さけ》んだ。

「でも、太ってるし、大きいよ」フィービーが人形のふっくらしたほほにふれながらいった。

「元気になってる」

「そうよ」ホリーがいった。「きっともうすぐそうなるわよ」

ふたりの少年は用心深く目配《めくば》せしあったが、フィービーはすっかり有頂天《うちょうてん》になっていた。満足そうににっこり笑い、両手にしっかりと人形をかかえている。「大きくなったら、ぜったいこういうドレスを着るんだ」

「この人形をください」ジョージがホリーにいった。それから、不安そうにきいた。「いくらですか？」

ホリーはほほえんだ。「お代はいりません。もともとフィービーのものですもの」

フィービーは、人形から目をはなして、ホリーに感謝《かんしゃ》の笑《え》みを見せた。「ありがとう、おねえちゃん。わたしのお人形を見つけてくれてありがとう」

「どういたしまして、フィービー」

ホリーは、少年たちが妹の手を引いて店を出ていくのを見ていた。ウィンドウのところで三人は立ちどまり、フィービーは人形の片手《かたて》を上げて、バイバイをさせた。

「どうやったの？」すぐわきで、小さな声がした。ジェレミーだった。「奥《おく》にあんな人形なかったろ？」

ホリーは、秘密《ひみつ》めかして、ジェレミーのほうに体をかたむけた。「内緒《ないしょ》よ、ジェレミー。種明かしできそうにないもの。ほんとにわからないの」ホリーはくすくす笑いながらいった。

「あの子さ――人形をもらったら、とたんに弱々しくなくなったぜ」ジェレミーは考えこむようにいった。「あとでリシーにもひとつ作ってやってくれよ。ちょっとは元気になるかもしれない」

「公園の子どもたちには、みんなに作ってあげるつもりよ、ジェレミー。約束するわ。まずリシーにね」

けれども、その前に増《ふ》えつづけるお客さんの応対《おうたい》をしなければならなかった。ホリーとジェレミーとクライナーさんは、協力しあって働いた。やがて午後がすぎていき、街灯がつきはじめる時間になった。もうほとんどが家に帰り、店にはお客さんがふたりだけになった。老人と女の子だ。

ホリーが立体幻灯機《げんとうき》の陳列《ちんれつ》を直していると、聞いたことのある声が店にひびいた。「これでおもちゃ屋というのかね？　人形をひとつも置いてないくせに、まるで詐欺《さぎ》じゃないか！」

「おじいちゃん、お人形なんてもういらない。こっちの小さな図書館のほうがいい。ね？　こんなにかわいい本棚《ほんだな》もついてるのよ。見て、ぴったりはまるの」

「ルイーズ、図書館なんてほしくないのに、そんなふりをせんでもいい。人形がほしいんだろう。おもちゃ屋のくせに人形を置いていないとは、けしからんことだ」老人はあたりに舞《ま》う雪を、うるさそうに手ではらった。

「うへえ」ジェレミーがささやいた。「マックエルヘニーさんとこに来てた、あのいばりんぼじゃないか」

スターリングさんはここでも、公園のソーセージ屋にいたときと同じくらい怒《おこ》っていた。顔は怒《いか》りでこわばり、ほほはゆでたロブスターみたいに真っ赤だった。まだそばにいる孫《まご》むすめのほほもピンク色だったが、それははずかしさのせいだった。老人がクライナーさんに向かってわめきつづけるあいだ、孫《まご》むすめはうなだれていた。

がみがみいわれているクライナーさんも気の毒だったが、ホリーはルイーズの苦しみのほうに引きつけられた。そして、そばへかけよった。ルイーズは、ふちに毛のついた紺色《こんいろ》のあたたかそうなウールのコートを着ていたが、ホリーが見たこともないくらいみじめな顔をしていた。きれいに整えられた巻《ま》き毛《げ》が、はずかしさで燃《も》えるような顔をかくしてはいたものの、となりにしゃがみこむと、傷《きず》ついた目が見えた。

ホリーは立ちあがっていった。「実をいいますと、この店にも人形はございます。ですが、特別な人形ですので、棚《たな》にならべることができないんです。もしよろしかったらお孫さんにひとつ持ってまいりますが」

スターリングさんは、がなりたてるのをやめて、怒《いか》り以外の表《ひょう》情《じょう》をとりつくろおうとしているようだった。「ふん、そうだな。すぐに持ってこい」

「お願いします」ルイーズがそっとつけ足した。

クライナーさんは、いいかえそうと思って開けた口を、また閉《と》じた。「しばらくお待ちを」とスターリングさんにいった。

五分後――ちょうどスターリングさんが、「適当《てきとう》なことをいってごまかすとは、無礼きわまりない店だ」とあざ笑おうとしていたとき、ホリーがもどってきた。スターリングさんは、やっと静かになった。というのもホリーが腕《うで》に、孫むすめそっくりの人形をかかえていたからだ。やわらかくカールした黒髪《くろかみ》、明るい茶色の目、やさしげな口は、ルイーズそのものだった。だが、人形のルイーズはバレリーナだった。まばゆいスパンコールがついたごくうすい布《ぬの》の、ふわりとしたすそのドレスを着て、白いサテンのトウシューズをはいている。足はほっそりとして、腕《うで》は優雅《ゆうが》にわきに休めている。口は閉《と》じておすまししており、目にはおどおどした表情《ひょうじょう》ではなく、落ち着いた決意のようなものが感じられた。

「このくだらないものはなんだ？」ふるえる指で人形をさして、スターリングさんが叫《さけ》んだ。けれども、孫《まご》むすめの感動したような声が、それ以上はいわせなかった。

「どうしてわかったの？」ホリーのほうを向いた。祖父《そふ》がこわいという気持ちよりも、おどろきのほうがまさっているようだった。「わたしがバレリーナになりたいって、どうしてわかったの？ずっとなりたいと思っていたの！」

「わかるわ。あなたの歩き方でわかるわよ」

「たわけたことを！　まったくのでたらめだ。バレリーナなんかになりたくないだろう、ルイーズ。わしの孫むすめはバレリーナになんかならん。なにをたくらんでおるのか知らんが」スターリングさんはホリーのほうを向いた。「その手には乗らんぞ！」

「この人にそんなふうにいわないで！」ルイーズの声に、みんなおどろいた。スターリングさんはあっけにとられた。「どうしてわかったのか知らないけど、でもそうなの。わたし、バレリーナになりたいの。毎週、フィンキン先生のところでワルツを習っているでしょう？　でもほんとうはこっそり廊下《ろうか》の反対側のお教室でバレエを習っているのよ。それにわたし、うまいの」ルイーズはきっぱりといった。「とってもうまいのよ。だからバレリーナになる。バレリーナになっても」祖父《そふ》のほうに手をのばした。「わたしはずっとおじいちゃんの孫《まご》むすめよ」

もし、自分の顔から鼻がもげて、そのまま店を出ていったとしても、今ほどスターリングさんはおどろかなかっただろう。スターリングさんは大爆発《だいばくはつ》にそなえて、準備《じゅんび》しているように見えた。声をためこんで、口を開けたが、急にその口を閉《と》じた。そして、とつぜん、誇《ほこ》らしげな表情《ひょうじょう》になった。「そうか、ルイーズ。おまえにもスターリング家の血が流れているようだな」そして軽くルイーズの背中《せなか》をたたいた。「ほんとうに内緒《ないしょ》でバレエのレッスンを受けてたのか？」スターリングさんは感心したようにいった。

「ええ、おじいちゃん」やっと少しほほえんで、ルイーズがいった。

これがスターリングさんを最高にいい気分にさせたらしい。「はは！　父親にそっくりだ！　はは！　スターリング家の血をあなどってはいかんな！　はは！」

ホリーはにっこり笑って、その場をはなれた。人形が道を示《しめ》し、人々が歩きはじめたのだと思った。夢《ゆめ》でできた人形。その思いはホリーの中で芽生《めば》え、燃《も》えあがった。ええ、そうよ、これだわ。ああ、このことをパパに伝えられたら。人形たちは、子どもたちの道しるべになるのよ。夢に向かってみちびいてくれるんだわ。

ホリーは、用心深くクライナーさんのほうを見た。きっとあきれているだろうと思ったが、そうではなかった。それどころか、うれしそうだった。ふたりの目が合った。クライナーさんは、魔法《まほう》の雪を見あげ、それからルイーズの夢の人形を見た。そして、なにもいわずにポケットから鍵《かぎ》を取りだして、ホリーにわたした。それは店の鍵だった。

「このすばらしい人形はおいくらかね？」スターリングさんがいっている。

ホリーが口を開きかけたが、クライナーさんがさっとあいだに入った。「四ドルでございます」

「けっこう」スターリングさんは、お札を取りだした。ルイーズは祖父《そふ》とならんで店から出ていくとき、ふりむいてホリーにさよならをいった。

「ありがとう。このお人形のおかげで、バレリーナになる自信が持てた」

もうすっかり日も暮《く》れた。クライナーさんが店のドアを閉《し》め、みんなで翌日《よくじつ》のために店をかたづけた。働きながら、ホリーは体にいいにんじんスープを飲み、おいしいケーキをほおばった。ホリーとジェレミーは食べものを分けあいながら、機械じかけの動物たちの群《む》れを一列にきれいにならべた。

クライナーさんが、現金箱《げんきんばこ》の中のお金を数えた。「こんなに売れたのは初めてです！」めがねを頭にのせながら、もう一度お金を数えた。「クロースさん、あなたという人もその力も謎《なぞ》だらけですが、心から感謝《かんしゃ》します！　なにも質問《しつもん》したりしないと約束しますよ。そのほうがよろしいでしょう」

「うれしいおことば、ありがとうございます、クライナーさん」ホリーは遠慮《えんりょ》がちにいった。それからひと息入れると、「お願いしてもいいでしょうか？」ときいた。

「もちろんです、クロースさん」もう一度お金を計算しながらいった。ほんとうに信じられないくらいの売り上げだった。

「ここに泊《と》まってもいいでしょうか？　倉庫でいいんです。どこにも行くところがなくて」

クライナーさんは顔を上げた。「ああ、そういうことですか」と同情《どうじょう》するようにいった。「わたしなら、喜んでどうぞといいますが、キャロルさんがお許《ゆる》しにならないでしょう。あの方は――あの方は、ひとりでいるのがお好きですからな。このすぐ上に住んでおられるのですよ。いやいや、お許しになるはずがありません。ふたりともクビになってしまいます。ですが」クライナーさんは少し明るい顔になってつづけた。「わたしの家にならお貸《か》しできる部屋《へや》がございます。妻《つま》とわたしは、下宿屋《げしゅくや》をやっておりましてね――ちゃんとした宿ですよ――ちょうどひと部屋空《あ》いておるのです。店にも近くて、ほんの何ブロックか先ですから」

「ゼニがなあ」ジェレミーが大声でいった。

「なんだって？」クライナーさんがいった。

「ゼニだよ。持ってないんだ、お金をさ」

「なんだ！　それなら簡単《かんたん》に解決《かいけつ》できます」そういうと、ポケットから四ドルを取りだした。「これはすべてあなたのですよ、クロースさん。あなたが人形を作って、利益《りえき》を得たのですからな。これで一週間分の部屋代と食事代はじゅうぶん出ます。たいしてりっぱな宿でもありませんが、まあ暮《く》らせるでしょう。それから、もっとお給料の前借りがしたかったら、喜んで相談《そうだん》にのりますよ」

「これでじゅうぶんですわ」ホリーはうれしくなった。わたしはお金をかせいでいる――人間みたいに！

「それでは、すぐに妻に紹介《しょうかい》しましょう」クライナーさんはつづけた。「ほんとうなら、喜んでお連れしたいのですが、今夜はあいにく――」どこかうれしそうに笑った。「急ぎの用事がありまして。だが、ジェレミーがお連れできるでしょう。だいじょうぶだな、ジェレミー？　うちがわかるだろ？」

ジェレミーが引きうけることになった。そして、ジェレミーが午後分のお給料をもらっているあいだに、ホリーは倉庫に行って、赤味がかった金色の巻き毛《まげ》の上にしっかりと緑色の帽子《ぼうし》をかぶり、ふくらんだ手さげをかかえてもどってきた。帰りじたくができたころ、ドアをそっとノックする音がひびいた。カウンターのうしろから、クライナーさんはガラスに映《うつ》る黒い影《かげ》を不安そうに見つめた。「キャロルさんですか？」と呼《よ》びかけた。

返事はない。またノックが聞こえた。

クライナーさんは丸いすからすべりおりて、ドアに近づいた。「キャロルさんなんですか？」用心深くいい、鍵《かぎ》をまわした。

なめらかな声が答えた。「ハンター・ハートマンと申す者です。クライナーさんですな。お会いできてうれしいです。バーンズさんからおたくのお店を紹介《しょうかい》されましてね。ピッツバーグのルシアス・バーンズさんですよ」じりじりと店の中に入りこみながら、ハートマンさんはクライナーさんを親しげにじっと見ていた。

「ああ」クライナーさんは、そわそわといった。「バーンズさんはお元気で？」

「腰痛《ようつう》であまりよくないようですよ」ハンター・ハートマンは関心がなさそうに答え、店を見まわした。「バーンズさんのいったとおりですな。この店はたしかにおとぎの国だ」あたたかな笑顔《えがお》を浮《う》かべ、まわりで見ているひとりひとりにやわらかな視線《しせん》を注ぐ。その目がツンドラの上でほんのしばらく止まり、また動いた。「それに、わたしが探《さが》していたとおりの店だ。ある事業《じぎょう》のために、かなりの数のおもちゃが必要でしてね」ふたたびハートマンさんの視線《しせん》はみんなを包み、笑顔《えがお》はさらにあたたかさを増《ま》した。「バーンズさんに、キャロルさんの店なら、わたしの仕事にかなうだろうといわれたんですよ。で、来てみたら――」と両手を広げた。「たしかにそうだ！」

外の暗い道から、コツコツという足音がひびいた。それが止まったと思ったら、キャロルさんが店に入ってきた。キャロルさんもみんなを見まわしたが、その目にあたたかさは感じられなかった。ホリーは自分でも気づかないうちにあとずさりして、背中《せなか》を冷たいガラスケースに押《お》しつけた。キャロルさんの目がハートマンさんの親しげな顔をじろじろ見ているあいだ、ホリーは催眠術《さいみんじゅつ》でもかけられたように動けなくなってしまった。「なにごとだ？」キャロルさんの声は低く、ゆるぎなかった。

「こちらはハート――ハートマンさんです」クライナーさんがいいかけたが、さえぎられた。

「ハンター・ハートマンです。よろしく」片手《かたて》をのばしながらいった。少したらめったものの、キャロルさんも手を出してにぎった。「おもちゃが必要でしてな。わたしとクライナーさんの共通の知人が、わたしの関わっている事業を知って、ここで買ってはどうかといってくれたのですよ。あなたの店でね」

「どうしてこの店がぼくのものだと思うのですか？」キャロルさんはよそよそしく答えた。

ハートマンさんの灰色《はいいろ》の目が一瞬《いっしゅん》怒りに燃《も》えたが、すぐに陽気な笑顔にのみこまれた。「あなたがキャロルさんでしょう？」

キャロルさんは軽くうなずいた。

「ほら！　あたりでしょう！　それでは、そろそろ買い物をはじめてもよろしいかな？　時は金なりと申しますから。きっとこちらの若《わか》いお嬢《じょう》さんが——」人なつっこい目が、ホリーの緑色の大きな目からくちびるへと移動《いどう》した。「買い物を手伝ってくださるでしょう」

ツンドラが、ホリーのひざにぎゅっと体を押《お》しつけた。のどの奥《おく》で低くうなり声をあげているのが聞こえる。「喜んで——」ホリーはゆっくりといいかけた。

「もう閉店《へいてん》です」キャロルさんが、ホリーのほうは見もせずに、ぶっきらぼうにいった。

「ご主人！　お手間をかける分には、ちゃんとお礼をいたしますから！」

「もう閉店です」キャロルさんはくりかえした。「明日の朝、九時に開けますので。どうぞ、お帰りになってください。おやすみなさい」直立不動《ちょくりつふどう》で、店にそれ以上入らせないよう通路をふさいだ。

短い沈黙《ちんもく》があった。ハートマンさんはかたい表情《ひょうじょう》でうなずき、出ていった。

「おやすみ、キャロルさん」その場の緊張《きんちょう》をやわらげるように、ジェレミーがいった。

商売のチャンスを失って後悔《こうかい》する一方で、ハートマンさんから解放《かいほう》されてほっとしたクライナーさんは、雇《やと》い主《ぬし》にあいさつしてから、凍《い》てつく空気の中へ、ため息とともに出ていった。

ホリーは最後にもう一度、キャロルさんを見ずにはいられなかった。キャロルさんはツンドラをじっと見ていて、ツンドラもじっと見かえしている。「わたしの犬で、ツンドラといいます」なにかいわなくちゃと思って、ホリーはうっかり口にした。

見あげたキャロルさんの目には、もう怒《いか》りはなく、かわりに疲《つか》れが見てとれた。だが、ホリーのひと言に、一瞬《いっしゅん》にこっとしてみせた。「ぼくをばかにしてるのかい、クロースさん?」

「どういうことですか?」ホリーはしどろもどろでいった。

「それはオオカミじゃないか。おやすみ、クロースさん」ちょっと頭を下げると、くるりと向きを変えて、うす暗い階段《かいだん》のほうへと歩いていった。

外では、ハートマンさんが待っていた。ホリーが出ていくと、クライナーさんと話しこんでいた。近づいていくホリーに、ハートマンさんは大げさな笑《え》みを浮《う》かべた。「この美しい助手の方を紹介《しょうかい》していただけますかな?」

クライナーさんはうなずいた。「クロースさんです、ハートマンさん。ハートマンさんは、明日またいらして、買い物をされるそうです」

ホリーの手を取り、ハートマンさんはふかぶかと頭を下げた。「お目にかかれて光栄です、クロースさん。クライナーさんによると、おもちゃのことにたいへんおくわしいそうですな。安心してすべてをあなたの手におまかせできますよ。とはいっても」手袋《てぶくろ》をした手でまだにぎっているホリーの手を見おろしていった。「こんな重荷を負わせるには、美しすぎる手だが」

そのことばは宙《ちゅう》に浮《う》いたままになり、ハートマンさんはにっこりとみんなを見まわした。クライナーさんがせきばらいをした。「すみませんが、もう行かなくてはなりません。用事がありますので」そういって暗い道を急いでかけていった。

「それでは、わたしに送らせてもらえますかな?」ハートマンさんがいった。「こんな時間に若《わか》い女性《じょせい》がひとり歩きをしてはいけない」

　ツンドラがホリーの足元にどっかりとすわったときには、ホリーはもうことわりはじめていた。

「いいえ、けっこうです、ハートマンさん。今夜はジェレミーが送ってくれますから」ホリーはジェレミーに笑いかけた。「この子がいないと、どこへ行っていいかもわからないんです」

「そうだよ、行こう、ホリー」ジェレミーがとつぜんいった。「もう行かないと。きっと七時すぎてるよ」

　ハートマンさんはベストからきらめく懐中《かいちゅう》時計を取りだした。「十五分すぎですな」

「そうね、行きましょう、ジェレミー。おやすみなさい、ハートマンさん」

「クロースさん？」ハートマンさんが手をのばして、ホリーを止めた。「クロースさん、こんなことをいうのはずうずうしいのですが、あなたにここでお会いできて、まるで乾《かわ》ききった砂漠《さばく》のまんなかで、美しい花を見つけたような気分です。宮中晩餐会《きゅうちゅうばんさんかい》、舞踏会《ぶとうかい》、社交界、歓迎会《かんげいかい》、さまざまな場にまいりましたが、あなたのように美しい方にはお目にかかったことがない。こんなことを申しあげて、無礼をお許《ゆる》しください」といって、ハートマンさんはふかぶかと頭を下げた。

　ホリーはにっこりした。「許しますよ。それでは、ほんとうにおやすみなさい」ホリー、ツンドラ、ジェレミーは、その場をはなれ、まもなく暗やみの中に消えた。

　ハートマンさんはそのうしろ姿《すがた》を見送った。「また明日」

第十九章

馬車は古くてガタガタしており、御影石《みかげいし》の道で左右にゆれたが、みんな気にもとめなかった。前にある御者台《ぎょしゃだい》の小さな窓《まど》が開いて、大きな青い目が見えた。「この先に雪がありますんで。ご迷惑《めいわく》かけて、すいませんね」

「いいえ、かまいませんわ」ホリーはあいそよく答えた。のぞいていた目がぱちくりして、小さな窓はパタンと閉《し》まった。御者は片手《かたて》にシャベルを持って、席からよっこらしょとおりた。馬は二度足踏《あしぶ》みをして静かになった。ホリーはとなりを見た。「寒くない、ジェレミー？」

「おいらはだいじょうぶだよ。リッチな気分さ。馬車に乗るなんて、初めてだから」うれしそうにあくびをすると、すりきれた革《かわ》の座席《ざせき》に体を落ち着かせた。

ホリーはツンドラのほうを向いて、さっき中断《ちゅうだん》された会話のつづきをはじめた。「今まであの人には会ったこともないでしょう？　それなのにどうしてきらいだといいきれるの？」

「わかりません。なにか感じるのです――いやな感じがするんですよ」

「きっと人間が好きじゃないからよ」

「クライナーさんは好きですよ。ジェレミーのことも好きです。わたしを信じてくれなくてもね」

「もう信じてるって」ジェレミーがいいかえした。

「話をもとにもどすとね、ハートマンさんもキャロルさんもきらいなの？」

「あなたは？」

「そうね」ホリーは暗やみの中でにっこりした。「ハートマンさんについていえば、わたしのことをお嬢様《じょうさま》あつかいしてくださるのはうれしいわ」

「なんですって？」ツンドラは信じられないというようにいった。「砂漠《さばく》の花だといわれるのがうれしいんですか？」

「砂漠の花なんていわれたこと、一度もないんですもの」

「あなたの手をずいぶん長くにぎっていました」ツンドラはがんこにいった。「無礼です」

「まったく、なにをいってるの。まるでうるさいおばあさんみたいよ。ジェレミーは、ハートマンさんのことどう思う？」

「え？　そうだな、すごく金持ちなんじゃないかな。そのお金をキャロルさんの店で使おうとしてる。それ以外なにも思いつかないや。だけど、キャロルさんよりあいそがいいのはたしかだね」

「ああ、そうです、キャロルさんのこと」ツンドラがいった。ホリーはだまっていた。「ねえ、ホリー。キャロルさんもあなたをお嬢様気分にさせてくれますか？」

「いいえ」ホリーはためらいがちにいった。「なにかが起こったような、あるいは起こりそうな気はするわ。そこから逃《に》げようとしても、できないの。足が動かなくなってしまったみたいに。あの人から目がはなせない。あの人を知ってると思わずにはいられない。たしかにあの人を知っているわ」声が小さくなっていった。

ツンドラは身ぶるいした。あいつだ。背中《せなか》の毛が逆立《さかだ》った。ヘリカーンだ、あいつを止めなくては。手袋《てぶくろ》をした手が手すりを支える柱をつかみ、目が店を見まわして、ホリーの顔に注がれるようすが、思い出された。それから別の手袋をした手が、ホリーの手をにぎっているようすも。どちらがそうでもおかしくない、とツンドラは悩《なや》んだ。だれだってありうるのだ。ものすごいしかめつらをして、歩道をドスンドスンと歩いていく背の低い男がいる。あれがヘリカーンかもしれないのだ。それともジェレミーが――だとすると、なかなか巧妙《こうみょう》だ。こんなに子どもっぽく、むじゃきに見えるのだから。だが、わからないぞ。それにクライナーさんだっている。ホリーに同じ屋根の下に泊《と》まるようすすめたではないか？　それはうたがわしくないのか？　ツンドラの筋肉《きんにく》はうずいた。とびかかってなにかをたおし、しっかりつかまえて、そいつの首がぐらぐらになるまでゆさぶりたかった。いや、だめだ。深呼吸《しんこきゅう》をした。その可能性《かのうせい》はだれにでもある。だがホリーをこわがらせてはいけない。ツンドラは自分をたしなめた。よく見ているんだ。いつでもとびかかれるように。だが、はっきりするまで待つことだ。

ツンドラは頭をふって、うたがいを追いはらおうとした。するとホリーの声が聞こえた。「疲《つか》れたの、ジェレミー？　わたしのマントをまくらにする？　別にいらないから」

ジェレミーはのびをした。「いいや。そんなに疲れてないよ。おいらみたいに、外で暮《く》らしてるとさ、どこでだって眠《ねむ》れるんだ。ここは気持ちがいいからさあ」

ホリーはぼろぼろの内装《ないそう》を見まわした。ここが気持ちいいなんて。「プレゼントがあるのよ、ジェレミー」手さげに手をのばしながら、ホリーはいった。

ジェレミーは体を起こした。「おいらに?」小さな人形をわたされると、ジェレミーはかすれた声を出した。街灯のゆらゆらする光にかざして、じっとながめる。「わあ! あの人形じゃないか。ねえ、見てよ! おいらだ!」ジェレミーはかさかさの指で、ほお骨《ぼね》の張《は》ったにっこりした顔をこすった。「おいらだ。でも、上等のスーツを着てるぜ」御者《ぎょしゃ》が、雪かきを終えて御者台に登ってくると、馬車ががくんとゆれた。馬はまた疲《つか》れたように歩きはじめた。

「地上の男の子たちは、人形では遊ばないのよね」ホリーは心配そうにはじめた。「でも、これは形見《かたみ》に取っておいてほしくて」ホリーはジェレミーの顔を見たが、影《かげ》になって表情《ひょうじょう》は見えなかった。

「形見って?」しばらくするとジェレミーがきいた。

「そうね——会った人や、起こったことを思い出すためのもので——」

「形見なんていらない」ジェレミーは泣き声になっていた。「おいら、ホリーのことぜったい忘《わす》れないもの。プレゼントなんてもらったの、初めてだ。食べ物はもらったことあるけど、それとはちがう。こんなのをもらったら、ずっと大切にするよ」

「わかる?」ホリーは人形を持ちあげて、光にかざした。「これは、あなたよ。大きくなってお医者さんになったの。今と同じくらいすばらしくて、特別なあなただけど、でもなりたい姿《すがた》に成長してるのよ」

「医者に？」ジェレミーが用心深く笑った。「ほんと？　こんなふうになるってわけ？　おいらみたいな医者、いないと思うけどな」

「だから、これを作ったんじゃないの」ホリーはジェレミーの目を見つめていった。「あなたみたいなお医者さんだっているわ。まさにあなたみたいな人が」

ふたたび馬車の中に沈黙《ちんもく》が流れた。ジェレミーがひそかにほっぺたをこすっている。「ジェレミー？」

「なんでこんなことするの？　おいら、なにもしてないのに！」

「ジェレミー、ねえ、わたしがなにをしたっていうの？」

「かないっこない夢《ゆめ》を見させたりして！　この人形を見ると、『きみならできる、きみならりっぱな人になれる』っていわれてるみたいだ。けど、なれっこないんだ！」

「ジェレミー」ホリーはきっぱりとした声でいった。「あなたはもうりっぱな人よ。りっぱなんてもんじゃないわ。あの子どもたちのために、家を作った。ほんものの家よ。あの子たちの世話をして、この世に愛があることを教えた。あなたは、わたしがしたかったことをすべてやっているのよ。口ではいいあらわせないくらい、尊敬《そんけい》しているわ。あなたには世の中を変える力がある。あとは、なりたいものになれるんだって、信じるだけ――わたしはもう信じてるわ。マックエルヘニーさんだってそうよ。クライナーさんも。公園にいる子どもたちだって、みんなあなたのこと信じてるわ。あなたひとりだけが信じようとしないのよ。自分を信じなさい。見て！　将来《しょうらい》のあなたを見てごらんなさい！」ホリーが夢《ゆめ》の人形を持ちあげると、ジェレミーは考えこんだようすでじっと見つめた。

「おいらが世の中を変えられるって？」

「ええ」ホリーは力強くいった。

「ほんとうにできると思う？　学校に行って、いつか医者になれるって？」

「ええ」

「読み書きもできないんだぜ」

「おぼえればいいわ。知らないことはおぼえればいいの。もう知ってることは、教わりようがないでしょ」

また沈黙《ちんもく》があった。「学費のいらない学校ってのがあるって、聞いたことがあるんだ。クライナーさんが教えてくれた」

「まあ、ジェレミー！　すばらしいじゃないの！　近くにあるの？」

「知らない。それ以上、きいたことないからさ」

「どうして？」

「ちっちゃい子ばっかりだと思って――赤《あか》ん坊《ぼう》とか――そこにおいらだろ。ばかみたいじゃん」

今度はホリーがだまりこむ番だった。「気持ちはわかるわ」やがてゆっくりといった。「じっとおとなしくすわっていれば、ずっと楽だろうなって、よく思ったわ。でも、夢は大切なのよ。夢が枯《か》れてしまったら、心までこわれてしまうわ」

暗いすみっこにかくれていたツンドラが、うなだれた。今、むりに連れ帰ったら、もう二度とホリーは笑わなくなるだろう。油で汚《よご》れた窓《まど》を通して、ひどい寒さに着ぶくれした通行人たちを見ながら、ホリーが安全な家にとどまっていてくれたなら、と思わずにはいられなかった。

ドアが開くと、目の前に小柄《こがら》でふっくらした女性《じょせい》が立っていた。こげ茶色の髪《かみ》は耳の上にとかしつけられ、流行おくれのおだんごに結《ゆ》ってあった。三つの顔をながめる近視《きんし》らしき目は、やさしかった。「はい?」

「こんばんは、クライナーさんの奥《おく》さん」ジェレミーが答えた。「こちらはホリー・クロースさんといって、部屋《へや》を……」またたく間にジェレミーと奥さんは、満足のいくようにことを決めた。ホリーとツンドラはといえば、玄関先《げんかんさき》にただよってくるよだれの出そうないいにおいに、ぼうっとなっていた。

「居間《いま》においでなさいな、クロースさん。わんちゃんもどうぞ。いらっしゃい、ジェレミー。わたしも動物が好きなんですけどね、うちでは飼《か》ってないの。ごらんのとおり、人間のいるところさえほとんどないのに、ペットなんてとても」それはほんとうだった。居間は鉢植《はちう》えの木や花であふれていた。ドアのそばには真鍮《しんちゅう》のボウルからのびたブドウの木まであって、下がった花房《はなぶさ》が入っていくホリーの顔をこすった。ピアノは蘭《らん》のジャングルにうもれ、黒い馬の毛のソファの背もたれには、ザクロの実がかかっている。ツンドラは身をちぢめて、小さな棚《たな》とハランの鉢のあいだにもぐりこみ、いいにおいの元があらわれるのを待った。

「夫《おっと》の帰りを待ちましょう。ろうそくを持ってきてくれるから」奥さんはいった。玄関のドアがバタンと閉《し》まる音がした。「ほら、帰ってきましたよ」

クライナーさんがドアのところにあらわれた。急いできたのか、少し息があがっている。心配そうな顔が、奥《おく》さんの顔を見ると、少しやわらいだようだった。「おそくなってごめんよ、サラ。ああ!」クライナーさんは手をたたいた。「クロースさん、先に着いてましたか! よかった」

「それではみなさん、こちらにいらして」奥さんはアーチ型の入り口のほうへ手招《てまね》きした。

「おいらも?」ぼろぼろの服を見おろしながら、ジェレミーがきいた。

「ぜひ来てちょうだい」奥さんは安心させるようにいった。「子どもがいなくてはね」ダイニングでは、食卓《しょくたく》の上に花もようの皿がならんでいた。まんなかの大皿には、じゃがいものパンケーキの山が湯気《ゆげ》を上げており、その両わきには銀のボウルに入ったアップルソースがそえられている。別の大皿には、いいにおいがするソースのかかったロースト肉のスライスがおいしそうにならべられていた。さらにデザートには、きれいなフルーツの盛《も》られた皿があった。クライナーさんは、上着から茶色い紙袋《かみぶくろ》を取りだすと、それを開けて九本のろうそくを出した。それを、食卓の上の大燭台《だいしょくだい》に注意深くさしていく。

「ハヌカー祭りでね」クライナーさんはホリーとジェレミーに説明した。「今夜がハヌカー祭りの八日目、最後の夜なんだ。灯明《とうみょう》の祭りだ。わたしたちに起こった奇跡《きせき》を祝《いわ》ってね」ホリーはうなずいた。さまざまな民族の休日やお祝いは、〈とこしえ〉では基礎知識《きそちしき》だ。けれども、ジェレミーはぽかんとしていた。「われわれユダヤ人はね、クリスマスは祝わないけれど、こうしてろうそくを灯《とも》して、大昔、八日間消えなかったという明かりを思い出すのだよ。それからお祈《いの》りをして、それから――食べる！」ジェレミーの表情《ひょうじょう》がぱっと変わったので、クライナーさんは思わず笑った。

「ありがとう、サラ」奥《おく》さんが火のついているろうそくを手わたすと、クライナーさんはいった。

「いや、そのまま。おまえも手伝ってくれ」奥さんはにっこりして、小さな手を夫《おっと》の手にそえた。

それからふたりはまんなかのろうそくに火をつけた。神の恵《めぐ》みを求める祈《いの》りをつぶやきながら、ふたりの手がろうそくに一本ずつ火をつけていくのを、ホリーはやさしい目で見つめていた。ふたりが祈りをしめくくるとき、ホリーもそっと声を合わせた。クライナーさんはにっこりして妻《つま》の手をはなした。「さてと――」

「食べよう！」ジェレミーが叫《さけ》んだ。

そして、みんなは食事した。三十分ほどのあいだに、アップルソースをたっぷりのせたパリパリのパンケーキがたいらげられ、おかわりがのせられて、またなくなった。おいしい肉も同じいきおいでなくなった。奥さんの許《ゆる》しを得て、ホリーはツンドラの前にも皿を置いてやった。しばらくのあいだ、みんなはほとんどしゃべりもせずに食事を楽しんだ。ようやくホリーがフォークを置くと、奥さんもそれにつづいた。クライナーさんも、もうおなかがいっぱいだといってナプキンを置き、満足そうにふうと息をついた。ジェレミーは、それでもまだ食べつづけていた。

時がすぎるにつれてホリーは、閉《し》めきった部屋《へや》でいつも感じる、あのめまいを気にしないようにした。

「こんなにうまい食事は生まれて初めてだ」ジェレミーは口をいっぱいにしながらいった。「今日は人生で最高の日だよ」

クライナーさんは笑って、むかいにすわった奥《おく》さんを見やった。「サラ、今夜ジェレミーを泊《と》めてやる場所はあるかね？　かなり寒いからな」

「わたしも同じことを考えていましたよ、アイザック。ジェレミー、今夜ここに泊まっていく？

もちろんお金はいりませんよ」

「なんだって？」ジェレミーはごくんと飲みこんだ。「ああ、どうもありがとう。でも、あつらのところにもどらないと。もし、残り物をくれるんだったら、それはことわらないよ。あいつらのためさ。こんなごちそう、そうそうありつけないもんな」

奥さんが走りまわって、毛布《もうふ》と食べ物の大きな包みを用意し、その中にかなりのコインをしのばせているあいだ、ジェレミーはしつこく足をつつかれているのを感じた。「なんだよ？」ジェレミーはなにげなくいって、ツンドラを見おろした。

ツンドラがものすごい顔でにらみつけ、ホリーのほうに頭を向けた。ホリーの顔は青く、両手はふるえている。クライナー家のごちゃごちゃした居間《いま》のあたたかくしめった空気が、ホリーの力をしだいにうばっていたのだった。「えっと、クライナーさんの奥さん、ホリーはだいぶ疲《つか》れているみたいだ。先に部屋《へや》へ案内してあげてくれる？」

奥さんは、心配そうにホリーの青白い顔を見ると、都合《つごう》のいいことに疲れたせいだと思ってくれた。「まあ、かわいそうに。こきつかわれたのね」やんわりと夫《おっと》を責《せ》めながら、ホリーを二階へ案内した。

「すぐによくなりますわ」ホリーは弱々しく答えた。耳の中で、どきんどきん音がし、足を交互《こうご》に前に出すのもつらい。奥《おく》さんはなんといっているのかしら？　たいしたことじゃない。どうぞごゆっくり、まあ、ここは寒いわね、朝十時にはおそうじの子が来ますから、朝食は七時ですよ、とくにリクエストがなければポーチドエッグにするけれど。「ポーチドエッグで、け、けっこうです」ベッドにすわって、冷たい空気にふれると、生きかえるようだった。ツンドラもあとからついてきて、暗いすみっこにかくれ、目立たないようにした。

もっと毛布《もうふ》がいるわね、お手洗《てあら》いはこの廊下《ろうか》のつきあたりですからね、暖炉《だんろ》に火を入れましょう、ほら、すぐにあたたまりますよ、この小さな手さげ袋《ぶくろ》でお荷物はぜんぶ？　あら、気になさらないでね、旅の荷物は少ないほうがいいですもの、ハマーキーさんというお客様がいらっしゃるのですけどね、あの方がいらしたときの荷物ときたら、ああ、それで思い出しましたけれど、夜おそくにその方の足音が聞こえるかもしれません、印刷屋《いんさつや》さんでね、気の毒に朝から晩《ばん》まで働かされて、でも職《しょく》がないよりましかもしれませんけどね……。

おしゃべりをつづけながら奥さんはドアを閉《し》めた。絨毯《じゅうたん》の上を歩く足音がしだいに遠のいていく。静かになった。ホリーはベッドにたおれこみ、口いっぱいに冷たい空気を吸《す》いこんだ。

「あれを消せますか？」ツンドラがガスの火を見つめながらきいた。

「ええ」ホリーは立ちあがって、ハンドルをいじくりまわした。火はしゅっと音を立てて消えた。

寒さを求めて、ホリーはせまい窓《まど》をいっぱいに開け放した。すると、おどろいたことに、小さなバルコニーがついていた。ずっと下に道が見える。「雪さん、入ってきていいわよ」空に向かって呼《よ》びかけると、雪片《せっぺん》が舞《ま》いおりてきてそれにこたえた。ホリーはもう一度ベッドにばたりとたおれた。

そして、しばらくすると、暗やみに向かっていった。「ついゆうべまで家にいたのね？」

「はい、ついゆうべまで」

「そう」ホリーとツンドラは思い出しながらだまりこんだ。「みんなに会いたいわ」ホリーの声は少しふるえた。「ママは心配してるかしら？」

「心配しておられると思いますが、お父様ほどではないでしょう」

「ふーん。でもママの前では、そんなそぶりは見せないでしょうね」

「お母様は、お父様が心配してないふりをしているのをわかっておいでで、お父様が落ち着いてるおかげで救われている、というふりをなさるでしょう」ツンドラはくすくすと笑いながらいった。

「ふたりのこと、よくわかっているのね」ホリーもそっと笑いながらいった。

「もう長いですから。何年にもなりますからね」ツンドラはため息をついた。

深く考えるような間があった。「家に帰りたい？」

「え、今ですか？」

「そうよ。家に帰りたい？」

「あなたを置いては、決して帰りません」

ホリーは天井《てんじょう》に入ったひびを見つめた。「そんなふうにいってもらう資格《しかく》はないわ、ツンドラ」

そう謙虚《けんきょ》にいった。

「資格がない」ツンドラは口の中でつぶやいた。「それが、人間のわからないところです。その、資格があるとかないとか。愛に資格など関係ないでしょうに」ホリーは首を持ちあげて、ツンドラを見つめた。しばらくするとツンドラがにっこりした。「首が痛《いた》いでしょう？」

「ええ」ホリーは認《みと》めて、体を起こした。しばらくおたがいをいとおしそうに見つめていたが、やがてホリーが立ちあがった。「服をかけておかなくては。明日しわくちゃになってしまうわ」ホリーは手さげの中をかきまわし、よれよれになったグレーのウールのドレスを引っぱりだした。「あらら、ひどい。このしわ、どうしましょう、ツンドラ？」

「服なんか着ないで、毛を生やしたらどうです？」関心がなさそうにツンドラはいった。「きっと似合《にあ》いますよ」

「レクシーがいてくれたらよかった。レクシーならどうしたらいいか、わかってるのに」

手さげが鼻を鳴らした。

「今の、なに？」ホリーとツンドラはおたがいを見つめた。びっくりしていると、目の前で手さげがまた鼻を鳴らした。それから、コツンと音がし、ぶるぶるっと動いた。

ホリーは勇気をふるいおこして、手さげの中身をベッドにひっくりかえした。出てきたのは、モスリン地のねまき、黄褐色《おうかっしょく》のスカート、ストッキングとブラシとサテンのポーチ。ドサッ――ねんどのかたまりも落ちた。まだ羽根のような軽さを保《たも》っている『とこしえの本』が、ふんわりと落ちてきた。それから、緑色のシルクで巻《ま》かれた、でこぼこのものがあらわれた。ベッドカバーの上にのっているが、中身がなんなのかまったくわからない。ホリーとツンドラは目を見あわせた。「かんでみましょうか？」ツンドラがきいた。

と、その包みから声が聞こえた。「やめて！　やめて！」キーキー声が聞こえる。「あたしたちだってば、この犬！」

ホリーは笑いだした。すぐに包みを開いてみると、三匹《びき》の小さな生き物があらわれた。アレクシア、ユーフェミア、エンピーだ。五センチくらいの背丈《せたけ》しかなかったが、たしかにあの三匹だった。

ぴょんぴょん飛びあがりながら、小さな声を必死にはりあげている。

「もう限界《げんかい》！」レクシーが叫《さけ》んだ。「あの手さげから二度と出らんないかと思った！　息苦しいったらありゃしない！」

「わたしなの！」とユーフェミア。「思いついたのはわたしなのよ、ホリー。魔法《まほう》の呪文《じゅもん》をおぼえていたのは、このわたしなの！」

エンピーがいえたのは、「ホリー、ホリー、ホリー！」だけだった。

「みんな、会えてとってもうれしいわ。たった今ツンドラに、みんながいなくてすごくさびしいって、いってたところなの」

「わかってるよ！　聞こえてた！」

「よく聞こえないわ」ホリーはひざまずいて、三匹をのぞきこんだ。「もとの大きさにもどれる？」

ユーフェミアは、自慢《じまん》げに羽を広げた。「もちろん。すぐにもとにもどしてみせるわね」ユーフェミアは片方《かたほう》の羽でレクシーを、もう片方の羽でエンピーをかかえこむようにした。「スカドドゥル、スカダドゥル、スカディー！」最後のことばで、小さくポンと音がし、三匹は一瞬《いっしゅん》、姿《すがた》が見えなくなった。そしてたちまち、いつもの大きさであらわれた。

ホリーはみんなにキスをした。「ああ、みんな！　みんな大好き！」

「あれがフクロウ語かい？」ツンドラがきいた。

ユーフェミアは誇《ほこ》らしげに笑った。「ええ。もっとも古い呪文《じゅもん》のひとつなのよ。それを、わたしがおぼえてたんです」

「想像《そうぞう》してたのと、だいぶちがうな」ツンドラが考えこむようにいった。「ギリシア語のような音かと思ってた。もっと高貴《こうき》な感じの」

「ツンドラ」ホリーがたしなめた。

「ああ、そうですね。とても、おもしろいな。フクロウ語は」

「ありがと」ユーフェミアがいった。

エンピーはとっくにホリーの腕《うで》の中にいたが、アレクシアはベッドの上の洋服をきびしくチェックしていた。「こりゃひどいね。もっと前からハンガーにかけておかなくちゃ」

「わたしも同じことをいってたのよ」ホリーが答えた。

「でもねえ、うまいぐあいにちょっとしたものを持ってきたのよ。ユーフェミア、ユーフェミア！羽づくろいしてないで、あそこの小さなバッグを大きくしてもらえない？」

「スカディー、スカダドゥル、スカドドゥル！」ユーフェミアがすぐにとなえると、指輪一個くらいしか入らないような小さなシルクの入れ物が、とつぜん大きな旅行かばんへと姿《すがた》を変えた。

「これがフクロウ語とはねえ」ツンドラがつぶやいているあいだに、ホリーはバッグを開けて、しわひとつない洋服に歓声《かんせい》を上げていた。白い雪が刺繍《ししゅう》された銀色のスカートに、パリッとした白いブラウス。白くてやわらかな新しいブーツも、飛んでいきそうな白い羽根のついたグレーの帽子《ぼうし》もある。白いビロードで裏打《うらう》ちされた銀色の上着で、ひとつめのコーディネートは完成だ。それから、海のあぶくのような色のドレスに、ラズベリー色のロングコート。ストッキングも靴《くつ》も、ハンカチまでが、きれいにそろえられていた。最後に出てきたのは、金色にきらめく流れるようなシルクのドレスと、おそろいのサテンのダンスシューズだった。

「なによ、これ！　レクシー！　舞踏会用《ぶとうかいよう》のドレスじゃないの！　舞踏会になんて行かないわよ。

ジェレミーが、ソーセージ屋さんの前で開いてくれるなら別だけど」

「女性《じょせい》はいつでも用意しておくにこしたことないの」キツネはきびしくいった。

「でも、ほんとにきれい！　とってもすてきね。うしろにリボンがついているのがかわいいわ」

アレクシアが見まもる中、ホリーは新しいドレスを注意深くタンスにつるし、残りをきれいに引き出しにしまった。そのあいだもずっと友だちとしゃべっていた。とうとう、階下で奥《おく》さんの時計が悲しそうに十二時を告げ、ツンドラがきっぱりと、もう寝《ね》なさいと命令した。みんな疲《つか》れきっていたので、すぐにしたがった。

けれども、ホリーだけは横になっても、目をぱっちりと開けていた。次から次へといろいろな場面が頭に浮《う》かぶ。重たいひづめの大きな馬たちのそばにいる小さなコウモリ。その腕《うで》をつかんでいるジェレミーの手。今にも消えそうな火を取りかこむ子どもたち。眠《ねむ》っているあいだ、なんとか雪が顔にかからない程度《ていど》の粗末《そまつ》な小屋。「中にはわらがしいてあって、あったかいんだよ」ジェレミーはそういってたっけ。あったかいってどのくらい？　ホリーは寒さを、凍《こご》えるような寒さを想像《そうぞう》してみた。きっと肌《はだ》が痛《いた》いのね。うす暗い中で自分の両手を見つめながら、思った。それから鼻も、目も痛いにちがいない。リシーの苦しそうなせきが思い出された。そのあとそっと目を閉《と》じたことも。

ホリーはベッドからぬけだし、窓《まど》のそばにある小さな机《つくえ》のところに行った。カーテンを開けると、月の光が細くさしこんできた。手さげの中から取りだしたねんどをひとかけちぎり、両手でそのかたまりをなめらかにしはじめた。リシーの顔はほんのしばらくしか見ていない。だから目を閉じて、小さなあごとやわらかなおでこをけんめいに思い出した。それがうまくいくと、やせたほほが生まれ、それから、そう……

作業が終わると、ホリーは窓の外の暗やみを見た。そしておさえきれずに小さなバルコニーに出て、銀色の三日月が浮《う》かぶ藍色《あいいろ》の空を見あげた。こんなに晴れた夜なのに、雪の結晶《けっしょう》が静かに舞《ま》いおりてくる。「魔法《まほう》？」きらきらする雪が肩《かた》にかかって、軽いマントを織《お》っていくようすをながめながら、ホリーはつぶやいた。それは溶《と》けもしないで、どんどん積もっていき、やがてレースのようなもようのきらめく冷たい肩かけになった。ホリーはにっこりして、肩かけをしっかり巻《ま》いた。静かな部屋《へや》にもどると、うすい肩かけを巻いたまま、ベッドにもぐりこんだ。足元からレクシーのやわらかな寝息《ねいき》と、エンピーのむにゃむにゃいう声が聞こえる。開いた窓から雪がひらひらと舞いこんできた。友だちがいっしょにいてくれる。安心してホリーは眠《ねむ》った。

道の反対側にある灰色《はいいろ》の石造《いしづく》りの家でも、長いカーテンが引かれた。その客は大家《おおや》とさんざんもめたすえ、その階の部屋《へや》をぜんぶ借《か》りたのだった。「三号室に泊《と》まっているお客さんがいるもんでね」大家は汗《あせ》をかきながらいった。

「そいつの四倍の家賃《やちん》をはらおう」男はさらりといった。

「期間はどのくらいで？」大家はうたがわしそうにいった。

「一週間だ」

「フェアリーさんに、一週間、下の奥《おく》の部屋に行ってもらえないか、聞いてみるよ。ほんとに一週間だけだね？」

「一週間だ」男は閉《と》じた歯のすきまからいった。

「それでも一ヵ月分はらうってかい？」大家はまだ信じられないようだ。

「そ……うだ」

「そうか」大家はため息をついた。「わかったよ」

ああ、金を出しただけのことはあった。男は今になって思った。それ以上だ。あの子はすぐ目のとどくところにいる。なにか起これればすぐにわかるだろう。男は人間の服を見おろした。一日じゅう、体をしめつけ、ひっかき、こすった服を。黒い手袋《てぶくろ》をはずすと、ようやく解放《かいほう》された両手をながめた。いまや皮膚《ひふ》が溶《と》けて、骨《ほね》がのび、さけた肉をふさぐように、おなじみのかさぶただらけの銀の肌《はだ》があらわれた。黒いコートとかたいカラーを引き裂《さ》くと、男はため息をついた。ああ、まだ帽子《ぼうし》があった。いまいましいことに、鉄のバンドがひたいの肉に食《く》いこんでいちばん痛《いた》いところにのっかっている。男は姿見《すがたみ》に自分を映《うつ》した。これでよしと。ずっと気分がよくなった。ひさしぶり鏡《かがみ》は台の上でくるったようにくるくるとまわりだし、男はゲラゲラ笑った。

あと少しだぞ。そう思った。

に大きく口を開け、にんまりして、まだらの舌《した》をたしかめた。

第二十章

　ドサッ、ドサッ。ホリーが色のない凍《こお》った街を歩いていくのにあわせ、使い古した手さげがひざにぶつかってリズミカルな音をたてた。朝まだ早く、家々のてっぺんのレンガが、ようやく朝日の色に染《そ》められたところだ。ピリッとした空気、つるつるとすべる氷、すばらしい解放感《かいほうかん》にうきうきして、ホリーはかけだした。急に走るのをやめて、凍ったレンガの上をツーッとすべると、まだ眠《ねむ》そうなハトたちやツンドラをびっくりさせてしまった。「ごめんなさいね！」ホリーは笑いながらいい、ハトたちは怒《おこ》ったようにクーと鳴いた。「どうせもう起きなくちゃ！　だってこんなにきれいな朝なんですもの！　あらら！」ホリーは、氷の上におがくずをまいている、疲《つか》れた顔の背《せ》の高い男の人を、うまいぐあいによけた。

「おい！」通りすぎるホリーに、その人は叫《さけ》んだ。「氷の上をすべって遊ぶような年じゃないだろう」

「すべって遊ぶのに、年なんて関係ありませんわ！」歩道を横すべりしながら、ホリーは叫びかえした。

その人はわっはっはと笑うと、自分でもちょっとすべってみた。それから、おがくずの入った袋《ふくろ》を置き、今度は助走をつけてからすべってみた。「ばかだな」ホリーのうしろ姿《すがた》を笑顔《えがお》で見送りながら、その人はいった。

そのまますべっていく姿を、真剣《しんけん》な顔をしてデパートへ急いでいる三人の女店員たちが見て、にっこりしあった。そして、三人の中でいちばん若《わか》いむすめが、まねしていきおいをつけてすべってみた。あとのふたりも、目配《めくば》せしあってあとにつづいた。すると、心配とあせりでこわばっていた三人の顔が、たちまちやわらかになった。

すべっていくと、堂々《どうどう》とした屋敷《やしき》や、フランスからひとつひとつ石を輸入《ゆにゅう》して建てたような、優《ゆう》美《び》な大邸宅《だいていたく》の建ちならぶ住宅街へと入った。もう、公園の木々のもつれあったてっぺんが見えてきた。ホリーは速度を落として、肩《かた》ごしに呼《よ》びかけた。「競走よ、ツンドラ！　先にマックエルヘニーさんの店に着いたほうがソーセージをもらえるの！」ツンドラは不満そうに鼻を鳴らした。ホリーは舌《した》をつきだし、「負けるのがこわいの？」と、からかった。

答えるかわりにツンドラは、ぴょんととびあがったかと思うと、かけだした。頭を下げて、舗道《ほどう》をかすめるようにとんでいき、急に向きを変えて広い五番街をわたったかと思うと、公園へと入っていった。うしろでホリーが息を切らせて笑っている声が聞こえたが、走るにつれてわれを忘《わす》れ、ますます速くとんでいったため、足が冷たい地面にほとんどつかないほどだった。夢中《むちゅう》になって走っていると、聞こえてくるのは雪道をけるサクッサクッという自分の足音だけになった。ツンドラはぴたりと止まり、しゃがみこんで待った。なにも聞こえない。はあはあいう自分の息づかいだけだ。ホリーはどこだ？　ツンドラは自分をののしり、さっと立ちあがった。さっきもじゅうぶん速かったが、今はそれ以上の速さでもどった。ゆるやかな斜面《しゃめん》を、雪の積もった芝生《しばふ》を、自分の足あとをたどって猛《もう》スピードでかけぬけた。遊歩道の南はしまでたどりつくと、ホリーの小さな影《かげ》が見えた。ふくらんだ手さげをかかえ、雪におおわれた道をスカートをはためかせながらやってくる。ほっと安心したツンドラは、息をととのえてから、ホリーを迎《むか》えにとんでいった。

「調子にのりすぎよ！」声が聞こえるところまで来ると、ホリーは叫《さけ》んだ。

「すみません。だいじょうぶですか？」

「ええ、もちろん。どうしてそんなことききくの？」

「ホリー、この場所が危険《きけん》だと思ったことはないのですか？」

「えっ？　人間が？」

ツンドラはいいにくそうにいった。「人間ではありません」

ああ、そのこと、という表情《ひょうじょう》がホリーの目に浮《う》かんだ。「わかってるわ。その……ここはあぶないっていうのは正しいと思う。うちではなく、ここにいるほうが、ヘリカーンはわたしをつかまえやすいでしょう」ホリーはかみしめるようにゆっくりといった。「でもね、ツンドラ」ひそひそ声になった。「そんな気がしないの。信じられないのよ。どうしてかよくわからないけど、自分がそんなもめごとの中心にいるなんて、ありえないような気がするの。わたしってそんなに重要なの？　そんな気はぜんぜんしないけど」

それはあなたの心が、うぬぼれや、欲《よく》や、利己主義《りこしゅぎ》に毒されていないからですよ。だからこそ、ヘリカーンにねらわれるのです。けれども、そんなことはいわなかった。いってもどうにもならない。「さあ、人形を配りにいきましょう」

ホリーのこまったような表《ひょう》情《じょう》は消え、嵐《あらし》の海の色をした目が明るくなった。「ええ、そうしましょう」

雪道を、歩行者が行きかいはじめた。寒さをしのぐため、目の高さまですっぽりおおっている。ホリーとツンドラは悠然《ゆうぜん》と遊歩道のほうに歩いていった。大きくふくらんだ手さげを持ち、たいしたコートも着ていないふつうの若《わか》い女性《じょせい》が、真っ白で大きな犬を連れて歩いているだけだと思われるように。それでも、ものめずらしそうに見る人たちはいた。まもなく小道をまがると、大通りの西側にある茂《しげ》みのところに出た。住みかに着いたのだ。広場のまんなかには、あいかわらず消えいりそうなたき火があった。そのわずかなあたたかさのまわりに、毛布《もうふ》をかぶったかたまりが四つ横になっており、それぞれの上にはうっすらと雪が積もっていた。

三つのかたまりはまだ眠《ねむ》ったまま動かなかったが、ホリーとツンドラが近づくと、残る一つがもぞもぞと動いた。しめった黒い鼻先がのぞき、ひっこんで、またのぞいた。「サイドウォーク！」ホリーが低い声で呼《よ》ぶと、犬は毛布の下からはいだし、しっぽをふってあいさつした。「おはよう。みんなはまだ寝《ね》てるの？　パンを持ってきてあげたわよ」ホリーは手さげに手を入れると、パンのかたまりを取りだした。サイドウォークはおいしそうにそれを食べた。

と、急に毛布のかたまりのひとつが起きあがった。ジェレミーだった。「たいした番犬だよ」サイドウォークにいう。「やあ、おはよう。ここでなにしてんの？」

「朝食を持ってきたのよ。それから人形も」

「リシーに？」

「ええ、もちろん。リシーのぐあいはどう？」

「よくないんだ。ゆうべもどったら、ひどくせきこんでた。あまり食べようともしない。腹《はら》がへってないっていってさ」

「こんな日に外にいちゃいけないわ」

「わかってる。救貧院《きゅうひんいん》か〈子どもを守る会〉に行くようにいったんだけど、いやだって。閉《と》じこめられるより、ここでみんなと死んだほうがましだっていうんだ」ジェレミーは目をおおった。「どうしていいか、わかんないよ」

小さな小屋の中から、たんのからんだ苦しそうなせきがえんえんと聞こえた。それからごそごそという音や、うーんとうなる声が聞こえて、折りかさなった子どもたちが、新しい一日のはじまりに目をさました。最初に姿《すがた》をあらわしたのはコウモリだ。ハンカチでふいてやりたいくらい鼻水がたれていたけど、それでもホリーの目にはほほえましく映《うつ》った。よく休み、おなかも満たされているようだったからだ。

「中は暑《あつ》いよ。わあ、ホリーが来てる。おはよう、ホリー」コウモリはホリーのところにとんできて見あげた。かわいがってもらえるものと自信を持っているようだ。

そのとおりになった。ホリーはきたないほっぺにキスをし、鼻をふいてやってから、パンとミルクをわたした。焼きたてのパンのいいにおいが夢《ゆめ》の中にまで入りこんだのか、まもなくほかの子どもたちも、わらをしきつめた小屋からぞろぞろ出てきて、ホリーにあいさつし、めずらしく朝からごちそうにありついた。いちばん年上のブルーノとマーティは、人目につくほどは大きくならないようにたき火を燃《も》やし、子どもたちはそのまわりの乾《かわ》いた地面や丸太の上に腰《こし》を下ろした。

最後にリシーも、ジョーンの手を借《か》りて小屋から出てきた。目のまわりにはくまができ、ほほは熱《ねっ》のせいで赤くなっている。ホリーとジェレミーは目配《めくば》せをした。「おはよう、リシー。火のそばに来て、おすわりなさいな」

ゆっくり、ゆっくり、リシーはホリーが示《しめ》した場所まで歩いてきた。目はじっとそこを見つめたままだ。ようやくたどりつくと、疲《つか》れてふうとため息をもらしながら、すわりこんだ。ホリーはすぐそのやせた肩《かた》に二枚《まい》の毛布《もうふ》を巻《ま》きつけ、丸太によりかからせた。「寒い？」欠けたカップにそそいだミルクを手わたしながら、ホリーはきいた。

「寒い？」リシーはうつろにくりかえした。「寒くない気がする。ううん、あったかいよ」そしてミルクを飲んだ。

「あなたにいいものを持ってきたのよ」

リシーは顔を向けた。「わたしに？　へんなの」そのままだまりこんだ。

「ほしい？」ホリーはどうしていいかわからずにたずねた。

「え？　ああ、そっか。ちょうだい」

ホリーは手さげから人形を取りだし、リシーのひざの上に置いた。

「なに？」うつろな目が、ひざに置かれた人形にゆっくりと焦点《しょうてん》を合わせた。くるくる巻《ま》いた茶色い髪《かみ》と、すべすべしたピンク色のほっぺを長いこと見つめていた。「ママだ」リシーはかすれた声でいった。「ママがどんなだか、どうして知ってるの？」

「知らないわ――これはママじゃ――」ホリーはどう答えていいかわからないまま、ことばを切った。「ママを作っているつもりじゃなかったのよ。あなたを作っているつもりだったの」ようやくそういった。

「これ、作ったの？」

「そうよ」

リシーの目はホリーの長い指を見つめて、そこにとどまった。「ホリーが？」

ホリーはにっこりした。「そうよ。大きくなって、元気になって、幸せになったあなたを作ってるつもりだったの――それが、あなたの夢《ゆめ》だと思って」

初めて、リシーが笑顔《えがお》を見せた。「わたし、大きくなって、元気になって、幸せになんかならない。でも、わたしの夢を作ってくれたっていうのは、あたりよ。いつもママのこと、夢に見てるもの」

「ママは亡《な》くなったの？」

「うん。ずっと前、わたしが六歳《さい》くらいのとき。でも、病気になる前のママをおぼえてる。ちょうどこんなふうだったよ」リシーはぜいぜい息をして、それからまたつづけた。「ママが死んだあと、わたしずっとママを探《さが》してたの。だって、だれも死ぬってどういうことか教えてくれなかったから。

どこかへ行っちゃっただけかと思った。わたしのことを怒《おこ》ってるのかと思った。それからわかったの。それで、探《さが》すのをやめた。でも、気がつくとまた探しちゃうの。きのう、マックエルヘニーさんの店で、茶色いコートを着て、きびきび歩く女の人を見て、あの人だと思った。きっとママだって」リシーは人形の小さな腕《うで》を上げた。「ばかみたいでしょ？　でも、これからはママはここだもんね」リシーは胸元《むなもと》に人形を抱《だ》きよせた。

ホリーは手をのばして、この小さな女の子を抱きしめた。「ああ、つらいでしょうね。どうして耐《た》えられるの？」

「いいこともあるもん。今日はいい日。ミルクもおいしいし、ママみたいな人形を見ていられるし。ママはやさしかったんだ」

ホリーはなにも答えられなかった。そのかわり、手さげからほかの夢《ゆめ》の人形もひっぱりだした。「見て、コウモリ」十分前よりさらにきたなくなったコウモリにホリーは呼《よ》びかけた。「ほら、あなたよ」ホリーは、明るい色のシルクのシャツを着た人形を持ちあげた。

「わあ！　ぼくだ！　でも、もっと大きいし、かっこいいや。見て見て！」コウモリは人形をつかむと、宙《ちゅう》にふりまわした。

ほかの子どもたちが、なにかと思ってコウモリのまわりに集まった。「へえ、すげえなあ」「ちゃんと頭に傷《きず》もあるぜ！」「これなに着てんだよ、コウモリ、シルクの下着かい？」

「ちがうよ」マーティがいばっていった。「競馬《けいば》の騎手《きしゅ》の衣装《いしょう》だ。おまえ、騎手になるのかい、コウモリ？」

コウモリの顔が喜びにかがやいた。「競馬《けいば》の騎手《きしゅ》？　走ってる馬に乗れるってこと？」

「そうだよ」マーティは楽しそうにいった。「それが仕事なんだ。それでお金がもらえるんだよ。お客さんたちが馬にお金をかけて、勝った騎手はお金をいっぱいもらえるんだ。見たことあるぜ」

コウモリの目はまんまるになり、自分の人形をうやうやしく見つめた。「競馬の騎手かあ。それが仕事なのかあ」

ジェレミーはにっこりした。「まずは、遊歩道で踏《ふ》みつぶされないようにしないとな。だからきのうの朝あそこにつっ立ってたんだよ」ホリーに説明した。「馬が大好きなんだ」

ほかの子どもたちもホリーのまわりに集まって、それぞれの夢《ゆめ》の人形をせがみ、受けとった。多少マナーに欠けることはあっても、贈《おく》り物《もの》に喜ぶようすを見たら、ホリーはそれでじゅうぶんだった。この人形たちは、ただ似《に》せてあるというだけでなく、ひそかに抱《いだ》いている希望を形にしたものだということが、子どもたちにもすぐにわかったのだ。人形をひと目見るなり元気がわいてきて、記憶《きおく》に焼きつけるかのようにいつまでもじっくりとながめている。すりきれたポケットにだいじそうに人形をしまってから、もうひと目見ようとまた取りだす姿《すがた》を、ホリーは何度か目にした。小さい子たち（ジョニー、ジム、スー、メル）は、さっそく新しい人形を使っておままごとをはじめた。この子たちのだれも、ほんとうの家に住んだことがないのかもしれないと思うと、ホリーの胸《むね》は痛《いた》んだ。

「もう行ったほうがいいよ、ホリー」しばらくするとジェレミーがいった。きれいな雪のあるところまで歩いていくと、その雪でごしごしと顔を洗《あら》った。「これでよし」

ホリーが荷物をまとめていると、スカートをひっぱられる感じがした。コウモリだった。「また来る?」

「帰る前にまた会いにくるわ」

「帰っちゃうの? いつ?」びっくりした二、三人の子どもたちが叫《さけ》んだ。

「クリスマスイヴよ。明日の夜」ホリーはいった。ジェレミーは急に靴《くつ》に気を取られたようなふりをして、むこうを向いた。

毛布《もうふ》にくるまったまま、リシーがいった。「もう一度来るって約束してね」

「約束するわ」

またスカートをひっぱられた。「キスして」コウモリがいった。ホリーはひざまずいてキスをし、小さいけれどもしっかりした体を両腕《りょううで》で抱《だ》きしめた。「もう行っていいよ」コウモリはホリーのほうを見ずにいった。

「ああ、コウモリ。大好きよ」もう一度、ぎゅっと抱きしめてホリーはいった。コウモリは苦しそうにうなりながらも、首を赤くしていた。

「さあ、ホリー。遅刻《ちこく》するぜ」ジェレミーがせきたてた。

ふたりはすべったり、笑ったりしながら、うしろにツンドラをしたがえて通りをかけぬけ、クライナーさんとちょうど同時に、おもちゃ屋に着いた。ふたりと一匹《ぴき》を見ると、クライナーさんの心配そうな顔がやわらいだ。「やあ、きみたちか!」うれしそうにいった。「きのうのことは、夢《ゆめ》だったのではないかと、思いはじめていたところだよ！」

店に入ると、雪がそっと舞《ま》いはじめ、店をうめるクリスマスのふしぎにさらなるかがやきをそえた。ツンドラはすみのほうに陣取《じんど》った。ここからなら、二階へとつづく暗い階段《かいだん》も、入り口のドアも両方見わたすことができる。ハンター・ハートマンはもうすぐ来るはずだった。

けれどもハートマンさんは、あまり時間に几帳面《きちょうめん》ではないようだ。ツンドラが目をつぶり、昼寝《ひるね》でもしようかと考えはじめたころ、その日初めてドアのベルが鳴った。ツンドラはすぐにとびおきた。しかし残念なことに、入ってきたのは、黒いあごひげをたくわえた中年の男性《だんせい》だった。うしろに三人の男の子を引きつれている。

「さてと！」男の人は期待をこめていった。店をながめまわし、両手をこすりあわせている。「ここなら、探《さが》しているものが見つかるぞ。これはすごい！　雪をふらせるしかけまでしてある！　すばらしいな！　これは、なにでできているのかね？　チャールズ、これはなにでできている？」

ホリーは矢継《やつ》ぎ早《ばや》の質問《しつもん》をさえぎろうと前に進みでると、急に止まった。「チャールズ！　ジェロームにハリソンも！　また会えてうれしいわ！」ホリーが両手を広げると、三人の男の子たちが抱《だ》きついた。

「おもちゃ屋さんをやってるなんて、いわなかったじゃないか！」ジェロームがうらやましそうにいった。

「わたしのお店じゃないのよ。ここで働いてるだけ。こんなところで働いてみたくない？」

「うん！」三人は叫《さけ》んだ。

「ぼくは働けるよ」ハリソンがいった。「棚《たな》に上って、おもちゃをならべられる」

「きっとできるわ」ホリーはハリソンをぎゅっと抱《だ》きしめた。「すぐに雇《やと》ってあげたいところだけど、わたしのお店じゃないのでね」

「チャールズ、紳士《しんし》は知りあいを紹介《しょうかい》するものだよ」父親がうながした。

「父さん、紹介します。こちらが――」父親が眉毛《まゆげ》をぴくぴくと動かすので、なにかまちがったかと思って、チャールズはことばを止めた。「なに？」

「まず、ご婦人《ふじん》の許《ゆる》しを得なさい」父親は聞こえよがしにささやいた。そして、ホリーに向かってにっこりし、ホリーも笑顔《えがお》をかえした。

チャールズはまごつき、「そうか！」といった。「ホリー、父に紹介させていただきたいのですが」

「ええ、ぜひ」

「ホリー、こちらは父のドクター・ブランフェルズです。父さん、こちらはホリー・クロースさんです」

「お目にかかれてうれしいです、クロースさん」ドクター・ブランフェルズは会釈《えしゃく》をしながらいった。

「わたしもですわ、ドクター・ブランフェルズ」

チャールズはホリーと知りあったいきさつを父親に説明した。ジェロームとハリソンも口をはさむ。「ホリーったら雪の中にバタンってたおれるんだよ！　ぜんぜんお嬢様《じょうさま》みたいじゃないんだ」

ハリソンはうっとりといった。

「それはいいことですな」ドクター・ブランフェルズは人なつっこい笑顔《えがお》を浮《う》かべながらいった。「若《わか》いご婦人《ふじん》がたは、服装《ふくそう》ばかり気にして、健康《けんこう》のために必要な運動をしようとしませんからな」

「新鮮《しんせん》な空気と運動は、大切だとお考えですのね？」ホリーはたずねた。ある考えが浮かんだのだ。「ええ、特に若い方々はね。栄養のある食事やじゅうぶんな睡眠《すいみん》と同様、運動は成長と健康には不《ふ》可欠《かけつ》なものです。わたしの子どもたちが、神経質《しんけいしつ》で体が弱いのは――」

「父さん！」ハリソンが聞こえるようにささやいた。「父さんってば！　もうそれ以上いわないでよ。おねがい！」

ドクター・ブランフェルズは、息子《むすこ》の髪《かみ》をくしゃくしゃっとなでた。「わかったよ、ハリソン。もうやめよう。うちのお嬢《じょう》さんたちにクリスマスプレゼントを探《さが》しにきたのではなかったかな？」

ドクターはパンパンと手をたたいた。「さて、なににしようか？」

低い棚《たな》をのぞきまわっていたジェロームは、舌《した》をたらしたほんものそっくりのゴムのカエルを持ちあげた。「アリスが好きそうだ」

ドクター・ブランフェルズは大笑いした。「ブルックリンじゅうにアリスの悲鳴がひびきわたるぞ、ジェローム。さあ、あの子たちの気持ちになって考えよう。なにがほしいだろうか？」

「人形かな」ハリソンがむっつりした顔でいった。

「シルクのドレスを着た人形だろ」ジェロームが冷ややかにいった。

「あのハンドルのついたそりを見てよ」チャールズがため息をついた。

「エヴィはそり遊びが好きだよ」ハリソンは期待をこめていった。

「いや、好きじゃないよ」

みんなため息をついた。「人形だな」三人は悲しそうな顔で父親を見た。「人形だよ」

ドクター・ブランフェルズは三人の背中《せなか》をぽんぽんとたたいた。「それでいいんだよ。自分のことを考える前に、ほかの人のことを考える。これぞクリスマスの精神《せいしん》だ。えらいぞ。では、人形を！」ドクターはホリーのほうを向いた。

これこそホリーの望むところだった。準備《じゅんび》していたとおりにホリーはいった。「この店の人形は特別なものですので、棚《たな》には置いておりません。お得意様のために倉庫にしまってあるんです。五分ほどお待ちいただければ、アリスとエヴリンのために、喜んで取ってまいりますわ」

ドクター・ブランフェルズは肩《かた》をすくめた。「五分ぐらいなら、この子たちも面倒《めんどう》を起こさずに待っていると思いますよ」そういっているあいだに、ホリーはもう倉庫へかけだしていた。

大急ぎで手さげからねんどを出し、エヴリンの顔、それからアリスの顔を思いうかべながら、こねはじめる。人形ができあがると、心の中で、魔法《まほう》のシルクのドレスを織《お》りあげた。ところがびっくりしたことに、夢想《むそう》からさめて人形を見てみると、想像《そうぞう》したようなシルクの青い舞踏会《ぶとうかい》用のドレスを着ているのはアリスのほうだけだった。エヴリンの夢《ゆめ》をあらわした人形は、かざりけのないスカートにシンプルな白い上《うわ》っぱりを着ている。その目は澄《す》んで、落ち着いていたが、口はしっかりと結ばれていた。うたがいようもない。エヴリンは医者になったのだ。ホリーは二つの人形を持って、店にもどった。

「わあ！　アリスとエヴィだ！」ジェロームが大声でいった。「見てよ！」チャールズがヒューと口笛を鳴らした。

「エヴィを見て。なにを着てるんだろ？」ハリソンがいった。

ドクター・ブランフェルズは手に持った人形をじっと考えこむように見つめた。目を上げてホリーを見たときには、こまっているようでもあり、おもしろがっているようでもあった。「わたしのむすめたちの人形を、どうやって――どうやって作られたかときくのは、やぼでしょうな」

「そのとおりです。説明しようと思っても、できませんもの」

「これが大きくなったアリスだということはわかる。しとやかな女性《じょせい》に成長している。今でもじゅうぶんしとやかだから、当然だろう。しかしエヴリンは？　医者の白衣をはおっているじゃないか。そんな未来は想像《そうぞう》できない。だれかがけがをすれば、すぐ泣く子だ」

ホリーがさえぎった。「ひとの痛《いた》みがわかるというのは、医者にとって大切なことでしょう」

ドクター・ブランフェルズはホリーを見つめた。「そうだな。だが、女性の心はやさしすぎて、医者が目にする光景には耐《た》えられないと思うのだが」

「それはちがいます。たしかな精神《せいしん》と技術《ぎじゅつ》さえあれば、やさしい心がさまたげにはなることはありません。お父様のようになりたいという夢《ゆめ》を、こわしたりはなさらない――できないでしょう」ホリーは真剣《しんけん》に医者を見つめた。「エヴリンが男の子でないというだけで」

男の子たちは、口をぽかんと開けたまま、父親とホリーを見くらべていた。「だが、学校や医師《いし》会《かい》だって――」ドクターはいった。「あの子が女だというだけで、考えうるかぎりのさまざまな手《しゅ》

段《だん》で妨害《ぼうがい》してくるでしょう。道は長く、ほとんど通行不可能《つうこうふかのう》だ」

「でも、それはエヴリンの道であって、あなたのではありません！　その困難《こんなん》を知った上でエヴリンがその道を選ぶのであれば、あなたに止める権利《けんり》はないはずです」

ドクターはにっこりした。「ひじょうに議論《ぎろん》好きな女性《じょせい》とお見受けしますよ、クロースさん。なぜそんなに、うちのエヴィにこだわるのです？」

「夢《ゆめ》は尊《とうと》いからです」

「そう、あなたのいうとおりだ」ドクターは低い声でいい、もうしばらく人形を見つめた。すると、人形もまっすぐ見かえしているようだった。「さて、おまえたち。いいプレゼントが見つかったようだ。このひじょうにめずらしい人形のお値段《ねだん》はいくらかな、クロースさん？」

この時をホリーは待っていた。せきばらいをすると、思いきっていった。「この人形たちはさしあげますわ」ドクターがいいかえそうとするのを見て、あわててつけくわえた。「そのかわりお願いしたいことがあるんです」

「なんでしょう？」ドクターは慎重《しんちょう》にきいた。

「友だちがいるんです。小さな女の子ですが、せきがひどくて。お金がないので、お医者さんにも行ってません。なにか――なにかしなければ、死んでしまうような気がするんです。診《み》ていただけますか？」

ドクター・ブランフェルズは、ホリーの肩《かた》をやさしくたたいた。「もちろんです。その子がどこに住んでいるのか教えてください」そういってポケットからメモを取りだした。

ホリーがジェレミーのほうを見やると、ジェレミーはうなずいた。「セントラルパークに住んでいます」ホリーはいった。

「なんだって？」

「ほかの子どもたちといっしょに、セントラルパークに――」

「今？　この寒空《さむぞら》に？」

「そうです」

「だが、施設《しせつ》があるだろう！　〈子どもを守る会〉が住まいを提供《ていきょう》しているはず――」

「行かないんです。閉《と》じこめられるのがいやなんです。どの子も行こうとしません。牢屋《ろうや》みたいだって、いってます。その子の居場所《いばしょ》をお教えしても、秘密《ひみつ》をもらさないと約束してくださいね。してくださいますか？」ホリーは一心にドクターを見つめた。

ドクターはメモをしまった。「ああ、約束しましょう」この人は約束を守る、とホリーも思った。

ジェレミーが帽子《ぼうし》をかぶり、ホリーのとなりにさっとあらわれた。「おいらが案内するよ。今すぐに」

「うちによって、かばんを取ってこないと。でもそんなに遠くない。セント・バーソロミュー教会の近くだ」

「じゃあ、通り道だ」ジェレミーがいった。

「エヴリンも連れていって」ホリーが急にいった。

「え？」とドクター。

「エヴリンも連れていってください。あの子たちに会わせたほうがいいわ」

「ぼくも行くよ」チャールズがいった。「ぼくにもできることがあるかもしれない」

「それはありがたい」ドクターは息子《むすこ》にいい、頭に帽子《ぼうし》をのせた。「よろしい、では行こうか」ドクターはジェレミーにいうと、両腕《りょううで》に人形を一体ずつかかえてさっそうとドアを出ていった。チャールズとジェレミーがあとを追い、ジェロームはもう一度ゴムのカエルをほしそうにながめたあと、ハリソンの手をつかんでひっぱっていった。

ホリーは、みんなが馬車と雪とコートのうずに見えなくなるまで、窓《まど》から見送っていた。それから静かな店の中を向くと、小さなため息をついた。

「親切なことをなさいましたな」クライナーさんがいった。

ホリーはなにもいわなかった。聞いていないようだった。

ドアのベルがチリンチリンと鳴って、ふたりはとびあがった。黒髪《くろかみ》をなびかせた青白い顔の女性《じょせい》が入ってきて、興味津々《きょうみしんしん》で棚《たな》をのぞきこんでいる。「こちらですばらしいお人形を作ってらっしゃるって聞いたんだけど」まもなくホリーは倉庫に行って、まじめな十歳《さい》の女の子のため、大急ぎで愛きょうのある人形を作った。そのあと別の母親が来た。スカートのかげから双子《ふたご》の女の子が顔をのぞかせている。この母親も人形のうわさをきいて来たらしい。ホリーは、ひっこみ思案《じあん》な笑顔《えがお》の影《かげ》に、いたずら心を秘《ひ》めた双子の人形を作った。そのころには、通りすがりの人が店の中にふる雪に引きよせられ、棚にならぶ宝物《たからもの》のとりこになって、店の中はお客さんでごったがえしていた。両手いっぱいに人形をかかえて倉庫から出てきたホリーと、よちよち歩きの子どものためにオルゴールのねじを巻《ま》いてやっているクライナーさんは、満足そうに視線《しせん》を交《か》わした。小さな女の子たちはガラスケースの中の小さな町の前にひざをついて、どの家に住みたいか、いいあっている。母親がマザーグースの絵本のつやつやのページをめくっているあいだ、赤ちゃんはうれしそうに新しいクマのぬいぐるみをだっこしている。

子どもたちにまざって、外の寒さと混雑《こんざつ》から逃《のが》れ、魅力的《みりょくてき》なおもちゃ屋でひと休みしている大人たちがいた。そこここで、なつかしい友だち、子どものころに遊んだおもちゃに出くわしている、大人たちの姿《すがた》が見える。その目には、思い出がいっぱいつまっていた。

やせてとがった顔の老人は、もう一時間もむずかしいパズルに取り組んでいる。複雑《ふくざつ》な組み木の箱を開けて、紙でできた小さなチョウを取りだすのだが、どうしてもその開け方がわからないのだ。もう少しでチョウに手がとどくと思うたびに、また新たなわなにひっかかっている。とうとう老人は足音をひびかせてカウンターへ行き、小さな箱をコツンと置いた。「買わせてもらう」老人は怒《おこ》ったようにいった。クライナーさんはにっこりしてお金を受けとり、しかめっつらの老人は立ち去ろうとした。そして足を止めてたずねた。「ほかにもあるかね？」クライナーさんは、同じようにむずかしいパズルを六個《こ》か七個見せた。「ぜんぶもらおう」

あっというまに二時間がすぎ、ぱったりと嵐《あらし》はやんだ。人であふれ、おもちゃの音でにぎわっていた店は、今はからっぽでひっそりしていた。うす暗い二階から大きな古時計のチクタク鳴る音だけが聞こえてくる。

「やれやれ。一、二分、休憩《きゅうけい》させてもらいますよ」クライナーさんは丸いすに腰《こし》かけた。

「そしたら、クリスマスツリーを買ってきてくださるのよね？」ホリーがからかった。

「クロースさん、あなたは鬼《おに》だな」

「まあ、クリスマス精神《せいしん》のない方ね」

「あなたはふたり分お持ちのようだ」クライナーさんは笑った。

そのとき、二階の廊下《ろうか》に人の気配を感じて、ふたりは不安そうに見あげた。キャロルさんがいることを示《しめ》すのは、下から廊下が見えないようかけられたビロードのカーテンの、かすかな動きだけだった。

クライナーさんは、急いで立ちあがった。「はいはい、クリスマスツリーを買いにいってきましょう。すぐにもどります」奥《おく》さんの手編《てあ》みにちがいない、色あざやかなストライプのマフラーを何本も巻《ま》いて、ドアをとびだしていった。

ホリーはだれもいない店を見まわした。思いがけず、ひとりぼっちになってしまった。しかし、頭の上でキャロルさんが息をし、歩き、作業をし、顔をしかめているのは、はっきりと感じていた。無意識《むいしき》にホリーは雪の肩《かた》かけをしっかりと肩に巻いていた。そうすれば強くなれるとでもいうように。ばかみたい、とホリーは思った。子どもみたいにびくびくしちゃって。わたしには責任《せきにん》がある。ツンドラだってここにいて、守ってくれる。たとえ眠《ねむ》っていたって。ホリーは背《せ》すじをのばし、なにかすることはないかとあたりを見まわした。そうだ、あのお面や冠《かんむり》をかたづけなくては。

ホリーが、羽根やボール紙の山のほうに歩いていくと、ドアのベルが鳴り、十六歳《さい》ぐらいのおどおどした女の子が入ってきた。店に舞《ま》う雪やおもちゃの陳列《ちんれつ》に、女の子の目はまんまるになった。

もっとよくながめようと近くの壁《かべ》によりかかったところへホリーが近づいていった。女の子はとびあがった。「わ、すみません！」

「すみません？　どうして？」

女の子は両手をもみしだいた。「ただ――ただ――すみません、って思って」

ホリーは目の前の心配そうな顔にほほえみかけた。「いらっしゃいませ。なにかお探《さが》しですか？」

女の子は、ほんの少し笑顔《えがお》を返した。「いえ、わたしじゃないんです。わたしはただのメイドですから。オーガスト・インチボルド夫人《ふじん》のために汽車のセットを取りにきたんです」

「では、オーガスト・インチボルド夫人は、汽車で遊ぶのがお好きなのね？」内気な少女からもう一度笑顔を引きだそうとして、ホリーはまじめな顔できいた。

女の子は思わずにこっと笑った。「オーガスト・インチボルド夫人は汽車でお遊びにはなりませんよ！　大人の女性《じょせい》ですから！　汽車は息子《むすこ》さんへのクリスマスプレゼントです！」

ホリーは女の子に身をよせて、ささやいた。「もしかしたら、オーガスト・インチボルド夫人もこっそり汽車で遊ぶかもしれないわよ。舞踏場《ぶとうじょう》で」

ホリーのねらいどおり、女の子はくすくす笑いだした。「見てみたいです！　今度シャンデリアのおそうじをするときに、見つけてしまうかも」

ふたりは顔を見あわせた。ふたりとも同じことを考えていた。友だちになれそうだと。すると、メイドはため息をついた。「急がなくちゃならないんです。インチボルド夫人は気が短くて。先週、汽車を注文したのですけど、クライナーさんが今日までとどかないというと、すごく怒《おこ》ってしまわれて」

ホリーは店の中を見まわした。特別注文の汽車。いったいどこにそんなものがしまってあるのだろう？「すぐにお持ちします。汽車ですね。ええと、そうだわ！　きっと倉庫でしょう」ホリーは小さな部屋《へや》に入り、壁《かべ》ぎわにならぶ棚《たな》の上を、期待をこめて見つめた。そこにはクライナーさん独特《どくとく》のならべ方で、きっちりと、でもどれがどれだかわからないように、箱がずらりとならんでいた。さっと見ただけで、汽車のセットがおさまる大きさの箱はひとつもないと判断《はんだん》したホリーは、メイドの待つ店内にもどると、もうしわけなく思いながらいった。「ごめんなさい。すぐには見つからないんです」

女の子は目を見ひらいた。「見つからない？」

「ええ、でも午後にもう一度来ていただけたら、クライナーがきっと用意しておきますわ」

「クビになるわ」女の子は落ちこんでいった。「手ぶらで帰ったらクビにするとおっしゃったの。わたしはなにひとつちゃんとできないって」

「でもあなたのせいではないわ。こちらの手落ちです」

「信じてくださらないわ」

「まあ、こまった！」ホリーは店の中をかけまわり、どこかすみっこのほうに気づかれないまま置いてある箱がないか見たが、いつもの箱があるだけだった。どうしましょう？　ホリーは必死に考えた。わたしのせいで、このかわいそうな女の子が面倒《めんどう》に巻《ま》きこまれてはならないわ。もう一度、見まわしてみたが、あいかわらず汽車は見つからなかった。

メイドは今にも泣きだしそうだ。

ホリーは耐《た》えられなかった。今、店はホリーにまかされている。なのに役目をはたしていないのだ。クライナーさんのがっかりする顔が浮《う》かんだ。オーガスト・インチボルド夫人《ふじん》のいばった顔も。と、ある考えが浮かんだ。「キャロルにきいてきます」いいながら、こわくて背《せ》すじがぞわっとした。「どこにしまってあるか、知ってるでしょう」ホリーは立ったまま、勇気をふるいおこした。キャロルさんと二階で会うと思うと、こわいと同時にひきつけられる気がしたのも、認《みと》めないわけにはいかなかった。けれども、行くならすぐに行かないと、腰《こし》が引けてしまうだろう。

ホリーはすばやく店を横切ったが、階段《かいだん》のところで立ちどまった。以前にもまして、暗く、よそよそしい感じがした。「すぐにもどるわ。待っていてね」メイドは力強くうなずいたが、ホリーが声をかけた相手はメイドではなかった。目をさましたツンドラに話しかけていたのだ。ツンドラは耳をふせ、目を細めて、階段を上っていくホリーを見ていた。

上に来ると、時計の音がより大きく聞こえた。ホリーはあたりを見まわした。店に張《は》りだしているバルコニーには、家具やかざりなどはなにもなく、明かりも階下の窓《まど》からとどくだけだ。反対側には緑色の厚《あつ》いビロードのカーテンがかかっており、キャロルさんの住居《じゅうきょ》の入り口をおおっていた。ホリーは不安になってたっぷりとしたひだを見つめた。どこにも切れ目が見えない。まるでビロードの壁《かべ》だ。一瞬《いっしゅん》ののち、ホリーは前に進みでて、しなやかな布《ぬの》にふれた。このひだの陰《かげ》に入り口があるはずだと押《お》してみると、たちまちビロードの中に包みこまれてしまった。パニックになりそうになりながらさっと向きを変えると、ビロードもいっしょにまわってしめつけてくる。ツタのようにスカートにからみつき、緑の影《かげ》でなにも見えない。両手をつきだして、出口を見つけようともがく。この厚《あつ》みのむこうに、この暗やみのむこうに、きっとなにかが——

力強い指がホリーの手をつかみ、息苦しい布《ぬの》の海から、暗い色の木が張《は》られた廊下《ろうか》へとホリーをひっぱりだした。ホリーは深く息をついたが、目は上げられなかった。すると、ホリーの手をつかんでいた強い手が急にはなれた。なにもいわない。静けさが満ち、ビロードの暗いひだよりも息がつまる感じがした。

おそるおそる目を上げると、その人はホリーを見つめていた。びっくりしているのか、怒《おこ》っているのかわからない。半開きの目は読みがたく、くちびるは意味ありげにかすかに笑っているようだ。すぐにでも逃《に》げたいという気持ちにとらわれる。ほら、また——あの感覚がおそってくる。あまりに強くて、味さえ感じられるほどに。わたしは、この人をずっと知っていた、と。「どうしていつもわたしの前にあらわれるの？」ホリーはどうすることもできずにつぶやいた。

うす暗がりの中でも、その人の顔が、なぐられたようにひきつるのが見えた。とても若く、無防《むぼう》備《び》に見える。「だが、ぼくを苦しめようとしているのはきみのほうだ」ととつぜん叫《さけ》んだ。たちまち、やさしい気持ちがわきおこり、ホリーの恐怖《きょうふ》を洗《あら》い流した。そして考える間もなく、その人のほうに手をのばした。ふたりの指がかさなり、からみあった。

その人はうしろにさがると、ホリーの手をはなした。また無表情《むひょうじょう》になり、目は冷たくなった。そのまぎわ、水が砂《すな》にしみこむように、ふたりの存在《そんざい》が消えてしまったように感じた。今なにがあったのか、ホリーにはわからなくなっていた。「クロースさん、なぜぼくの部屋《へや》に入りこんだのか、説明してもらえますか？」

「わたし——わたし、インチボルド夫人《ふじん》が注文された特別な品を探《さが》してたんです」気持ちを落ち着けようとして、口ごもった。「その方のメイドさんがいらしていて、クライナーさんは出かけているし、あなたならどこにあるかご存《ぞん》じだろうと思って、それでおききしてみようと上がってきたら、カーテンにからまってしまって——」

「ぼくは販売《はんばい》にはタッチしてないよ」キャロルさんはぴしゃりといった。「それに、クライナーさんに最初にはっきりといわれたはずだ。それを忘《わす》れてもらってはこまる——なにがあっても、ぼくのプライバシーを侵害《しんがい》しないでほしい」

反抗心《はんこうしん》がホリーの中にむくむくとわきあがった。おろおろさせるつもりだろうが、そうはいかない。「配達品の置き場所もご存じないのですね？」ホリーは短くたずねた。

「知らない」

「それでは、もうけっこうですわ、キャロルさん」ホリーはきびすを返して立ち去ろうとしたが、廊下《ろうか》のつきあたりのなにかが目にとまった。暗い色の木でできた両開きのドアで、左右に半分ずつ時計が彫《ほ》られている。細部にまで見事に手がかけてあった——数字には曲線のかざりがつけられており、木はつやだしでみがかれて光っていた。時計の針は四時十分前をさしている。ホリーは、キャロルさんの顔に目を移《うつ》した。この人がこれを作ったのだ、と思った。

「お引き取りを」キャロルさんがどなった。

ホリーの目が光った。「このどうしようもないカーテンの出口を教えてくださったら、喜んで」

答えるかわりに、キャロルさんはビロードの壁《かべ》まで歩いていくと、短い棒《ぼう》で布《ぬの》をわきによせた。キャロルさんのほうを見ないようにして、ホリーは開いたところから出た。何年もカーテンの中にいたような気がした。


階下の店では、ツンドラが同じ気持ちでいた。ホリーが階段《かいだん》を下りてくると、ツンドラは注意深くながめ、ホリーのとまどいや、プライドが傷《きず》つけられたことを見てとった。今度キャロルさんが姿《すがた》をあらわしたら、足首に食《く》いついてやろうと、楽しい想像《そうぞう》をめぐらしていたが、ヘリカーンなのではないかという最大の不安は現実《げんじつ》にはならなかったので、気を落ち着けてゆったりとすわった。ホリーがいないあいだに、クライナーさんは大きなクリスマスツリーをひきずってもどってきており、もちろん問題の汽車もすぐに見つけていた。ホリーが店に下りてきたときには、ちょうど若《わか》いメイドが出ていくところだった。わきにかかえた大きな包みを落としそうになりながら、メイドは手をふった。ホリーも元気なく手をふりかえして、どっかりと丸いすに腰《こし》を下ろすと、長いため息をついた。

クライナーさんが近づいて、なぐさめるように肩《かた》に手を置いた。「どうしたんです、クロースさん？　キャロルさんがものすごく怒《おこ》ったとか？」

「ええ、そうなんです」

クライナーさんはふっと息をもらした。「一度、若い店員を、階段からつきおとすぞ、とおどされたことがあります。まさかほんとうにそんなことをするつもりはなかったんでしょうが、おどされたのは事実です。かわいそうにその店員は、すっかりふるえあがって、実は二度と立ちなおれなくなってしまいました。キャロルさんが店に出てこられると倉庫にかくれるようになり、そのうち倉庫から出てこなくなりました。いつ、キャロルさんが来られるか、わからないからというのです。クビにするしかありませんでした」クライナーさんは残念そうに首をふった。「西のほうに引《ひ》っ越《こ》したはずです」

ジェレミーがホリーに、ぴかぴかの金の星のひもかざりを手わたした。「そのへんからはじめてよ。下のほうはおいらがやるからさ」

ホリーはそれを枝《えだ》に巻《ま》きつけた。「ほら、きれい。はい、あとはお願いね」

「ありがとう」ジェレミーはさらにひもかざりを巻きつけた。「それでドクターは、みんなののどを見て、背中《せなか》をとんとんたたいたんだ。食《く》いしん坊《ぼう》とヒヨコが、かかりはじめだったけど、治せるって。ほかはみんな馬みたいに強いってさ。新鮮《しんせん》な空気がどれほど健康《けんこう》にいいかってことの証明《しょうめい》になるって、しゃべりまくってさ。そういうことを信じない医者のところに、マーティとおいらを連れていって見せるっていってたよ。それから、肺《はい》はどこにあるかとか、ほかにもおもしろいことをいろいろ教えてくれた」

「リシーは、あそこをはなれるの、いやがらなかった？」

「ちょっと泣いたけど、おいらが毎日お見舞《みま》いに行くから、ときにはほかのやつらも連れていくからっていってさ。ドクターが話をしたあとで、結局病院には行かないことになって、ほっとしたみたいだよ。おいら、ドクターはぜったい病院に連れていくと思った」

「どうしてドクターは気持ちを変えたの？」

「むすめさんだよ。すごいいばりんぼでさあ。『だめよ、リシーはわたしたちといっしょに帰るの。病院へなんて行かせない』って、じだんだを踏《ふ》んだんだ。でも、お父さんはしかったりしなかった。そんなにいうなら、自分でリシーの面倒《めんどう》を見るんだぞ、っていって約束させた。それからリシーをパンのかたまりみたいに軽々と抱《だ》きあげると、家に連れて帰ったんだ」ジェレミーは頭をふりながら、思い出していった。「ホリーが作ったあの人形を持っていったよ。ねえ、その首かざりみたいなの投げて」

「これはリースよ。はい、どうぞ。リシーのことはよかったわね。ドクター・ブランフェルズが治してくださるといいけれど——ねえ、ジェレミー。そのガラスの鳥を取ってくれない？　しっぽのついた、それよ」

「わたしがお手伝いしましょう、クロースさん」なめらかな声が割《わ》って入った。ハンター・ハートマンが店に入ってきていたのだ。踏み台の上にのっているホリーを見あげて、にっこりと笑いかけた。「まるで塔《とう》に閉《と》じこめられた姫君《ひめぎみ》のようだ。わたしが助けにいきましょう、といってもむだでしょうな」ハートマンさんの目はホリーをじろじろと見つめていた。

「まったくむだですわ。この塔はひとりしかのぼれませんし」

「ほら、鳥だよ、ホリー」ジェレミーが大きな声でいい、ハートマンさんをにらみつけた。ハートマンさんも無表情《むひょうじょう》に見かえした。

「ありがとう。どうかしら？　これでじゅうぶんだと思う？　あんまりたくさんつけすぎても、ツリーが重たくていやがるでしょうから」ホリーはなにげなくいった。

ジェレミーはくすくすと笑ったが、ハートマンさんはホリーがおかしなことをいったのに気がつかないようだった。「そう、きれいにバランスが取れていますな」目を細めて、考えこむようにツリーを見た。ガラスのつららや、金の星の輪でかざられ、きらきらとかがやいた美しいツリーだった。

踏《ふ》み台から下りるとき、さしだされたハートマンさんの手を取ると、あっという間に床《ゆか》に下ろされた。ホリーはびっくりして顔を上げた。ハートマンさんの顔がすぐ近くにある。大きな灰色《はいいろ》の目が、じっとホリーの目を見つめている。それから、おくればせながらにっこりした。大きな口のはしにしわがよった。ホリーはあとずさった。

「クロースさん？」ハートマンさんはやさしくいった。そのうしろで、ツンドラが立ちあがった。

「なんでしょう、ハートマンさん？」

「よろしければ、わたしの――わたしの――」しばらく間があいた。ことばを失い、深く息をついた。「買い物を手伝っていただけませんか？」

ツンドラがまたすわった。

「もちろんですわ。どういったものをお探《さが》しですか？」

ハートマンさんはポケットを軽くたたくと、メモをひっぱりだした。「ねんど、木炭、絵の具」

ホリーは、少しおどろいた。いったいだれへの贈《おく》り物《もの》かしら？　それでも、いわれたとおりに、画材のあるところに行った。「ねんどと木炭と絵の具ですね。水彩《すいさい》絵の具がいいかしら」

「そう、水彩です」

「画用紙は？」

「はい？」

「画用紙はいらないのかしら――その、木炭と絵の具で描《えが》くのに」

「ああ」ハートマンさんはめんくらったようだった。「はい。画用紙も。たしかに。さてと、次はなにかな？」目を細めてメモを見た。「ああ、機織《はたお》り機《き》を」

ホリーは近くの棚《たな》のほうを向いた。「ふたつございます。ひとつはかわいらしい小さな織り機ですけど、扱《あつか》いがむずかしいんです。もうひとつは手織り機で、こちらのほうが簡単《かんたん》です。むすめさんはおいくつですか？」

ハートマンさんはじっと見つめると、わっはっはと笑いだした。「むすめですか！　わたしにはむすめはいませんよ！　息子《むすこ》も、妻《つま》もおりません」それからホリーのほうに体をかたむけた。「妻もおりません。今は、いなくてよかったと思っているのですよ」

ホリーは赤くなった。なんと返事をしてよいかわからない。

ハートマンさんはますますやさしくいった。「あなたをはずかしがらせるつもりはなかったのです。ただ、あなたがあまりにもお美しいので」失礼をわびるように、心配そうにほほえんだ。

ホリーはほほえみかえし、ふたつの機織り機をさしだした。「どちらになさいます、ハートマンさん？」

ハートマンさんはそれらをちらっと見ると、「両方とも」と答え、またメモにもどった。買い物の目的はもうきくまいと決めて、ホリーは次の指示《しじ》を待った。

「次は、クマだ」

「クマでしたら、こちらにかわいいのがたくさんございます」

そんなふうに買い物はつづいた。おもちゃの山が高くなり、くずれそうになっても、ハートマンさんはまだメモを見ては注文した。まるでぜんぶ買いしめてしまいそうないきおいだった。ボートに汽車にブリキのおもちゃ、太鼓《たいこ》に笛に耳をふさぎたくなるような大きな音を出すカズー、木でできた農場の模型《もけい》、ブリキの兵隊たちとそれがぜんぶ中に入る大きなお城《しろ》、ふわふわのヒツジとアヒルとウサギのぬいぐるみ、パーティーのときにかぶる冠《かんむり》と中からキャンディーが飛びだすふしぎな箱、それから三本のクリスマスツリーにつるせるほどのかざり。

ツンドラはすみのほうから、このようすをじっと監視《かんし》していた。別のすみでは、ジェレミーが、いいようのない不快《ふかい》な気持ちにさいなまれていた。そのあいだをクライナーさんがちょこちょこ走りまわる。ほかのお客様の相手をしていないときには、山と積まれていくおもちゃを信じられないというように見つめながら、こんなすばらしいお客にちょっとでもうたがいを持つとは、と自分をしかった。二階には、だれにも気づかれずにキャロルさんが立っていて、ホリーの細い体にのしかかるようにして立っている背《せ》の高い男を見ていた。人なつっこい笑顔《えがお》が、ハートマンさんをハンサムに見せ、ホリーのくちびるにはそれにこたえるように笑みが浮《う》かんでいる。

「ぜんぶだ」ハートマンさんがいった。

ホリーは笑った。「どうかしていらっしゃるわ。ゴムのアヒルを五つもだなんて」

「ゴムのアヒルが五ついるんです」

「でもそうすると残りひとつになってしまいます。この子がさびしがりますわ」

「それでは、六つにしよう。あなたがそうおっしゃるなら」

「わたしが？　ハートマンさん、ご自分でお決めください」

「今まで生きてきて、このアヒルほどほしいアヒルはありませんでしたよ」いいながら、ホリーの目を見つめた。

「わかりました、ハートマンさん。おっしゃるとおりに」

「わたしの真意《しんい》をわかっていただけるといいのだが、クロースさん」

「わかりません」

「それは、あなたが純真《じゅんしん》であられるからだ」

「そんなことありません。わたしがここで育っていないから――それに――あなたの考え方に慣《な》れていないからですわ」

ハートマンさんはそのきっかけにとびついた。「こちらには長いのですか？」

「いいえ、ほんの二、三日です。ここには――その――旅行で来ただけですから」

「だが、しばらくいらっしゃるのでしょう？」ハートマンさんはぐっと近づいていった。

ホリーはじりじりと遠ざかった。「いいえ、明日にはここを発《た》ちます」

二階でちょっとした動きがあったが、だれも聞いていなかった。

「それでは、この街をちっとも見られないではありませんか！　わたしが思うに、ここは地上でもっとも刺激的《しげきてき》な場所です。わたしたちは大きな発展《はってん》の時代に生きているのですよ、クロースさん。そして、ニューヨークはその中心地だ。近い将来《しょうらい》、われわれの発明と産業が世界をひっぱっていくでしょう。ニューヨークの芸術《げいじゅつ》も忘《わす》れてはなりません――音楽、絵画、偉大《いだい》なる文学は他の追随《ついずい》を許《ゆる》しません！　ぜひ、ご案内させてください！」ホリーの腕《うで》に手を置き、息もつがずにいった。

「今夜、わたしと出かけませんか？　この店以外のところも味わってください」軽蔑《けいべつ》するように店をながめまわしながら、ハートマンさんは強くさそった。「世界を見るのです」

ホリーを誘惑《ゆうわく》するのに、これ以上計算されたことばがあるだろうか。世界――なんて魅力的《みりょくてき》なひびき！　経験《けいけん》したことのない、わくわくするようなにか。自分の知っている世界とはまったくちがうもの。ホリーは迷《まよ》ったあげく――うなずいた。「ええ。ごいっしょいたしますわ。ありがとうございます」

「それはすばらしい、クロースさん！　オペラに行きましょう――きっと感動なさるはずだ。いなかの三文芝居《さんもんしばい》とはわけがちがいます――そのあと、デルモニコの店で夕食をいただきましょう。それでよろしいですか、クロースさん？」ハートマンさんはきらきらする目でホリーを見つめた。

「ええ」ホリーは自信なく答えた。ほんとうによかったのだろうか？　まったくわからなかった。直感にたよるしかなかった。「ええ」こんどは、はっきりといった。「すばらしいですわ」

「お迎《むか》えにまいりましょうか？　八時でいいですか？」

警告《けいこく》のベルが鳴ったような気がして、ホリーは首をふった。「いいえ、ハートマンさん。オペラハウスで落ちあうことにいたしましょう」

「だが、そんなことは考えられません！　若《わか》い女性《じょせい》のひとり歩きなど！　いけません」

「オペラハウスでお会いできないのなら、おことわりします」

一瞬《いっしゅん》、がっかりしたような顔になったが、すぐにもとにもどった。「そんな、クロースさん。ことわるなんていわないでください！　では、オペラハウスで会うことにしましょう。八時に。よろしいですか？」

「けっこうです」

「それでは、ひとっぱしりブロードウェイまで行って、チケットを買ってまいります」

ハートマンさんはすぐにでも帽子《ぼうし》をかぶって出ていきたいみたいに、帽子をいじくった。

ホリーはびっくりして見つめた。「でも、おもちゃはどうなさるの？」

「おお、そうでした」ハートマンさんはあまり興味《きょうみ》もなさそうに、おもちゃの山を見た。「買い物は以上です。代金を計算してください」そしてポケットから分厚《ぶあつ》い札束《さつたば》を取りだした。

これはクライナーさんの仕事だったので、ホリーは今夜の約束を忘《わす》れないように、と何度もハートマンさんに念を押《お》されながら、倉庫にひっこんだ。ツンドラがなにげないふうをよそおって、あとからついていった。

ホリーはツンドラを待っていた。「気に入らないのはわかってる」

「とんでもない、大いに楽しみにしていますよ」

「ツンドラ、だめよ。あなたは入れてもらえないわ。わかってるでしょ?」

「それじゃ、ホリー。ききますが——なぜあなたは、わたしがついていけないところに、わざわざ知らない人と出かけたりするのです?」

「今夜はわたしにとって、人間界での最後の夜よ、ツンドラ」ホリーはうったえた。店ではドアのベルがチリンチリンと鳴った。ハートマンさんが帰ったのだ。「ふつうの女の子みたいなこと、もう二度と楽しむチャンスはないのよ。お願い。これっきりだから」

ツンドラはだまっていた。何年も前の夏の夜を思い出していた。村のパーティーに行けないと、ホリーは泣いてたっけ。ツンドラにはだめとはいえなかった。「外で待っていますよ、ホリー。馬車についていきます。見つけてくれますよね」

ホリーはひざまずき、感謝《かんしゃ》してツンドラを抱《だ》きしめた。

ホリーとツンドラが倉庫から出ていくと、店にはジェレミーひとりだった。二階のほうにぐいっと頭を向けていった。「クライナーさんは、上にいるよ。キャロルさんに呼《よ》ばれたんだ」ジェレミーはいやそうに頭をふった。「あまりいい話じゃなさそうだ」


「もう一度いう。あの人をクビにしろ」

「それなら、わたしももう一度いわせていただきます。クビにはしません」クライナーさんはぴりぴりしていった。

「この店のオーナーはぼくだろう? 店の経営《けいえい》について決定を下す権利《けんり》もないのか?」キャロルさ

んの顔は怒《いか》りでこわばっていた。

「権利《けんり》はお持ちです。ですが、これはそういう問題ではありません」クライナーさんは気持ちを高ぶらせながらいった。「かわいそうに、こんな仕打ちをされるなんて。あの人は、これまでつとめたどの店員より心をつくして働いてくれました。店の陳列《ちんれつ》をすばらしく改善《かいぜん》してくれましたし、どんなお客様にも魔法《まほう》をかけてしまうのです。それに、具体的な証拠《しょうこ》がほしいといわれるなら、まるまるひと月分の売り上げを、この二日間でかせいだのですぞ！　しかも天使のような心を持った人です。この二日でどれほどよいおこないをしたか少しでもご存《ぞん》じなら、今おっしゃったことをはずかしく思われるでしょう！」自分のことばのはげしさにびっくりして、クライナーさんはきっぱりと口を閉《と》じ、雇《やと》い主《ぬし》をにらみつけた。

「ここに置くことはできない」キャロルさんは、歯をくいしばりながらいった。

「では、ご自分でクビになさってください。わたしはそんなことをするつもりはありませんから」クライナーさんはきびすをかえすと、部屋《へや》を出ていこうとした。しかし、ドアのところまで来ると、ふりかえって、自分の両手を見つめている男のほうを見た。かぎりなく孤独《こどく》に見えた。「そんなことをなさってはいけません。わかっていておいでのはずです」クライナーさんはいった。「どんな理由があるにせよ、あなたはわかっていてまちがいをおかす方ではない」

「どうかな。そうせずにはいられなくなるかも――」途中《とちゅう》でやめ、頭をふった。

「あなたという方はわかりませんし、わかったふりもいたしません。しかし、お小さいころから存じあげていますが、あなたはぜったいに――そうだ、ぜったいに――かつてはあなたもお持ちだった純粋《じゅんすい》な心を、裏切《うらぎ》るような残酷《ざんこく》なことはなさらないお方だ。それだけは、たしかです」

キャロルさんは長い息をついた。「ぼく自身よりもよくわかっているんだな」

「それは、あなたより年を重ねていますし、知恵《ちえ》もあるからです。それでは、仕事にもどらせていただきます」

キャロルさんはうなずいた。ドアが閉《し》まると、しばらくのあいだキャロルさんはどっしりした机《つくえ》に向かって、両手で頭をかかえた。ため息をついて立ちあがり、作業場へと向かう。細い銀の針金《はりがね》を持ちあげて、ぼんやりとそれをながめ、また下ろした。それから決心したように向きを変えて足早にドアから出ると、店を見わたせる、廊下《ろうか》の秘密《ひみつ》の場所へともどった。

第二十一章

ホリーは緑色のシルクの布《ぬの》を見つめていた。

「クロースさん、来てください！　もう七時です！」店のほうからクライナーさんの声がした。布をひっくりかえして、見落としたポケットがないかとでもいうように調べてみた。けれどもなにも出てこない。「どこにいったのかしら？」

「どうせレクシーのしわざでしょう」ツンドラがつぶやいた。「きっとたいくつして、ほかの二匹《ひき》をさそって探検《たんけん》にでもいったのでしょう。レクシーらしいですよ」

「でもみんなを置いていくわけにはいかないわ」

「いいじゃないですか。当然のむくいです」

「クロースさん！」

「はい、はい。今行きます」ホリーは折れて、荷物をまとめた。「すみません、クライナーさん」

ツンドラがようすをうかがうと、ホリーはいつになくしっかりして見えた。

「かまいませんよ。さて、あなたの人形の売り上げ金は持ちましたか？」

「はい」

「ぜんぶおいらにくれたんだよ、クライナーさん」ジェレミーがばらしてしまった。「みんなで食事代にしなさいって」

クライナーさんは、眉《まゆ》をひそめてホリーのほうを向いた。「クロースさん、よけいな口出しをするつもりはありませんが、ご自分のためにも少し残しておいたほうがいい。ジェレミーはよく働いてくれたので、わたしからもおこづかいをわたしてあります」

「自分の分も少し取ってあります、クライナーさん。ご心配なく」ホリーはにっこりと笑いかけた。

「では行きましょうか？」

まもなく、ホリー、ツンドラ、クライナーさんは、リシーの見舞《みま》いに行くジェレミーに別れを告げ、一頭立てふたり乗り馬車に身を落ち着けた。ふたりともゆったりとすわって、それぞれの思いをめぐらせていた。クライナーさんは、その日のびっくりするような売り上げを、何度も頭の中で計算し、やがて軽い寝息《ねいき》を立てはじめた。ホリーは、ドクター・ブランフェルズのすばらしいお屋《や》敷《しき》にいるリシーを想像《そうぞう》していた。天蓋《てんがい》のついたベッドに寝ているかもしれないわ。フリルのついたネグリジェを着ているかも——

なんの気なしに外を見ると、すぐ横の歩道を大またで歩いていく背《せ》の高い人がいた。黒いコートの背中しか見えない。冬のニューヨークの道をうずめるほどたくさんいる、黒いコートのひとつでしかなかったが、その歩き方には特徴《とくちょう》があり——見おぼえがあった。ホリーは前に身を乗りだして顔を見ようとしたが、その人は、建物の影《かげ》に入っていく歩行者の群《む》れにまぎれてしまった。背《せ》の高い人だったのはたしかだ。すべすべした黒い山高帽《やまたかぼう》をかぶり、大きな包みをかかえていた。ハートマンさんかしら？　もしそうなら、どうして三番街のぬかるみの中を、意を決したように歩いているの？

ホリーはくもったガラスに顔を押《お》しつけてみた。今度は馬車が、早足で歩いている黒いコートの人を、追いこしてしまった。あの大またの歩き方には、たしかに見おぼえがある。キャロルさんかしら？　急にホリーは、キャロルさんであってほしいと思った。キャロルさんに会いたい。気づかれないように、そのかげりのある目を見ていたい。小さなガラス窓《まど》を下げて、ホリーは身を乗りだした。もうひと目見れば、それが雇《やと》い主《ぬし》だとわかるかもしれない。けれど、うまくいかなかった。

ホリーが目で追っていた黒いコートは、大きな建物へとつづく御影石《みかげいし》の階段《かいだん》のところで立ちどまり、上っていった。馬車が角で急停車し、ホリーはふりかえって建物を見てみた。なにか文字がきざまれている。ホリーは横目で読んだ。〈聖《せい》セシリア孤児院《こじいん》〉。あの背の高い人が、階段をかけおりてくる。目を細めて見たが、わかったのはかかえていた包みがないことだけだった。ハートマンさんかキャロルさんか——どちらにしろ、なにかを孤児院にとどけたらしい。

「孤児ってなんですか？」

「なんですって？」クライナーさんが、うたた寝《ね》から起きていった。「孤児ですか？　ああ、みなしごですよ。親のいない子どものことです」クライナーさんはまたもや居眠《いねむ》りに落ちていき、ホリーは窓を閉《し》めた。馬車はガタゴトと進んだ。

ツンドラはなにかたずねたそうにつっついてきたが、なにを見たのかときくことはできなかった。ホリーはほっとした。話したくなかったのだ。ホリーは廊下《ろうか》のつきあたりにあった大きな時計のついたドアのことを考えていた。キャロルさんの手が、おもちゃを作りながら、かんなくずをはらうようすを、またその手が、うす暗い廊下で、ホリーのほうに一瞬《いっしゅん》のばされたときのことを、思い浮《う》かべていた。心臓《しんぞう》がどきどきした。

ツンドラはホリーのようすを見ながら顔をしかめた。ホリーの身になにかが起こっている。だが、それがなんなのか思いつかなかった。ホリーのほほは青白く、もともとそのつけない緑色の目は、なんらかのショックを受けているように見えた。とまどいながら見つめていると、ホリーが急にほほえんだ。すると一気にほほに色がもどってきた。こんなに美しいホリーは初めてだった。

「それじゃあ、急がなくてはね。なにか着るものはあるの?」宿に着くと、クライナーさんの奥《おく》さんがいった。

階段《かいだん》をかけのぼっていたホリーは立ちどまった。「オペラにはふつうどんなものを着ていくんですか?」

「そりゃあ、いちばんいいドレスですよ、クロースさん。いちばんいいドレスです!」

「レクシーに感謝《かんしゃ》しなくちゃ」ホリーはつぶやき、ツンドラをしたがえて階段をかけあがった。まもなくホリーは、流れるような金のシルクの衣装《いしょう》を身にまとっていた。さらさらとドレスをゆらしながら行ったり来たりして、化粧《けしょう》ダンスの上にかかった小さな鏡に映《うつ》った姿《すがた》を確認《かくにん》する。「ツンドラ」ホリーは不安になってたずねた。「だいじょうぶかしら？　それともおかしい？」

ツンドラは頭を上げて、ホリーを慎重《しんちょう》にながめた。「おかしくありませんよ。女王のようです」

ホリーは笑ったが、すぐに沈《しず》んだ顔になった。「たいへん！　オペラハウスのことを忘《わす》れていたわ！　わたしの心臓《しんぞう》はもつかしら？」うろたえて、ツンドラのほうを見た。「もう体があたたまってきてる」ホリーはバルコニーのところへ行って、ドアを開けた。ふっと雪が舞《ま》いこんで、ホリーの髪《かみ》にとまった。冷たい空気に招《まね》かれるように、ホリーは外に踏《ふ》みだした。目をつぶって、顔を上げ、やさしくうずまく雪を受けとめる。するとゆうべの雪のショールと同じくらいはっきりと、冷たい空気が軽いクモの巣《す》のように体を包みこんでくれるのを感じた。目を開けると魔法《まほう》の雪が、滝《たき》のように流れるシルクのドレスに宝石《ほうせき》のようにちりばめられ、美しい金色のレースとなっているのが見えた。この贈《おく》り物《もの》をくださった方を思って、ホリーは夜の空に目をこらした。「また力をお貸しくださって──いつも──ほんとうにありがとう」

十分後、ホリーは階段《かいだん》を下りていった。居間《いま》に入ると、奥《おく》さんは、ホリーのあまりの美しさにはっと息をのみ、クライナーさんはあやつり人形のようにぴょんと立ちあがった。「これはこれは！」めがねをはずしながら、つぶやいた。

「ほんとうにきれいよ。こんな色、見たことないわ。どこで見つけたの？」

「友だちがくれたんです」ホリーは正直に答えた。「それではクライナーさん、奥さん、行ってきます！」

「コートはどうしたの？」奥さんはあきれていったが、ホリーは聞こえないふりをして、ドアをすりぬけ、ツンドラといっしょに夜の大都会に出ていった。

「ここにいますから。ホリー、聞いてますか？　この柱のそばにいますからね」

「この柱のそばね」ホリーはすなおにうなずいたが、その目は太った年配《ねんぱい》の婦人《ふじん》を追っていた。くじゃくの羽のような青いサテンのドレスを着て、にっこりとほほえむ若《わか》い男性《だんせい》の腕《うで》につかまり、馬車からおりてくる。男性はのどが切れてしまいそうな、固いえりのシャツを着ていた。ホリーは夢《む》中《ちゅう》になって見つめている。ツンドラはため息をつきながら待った。

その年配の婦人と連れの男性は、メトロポリタン・オペラハウスの金ぴかのロビーへとのみこまれていった。優雅《ゆうが》に着かざった紳士淑女《しんししゅくじょ》が、きらめく劇場《げきじょう》へ次から次へと入っていく。ホリーの目には、黒のラシャや、かがやくばかりの白のリネン、目にもあざやかな色のシルクやビロードがいっぱい映《うつ》った。

「ホリー！」ツンドラが口を閉《と》じたままささやいた。ほんとうはしゃべってはいけないのだが、そばを通りすぎる上流階級の人々は、自分たちの優雅さにうっとりしており、しゃべるオオカミになど目もとめなかった。「なにかあれば、わたしはここにいますから！」

とうとうホリーは人ごみから目をそらし、ツンドラに注意を向けた。「わかったわ」

ツンドラはほっとした。やっと聞いてもらえた。「それじゃあ、行ってらっしゃい。楽しんで」ふりしきる雪の中で、ツンドラは大理石の階段《かいだん》を上っていくホリーを見ていた。まっすぐに背《せ》すじをのばし、足どりも軽やかだ。顔は見えないけれども、まわりの人々がホリーを見ておどろくのがわかる。何十人もの女性《じょせい》が、興味津々《きょうみしんしん》といったようすで、なんどもホリーをふりかえって見ている。一方、その連れの男性たちは、一度ホリーが目に入ると、その後もひそかに見つめつづけていた。誇《ほこ》らしげな笑《え》みを浮《う》かべた背《せ》の高い男性が進みでて、ホリーの腕《うで》を取った。金色の滝《たき》が流れるようなドレスを着た細身の女性と、その連れの男性が幅広《はばひろ》の階段《かいだん》を上っていくのを、うらやましそうな目が追った。

「メトロポリタン・オペラハウスにいるすべての男性が、わたしになりたいと願っていますよ」ハンター・ハートマンは周囲をちらっと見ながらいった。「ほんとうにお美しい」腕にかかったホリーの手をくちびるのほうに持っていった。「ごらんなさい。みんなあなたを見ている」

ホリーは見てみた。たしかにたくさんの顔がこちらを向いていたが、ハートマンさんは大げさに喜びすぎているように見える。なんだかおかしな気がした。まるでホリーがハートマンさんのもので、みんなに見せびらかしているような。ホリーは反抗《はんこう》するようにあごを上げ、話題を変えた。

「今夜の演目《えんもく》はなんですの？」

「『オセロー』です」ハートマンさんは肩《かた》をすくめた。「あまり楽しい物語ではないが、ド・レシュケの歌声は最高ですよ」

ホリーは大喜びでハートマンさんのほうを向いた。「すばらしいわ！ ずっと大作曲家ヴェルディのオペラを聞きたいと思っていましたの！ これが最高傑作《けっさく》だといわれてるじゃありませんか！」

ハートマンさんは油断《ゆだん》なくホリーを見た。「どちらのご出身なのですか？ ヴェルディを知っているのに、ヴェルディ作のオペラはひとつも聞いたことがないとは。たくさん作品があるんだから、聞きのがしようがないでしょうに」

「わたしの出身地は――」ホリーは口ごもった。ことばを探《さが》すうち、顔が赤くなる。「とても――森の深いところで、オペラハウスなんてありませんでしたの」目を上げて、はっとした。ハートマンさんはホリーのいうことなんて信じていないし、どうでもいいと思っているのがわかったのだ。ハートマンさんは、へんに口をゆがめてほほえんだ。

そして前を向くと、そっといった。「ああ、今夜は楽しみだ」

「わたしもです」

ハートマンさんは答えずに、ホリーの片手《かたて》を持ちあげて、慣《な》れた手つきでてのひらを上に向け、あたたかいくちびるを細い手首に押《お》しつけた。ホリーはぞっとして、かすかに身ぶるいした。

紺色《こんいろ》のビロード張《ば》りで、そこここに金箔《きんぱく》のほどこされたボックスシートは、視界《しかい》をさえぎられることなく舞台《ぶたい》が見える位置にあった。また、ドレスサークルと呼《よ》ばれる、ニューヨークの上流階級の人々が代々受けついできた特等席も見えた。ダイヤモンドで光りかがやく服で正装《せいそう》し、完璧《かんぺき》な礼儀作法《ぎさほう》を身につけた、モルガン家の人々とヴァンダービルト家の人々が、たがいの席からうなずき交わすようすを、ホリーはきょろきょろとながめた。

一階席を歩きまわる人々は、まるでペンギンの群《む》れだ。見事な仕立ての夜会服《やかいふく》に身を包んだ金持ちの若《わか》い男性《だんせい》たちは、劇場内《げきじょうない》をうろついて、身分の高い女性たちを見つけだしては、相手が若かろうと年よりだろうと、甘《あま》いことばをささやいた。ホリーの存在《そんざい》は、観客《かんきゃく》の中でもこの部類の人たちに、かなり強い印象《いんしょう》を与《あた》えていた。お金ばかりに興味《きょうみ》のある若者《わかもの》も、ホリーのかがやくようなほほえみと気まぐれな巻《ま》き毛《げ》を見て、美しさの方が大切だ、と価値観《かちかん》がくつがえされるのを感じた。ローは、オペラグラスをのぞきこみながら、いらだっていた。「どこかで見たことがある子だな。はっきりとは思い出せないけど。いっしょにいるやつはだれだ？」

「見たことないなあ。あの子にはつりあってないよ」ナップがぼやいた。

見られているとは知らず、ホリーは大いに楽しんでいた。なにもかもがすばらしい。大勢《おおぜい》の人々のざわめき、うすいチョウの羽根のような衣装《いしょう》のご婦人《ふじん》たち、金ぴかの雲に乗ってただようミューズたちが描《えが》かれた、豪華《ごうか》な金色の天井《てんじょう》。こうした華々《はなばな》しい世界のすべてが、ホリーの血管の中にシャンペンのように流れこんできた。社交界の花の中でも、特に堂々《どうどう》とした女性《じょせい》を見つけて、ホリーは前かがみになってハートマンさんの腕《うで》にふれた。「あの方を見て！ あれは、ダイヤモンドのベルトかしら？」ホリーはささやいた。「息もできないでしょうに！」

「あれは、アスター夫人《ふじん》です」ハートマンさんはホリーを見おろした。「ご存《ぞん》じですか？」

「いいえ。えらい方なのですか？」

ハートマンさんは笑って、ボックスシートの手すりになにげなく手を置き、アスター夫人を指さした。すると見えないロープにひっぱられるかのように顔がこちらを向き、わずかにおどろいたような表情《ひょうじょう》で、こちらに会釈《えしゃく》をした。ハートマンさんも、落ち着いて会釈を返すと、夫人はとたんにむこうを向いてしまった。

「あの方をご存じなのですか？」ホリーは感心していった。

「一度か二度、お会いしたことがあります」

緞帳《どんちょう》がするすると上がった。照明が暗くなり、ざわついていた人々がしんとなった。ホリーは音楽を少しも聞きもらすまいと、身を乗りだした。そのとき、いくつかむこうのボックスシートの人影《ひとかげ》が、ホリーの注意を引いた。そちらに目をやり——すぐに目をふせた。六メートルとはなれていないボックスシートに、キャロルさんがひとりですわっていたからだ。ひそかにそちらを見ると、上着のポケットからオペラグラスを取りだしている。ゆったりと腰《こし》かけ、どう見てもオペラを楽しみに来たという感じだ。ホリーはほっとすると同時に、気づいてもらえなかったことをさびしく思った。しばらく考えたあと、きっぱりと頭を上げた。ただの売り子ではなく、イヴニングドレスを着たところを見てほしい！　ホリーはドレスの金色のひだを直した。

いいかげんにしなさい、とホリーは自分をしかった。静かに聞くのよ。

まもなくホリーはすべてを忘《わす》れ、音楽のことしか考えられなくなった。オセローとデズデモーナの物語がはじまり、ホリーは登場人物たちにおそいかかる容赦《ようしゃ》のない運命の波にいっしょにのみこまれてしまった。オセローの心がイアーゴーによっていたずらにかきみだされるさまに、おそろしくも引きつけられ、目の前にくりひろげられる悲劇《ひげき》にすっかり心をうばわれた。とちゅうで休憩時《きゅうけい》間が来ると、じゃまが入ったように思えてむっとした。ぼんやりとあたりを見まわすと、舞台《ぶたい》にはたいして興味《きょうみ》のなさそうなハートマンさんが、とまどっているホリーにほほえみかけてきた。「ロビーのほうを歩いてきますか？　それとも氷をお持ちしましょうか？」

「いいえ！　なにもほしくありませんわ。またはじまってほしいだけです。すばらしいわ！　美しい声ですわね？」

「いえ。美しいのはあなただ」

ホリーは無視《むし》して、下りた緞帳《どんちょう》を見つめた。「こんなにわくわくするものだとは、思っていませんでしたわ。ふるえがくるほどです」ホリーはふるえる手を持ちあげた。

「失礼」そういって、ハートマンさんはホリーの手をにぎった。

ホリーはその手をひっこめた。「ハートマンさん、やっぱり氷を持ってきていただこうかしら」なにか冷たいものがあったほうがいい。ドレスにきらめく魔法《まほう》の雪は、イブニングドレスを着た三千六百人もの熱気《ねっき》と戦っていた。

「なんなりと、クロースさん」ハートマンさんは、金箔《きんぱく》をはった小さなドアのところで立ちどまった。「なんの護衛《ごえい》もなしに、若《わか》い女性《じょせい》を残していくのは気が引けますな。わたしが鍵《かぎ》を持っていくことをお許《ゆる》しねがいたい。勝手にボックスシートに入りこむ、こまったやからが大勢《おおぜい》いるのです」

ホリーの答えを待たずに、ハートマンさんはすぐに出ていった。金色の鍵が、カチャリとかかる音がした。

ほんとにおかしな人だわ、とホリーは思った。いつもあの目でじっと見つめるくせに、わたしのいうことは聞こうとしない。へんだわ。もしかしたら、人間の男性はみんなああなのかも。ううん、そんなことはない。クライナーさんはちがうし、ドクター・ブランフェルズもちがう。人の話はちゃんと聞くもの。キャロルさんはどうかしら？

ホリーはこっそりキャロルさんのほうを見てみた。身を乗りだして、下の席を見わたしている。

今度は立ちあがって、上のボックスシートを見あげている。顔をしかめて、また席に落ち着き、手に持ったプログラムをにらみつけた。

いったいなにをしているのかしら？　ぼんやりしたまま、プログラムをびりびりにやぶいているキャロルさんを見て、ホリーは思った。それに、どうしてこっちを見ないのかしら？

カチャ。鍵《かぎ》をまわす音がして、ホリーは現実《げんじつ》に引きもどされた。ハートマンさんが氷を運んできながら、気分はどうですか、だいじょうぶですか、などときいてきた。もうしわけない気持ちになって、ホリーは笑顔《えがお》を返し、だまって冷たい氷をほおばった。照明が暗くなり、また緞帳《どんちょう》が上がったので、ほっとした。

けれども、ほっとしたのもつかのま、そこからオセローの悲惨《ひさん》な転落がはじまり、ホリーは見ていられなくなった。かたき役が、たおれた英雄《えいゆう》を踏《ふ》みつけるところは、思わず目をそらしてしまった。ちらっととなりを見ると、ハートマンさんはこれまでのどのシーンよりも集中しているようだった。イアーゴーのあざけりに合わせて体をゆすっているので、音楽もよく知っているのだろう。落ち着かなくてキャロルさんのほうを見ると、ひとりぼっちで銅像《どうぞう》のようにじっとすわっていた。口を結び、目は陰《かげ》になって見えない。

悲しい最後の音楽が終わると、割《わ》れんばかりの拍手《はくしゅ》がわきおこった。ホリーも熱烈《ねつれつ》な拍手を送りながら、もう一度近くのボックスシートを見てみた。そこはもうからっぽだった。

それはまばゆいばかりにかがやく、小さな世界だった。オペラハウスのボックスシートにすわっていた優雅《ゆうが》な男女たちが、デルモニコの店のクリーム色と金色の錦織《にしきおり》の席へと流れていく。あちらこちらで立ちどまってはおしゃべりし、身をかがめてひそひそとうわさ話をやりとりしたり、くすくす笑ったり、手入れのいきとどいた手をにぎりあったりしていた。ホリーはそんなようすをながめながら、だれか——だれでもいい——ちょっとちがう人に会いたいと思いはじめていた。そうだ、ツンドラがいい。外見をまったく気にせず、人間も毛を生やせばいいなどと思っているツンドラに。けれどもホリーがニューヨークでいちばん有名なレストランにいるあいだ、ツンドラは雪の中で待っていなければならなかった。ホリーはひそかにため息をつき、ハートマンさんの相手をしようとつとめた。ハートマンさんは若《わか》いころパリやロンドンですごした話をしていた。ずっとそういった華《はな》やかな街に行きたいと思っていたにもかかわらず、ホリーはちっとも興味《きょうみ》を持てなかった。舞踏《ぶとう》会《かい》に、王室のパーティー、ヨットレース、キツネ狩《が》り。

「——そこでようやく、公爵《こうしゃく》その人だとわかったのです！」ハートマンさんはホリーに向かって、話をこうしめくくった。ホリーはあいまいな笑顔《えがお》を浮《う》かべた。ハートマンさんは一瞬《いっしゅん》むっとしたが、すぐにあたたかな笑顔になった。「お疲《つか》れですか、クロースさん？」いすを近づけて、きいた。

「いえ、そんなに。だいじょうぶです」ホリーは姿勢《しせい》を正していった。「まだあの悲しい悲しい物語の中にいるのだと思いますわ」

「え、あのオペラですか？」ハートマンさんはおもしろいと思ったようだ。「ただのお話ですよ。作り話です。そんなに重く考えないでください」

「どうして考えずにいられましょう。気持ちが乱《みだ》されませんでしたか？」

ハートマンさんは肩《かた》をすくめた。「男というのは、そういうことには簡単《かんたん》に気持ちが乱《みだ》されないものです。あなたがいうところの大作曲家ヴェルディのオペラでさえ、あなたをひと目見たときの感情《かんじょう》のたかぶりに比《くら》べたら、ちっとも気持ちをゆさぶることはできませんよ」

「わたしをひと目見たときの？　おっしゃることがよくわかりませんわ、ハートマンさん」

答えるかわりにハートマンさんの目は、ゆっくりとホリーの目から、口へ、そして首のあたりに遊ぶほつれた巻《ま》き毛《げ》に移《うつ》っていった。ホリーははずかしさでほほを染《そ》めたが、ハートマンさんはホリーの顔をじっくりとながめるのをやめなかった。ホリーはうつむいて白いテーブルクロスを見つめた。と、ハートマンさんは手をのばし、ホリーのあごに二本の指をそっとそえた。「わたしを見てください」ホリーはあたたかい手から逃《のが》れ、目を見た。「あなたはわたしのことをよくわかっている。あなたに魅《み》せられていることも、二日前に公園で見かけたときから、あなたが頭からはなれないことも、さまざまな手を使ってあなたの前に姿《すがた》をあらわしたことも、あなたを手に入れるまで心が休まることはないことも、ぜんぶわかっていらっしゃる」ホリーの顔に浮《う》かんだとまどいを見つめながら、ハートマンさんは親指をホリーのあごの線にそってすべらせ、満足そうににっこりした。

「そ――そんなこと知りません！　知りたくもありません」すぐにでもテーブルから逃《に》げたかったが、そんなことをすれば失礼だ。ホリーは頭をふった。「お願いです、ハートマンさん。手をはなしてください。不愉快《ふゆかい》です。それにわたし、公園でなんかお会いしていません」

「うーむ。でも見かけましたよ。それであのみすぼらしい店まであとをつけたのですから」

「じゃあ、今日買われたあのおもちゃは……だれのためでも――ないのですか？」

「わたしのためですよ。あなたといっしょにいられるようにね。頭がいいでしょう？」そして上着のポケットからブルーの細長い箱を取りだして、テーブルクロスの上においた。「見てください、あなたにもおもちゃを買ってきましたよ」とめ金をはずすと、箱のふたがぱっと開いた。ビロードの台の上には、ダイヤモンドと真珠《しんじゅ》の見事なネックレスがおさまっていた。

「とてもきれい」ホリーは失礼にならないようにいった。「でも、こんな贈《おく》り物《もの》をいただくわけにはまいりません」

「なにをいってるんです」ハートマンさんはネックレスを取りあげると、ダイヤモンドをまじまじと見つめた。「あなたに似合《にあ》うはずだ。とってもエレガントな首すじでいらっしゃるから。社交界の花になることまちがいなしですぞ」立ちあがり、ホリーのうしろにまわった。あたたかい手が、ペンダントの鎖《くさり》を探《さぐ》っているのがわかった。「こんなものはずしてしまわれたらいかがです？　おや、とめ金がないなあ」

「すわってください」ホリーは不安にかられていった。「すぐにすわってください」

ハートマンさんは笑い、すわった。「どうしたのです、ホリー？　ホリーと呼《よ》んでもよろしいですか？」

「いいえ！　だめです！」

ハートマンさんの満足そうな笑顔《えがお》が消えた。「そうですか。簡単《かんたん》には落ちないということですな。さあ、よく考えてごらんなさい。これこそあなたの望む人生ですよ。あなたにさしあげるといっているんです。そのおかえしにわたしが望んでいるのは――あなただけだ」

ホリーは頭に来て、ハートマンさんをにらみつけた。「わたしがどんな人生を望んでいるか、どうしてわかるんですか？　わたしのことなど、なにも知らないくせに。なにひとつ知らないくせに！　でもひとつだけいっておきましょう――あなたがくださろうとしている人生なんて、ほしくありませんわ」

ハンター・ハートマンはいすの上で落ち着きなく体を動かし、テーブルの上に置かれている手つかずのシャンペンのグラスを、むっつりとながめた。「でもネックレスはほしいでしょう？　どうぞお持ちください。なにも意味はありませんから」

「なにをおっしゃっているのです。あなたのネックレスなどいりません！」ホリーは立ちあがった。怒《いか》りでほほが青ざめている。「おやすみなさい、ハートマンさん」

「だめだ！」ハートマンさんはホリーの手をつかんで叫《さけ》び、立ちあがった。その顔はパニックでゆがんでいる。「だめだ、クロースさん！　すわってください！　わたしが悪かった！　押《お》しつけがましかった！　なにもいりません。ただそこにいてくださるだけでいいのです！」ホリーのおどろいた顔を見つめた。「ほら、もしお気に召《め》さなかったら、ネックレスをすてたっていいんです。ね？」ハートマンさんはネックレスをテーブルにほうりなげた。「すてきなペンダントと、こんな下品なネックレスをとりかえたくないと思うのはあたり前です。よくわかります」ハートマンさんはしゃべりつづけた。「ええ、わかりますとも。あなたのペンダントはすてき、すてき、ええ、すてきですから」ひと息入れると、ほほをツーッと汗《あせ》が流れるのが見えた。「わたしの祖母《そぼ》がつけていたのによく似《に》ております。祖母よ、やすらかに。奇遇《きぐう》ですな、ほんとうによく似ている。ちょっと拝見《はいけん》してもよろしいでしょうか？」返事を待たずに手をのばして、古い金のペンダントにふれようとした。

しかし、ホリーのほうがすばやかった。ぱっと立ちあがると、足早にレストランを横切り、雪の夜に出ていった。

「あれは、ヘリカーンよ」ホリーの声はもうしっかりしていた。

馬車がガタゴト走り、キーッときしんだ。とうとうツンドラが口を開いた。「あいつが来ることはわかっていました。わかっていたし、おそれてもいた。それなのに実際《じっさい》に起こってみると、どうしていいかわからない。かくれても、見つかるでしょう。明日、陛下《へいか》が来られるまでは、ここをはなれられませんし、かといって安全な場所もない」

「そうね」

ツンドラは考えた。「ホリー、いいですか。ペンダントは力ずくでははずせません。あなたがはずそうと思わないかぎり、はずせないのです。あいつはうまくだまそうとしたが、失敗した。今度はおどしでくるでしょう。ぜったいにいいなりになってはなりません。約束してください」

ホリーの目はうす暗い中で、おびえたように大きく見ひらかれていた。「いいえ、約束できないわ」

「ホリー」ツンドラは疲《つか》れたようにいった。「約束してくださいよ」

「いいえ！　もしあいつを止める力がわたしにあるなら――あなたを――」ホリーはうまくいえな

かった。「あなたを傷《きず》つけさせたりしないわ。ペンダントがなくても、わたしがうんといわなければ、無理に連れ去ることはできないのよ。おぼえてる？　それがわたしの強みよ。わたしがあいつを選ばなければ、なにも起こらない。選ぶものですか」

「ホリー、結局同じことです。聞いてください。わたしのせいでこの戦いに敗れたら、わたしは生きていられません。わたしは十六年間もあなたの守護者《しゅごしゃ》だったのですから。どうか、お願いです。わたしを守ろうなどとしないでください。たのみます」

「なにも約束しないわよ」ホリーのくちびるはふるえていた。

カチャ。馬車の屋根にある小さな窓《まど》が開いた。「もう四回も同じところをまわってますぜ」ほろ酔《よ》いかげんの声がいった。「どこへも行かねえんですか？」

ホリーがおもちゃ屋の住所を告げるの聞いて、ツンドラはおどろいた。小さな窓はぴしゃりと閉《し》まった。「本気ですか？　公園のほうがまだ安全かと」

「子どもたちになにかあってはこまるもの。それにもう決めたの。たった今、決心したわ。かくれてもむだだから、したいようにします。お店にもどってエンピーとレクシーとユーフェミアを探《さが》すわ。それからクライナーさんのところに行く。明日はエンパイア・シティでの最後の日だから、知りあった人たちみんなにさよならをいって――」涙声《なみだごえ》になった。「それからうちに帰るわ。やがて、ジェレミーや、コウモリや、ルイーズや、フィービーや、リシーや、そのほかみんなの将来《しょうらい》を助けたんだとわかるでしょう。そして、もし――もし――今とそのときのあいだになにかが起こるとすれば――逃《に》げようがないのよ。負けはしないわ」そのことばを口にすると強くなった気がして、おそれが消えていった。

「そのとおりです、ホリー」ツンドラがやさしくいった。「そのとおりです。それこそ勇気というものだ——こわくたって、前に進んでいくことが」

ホリーはツンドラの頭に手をのせた。馬車はガタガタと進みつづけた。


クライナーさんからあずかっていた鍵《かぎ》で、店のドアはすんなりと開き、ホリーとツンドラは中に入った。月の青白い光が、ショーウィンドウのそばを小さく照らしている。しかし、弱い光は奥《おく》までとどかず、雪のつもった棚《たな》やテーブルは、暗やみの中にぼんやりと浮かびあがっていた。銀色の雪片《せっぺん》がひらりひらりと舞《ま》って床《ゆか》に落ちた。モミの木のつんとするにおいで、店じゅうがクリスマスらしくなっていた。ホリーはしっかりとした足どりで倉庫に向かった。ツンドラもあとにしたがった。

ろうそくをつけ、高いテーブルにぽつんと残してきたシルクの布《ぬの》を見た。

「やーい！」三つのかん高い声がひびいた。小さなキツネとフクロウとペンギンが、カップとお皿の入ったかごのうしろからとびだした。「だまされたー！」

「遊んでる場合じゃないぞ」ツンドラが怒《おこ》っていった。「ヘリカーンが来てるんだ！」ツンドラの説明を聞くと、三匹《びき》はすっかり後悔《こうかい》して、ホリーに許《ゆる》しを求めた。

「あたしたち、ばかなことしちゃって。お願い、許して！」とアレクシア。

「ホリー、あなたが飛んで逃《に》げられたらねえ」とユーフェミア。

エンピーはやりきれないといったようすで、ホリーの手に頭をこすりつけた。ホリーも気をまぎらわすようになでてやった。

「ねえ、あたしたちどこに行ったらいいの？　どうしたらいいの？」アレクシアがなげいていると、ホリーがなにも聞いていなかったかのようにとつぜんいった。

「わたし、二階へ行きます」

「なんだって？」みんなが騒《さわ》いだが、ツンドラはだまっていた。

「二階へ行くのよ。すぐにもどるわ」ホリーは丸いすから下りた。

「でも、あの人が二階にいるのよ」レクシーが注意した。

「わかってる」そういったホリーの顔は、なにを考えているのかわからなかった。

「どうぞ」ツンドラがいった。「行ってください。待っていますから」

暗い階段《かいだん》を上っていくと、シルクのドレスが絨毯《じゅうたん》にすれて、サラサラと音がした。二階でチクタク鳴っている時計の音だけがたよりだった。上るにつれて、その音がしだいに大きくなってくる。二階に着くと、ホリーは手すりに手をのせ、暗がりのどこかにあるビロードのカーテンのほうへじりじりと進んだ。指先がやわらかな布《ぬの》にふれると、さらに前に踏《ふ》みだした。今回は、ビロードの厚《あつ》い波に守られているように感じ、しばしのあいだ、子どもみたいにずっとそこにかくれていたいと思った。やわらかいひだをかきわけると、羽目板《はめいた》ばりの廊下《ろうか》に出た。近くにある小さなテーブルの上には、火のついたろうそくが何本か立っていて、廊下に光をそそいでいる。前に来たときと同じく、廊下にならぶドアはどれも閉《し》まっていた。そして――つきあたりに――お目あてものがあった。

ホリーはドレスの音をさせないように気をつけて進み、ふたたび大きな時計の前に立った。

それは謎《なぞ》めいていて、一度見たら忘《わす》れられないものだった。美しく彫《ほ》られた針《はり》は、四時十分前で止まっている。前に見たときは気づかなかったものもあった。時計の下には、広げられた巻物《まきもの》が彫られており、そこに〝愛は時をこえる〟と大文字で書かれていた。ホリーはつややかな木にふれ、指で彫刻《ちょうこく》の部分をなぞった。それはまるで別世界への入り口、見たこともない美しい場所へとつづく魔法《まほう》のドアのような気がした。ここがキャロルさんの住む世界なのね。ホリーはどうしても中に入りたいと思った。そうすれば、自分の心に欠けているなにかが見つかるような気がした。ぴかぴかの木のドアに頭をもたせかける。それから、頭を上げた。ドアノブはないけれど、なにか開ける方法があるはずだ。白く細い手をなめらかな木にゆっくりとはわせて、ホリーはかざり彫りのどこかに秘密《ひみつ》の小さな掛《か》け金《がね》がかくれていないか探《さが》した。

夢中《むちゅう》になっていたので、ホリーはうしろから静かな足音が近づいてくるのにも、暗い目に見つめられているのにも気づかなかった。その人の手が、ホリーの手を通りこして数字の3にそっとふれて初めて、その存在《そんざい》に気がついた。ホリーはぎょっとして、キャロルさんに怒《おこ》られるものと覚悟《かくご》してふりかえった。キャロルさんはひとことだけいった。「なぜだ?」

「ごめんなさい」ホリーは、息をはずませていった。「最後にもう一度だけ見たかったんです。このドアを、ってことですけど。怒っていらっしゃるのはわかっています。すみません。でも、わたしには魔法のように思えて――それにあなたが――でも、もう行きますわ。もう来ませんから」ホリーはいそいでドレスをたくしあげ、目をそらした。

「待って」キャロルさんは低い声でいった。目は陰《かげ》になっていて見えない。「掛《か》け金《がね》を探《さが》していたんだろう？」

「ええ」ホリーはつぶやいた。「このドアが魔法《まほう》の世界に連れていってくれそうな気がして。中に入ってみたかったんです。安全な場所へ行きたかったんです」

キャロルさんの口元に笑《え》みが浮《う》かんだ。「ここが安全かどうかはわからないけど。それに魔法の世界でもないけれど。それでも、望みをかなえてあげよう――ドアを開けてあげる。きみが最初のお客さんだ。楽しんでもらえるかな」キャロルさんが握手《あくしゅ》を求め、ふたりのてのひらのあいだに、独特《どくとく》の電流が流れた。キャロルさんはさっと手をはなすと、ドアを押《お》した。時計の文字盤《もじばん》が真ん中から二つに割《わ》れ、ホリーはそこを通りぬけた。

敷居《しきい》をまたぐと、カラフルな光が目にとびこんできて、ホリーは、はっと息をのんだ。こんなものは、想像《そうぞう》したことすらない。部屋《へや》は光と動きにあふれ、お祭り騒《さわ》ぎだった。ありとあらゆるおもちゃが、床《ゆか》に、壁《かべ》に、天井《てんじょう》にくるくる踊《おど》っている。重力や物理の法則《ほうそく》をものともせずに、あざやかに色づけされた銀河系《ぎんがけい》と太陽系が、見たところ勝手にまわっている。その合間を、翼《つばさ》のはえた戦闘《せんとう》馬車や、小さな生き物たちが急降下《きゅうこうか》したり、楽しそうにぶんぶんと飛びまわったりしていた。金属《きんぞく》のけものたちが、床の上でかわるがわる光ったり、音を出したりしている。ちかちか、ぴかっと光を放つ小さな箱は、機械的な声でしゃべったり歌ったりしている。もっと大きな箱には動く写真が映《うつ》しだされていて、上についたボタンが光っていた。楽しそうな騒ぎのただなかで、毛でおおわれた動物たちが、行進したり、逆立《さかだ》ちしたり、モー、グルルル、ガオーッと大騒《おおさわ》ぎだった。楽器は勝手に音楽をかなで、金属《きんぞく》の鳥が飛びかい、天井《てんじょう》にはたくさんの電気の星が光を放っていた。

ホリーはびっくりした。なにもかもが、色あざやかで、はげしく動いていて――こんなのありえない。「これって魔法《まほう》でしょう！　どうやって――？　どうしてあなたに――？」なにからきいていいのやらわからなかった。

キャロルさんはたいしたことはないというようにあたりを見まわした。「ぼくは発明家なんだよ」そういって肩《かた》をすくめた。「ぼくが作ったんだ」

「でも、これってひとつの世界じゃないの！　星を見て！　あの光を見てよ――それに、あの箱はどうやってしゃべるのかしら？」ホリーはいいながら指さした。

「一年でも聞く時間があるなら、説明してあげるよ。これは未来のおもちゃだといえば、納得《なっとく》してくれるかな？　五十年後の子どもたちが遊ぶおもちゃだ」キャロルさんは青い光を発している銀色のロボットを拾いあげ、また床《ゆか》に放った。「そのころまだ子どもたちが遊んでいればね」

ホリーはキャロルさんを見つめた。「誇《ほこ》らしくないんですか？　こんなにびっくりするような楽しいおもちゃをたくさん発明していながら、まるで――」

キャロルさんはホリーの目をのぞきこんだ。「まるで、どうだって？　傲慢《ごうまん》で、手におえなくて、頭がおかしいって？　それならいわれたことがある」

その視線《しせん》は耐《た》えられないほど重苦しかったが、それでもホリーはしっかりと見つめかえした。

「まるで絶望《ぜつぼう》しているみたい」やっとのことでそういった。

キャロルさんの顔からなにかが溶《と》けていった。ホリーから目をそらさずに、キャロルさんは長い息をついた。「きみはだれ？」うたがうようにたずね、すぐに自分で答えを出した。「いや――答えなくていい――メイン州《しゅう》から来ただとか、アイザックに話したようなたわごとは聞きたくない。そのままでいてくれ」キャロルさんは不安そうに見えた。「きみが現実《げんじつ》でありさえすればいい」

「わたしは現実です」

ふたりの視線《しせん》がからみあった。「それじゃあ、なぜだ。なぜぼくのことをよく知っている？　だが、その答えを見つけようとすれば、きみはいなくなってしまいそうでこわい。どうやってきみをここにつなぎとめておけばいい？　ここにいてほしいんだ。だれも見たことのない、だれも知らないぼくの秘密《ひみつ》の牢獄《ろうごく》の真ん中に立って、きみはぼくの心を読んだ。最悪なことに、自分で作ってしまった牢獄で」ことばはぎこちなく吐《は》きだされた。こんなふうに話すのは、ひさしぶりなのだろう、とホリーは思った。「それとももうわかっていたか？　答えなくていい！　こっちへ――こっちへ来てくれ。ぼくがなぜこんなふうになったか、見せてあげよう」壁《かべ》のつまみを押《お》すと、騒《さわ》いでいたおもちゃたちが静かになった。キャロルさんは大きなテーブルにのっている黒い箱のほうへと、ホリーを連れていった。スーツケースほどの大きさで、片側《かたがわ》についている扉《とびら》のほかは、どうということもない箱だった。

「これはなんですか？」ホリーはふしぎに思ってきいた。

キャロルさんはいやいや箱を見た。「名前はない。これは怪物《かいぶつ》だよ。エジソンの発明した電信の真空管と、白熱《はくねつ》の画面を使って、何年も前にぼくが作ったものだ。電信に乗せて、映像《えいぞう》を送るものを作ったつもりだったのだが、できてみたらまったくちがうものになっていた」それきりだまった。

ホリーは待った。

「まったくちがうものだ。過去《かこ》を記録した映像《えいぞう》を見せるんじゃない。未来を見せるんだ。それがぼくを苦しめた」ホリーはちらっとキャロルさんを見た。「ああ、そうだ。ぼくがおかしくなったかと思うだろう。自分でもおかしくなったんじゃないか、おかしくなるんじゃないかと思ったよ。だって、いくらか知識《ちしき》はあるものの、どうしてこんなふうになったのか、説明できないんだ。また同じ物を作る気もないから、作れるかどうかもわからない。でもひとつだけいえることは、ここで見る世界はかならず現実《げんじつ》になるということだ――それだけはわかってる。というのは、その後ほんとうに起こったことがあったからだ――物だって、事件《じけん》だって、だれかが経験《けいけん》したできごとだって、この目で見たとおり、現実になったんだ」そこで笑《え》みを浮《う》かべた。「おかしいだろう？　まだこの世界を現実と呼《よ》ぶなんて」

ホリーは箱のほうにかがみこみ、自分の望遠鏡《ぼうえんきょう》のことを思った。「思ったとおりに動くんですか？　つまり、日時とか場所を決められるの？」

キャロルさんはふきだしそうになった。「きみって変わった人だなあ！　ぼくの頭がおかしいんじゃないかとも思わない。ただ冷静に、機械が思いどおりになるかをきいてくる」そしてまた真剣《しんけん》な顔になった。「いいや、できないよ。自分が見ているのが、何年なのかもわからないんだ。服装《ふくそう》や人々のようすから、現代《げんだい》に近いとわかることはあるけれど、ときには、今とまったくちがうこともある」かすかに身ぶるいした。「どんどん悪くなるんだ」

「どういうことですか？」

「それがぼくを苦しめるんだよ。これから起こることは地獄《じごく》だ。あてもなくよろよろと歩く人々。その顔は、希望をなくし、おびやかされて、恐怖《きょうふ》でかたまっている。愛も思いやりもなく、ただひたすらにおたがいを服従《ふくじゅう》させようとしている人々の世界が見えるんだ」キャロルさんはひと息入れたが、ホリーのほうは見なかった。「子どもたちはね、クロースさん――子どもたちはこわれている。暴力《ぼうりょく》をおぼえ、それをまた伝えている。希望も、喜びも、遊びも、笑顔《えがお》もない。薬でもうろうとなっているか、ひどく虐待《ぎゃくたい》されているか。ぼくらの知ってる世界はなくなってしまうんだ。夢《ゆめ》は消える。それを見ていることしかできないなんて」

「見せてください」

「クロースさん、あなたに耐《た》えられるかどうか」

ホリーの目がくもった。「人はけっこう強いものです。見せてください」

キャロルさんは深刻《しんこく》な顔でホリーを見つめ、それから箱の扉《とびら》を開けて、いすを引きよせた。ホリーはすわった。黒い四角の中にはガラスがはめこまれており、そこに一連の動く写真が映《うつ》っていた。暗さに目が慣《な》れてくると、うす暗い通りに人がたくさんいるのが見えてきた。通りには建物が建ちならび、そのてっぺんは空にとどきそうなほど高く、太陽の光をさえぎっている。歩行者たちは、みな同じように背《せ》を丸めて、つまずきながら歩いていく。前の人のあとを、同じように踏《ふ》みながら、身を投げだすように前に進んでいく。目は下を向いているが、中には雨のそぼふる白い空を、おそろしげに見あげている子どもたちもいる。ひとりの少年がかけだして、道のはずれのぬかるみから、なにかをひっぱりだした。かがみこんでいると、通りがかりの人がけとばした。少年はその場にたおれた。何人もの人が、そのそばを重い足どりで通りすぎた。

「この人たちの顔を見たかい？　無表情《むひょうじょう》だ――無表情でからっぽだ。人形の顔みたいに」

「だから人形がきらいなんですね」ホリーがつぶやいた。

「前は好きだったんだが、今はこれを思い出してしまってね」

ホリーは黒い箱に向きなおった。考えてみれば、これはうちにある望遠鏡《ぼうえんきょう》と正反対だ。わたしが見たのとはちがって、悪いところばかりを映《うつ》す。それで心を痛《いた》めていたのね。未来がこんなふうになると思って、耐《た》えられなかったのだわ。でも、ほんとうにそうなるのかしら？　自分の見たものを認《みと》めたくない気がした。ホリーは望遠鏡で見たエンパイア・シティを思い出していた――ほんとうに美しかった。人々はにっこりほほえみ、街は思いやりと繁栄《はんえい》でかがやいていた。けれども実際《じっさい》は、別の側面もあった。ホリーは公園の子どもたちを思い浮《う》かべた。凍《こご》えそうになって、おなかをすかせている。馬車で見たジェレミーの涙《なみだ》、コウモリをむちで打とうとした赤ら顔の若者《わかもの》。こういったことは、望遠鏡には映らなかった。

ホリーはまた画面を見た――そして思った。これが事実ではないと。少なくとも、これだけではないと。ソフィアの落ち着いた声がこだまのように耳にひびいた。「わたくしの知るかぎりでは、たったひとつの決まった未来なんてないということよ。わたくしたちひとりひとりが、来《きた》るべき未来を作りあげていくの……」ホリーは黒い箱から目を上げた。あれは呪《のろ》いのことを知った日、塔《とう》の上でのことだった。不死になるためにはなにをすればいいのか、いつかわかるだろうとソフィアが教えてくれたときのことだ。「なにかを選ぶたびに、自分の未来を作っていくのよ」そうソフィアはいったっけ。

ホリーはきらきらする目で、キャロルさんを見あげた。「いいえ」

「いいえ、ってなにが?」

「これは未来ではありません。少なくとも、これだけが未来ではないはずです。だって、未来はひとつではありませんもの。力のある偉大《いだい》な女性《じょせい》が以前、教えてくれました。未来は一方向に動くのではないと。それは人がある選択《せんたく》をするたびに、形を変え、のびていく迷路《めいろ》のようなものだといっていました。おわかりになりませんか? つまり、これは」ホリーは箱のほうに手をふった。「起こるかもしれないことを映《うつ》しているだけです。単なる警告《けいこく》です。こんな未来にならないように、どう生きるべきかを教えているのです。そうでしょう?」探《さぐ》るようにキャロルさんを見た。「あなたがこの機械を作ることができたのは、あなたに未来を変える力があるからですわ。なにかを選ぶたびに、未来を作っていくのです」

キャロルさんは信じられないという顔をした。「きみが正しいって、どうしてわかる?」

ホリーは考え、ゆっくりと答えた。「わたしが正しいかどうかはわかりません。永遠《えいえん》にわからないままでしょう。でも、もしわたしたちに使いこなせる力がないのなら、どうして長老たちは魂《たましい》をくださったのでしょう? 聞いて。わたしは遠い国で、この世でよいおこないをした人々に囲まれて育ちました。その人たちはみんな、未来を変える力を持っていたのです。大きいことであれ小さいことであれ、なにかを成《な》しとげたのです。ひとりひとりが世界を変え、ひとりひとりが新しい世界を作った。未来は常《つね》に変わりつづけているのです——説明はできないけど、でもそうだとわかります！」ホリーの口はふるえた。キャロルさんにはどうしても信じてほしかった。まだ腑《ふ》に落ちない顔をしているが、それでも目が少し明るくなったのがわかった。

「いや、きみはうまく説明しているよ。思わず信じそうになった。長いあいだ、この世界から逃《に》げだすことばかりを考えて生きてきた。でも、きっときみが正しいんだ――」キャロルさんはことばを切った。「きみがいってることがほんとうだと確信《かくしん》できたらなあ」

「それこそ信頼《しんらい》というものでしょう？」

キャロルさんの顔がさらにやわらかくなった。「なるほど、それこそ信頼というものだな。でも、どうやってきみを信頼すればいいんだ。きみは――ええと――どこから来たんだっけ？」

「いえないので、きかないでください。メインではありません」

「わかった」キャロルさんはむしろうれしそうにいった。「きみはふしぎな場所からやってきて、ぼくの苦痛《くつう》をひっかきまわしてくれた。そんなきみをどうして信じられる？」

ホリーはやさしくいった。「そのほうが、苦しみがやわらぐからですわ。わたしのいったことは、あなたの心にとどいているはずです」

「聞いたときは、たしかにそう思った」キャロルさんはつぶやいた。そして「行かないでくれ」と急にいった。

「なぜ、ご存《ぞん》じなの？」ホリーがあわてていった。「行かなければなりません」

「あの下劣《げれつ》な男にいっているのを聞いた。どうしてあんなやつとオペラになんか行ったんだ？　あんな悪党《あくとう》と」

ホリーは遠慮《えんりょ》がちにキャロルさんを見た。「さそわれたからです」

キャロルさんはふきだした。「じゃあ、ぼくもさそえばよかったんだな？」

「あなたもいらしたんですものね」ホリーはかすかに笑った。

「ぼくを見たのかい？　きみのこと、あちこち探《さが》したんだぞ」

「でも、最後まで見ずに帰られました」

「がまんできなかったんだ」

ホリーはかがやくような笑顔《えがお》を向けた。キャロルさんもほほえみかえした。

「行かないでくれ」キャロルさんはやさしくいい、手をさしのべた。ホリーが自分の手をすべりこませると、ふたりはだまってつないだ手を見つめた。「へんだな」キャロルさんはつぶやいて、ホリーのほうに頭をかたむけた。「今日の午後、なんであんなことといったの？」

「わたしがなにかいいました？」わかっていたが、ホリーはあえてきいた。

「『どうしていつもわたしの前にあらわれるの？』っていったんだ。どういう意味かな？」

「わたし――あなたのことを知ってるような気がして」

キャロルさんは、ホリーの耳元でささやいた。「きっとそうだと思う」

あなたとはなれたくない、とホリーは思った。けれども口から出たのは、「もっとおもちゃを見せてください」だった。遠い別の世界から、時計が二時を打つのが聞こえた。

キャロルさんは一分ごとに若《わか》がえっていくようだった。「ぼくのいちばんのお気に入りを見たいかい？　こんなものよりずっといいんだ」そういって空飛ぶ機械をけとばした。

「ええ、見せて」

キャロルさんは大きな戸棚《とだな》に近づくと、扉《とびら》の鍵《かぎ》を開けた。「小さいころ、よく自分でおもちゃを作ったんだ。ほとんどが木彫《きぼ》りだけどね。母におもちゃなんか買うお金がなかったということもあるけど、ぼく自身、木を彫るのが大好きだったからでもある。十歳《さい》のときのクリスマスに、動物を作った。クリスマスのかざりにしようと思って作ったんだけど、特別なものになったんだ。あれは父が亡《な》くなって最初のクリスマスで――」途中《とちゅう》でやめると、ホリーのほうを見た。「なぜこんなことをきみに話しているのかな。ほら、これだ」そうしてホリーのてのひらに、小さな木彫りの動物たちを四つ、そっとのせた。オオカミ、キツネ、フクロウ、そしてペンギン。「ほら、これなんかきみのに似《に》てる。きみが犬だというあのペットだよ」

ホリーは信じられない思いで見つめた。それはしっぽにいたるまで、まさしくツンドラだった。つんととがった鼻先のレクシー。なくしものをしたような顔のユーフェミア。パッチリした目がかわいいエンピー。愛情《あいじょう》をこめて作られた小さな動物はどれも、ほんものそっくりだった。ホリーは息をのんだ。

「もう一匹《ぴき》オオカミがいたんだけれど、作ってすぐになくしてしまったんだ」キャロルさんは残念そうな顔になった。

「あなたの名前は?」ホリーはたまらずにきいた。

「なんだって?」

「あなたの名前よ、名字《みょうじ》じゃないほう」

「クリストファーだ。クリストファー・ウィンター・キャロル。どうして？」凍《こお》りついたようなホリーの顔に、やさしくほほえみかけた。

「何歳《さい》？」

「おかしな質問《しつもん》ばかりするんだね。二十八歳だよ。もうすぐ二十九だ」

ホリーの声はほとんどささやくようになった。「クリスマスの思い出がほかにある？　十歳のときのクリスマスよ。サンタ・クロースに手紙を書いたとか？」

キャロルさんの顔にびっくりしたような表情《ひょうじょう》が浮《う》かんだ。「ああ、初めて書いた。どうやって書いたらいいかわからなくて。それにほしいものなんてなにもなかったんだ。だからサンタ・クロースに、クリスマスになにがほしいかきいたんだよ」少しむりをして笑った。「返事も来たんだ。おぼえてる」

「ほんとう？」ホリーは息をはずませてきいた。

「あれは母が書いたんだろうな。手紙には、永遠《えいえん》の宝《たから》となるものをもらったと書かれていた。そしていちばん下に、『愛は時をこえる』と書かれていたんだ。どういう意味なのか――長いあいだ考えていたよ」キャロルさんは一心にホリーを見つめた。「そのすぐあとに母が死んだんだ。だから、ほんとうに愛が時をこえられたらと、そうすれば母がもどってくるのに、とよく思っていた。子どもだったんだ」いいわけするようにつけくわえた。

「まだそれを持ってる？」

「なに――手紙かい？」照れくさいのか、声が変わった。「ああ」

「見てもいいかしら？」

キャロルさんはいぶかしげにホリーを見た。「いいけど」戸棚《とだな》の中にある小さな引き出しに手をのばし、金時計と色の変わった手紙を取りだした。

時がさかのぼっていく。ぼろぼろの封筒《ふうとう》に書かれた文字は、ホリーの父親のものだった。ニコラスの豊《ゆた》かな声が、古い物語をひもとくのが聞こえるようだった。「ある男の子がね、クリストファーという子が、エンパイア・シティに住んでいて、わしに手紙をくれた。そして、だれもしたことのない質問《しつもん》をしてきたのだ。わしになにか願いごとはないかときいてくれたんだよ。ほしいけれども、持っていないものはないか、と。で、わしがなんと答えたかわかるかね？　おまえがほしいといったのだよ、ホリー。おまえを望んだんだ」

「だいじょうぶかい？　顔色が悪いが」

「ええ、だいじょうぶです」ホリーはふらふらしながらいい、キャロルさんの灰色《はいいろ》の目を見あげた。一瞬《いっしゅん》ごとに確信《かくしん》が増《ま》していき、心臓《しんぞう》がどきどきしてきた。だから、この人を知っていると思ったのだ。だから、ずっと会いたかったのだ。この人こそホリーのはじまりであり、永遠《えいえん》になる人だった。

「ホリー、しっかりしろ」キャロルさんは、心配そうにホリーの肩《かた》に両手をかけた。

ホリーは顔を上げ、晴れやかにほほえんだ。「わたしは、だいじょうぶ」

「すわるかい？　ソファがあるから」箱や本が積みあげられている長いすを指した。「気持ちがいいよ。いや、その、すぐにかたづけるから」あわてて上にのっているものを下ろした。「どうぞ、すわって。きっと疲《つか》れすぎだ。気を失わないでくれよ」

疲労《ひろう》の波がホリーをおそった。いすは、やわらかで気持ちよさそうだ。ほんの少しだけ、ちょっとだけすわろう。

「ありがとう。少し休んで、すぐに帰ります」

ため息をついて、ホリーはひんやりとしたシルクのひじかけにもたれた。「すみませんけど、窓《まど》を開けてもらえます？」

「新鮮《しんせん》な空気だね？　いい考えだ」キャロルさんは大またで歩いていって、窓を開けた。冷たい風がびゅっと吹《ふ》きこんできた。「これでいいかい？」

返事はなかった。ふりかえると、お客さんはもう眠《ねむ》っていた。キャロルさんは絨毯《じゅうたん》のまんなかにいすをそっと持ってきてすわり、ホリーの寝顔《ねがお》をながめていた。

第二十二章

クリスマスの前日にこれほど静かなのは、不死の国はじまって以来のことだった。だれもがおぼえているかぎりでは（なかには何世紀もの記憶《きおく》を持つ者もある）クリスマスイヴまでの一日というのは、ばたばたとあわただしいものだ。ぎりぎりまでプレゼントにリボンをかけ、どの家からも音楽が聞こえ、キッチンでは鼻歌やぐつぐつ煮《に》える音が聞こえはじめる。だが、今年は静まりかえっていた。作業場では、ギルフィンやゴブリンが、おもちゃを手際《てぎわ》よく荷づくりし、ドナーはコメットと飛行スケジュールについて確認《かくにん》しあったが、それ以外に来《き》たるべきクリスマスの旅を予感させるものはなにもなかった。道にはだれの姿《すがた》もなく、塔《とう》からは鐘《かね》の音も聞こえない。煙突《えんとつ》からおいしそうなにおいが流れてくることもなければ、妖精《ようせい》たちでさえ、クモの巣《す》のように繊細《せんさい》なつくりの館《やかた》で、まじめくさった顔ですわって待っていた。だれもがみんな待っていた。

宮殿《きゅうでん》ではニコラスとヴィヴィアナとソフィアが、この三日間というもの、ほとんどホリーの部屋《へや》に陣取《じんど》り、かわりばんこに魔法《まほう》の望遠鏡《ぼうえんきょう》をのぞきこんでいた。ホリーがエンパイア・シティに着いて、人間たちに思いやりを示《しめ》したときには、特に熱心《ねっしん》に見た。初めのうちは、にっこりすることも多かったし、ときには声を上げて笑うこともあったが、今はヘリカーンが長年あたためてきた計画をどのように果《は》たすのかを、ただじっとながめて待っていた。ソフィアは、温厚《おんこう》なハートマンが、ヘリカーンの仮《かり》の姿《すがた》だということをすぐに見破《みやぶ》った。ホリーを見る目に、人間らしからぬものが感じられたのだ。ソフィアはハートマンの口をじっと見て、それから髪《かみ》に注意をそそいだ。すると、銀色の細いバンドがかすかにきらめいていた。ソフィアは首をふりながら、ニコラスに望遠鏡《ぼうえんきょう》をまわした。

ニコラスは長いことレンズの中をのぞきこんでいた。「あいつだ」窓《まど》のところへ行って、雪のふりつづく外をぼんやりとながめた。できることはなにもなかった。クリスマスイヴまでは、だれにも、なにもできないのだ。

ついにその日が明けた。ニコラスとヴィヴィアナは、身をかたくしてソファにすわっていた。手はしっかりとつながれ、目は涙《なみだ》を浮《う》かべることもなく大きく見開かれていた。ソフィアは窓辺《まどべ》に立ち、目を細めて白い空を見つめた。このあとどうなるのか、思いめぐらす。でも、しばらくしてあきらめた。あまりにさまざまな結果がありすぎるのだ。三人は待った。時計が七時を打った。

時計が七時を打ち、ホリーは恐怖《きょうふ》におののいて目がさめた。かさかさで骨《ほね》ばったまぼろしの指が、首に巻《ま》きつき、髪《かみ》をつかむのを、必死ではらいのけようとした。起きあがって、ひっかき、つめを立てた——が、そこにはなにもなかった。聞こえるのは自分の荒《あら》い息づかいだけ。弱々しい光が、開いた窓《まど》からさしこんできて、床《ゆか》にちらばったぴかぴかのおもちゃを照らす。ホリーはそのおもちゃをじっと見つめながら、悪夢《あくむ》と現実《げんじつ》のこんがらがった糸をほどこうとしていたが、やがて記憶《きおく》が洪水《こうずい》のように押《お》しよせてきた。「はあ」ホリーは息をつき、すわりなおした。

まだ朝早く、あたりは静かだった。敷物《しきもの》の真ん中に置かれたいすに、苦しそうな姿勢《しせい》で眠《ねむ》っているクリストファーを見つけて、ホリーはやさしくほほえんだ。寒さをしのぐために、えりに毛のついた厚《あつ》いコートを着こんでいる。ホリーのために開けてくれた窓を閉《し》めるよりも、コートを着るほうを選んだのだろう。そんな小さな思いやりに、胸《むね》がつまった。なにもかも今日で決まる。会うのはこれで最後かもしれないという思いがこみあげてきた。ホリーは音を立てないようにドレスをたくしあげ、クリストファーのいすへ、そろそろと近づいた。横にひざまずいて、その顔をながめると、目をつぶっているときのほうが、若《わか》く見えるのに気づいた。悩《なや》みごとなどない少年のような顔をしている。サンタ・クロースに手紙を書いた少年の顔だ。ホリーはそのおどろきを思い出し、頭をふった。クリストファーがもぞもぞと体を動かしたので、ホリーは息をつめた。眠らせてあげなくちゃ。

立ちあがり、部屋《へや》を出た。もう一度、時計のついたドアをくぐると、百年の旅からもどったような気がした。暗い廊下《ろうか》とビロードのカーテンをぬけて一階に下りると、おもちゃ屋の壁《かべ》も、敷物も、おもちゃもまったく変わっていないことにおどろいた。このひと晩《ばん》で、ホリーの世界観《せかいかん》は根底《こんてい》からくつがえされたというのに。

ハトのほかに見ている者がいたならば、おかしな光景に映《うつ》っただろう。金色のドレスを着たホリーが、となりを歩くオオカミに夢中《むちゅう》になって話しかけながら、雪の道を歩いていく。ほんとうは四匹《ひき》の友だちぜんぶに話しかけていたのだが。大きなドアのむこうにあったすばらしい発明品の世界のこと、暗い未来を映すおそろしい黒い箱のこと、そしてなによりも、キャロルさんこそが何度も話に聞いていた、あのクリストファーであったことなどを話した。しゃべりつづけながら、どう説明していいかわからないことがひとつだけあった。それは自分の心に芽生《めば》えた新たな気持ちだった。手さげの中から聞いていた小さな動物たちは、なにかが起こりつつあると察《さっ》しただけだが、ホリーの顔を直接《ちょくせつ》見ていたツンドラは、ホリーが恋《こい》をしているのだとはっきりわかった。

とうとう手さげの中からレクシーが、ホリーの話を中断《ちゅうだん》して、するどく質問《しつもん》した。「なんでこんな寒い中、歩きまわってるのよ、ホリー？　いったいどこに行くつもり？」

ホリーは笑いだした。「たしかにそうね、レクシー！　忘《わす》れてたわ！　クライナーさんのところに行くんだった。そして着がえて、時間までにおもちゃ屋にもどらなくちゃ」そしたらまた、あの人に会える、会える、会える、とホリーは心の中でつけたした。

そしてまたあの人に会うのですね、とツンドラも心の中でつけたした。口に出してはいわなかったものの、ホリーの幸せはツンドラを不安にさせた。これはホリーの安全をおびやかすもうひとつの障害《しょうがい》、人間界をはなれがたくするもうひとつの理由になりはしないか。おそれを打ち消すおまじないのように、ツンドラは何度も、ホリーがニコラスのとなりに乗りこむところを想像《そうぞう》した。それでいいのだ——片足《かたあし》をそりにかけ、もう片足を地面からはなし、両手をのばして父親の手をつかみさえすれば。そのとおりにさせなくては、とツンドラは思った。とにかくそれだけは。

下宿屋のドアを開けると、キキーッとするどくきしんだ。台所からは、おいしそうなマフィンとコーヒーのかおりがただよってきたが、朝の七時半にイヴニングドレスであらわれたらどう思われるかしら、という思いがホリーをはげしく責《せ》めた。ホリーはツンドラと目配《めくば》せすると、絨毯《じゅうたん》をしいた階段《かいだん》を、音を立てないように上っていった。そして、そっと廊下《ろうか》を進んで、自分の部屋《へや》にすべりこんだ。

「うまくいった！」ホリーは大喜びでツンドラにささやいた。「わたしたちって、かしこいわね！」

「それはどうかな」部屋のすみからやわらかい口笛のような声がした。「たとえばわたしは、ゆうべよりはるかにかしこくなっている」

ホリーは凍《こお》りついた。となりのツンドラは、心臓《しんぞう》がバクバクいいはじめるのを感じた。黒い人影《ひとかげ》がいすから立ちあがり、窓《まど》のほうに優雅《ゆうが》に歩いていく。カーテンがさっと開けられると、ハンター・ハートマンがほほえみながら立っていた。

「あなたに面と向かってふられた男です」背《せ》が高くがっちりした体とはふつりあいな、おかしな口笛のような声がいった。「おどろかせましたかな？　どうかお許《ゆる》しください」くすくすと笑った。「ですが、ゆうべわたしが受けたおどろきのおかえしをしたいと思いましてね。軽いしゃれですよ」

そのどこかなれなれしく、へこへこするような口調《くちょう》が、ホリーは不快《ふかい》でたまらなかった。「出ていってください。今すぐに出ていかなければ、人を呼《よ》びますよ」

　ハートマンの笑い声は、脅迫《きょうはく》よりもこわかった。「出ていけ、と？　そうはいきませんよ。それに」ハートマンの顔が急に冷たくなった。「あのドアから入ってきた者は殺す。だれを呼ぶか注意したほうがいい」ホリーがふるえるのを、ハートマンは見のがさなかった。「よろしい。ものわかりがよくてよかった。さて、先に進む前に、ゆうべの話をしよう。あなたについては誤解《ごかい》していたと認《みと》めます。すなおに認めましょう。あなたは魅惑的《みわくてき》な人間界にあこがれていたのだと思いこんでいました――だがちがったのですね。あの望遠鏡《ぼうえんきょう》は――あれはわたしからの贈《おく》り物《もの》なのですよ。感《かん》謝《しゃ》されたことはありませんがね――人間たちのいとなみのある一面だけを映《うつ》しだすように作られています。あなたが何年ものあいだ、夜となく昼となく望遠鏡をのぞいているのを見て、わたしはてっきり、上流階級の華《はな》やかな生活に魅《み》せられたのだと思ったのです」

　ハートマンは、黒い口の中の真っ白な歯を見せて笑った。「あんなかびくさいお城《しろ》で、おべんちゃらばかりでおもしろみのないゴブリンや妖精《ようせい》や、なにより鼻持ちならないお父さんに――」ホリーはツンドラの頭に手を置いてなだめた。「――囲まれて育ったのですから、ちょっとした華やかな生活を望んで当然だと思いこんでいましたよ。でもとにかく、わたしはまちがっていた」ハートマンはいやなものを見るように、ホリーをにらみつけた。「〈とこしえ〉のやつらよりたちが悪いとはね。きたないガキどもと公園をうろついたり、くだらん人形を配ったりしているのを見たときに気づくべきだった。たぶん、あせっていたんでしょうな」ひひっと笑った。「それでありがちな楽しみでもって、あなたを誘惑《ゆうわく》しようとした――上流社会との接触《せっしょく》、アスター夫人《ふじん》の会釈《えしゃく》、そしてきわめつけは、あなたの心を射止《いと》め、さらにそのいまいましいペンダントをはずすための安物のネックレスだ」ハートマンの細い目が、ホリーの首にかかっているペンダントをねめつけた。「それほどむずかしい目標《もくひょう》とも思っていなかったが、あなたの心が嘆《なげ》かわしいほど純粋《じゅんすい》なことをすっかり忘《わす》れていた。そこで――わかるだろう」

「どうしろと――?」声がふるえないように気をつけながら、ホリーはいった。

「そこでだ、あなたにもう一度チャンスを与《あた》えて、わたしのふところの深さを証明《しょうめい》しよう。おいで、ホリー。望むものはなんでもあげよう」

ホリーはそわそわと体を動かし、ツンドラと目配《めくば》せしあった。答えは簡単《かんたん》だった。「いいえ、行きません」

えりの内側に指をさしこんで、ハートマンはいった。「この服装《ふくそう》には、いらいらさせられる」だれかに訴《うった》えるようにいった。「返事はノーか。よろしい。もう一度だけきく。これが最後だ。ホリー、わたしのもとへ来て、花嫁《はなよめ》になってくれないか? 答える前によく考えるように」

ホリーはだまって首をふった。

ハートマンはにんまりした。「その答えにおどろきはしない。気を悪くしたりもしない。それどころか、このほうがおもしろいくらいだ。あなたは喜ばないだろうが、それはわたしのせいではない。いいかね、わたしは逃《に》げ道を与えたんだよ。それではまず、このいまいましい肉からはがすことにしよう」

おびえたホリーの目の前で、ハートマンは両手をひたいに持っていき、つめを肌《はだ》に食《く》いこませた。

それから力をこめてひっぱると、あたたかなピンク色の肌《はだ》がうねるように持ちあがり、銀色の肌が少し見えはじめた。さらにつめを食《く》いこませてひきはがすと、顔からは肉がひも状《じょう》になって何本もたれさがった。ホリーはぶるぶるとふるえてあとずさり、ドアに背中《せなか》を押《お》しつけた。ツンドラがその前に陣取《じんど》り、目の前の相手をじっとにらみつけた。ヘリカーンは、首から皮をぶらさげたまま顔を終えて、次は手に移《うつ》った。しわだらけの節くれだった指があらわれたが、ヘリカーンが思ったほどことはスムーズには進まなかった。キーッと声をあげて皮をはがすのをやめ、両手を口にさしこんだ。あごが広がり、黒と灰色《はいいろ》のまだらの舌《した》がつきだした。そのままひっぱりつづけると、小枝《こえだ》が折れるような軽い音とともに、口がぐるんと裏《うら》がえった。ぬるぬるとした灰色の組織《そしき》が一瞬《いっしゅん》見えたかと思うと、変身は完了《かんりょう》した。

ホリーとツンドラの前に、銀色の肌をしたヘリカーンが立っていた。長くつやのない灰色の髪《かみ》、かさぶたのできた頭皮には鉄が食いこんでおり、黄ばんだガウンを着ている。長く汚《よご》れた指で、残ったピンク色の肌をひっかいた。「あまり気分はよくないが、このほうが早い。時は金なりというからな」細く平べったい目は、金属《きんぞく》の円盤《えんばん》のようだとホリーは思った。「おまえのせいでたいへんな思いをした。チャンスのあるうちに、ハートマンを受けいれるべきだったのだ。だが、かまわん。先へ進もう。ゆうべはうれしいことをしてくれたな。これでおまえに永遠《えいえん》の借《か》りができた」ヘリカーンはゼーゼーと笑った。「もちろんおれさまに対する仕打ちのことをいっているのではない。若《わか》きキャロルとの密談《みつだん》のことだ」

ホリーは思わず、あっと声を上げた。

ヘリカーンはホリーをするどく見た。「おれさまが見ていないとでも思ったかね？　秘密《ひみつ》にしておけるとでも？　おれさまの力を見くびってもらってはこまる」

「じゃあ、どんな力があるというの」

「おれさまはかつて王だった。おまえの父親に匹敵《ひってき》するぐらいの」ヘリカーンは夢見《ゆめみ》るように答えた。「だれもがおれさまに頭を下げた。このおれにだ。ひたいをぬかるみにつけるようにしてな。だれもがおれさまを愛した。それなのに」声が一転、冷たくなった。「くさった穴《あな》の中に、何世紀ものあいだ、放りこまれているのだ。汗《あせ》と湯気《ゆげ》の中に何百年も何百年もほったらかしだ。長老たちは、おれさまを永遠《えいえん》に葬《ほうむ》り去ったと思ってるんだろうが、うまくしてやっただろ？　おれさまは地下でしだいに力をつけていった。脱出《だっしゅつ》を計画する時間はたっぷりあったからな。住まいの外に出るには、まぎれもない恐怖《きょうふ》を感じさせなくてはならなかったが、おれさまはそれをなしとげた。〈とこしえ〉の中でさえもな。おまえを見つけ、赤《あか》ん坊《ぼう》のおまえの心臓《しんぞう》を氷づけにした。そして、ここへおびきよせたのだ──恐怖なら空気よりもふんだんにあるこの世界に。そしてついに、おれさまはおまえを手に入れる。そうなれば頭をしめつけるこのいまいましい輪はこわれ、楽に息ができるようになり、どこでも好きなところで楽しく生きられるようになる。おのれの力を取りもどすために、あわれなミミズのように、毎日あの地底に連れもどされることはなくなるんだ」ヘリカーンは苦虫《にがむし》をかみつぶしたような顔をした。「自由を勝ちとるためなら、手段《しゅだん》は選ばん。まったくな」

「では、なにをするつもり？　自由になったら」ホリーはヘリカーンをじっと見つめながらたずねた。

「なにをするつもりかって？　まず地球からはじめる。人間のくずどもを使って、かつてよりもっと大きな帝国《ていこく》を築《きず》きあげよう。簡単《かんたん》だが、重要なことだ。それが達成されたら、おまえの国を襲《しゅう》撃《げき》する。想像《そうぞう》してみろ」ヘリカーンはほくそえんだ。「自分の母親を退位《たいい》させるところを。おまえが王妃《おうひ》になるんからだな。光栄じゃないか。おまえが両親の門出《かどで》を取りしきることになるかもしれんな。式典《しきてん》のようすが目に浮《う》かぶようだ。ニコラスがおれさまの牢屋《ろうや》を引きつぎ、おまえとおれさまが支配者《しはいしゃ》として〈とこしえ〉の宮殿《きゅうでん》に入るのだ」ツンドラは、ホリーが聞いたことのないようなうなり声を、のどの奥《おく》で発した。ヘリカーンがちらっとツンドラのほうを見たので、ホリーはふるえる手でツンドラをおさえた。「そうして、かわいらしい妖精《ようせい》や、精霊《せいれい》や、ゴブリンや、英雄《えいゆう》たちをぜんぶ——とっつかまえて——ぶっつぶしてやる！」灰色《はいいろ》の顔は怒《いか》りでぶるぶるとふるえた。

「なぜ？」

金属《きんぞく》の円盤《えんばん》のような目は一瞬《いっしゅん》まごついたが、すぐにもとにもどった。「だまれ！　そのオオカミもだまらせろ！」ツンドラがいまにもとびかかりそうに体をこわばらせたので、ホリーはどうかじっとしていて、と願った。「おまえにはずっと目をつけていたんだ、犬め。おとりに使おうかとも思ったんだが、たいした価値《かち》もなさそうだからな。一匹《びき》より二匹《ひき》のほうが、まだ使えたと思うと、おまえのつれあいをさっさとかたづけたことを後悔《こうかい》しているくらいだ——なんといったっけ？——愛《あい》してら、い、のテラか？」ヘリカーンはにやにやと笑った。

ツンドラはヘリカーンの首めがけてとびかかったが、とどかなかった。ヘリカーンがにやりと笑って片手《かたて》をのばすと、オオカミはどさりと床《ゆか》にたおれた。「やめて！」ホリーはうめき、ツンドラにかけよった。「ツンドラ！　だめよ！　お願い！」ツンドラの体を抱《だ》きかかえて、やさしくゆすった。「ツンドラ、目を開けて！　わたしを置いていかないで。お願い」ツンドラの耳にささやいた。それでもツンドラは、ホリーの腕《うで》の中でじっと動かなかった。

「かまうな、もう死んでるさ」

　ホリーはぼろぼろ涙《なみだ》をこぼしながら、顔を上げた。「どうして？　どうしてこんなことするのよ？」

「質問《しつもん》ばかりするんだな。もっとおれさまを喜ばせてくれないものか。しかし、特別に答えてやろう。こいつにはもう用はない。ありがたいことに、もっといいおとりを見つけたよ——クリストファー・キャロルだ。安心しろ、あいつにすることに比《くら》べたら、ツンドラの死なんて天国のように思えるぞ」

「お願い、クリストファーはやめて。あの人はなにもしていないじゃないの」ホリーはふるえる手でツンドラの体を抱きしめながら、しぼりだすようにいった。

「もちろん、なにもしていないさ！」ヘリカーンは、いらだってわめいた。「だからこそ助けたいのだろう。くわえて、おまえはあの男に恋《こい》をしている。だからあいつを選んだのさ。クリストファー・キャロルは、おれさまにとってはなんの意味もない——どちらかというと好きな男だ——まあ、きのうまでは好きだった。オペラハウスにのこのこ出かけてきて、ハンター・ハートマンの魔《ま》の手からおまえを守ろうとするまではな。あのときから、じゃまになってきた。だが、また好きになったよ。最高の武器《ぶき》になるからな。あの男のためなら、おまえはそのくだらないペンダントをはずし、あの男のためなら、おれさまに心を捧《ささ》げるだろう」

「あなたもゆうべ、おもちゃ屋にいたの？」ホリーはぼうぜんとしていった。

「そうだ。おまえより先に着いていた」

「どこにいたの？」

ヘリカーンはばかにしたようにほほえんだ。「おまえの小さなロマンスがのぞかれていたと知ってはずかしいかね？　心配するな、必要なことを聞いただけで出ていった。おまえのつまらない秘《ひ》密《みつ》は、ちゃーんとおれさまの胸《むね》の内にしまってあるよ」

ホリーはなにもいわずに、ツンドラのごわごわした毛をなでた。ツンドラならなんていうかしら？　いちかばちかやってみろ、というかしら？　やるべきかしら？　ああ、ツンドラ、今こそいてほしいのに。と、「失うものはなにもないじゃないですか」という小さな声が聞こえた気がした。そのとおりだわ。ホリーはオオカミをしばらく見つめてから、いった。「それからここへ来て、ひと晩《ばん》じゅう待っていたの？」

「おれさまの深い愛情《あいじょう》に打たれたか？」

「そんなことありません」ホリーは前かがみになって、最後にもう一度ツンドラにキスをすると、ゆっくりと立ちあがった。ヘリカーンの銀色の肌《はだ》が、興奮《こうふん》して小きざみにふるえた。

「どうやら、思ったよりずっとすなおだな、ホリー」ヘリカーンがペンダントに手をのばした。

「あなたは――」ホリーはまた、ドアのほうへとあとずさりをはじめた。靴《くつ》が手さげにふれたので、こっそりうしろのほうに押《お》しやった。「あなたはまた見こみちがいをしているわ。話を聞きながら、計算してみたのよ。もう十二時間、もしかしたらそれ以上、こっちにいるのでしょう？　毎日、自分の——自分の——場所にもどらなければならないといった。とすると、あなたの魔法《まほう》の力もそろそろつきるころだわ。それに、今の時間、通りにいる人たちをぜんぶ殺すのはほとんど不可能《ふかのう》です。もしわたしが——」ホリーはすばやく真鍮《しんちゅう》のドアノブをまわし、手さげをひっつかんで、開いたドアからさっととびだし、廊下《ろうか》をかけていった。怒《いか》りくるった叫《さけ》び声が追いかけてきた。

いつ目の前にヘリカーンがあらわれるかとドキドキしながら、そしてクライナー夫妻《ふさい》が出てきて、ヘリカーンの犠牲《ぎせい》にならないことを祈《いの》りながら、ホリーはころがるように階段《かいだん》を下りた。「クロースさんなの？」奥《おく》さんの呼《よ》ぶ声が台所から聞こえる。「今、上に行って、起こそうと思ってたんですよ！」

息が切れてとても答えられなかった。ホリーは玄関《げんかん》からとびだした。くるったように左右を見て、いちばん混雑《こんざつ》している通りにとびこんでいった。あいつはもうずいぶん長く地上にいる。きっと弱っているにちがいない。毎日オディルにもどらねばならないといっていたけど、むこうにどのくらいいれば、またもどってこられるのかは聞いていない。銀色に光るものが目に入り、ホリーはぎくりとした——しかし、それは男の人がポケットから取りだした時計だった。心臓《しんぞう》が早鐘《はやがね》のように打つのをおさえ、足どりをゆるめようと努力した。人々はびっくりしたようにホリーを見ている。まだ金色のドレスを着て、まとめていた髪《かみ》はほどけてもつれ、雪どけの道を追われる鳥のようにとんでいくホリーを。

どの通りもしだいに混雑してきた。教会の鐘が鳴り、聖歌隊《せいかたい》が街角で古いクリスマスキャロルを歌っている。うれしくてじっとしていられない、元気な子どもたちが見えた。はつらつとした老人が、両腕《りょううで》にパンをかかえてパン屋から出てくるのも、がっしりした料理人がかごにガチョウを入れているのも、若《わか》い母親が赤ちゃんを乳母車《うばぐるま》に乗せているのも見えた。その幸せは、ホリーのいるところとは別の世界にあるかのようだった。

「わあ！　お人形のおねえちゃんよ！」黒い目の女の子がふたり、縁石《えんせき》の上であぶなっかしくバランスを取りながら、手をふっている。「お人形のおねえちゃん、どこ行くの？」

ふたりのことはおぼえていた。ふたりの手がしっかりと夢《ゆめ》の人形をつかんだのは、ついきのうのことだ。きらきらする瞳《ひとみ》がホリーを見つめたとき、この子たちの夢――この子たちの未来こそ、自分の生きる目的だと思ったのだった。この子たちが不死になったとき、〈とこしえ〉の国に入れるようになっていなくては。ホリーは力をふるい起こして答えた。「仕事に行くところよ。メリークリスマス！」それからまた、かけだした。

店に着いたときには、呼吸《こきゅう》が乱《みだ》れていた。クライナーさんがうしろに下がって、ヨットの陳列《ちんれつ》をながめているのが、窓《まど》から見える。そのとなりではジェレミーも満足そうにうなずいていた。何人かのお客さんが、通路を歩いている。ホリーは頭を下げてつぶやいた。「どうか、どうかこの人たちが、わたしのせいでひどい目にあいませんように」そして、ドアを入っていった。

「クロースさん！　いったい、どうしたのですか？」クライナーさんが叫《さけ》んだ。

ジェレミーはホリーのうしろを見ている。「ホリー？　ツンドラはどこだい？」

ホリーは、ふたりの顔を交互《こうご》に見て、首をふった。「ツンドラは死んだわ。どうかそれ以上きかないで。クリストファーに——キャロルさんに会わなければ。今すぐに。行かせてください」

ふたりはうしろにさがって、ホリーを通した。心臓《しんぞう》はどきどきしていたが、できるだけ急いで階《かい》段《だん》を上り、ビロードのカーテンを通りぬけた。ドアに彫《ほ》られた時計が、ホリーの心をゆさぶった。幸せな気持ちであそこをぬけたのは、ほんの数時間前のことなのに、今はいちばん大切な人を危険《きけん》にさらしている。すべてわたしのせいで。

数字の3にそっとふれ、ホリーはクリストファーの仕事場に入った。おもちゃは、ブーブー、ガーガー音をたて、きらきら光る銀河《ぎんが》は、天井《てんじょう》から下がってまわっていたが、それを作った人の姿《すがた》はなかった。となりの部屋《へや》から口笛が聞こえてきた。ホリーは少しのあいだ、窓《まど》の外をうつろにながめていたが、やがて背《せ》すじをのばして、そっと呼《よ》びかけた。「クリストファー？」

口笛が止まった。ドアのかげから顔がのぞいた。「ホリー！」満面の笑《え》みをたたえている。「夢《ゆめ》だったんじゃないかと思ってたところだ！」クリストファーはホリーに近より、両手を取って、自分のくちびるに持っていった。「もどってきてくれて、うれしいよ。きみなしには、もうやっていけない」

さびしさが波のように押《お》しよせてきた。「もし知っていたら、そうは思わないわ」ホリーはふるえながらいった。

「ホリー、いったいどうしたんだ？　ひどく顔色が悪いぞ。ここにすわって——窓を開けるから」クリストファーは急いで窓を開け放ち、ホリーのそばにもどった。「さあ、すわって、なにがあったのか話してくれ。家でなにか問題でも？」となりにすわって、やさしくたずねた。

ホリーはわびしく答えた。「ええ、そうよ。あなたにも関係があるわ。ああ、どこから話していいのか――」ホリーは口ごもった。

「最初から話してくれ」

ホリーは両手に顔をうずめた。「わかったわ。はじまりはあなたよ。十歳《さい》のとき、あなたはサンタ・クロースに手紙を書いて、クリスマスになにがほしいかたずねた。サンタ・クロースが望んだのは、わたしだったの。わたしはサンタのむすめなのよ」そこで目を上げた。

クリストファーの顔は、へたな冗談《じょうだん》でも聞いたように、作り笑いでかたまっていた。

「わたしはサンタ・クロースのむすめです。そして、不死の国で生まれた、たったひとりの子どもなの。人間が体を脱《ぬ》ぎすてて魂《たましい》になったとき、もしその人のおこないや考えが、人間としての命の長さをこえて生きつづけるようなら、その魂はわたしの国に来ます。そこは魔法《まほう》の国でもあって、地上でよいおこないをした、魔法の生き物たちもいるの。なにもしていないのにその国にいるのは、わたしだけ。それどころか、わたしは国と人々に呪《のろ》いをもたらしたのよ」

「呪い」クリストファーは、ぽかんとしてくりかえした。

「ええ。十七年前、わたしが生まれたことによって、〈とこしえ〉に――これは国の別名よ――呪いがかけられました。ヘリカーンという名の――魔法使いがいて、かつてはとても力があったのに、傲慢《ごうまん》で、欲張《よくば》りになってしまい、自分の力を悪用したために、何世紀ものあいだ、閉《と》じこめられていたの。純粋《じゅんすい》な心を手に入れれば自由になれるということを、ヘリカーンは長いあいだ知らずにいたけれど、知ってしまうと、その心の持《も》ち主《ぬし》を探《さが》すのにまた何世紀もついやしました。でも――」

どうつづけていいかわからずに、ホリーはことばを切った。それから深呼吸《しんこきゅう》をした。「それがわたしだったの。自由になるために、わたしの心を手に入れようとしたんです。わたしがまだ赤ちゃんだったころのある夜、ヘリカーンはわたしの心臓《しんぞう》を凍《こお》らせてしまいました――だからわたしは、寒いところでないとだめなの。そしてヘリカーンは、不死の国に呪《のろ》いをかけたのです。それからというもの、新しい魂《たましい》が不死の国に入ることもできなければ、外に出かけることもできなくなってしまった。父が、クリスマスイヴに出かける以外は。そして今は、わたしも」ホリーは探《さぐ》るようにクリストファーの顔を見つめた。

「きみが。ほんとうに」クリストファーの声はこわばっていた。

ほんとうにわかってくれたのか、ホリーはクリストファーの顔を見つめたが、なにも読みとれなかった。ホリーは必死の思いでつづけた。「あいつがここに来ているの。今ここにというわけではないけれど、すぐにもどってくるわ。わたしの心は、わたしの意志《いし》で捧《ささ》げなければならない――そう定められているけれど、あいつはなんとかそうさせるため、手段《しゅだん》を選ばないわ。ツンドラを殺したの。それにあなたのことも知ってるわ」

「ぼくのこと？」クリストファーは冷たくいった。「この話が――ぼくと――ぼくと、どんな関係があるっていうんだ？」

ホリーは両手を、ずきずきする頭にあてた。「わたしがあなたに恋《こい》をしていると、あいつは知っているの」

クリストファーはまごついたように笑った。そして、急に立ちあがると、窓《まど》のほうに歩いていった。「クロースさん」ホリーのほうを見ずに、クリストファーはいった。「あなたの思いは光栄に思う。しかし、悪いけど、さっきの話はつまらないよ。ほんとうとは思えない」

ホリーの顔から血《ち》の気《け》が引いた。「わたしを信じてくれないの？」

「そりゃそうだろう。常識《じょうしき》では考えられない話だ」

ホリーは、クリストファーのこわばった背中《せなか》を見ていた。「あなたがそんなふうに思うなんて——」いいかけたがやめた。「わたしはあなたを信じたのに」

クリストファーが、大きく息を吸《す》うのが聞こえた。ふりむいた顔は、むきになっていた。「だって、サンタ・クロースに、魔法使《まほうつか》いに、呪《のろ》いに、不死の国だぞ！　ばかげてるよ。サンタ・クロースなんていやしない！」

「いるのよ。父ですもの。かつてのあなたは、信じていたのに。そしてその思いが、わたしの魂《たましい》をこの宇宙《うちゅう》に生みだしたのに」

クリストファーは首をふった。「いいや。ありえない」

ホリーの緑色の目に、じわっと涙《なみだ》があふれた。こんなにひとりぼっちだと感じたことはなかった。うちひしがれた思いで、古いソファに両手を組んですわり、涙がほほを流れるままにしていた。クリストファーはかたい表情《ひょうじょう》で目をそらした。ホリーの涙は手の上に落ち、ぷるぷるとふるえて氷になる。まもなく、希望をなくしたホリーの体のまわりに、雪が舞《ま》いはじめた。

美しい氷の結晶《けっしょう》が、ホリーのほつれた髪《かみ》にちらちらと舞いおちるのを見て、クリストファーの心がかすかにふるえた。もしかしたら――？　心の中の小さな声が勇気を出してささやく。けれどもそのささやきは、理屈《りくつ》に押《お》しつぶされてしまった。ありえない。だがこの雪は、と小さな声がふたたびいった。この雪はどう説明する？

なにもかもうそだ。雪は目の錯覚《さっかく》だし、この女の子は頭がおかしいんだ。いや、ちがう。こんなにまともな子には、今まで会ったことがないはずだ。

サンタ・クロースだって？　子どもだましだ。「子どもだましだ！」クリストファーは声に出していった。

ホリーは顔を上げた。「見せたいものがあります」そういって、ふくらんだ手さげからガラスのオルゴールを出して見せた。その中に閉《と》じこめられたたくさんの虹《にじ》が、朝の光を受けてきらめき、クリストファーの仕事場のかざりけのない天井《てんじょう》や壁《かべ》に、宝石《ほうせき》のようなあざやかな色彩《しきさい》を投げかけた。

「とてもきれいな箱だが」クリストファーは、問いかけるようにホリーを見た。

ホリーは答えなかった。耳に聞こえてきたかすかな音楽に心をうばわれていたのだ。初めて聞くそのメロディーは、さまよったり、はぐらかしたり、まがったり、ゆれ動いたりしていた。それはまるで飛んでいるようであり、秘密《ひみつ》のようでもあった。その曲に耳をかたむけながら、ホリーは目を上げ、クリストファーを見つめた。「聞こえますか？」

クリストファーはかわいそうになった。「なにも聞こえないよ。それにしてもきれいな箱だ」かなりいかれているにちがいない、そう思いながらも、どうしてこんなに胸《むね》が痛《いた》むのかわからなかった。

ホリーの顔がまた無表情《むひょうじょう》になった。音楽が消えたのだ。みじめな気持ちでクリストファーを見た。「ごめんなさい。おじゃましてすみませんでした、キャロルさん。今、何時ですか？」急いできいた。

「わからないな。十一時ぐらいか」ホリーから目をそらすことができずに、クリストファーはいった。

「もうあいつがもどってくるわ」クリストファーにというより、自分自身にいいきかせるようにホリーはつぶやいた。「行かなくちゃ。あたたかいですか？」

「あたたかいかって？　どうだろう」クリストファーは立ちあがった。「ああ、少しあたたかくなってきたみたいだ。どうやら寒さは終わったようだな」クリストファーはなるべくふつうに聞こえるようにいった。

「寒さが終わった」ホリーはくりかえした。「ということは、あまり時間がありません。キャロルさん、最後にひとつだけお願いがあります――どうぞ、ことわらないで――」ホリーは指でそっとクリストファーの口をふさいだ。「このペンダントを持っていて。あなたを守ってくれます。わたしのいったことなど信じていないでしょうけど、でもお願い」ホリーが、首にかけた細い金の鎖《くさり》に指をのばすと、まるで水のように、ふっと消えた。「お願いです。これを胸《むね》のポケットに入れておいてほしいの」

クリストファーはうなずいて、手をのばした。ホリーはそのてのひらにペンダントを置くと、しっかりとにぎらせた。

ふたりはなにもいわずにおたがいを見つめた。「ポケットに入れて」ようやくホリーがいうと、クリストファーはそれをベストの内側に入れた。ホリーはうなずいた。「それをあいつにわたさないで。あいつがなんといおうと、なにをしようと、手ばなしてはだめ。約束してください」

「約束する」

「さようなら」ホリーはいい、うしろを向いた。

「ホリー！」クリストファーが叫《さけ》んだが、ホリーは首をふり、そのままドアから出ていった。「行かないでくれ」クリストファーはつぶやいた。


手さげを持ち、ホリーはこれで最後と、暗い階段《かいだん》を下りた。ツンドラがいつもすわっていたすみにふと目が行く。からっぽのその場所を見ると、のどに割《わ》れたガラスがつきささるような感じがした。あまりの悲しみにめまいがして、ホリーは立ちどまった。ジェレミーとクライナーさんが、お客さんの応対《おうたい》を途中《とちゅう》でやめて、ホリーのそばへと急いだ。

「ホリー」ジェレミーが心配そうにいう。「ひどい顔だよ」

「ひどくはないさ」クライナーさんがやさしく安心させるようにいった。「動揺《どうよう》して、疲《つか》れているだけだ。すわってください、クロースさん」さっと丸いすを持ってくると、そこへすわるように示《しめ》した。

「ああ、クライナーさん」ホリーは感謝《かんしゃ》をこめていった。「ご親切は忘《わす》れません。もう行かなくては。わたし――できることなら――ずっといたいんですけど、でもできないんです」

「クロースさん、だいじょうぶですか？　旅ができるような体には見えないが」

悲しいにもかかわらず、ホリーは笑ってしまいそうになった。「クライナーさん、お元気で。それから――」ためらいがちにいった。「キャロルさんのこと、気をつけてあげてくださいね」

クライナーさんは真顔《まがお》でうなずいた。この人ならきっと、ホリーのたのみをしっかりきいてくれるだろう。「クロースさん、店のためにいろいろしてくださって、ありがとうございました。それからわたしたちみんなのために。わたしのためにも」クライナーさんは握手《あくしゅ》しようと手をのばしたが、考えなおしてホリーのひたいにキスをした。「ほんとにありがとう」

ホリーはジェレミーのほうを向いた。ジェレミーはあとずさり、口をへの字に結んだ。「いわないで、ホリー。さよならなんていわないで。おいらもいっしょに行くから」

「ジェレミー、来てはだめよ。あぶないわ」

「いやだ」ジェレミーは、がんこに首をふった。「かまわないよ。ツンドラがいないんだもの、おいらがいっしょに行く。見送りに」

ホリーの目に光るものがあった。「最後まで助けてくれるのね、ジェレミー。ありがとう。クライナーさん、よろしいですか？」

「ああ、もちろんですとも。行きなさい、ジェレミー」駅まで行くのに、なにがあぶないんだろうといぶかしく思いながらも、クライナーさんはたくみにそれをかくしていった。

ホリーはのろのろと手さげを拾いあげると、ドアのほうを向いた。ジェレミーがなにもいわずにその手さげを持ち、ホリーのそばに立った。ドアの外に出ると、あたたかくしめった空気に包みこまれ、ホリーはふらついた。「おいらにつかまって、ホリー。すぐに着くよ」ジェレミーがはげました。

ホリーはジェレミーの肩《かた》に手を置くと、なまぬるい空気を吸《す》いこんだ。「ヘリカーンのしわざだわ」ホリーはつぶやいたが、たしかではなかった。だが、ほんとうにヘリカーンの悪の力が、この奇妙《きみょう》な熱風《ねっぷう》を引き起こしたのだった。だから魔《ま》法《ほう》の雪も、もうホリーを守ることはできなかった。

ジェレミーは、ホリーのいっていることがちっともわからなかったが、それでも同情《どうじょう》するようにうなずいた。「ヘリカーンってだれだか教えてよ」ホリーの気をまぎらわそうと思って、ジェレミーはいった。

「わたしが家に帰るのを、じゃましようとしているやつよ。わたしたちより先に公園に着いてるんじゃないかしら」急ごうとしたが、むっとする空気は、しだいに重苦しくなっているようだ。「雪はみんな溶《と》けてしまったのかしら？」目がぼやけてよく見えない。

ジェレミーは地面を見た。「ああ、ぐちゃぐちゃになってるよ。それにむこうを見て。湯気《ゆげ》が立ってる」

それはほんとうだった。真冬のニューヨークをおそった真夏の熱気は、雪を溶かしただけでなく、さらに蒸気《じょうき》に変えていた。店の主人から通りすがりの人まで、道を行くだれもがおかしいなというように空を見あげ、心配そうな顔をした。「急に暑《あつ》くなったんだよ」「こんなの見たことないわ」「クリスマスイヴだっていうのによ」「まるで悪魔《あくま》のしわざだ」「三十度近いんじゃないの？」「もっとあるさ」「まったく、クリスマスらしくないな」

子どもたちはがっかりして、うだるような暑《あつ》さをもたらす空から目をそらした。朝八時にそりに乗って、歓声《かんせい》を上げながら道に出てきた子どもたちは、雪が水たまりになっていくのを見ながら、悲しそうに立ちつくしていた。

「あ、お人形のおねえちゃんだ！」パン屋の外に立っていた小さな女の子が叫《さけ》んだ。

ホリーは持てる力をふりしぼって、声のするほうにほほえみかけた。目はもうかすんで、物がへんに光って見える。ジェレミーの肩《かた》に、ホリーの手の重みがぐっとかかった。

「わあ、夢《ゆめ》の人形のおねえちゃんだよ！　おねえちゃん、ありがとう！」馬車からも声がした。ホリーがそちらに顔を向けてうなずくと、ジェレミーはまわりのレンガから押《お》しよせる熱気《ねっき》から守るように、ホリーをみちびいた。ホリーの顔色はどんどん青ざめていき、うれしそうに声をかけてくる子どもたちも、心配そうな顔になっていった。

遠くはなれたところでは、ニコラスが望遠鏡《ぼうえんきょう》をわきに押しやって、おりに入れられた動物のように、ホリーの部屋《へや》をうろうろ歩きまわっていた。ヴィヴィアナとソフィアは、だまって見ていた。ニコラスは立ちどまり、指の節をかんだかと思うと、また歩きまわった。「もう行くぞ」とうとうニコラスはいった。「今年のクリスマスイヴは早く来る」

「ニコラス、これから起こることは、あなたには止められなくてよ」ソフィアが警告《けいこく》した。

ニコラスは、指の節をかむのを一瞬《いっしゅん》やめていった。「わかっておる。そんなことはわかっておる。ただ、これ以上見ておれんのだ」

「そう、わかりましたわ。気をつけて行ってらっしゃい」

取りみだしたまま、王はあわてて部屋《へや》をあとにした。


ニューヨークじゅうでおかしなことが起こっていた。ぴりっとした冬の青空は色あせて、気味の悪い紫色《むらさきいろ》になっていた。黄色みがかった厚《あつ》い雲が、高い建物の上をゆっくりと流れていき、空気はべたべたしていた。湯気《ゆげ》を上げている茶色いレンガに囲まれた通りは、まるでトンネルのようで、つんと鼻をくすぐるクリスマスのいいかおりは、裏通《うらどお》りから立ちのぼってくる腐《くさ》ったようなにおいにかき消されてしまった。

かすかにブーンという音も聞こえる。怒《おこ》ったハチが、御影石《みかげいし》の通りの地下に閉《と》じこめられていて、放してもらうのを待っているような感じだ。このかすかな音が、人々の心に入りこみ、神経《しんけい》までもおかしはじめた。話しかけられただけで、なにか悪いことでもしているみたいにびくっとしたり、目の端《はし》に映《うつ》った黒い影をよく見ようとして、きょろきょろしたり。追いかけられているみたいにウォール街をかけぬける、でっぷりとしたおなかの貫禄《かんろく》あるビジネスマンたち。すみっこにおとなしくすわって、手で目をおおっている子どもたち。おびえていななく馬たち。いつもはおとなしいのに、飼《か》い主《ぬし》にうなり声をあげている犬たち。まるで戦争でもはじまったかのように、ペチコートを裂《さ》いて包帯《ほうたい》を作りはじめたおばあさんたち。港では、小さなタグボートの船長が、海面付近に緑色のものが浮《う》かんでくるのを見て、すぐに船を波止場《はとば》につなぐように命令した。

だがとつぜん、別の音が聞こえてきた。最初に聞いたのは子どもたちだった。ぎゅうぎゅうづめでむっとするアパートの部屋《へや》でも、石造《いしづく》りの豪華《ごうか》な大邸宅《だいていたく》でも、子どもたちは目をおおっていた手をはなして、びっくりしたように聞きいっていた。

夢《ゆめ》の人形がしゃべっている。「行って。行って。ホリーが呼《よ》んでる。忘《わす》れないで、愛は時をこえる。今すぐに行って」

子どもたちは手に手に人形を持って（きたない手から、きれいな手まで）セントラルパークに向かって歩きだした。

大人たちには聞こえないのか、信じられないのか、人形がしゃべっているのに気づかないふりをする人もいれば、子どもたちをしかって引きとめる人もいた。しかし、低くたれこめるぶきみな雲には大人たちも不安になり、道からもれだしてくるようなブーンという音にもおびえていた。明るく、鈴《すず》の鳴るような人形と子どもたちの声が、その気持ちを落ち着かせてくれる。大人たちも知らず知らずのうちに、耳をかたむけ、信じるようになった。そして自分がなにをしているかもよくわからないまま、石の歩道にさまよい出ていき、セントラルパークに向かって歩きだした。

そのずっと先で、ジェレミーとホリーは角をまがって広場を通り、公園に入っていくところだった。ふたりはゆっくりゆっくり歩いていった。というのも、ホリーがもうかなり弱っていて、気力でどうにか立っているような状態《じょうたい》だったからだ。顔からは血《ち》の気《け》が失《う》せ、肌《はだ》はすけて見えるようだった。ジェレミーは、おそろしくてしゃべることもできなかったが、ホリーは気を失うまいとして、ツンドラのことを話していた。「一度、まだ小さいときにね、庭でツンドラからかくれたことがあったのよ。とっても寒い日でね、外に出ていたのはツンドラとわたしだけだった――」ホリーはあえぐように息を吸《す》い、またつづけた。「それにとってもいい天気だった。知ってる、ジェレミー？　オオカミからかくれることはできないのよ。ぜったいにね」つまずくホリーを、ジェレミーがささえた。「ありがとう。だってね、オオカミの嗅覚《きゅうかく》ったらすごくするどくて――」ホリーはぼーっとして口ごもった。「どこまでいったかしら？」

「かくれていたとこだよ」

「そうだったわ。それでツンドラはね、わたしのこと大好きだったから、見つけられないふりをしてくれたのよ。ツンドラが茂《しげ》みや木のうしろを探《さが》しているのを、じっと見ていたわ。ツンドラはふりをしているだけなのに、わたしにはそれがわからない。で、急にこわくなって、泣きだしたの。だって――」ホリーは思いっきり空気を吸いこんだ。「ツンドラとわたしは、いつもいっしょにいられるとはかぎらないって、初めてわかったからよ。はなればなれになるなんて、思いもしなかったのに」よろめき、また体を起こした。「ツンドラはわたしの泣き声を聞くと、とんできたわ。空を飛ぶみたいに、ほんとに速かった。ほんとに速かったの」ホリーはことばを切った。「それなのにわたしたちは、またはなれてしまった。もう先へは進めないわ」

ジェレミーはあたりを見まわした。そこは公園の中でも、特に人影《ひとかげ》のないところだった。目の前には、今朝はまだ雪の下にあった〈ヒツジの牧草地《ぼくそうち》〉が広がっていた。それが、ところどころに芝《しば》生《ふ》や急速に溶《と》けている雪を残して、今や泥《どろ》の海と化《か》している。その広い沼地《ぬまち》を見わたす場所に、鉄《てっ》製《せい》のベンチがあったので、ジェレミーはホリーをそこへ連れていった。ホリーはほっと息をついてすわった。しばらくすると、ホリーはふくらんだ手さげに手を入れて、小さな友だちが入っているシルクのスカーフを探《さが》しはじめた。がさごそやっていたが、とうとう中をのぞきこんでつぶやいた。

「まあ、たいへん。また、行方不明《ゆくえふめい》だわ」


三匹《びき》は行方不明になったわけではなかった。ホリーが出ていった数分後、アレクシアとユーフェミアとエンピーは、めちゃくちゃにもがいて、まるでじゃましようとしているような緑色のシルクからやっとのことではいだした。ユーフェミアはようやく羽を広げられるようになると、「スカドドゥル、スカダドゥル、スカディー！」と息を切らせていい、ポンッという音とともに、三匹はもとの大きさにもどったのだった。用心深くあたりを見まわしてみたが、クリストファー・キャロルの姿《すがた》は見えなかった。

「ちょっと、あの人はどこなのよ？」レクシーがキーキー声でいった。

「まあ、あのぴかぴか光るものを見てちょうだい。あらら、歩いてるわ！」ユーフェミアはロボットを避《さ》けるように、うしろにちょんちょんと下がった。

おとなしいエンピーが、めずらしくいった。「おもちゃなんかどうでもいいよ。ホリーがたいへんなんだよ。まず、キャロルさんを探して、ペンダントを公園に持っていってもらわなくちゃ」

レクシーとユーフェミアは感心してうなずいた。しばらくみんなだまった。「で、どこを探せばいいの？」ユーフェミアがエンピーにきいた。

その質問《しつもん》に答えるように、クリストファー・キャロルが仕事部屋《べや》に入ってきて、落ち着かないようすで窓《まど》に近づいた。おもちゃの動物の中に、新入りが三匹まじっていることには気づかなかった。

なにも目に入らなかった。紫と黄色のまじった空を見あげ、それから泥だらけでぐしゃぐしゃの道を見おろす。「クリスマスとは思えないな」とつぶやいた。

三匹《びき》はそのようすを見て、心配そうに目配《めくば》せしあった。どう説得したら、ホリーを信じてもらえるだろう？　急に自分たちがしゃべりだしたら、びっくりするだろうか？　動物がしゃべると人間はこわがるって、ツンドラがいってたっけ。自分の頭がおかしくなってしまったと思うかな？　しかし、いてもたってもいられずに勇気を出したのは、エンピーだった。おもちゃが音を出したり、光ったりしている部屋《へや》を見まわすと、なにかが目をひいた。クリストファーの作業机《さぎょうづくえ》の上の、小さな四匹《ひき》の木彫《きぼ》りの動物だった。ゆうべホリーがふるえる手で置いたままになっている。今朝、手さげの中の、緑色のシルクの上でぴょこぴょこはねていたとき、ホリーがツンドラに、その木彫りのことを説明するのが聞こえていた。「それはもう、あなたとレクシーとユーフェミアとエンピーにそっくりなんだから。あなたたちがわたしの人生で重要な役割《やくわり》をはたすって、ずっと前から決まっていたんじゃないかと思ったわ。もしかしたら、クリストファーの人生でも」夢見《ゆめみ》るようにホリーはいった。

エンピーは目を細めた。これがその木彫りの動物だ。どうすればいいか、わかったぞ。ほかの二匹についてこい、と合図を送ると、エンピーはよちよちと机のほうに行き、よいこらしょとクリストファーのいすによじのぼった。レクシーとユーフェミアは、もう少し優雅《ゆうが》に机にのぼった。物音におどろいてふりかえったクリストファー・キャロルが目にしたのは、小さなアカギツネと、大きな白いフクロウが、木彫りの同じ動物のうしろに、ちょこんとすわっているところだった。うーんうーんとうなり声をあげながら、ペンギンも机《つくえ》にのっかって、自分の木彫《きぼ》りのところにならんだ。三匹《びき》（というより、六匹《びき》）はならんで、クリストファーと向きあった。

　クリストファーの目は、ゆっくりとひとつひとつを見ていった。表情《ひょうじょう》まで木彫りの動物にそっくりだ。木彫りのオオカミを取りあげると、じっと見入った。かしこそうで、用心深い目までも、ホリーにつきそっていたあの動物そのものだった。クリストファーは真剣《しんけん》な顔で、レクシー、ユーフェミア、そしてエンピーと見ていった。「ホリーの？」

　三匹はうなずいた。

　クリストファーはいすに深く腰《こし》かけた。自分のことばがこの動物たちに伝わっても、もうおどろきはしない。理屈《りくつ》をこえる宇宙《うちゅう》の神秘《しんぴ》に直面したとき、こんなにも簡単《かんたん》に理屈の世界がくずれてしまうとは、おかしなものだ。ていねいに築《きず》きあげられてきたクリストファー・キャロルのひとりぼっちの生活は、一瞬《いっしゅん》にしてこわれてしまった。だがそれ以上に、ホリーを信じられなかったことのほうがずっとつらかった。クリストファーの中で凍《こお》りついていたものが、解《と》き放たれてほどけていくようだった。こんな気持ちは何年ぶりだろう。あまりにもひさしぶりだったので、その気持ちが希望であることにも気づかなかった。「ホリーの国から来たの？　なんといったっけ――不死の国？」

「うん」エンピーが小さな声でいった。

「しゃべることもできるのか？」

「うん」

「頭がどうかしたのかな」

「ぼくたちを見てよ、キャロルさん。ほんとうだと信じるほうが、ほかの説明を見つけるより簡単《かんたん》なんじゃないの？」ユーフェミアとレクシーが目をみはった。エンピーの口から、こんなに長いことばを聞いたのは初めてだった。「考えてよ、キャロルさん。何年も前に、ぼくらにそっくりの木彫《きぼ》りを作ったんだよね。これこそ、そのころからあなたがホリーの人生の一部だったという証拠《しょうこ》じゃないの？」

「それに、サンタ・クロースに書いた手紙も？」

「あなたの手紙が、ホリーを生みだしたんだよ」エンピーがいった。

クリストファーは目を閉《と》じた。「じゃあ、あの子のいったことは、みんなほんとうだと？」

「ぜんぶほんとうだよ」

「ぜんぶよ」レクシーがつけくわえた。「ヘリカーンのこともね。今まさに起こってるんだってば」

クリストファーの目がぱっと見ひらかれた。「なにをしようというんだ？」

「ホリーの心を捧《ささ》げさせて、自分のものにする気よ」レクシーがいった。

「それから、ホリーを殺すんだわ」ユーフェミアがいい、大きな黒い目をクリストファーに向けた。

「ホリーの身を守るものはペンダントだけなのに、それをあなたが持ってる。ホリーはヘリカーンに殺されてしまうわ」

クリストファーはユーフェミアをじっと見て、ことばもなくベストの内側を探《さぐ》り、ペンダントを取りだした。これまでよりもかがやいている。人を信じてうたがわない、あたたかなホリーの顔が目に浮《う》かんだ。ビロードのカーテンから助けだしたとき、クリストファーの手をつかんでいたホリーの指も。「どうしていつもわたしの前にあらわれるの？」か。それは、ふたりがはなれられない関係だからだ。

かすかな音楽が、クリストファーの耳にとどいた。聞いたこともないメロディーが、さまよったり、はぐらかしたり、まがったりしている。クリストファーは、夢中《むちゅう》であたりを見まわした——だれがかなでているのだ？　すると、ホリーが置いていったオルゴールが目に止まった。今ならクリストファーにもその曲が聞こえる。それは、飛んでいるような、秘密《ひみつ》のような音楽だった。「なにかを選ぶたびに、未来を作っていくのです」ホリーの声がする。クリストファーの望む未来は、ひとつしかない。信じるよ。きみを信じる。

もうおそいかもしれない、と心の中でなにかが警告《けいこく》する。

行くんだ。今すぐに。走れ。

「ホリーはどこだ？」クリストファーは立ちあがった。

「公園だよ」エンピーがいった。「お父様に会いに、公園へ行った」

「急ごう」クリストファーは、エンピーを抱《だ》きあげた。「ホリーを探《さが》すんだ」

小脇《こわき》にペンギンをかかえ、足元にキツネを連れ、頭の上にはフクロウを飛ばしながら、クリストファー・キャロルはひとりぼっちの苦い過去《かこ》に別れを告げ、未来へと大きく足を踏《ふ》みだした。

第二十三章

とても静かだった。鳥たちはさえずるのをやめ、遠くの方から聞こえていた荷車や馬車のカタカタ鳴る音も消えて、ぶきみなほどの静けさだった。黒い枝《えだ》をゆらしたり、茂《しげ》みをざわつかせたりする風もない。空はどんよりとたれこめて、公園のどんな小さな音も、その黄色い大きな手で封《ふう》じこめているようだった。ホリーはひとりベンチにすわり、目の前に広がる泥《どろ》の海を見つめながら、ここ三日間の楽しかったことを、すべて思い出そうとしていた。それもしだいにたいへんになってきた。ホリーの心臓《しんぞう》が、とらわれた鳥のようにドンドンとあばら骨《ぼね》にぶつかってくるからだ。息さえふつうにできれば――だめよ、そんなふうに考えちゃ。絶望的《ぜつぼうてき》になる。力をたくわえておかなければ。あいつが来る、ヘリカーンが来るんだもの――だめ、そんなこと考えては。楽しかったことを考えて――ええと――なんだったかしら？――ああ、そうだ。思い出した――ジェレミーが、レクシーとユーフェミアとエンピーを探《さが》しにもどってくれたんだっけ。きっとパパがみんなを連れて帰ってくれるわ。それにジェレミーが最悪の場面を目にしないですむのはよかった。だめよ、負けちゃ。どんなことがあっても。ばかなことは考えないで。もうじき終わる。クリストファーは安全だし。あぶないのはわたしだけよ。わたしだけ。ほかのみんなはだいじょうぶだわ。ああ、息さえできれば。

　ホリーの体はゆれ、ビロードのようになめらかで、気持ちのいい暗やみへと落ちていった。だめよ、目をさましていなくちゃ、そう思って目を開ける。すると今度ははっきりと見えた。沼《ぬま》のような草地の下を、なにかが動いてこちらにやってくる。芝《しば》のついた泥《どろ》がもりあがり、まがったりかたむいたりしたかと思うと、おびえきったホリーの目の前に、しわくちゃの黄色みがかった生き物がぺっと吐《は》きだされた。毛穴《けあな》からは気味の悪い白い粘液《ねんえき》がもれだしている。そいつは頭をまわして、きょろきょろと探《さが》すと、やがてホリーに目をとめた。にたーっと笑い、長いぐにゃぐにゃした指をのばして、手招《てまね》きする。

　ホリーは必死に立ちあがろうとするが、弱った体には勝てずに、その場にたおれこんだ。もう一度、なんとか足に力を入れて立とうとしたが、できなかった。長いゴムのような指がこちらにのびてくる――もう少しでとどきそうだ。ホリーは体をちぢめて、ぎゅっと目を閉《と》じた。

「初めて見たわけじゃないだろう、ホリー？」ヘリカーンの声だった。

しわだらけの生き物はいなくなり、生身の姿《すがた》でにやにや笑っている魔《ま》法使《ほうつか》いが立っていた。

「ひどいわ」ホリーは力なくいった。

「こんなもの、なんでもないさ。今日のことをことこまかく計画するのに、ありあまるほどの時間があったのだ。ちょっとぐらい楽しませてくれてもいいだろう？　今のだって、十年も考えたんだからな」

「そうでしょうけど――」

「顔色が悪いようだ、ホリー。この季節はずれの天候《てんこう》のせいかな？」

ホリーはさだまらない視線《しせん》でヘリカーンをとらえ、大きく息を吸《す》いこんだ。「いつまでもつまらないことをしゃべっている気？　もうおしまいよ。クリストファーは安全だわ」あえぐようにいった。「ペンダントを持っているもの。ツンドラは死んだし、わたしはひとりぼっちよ。でもあなたのものなんかにならない。わかっているはずよ――わたしの心はぜったいにわたさない。死ぬのはこわくないわ」

ヘリカーンが口を開け――ホリーは目をそらし――そしてガチンと口が閉《と》じた。「ああ、もうすぐ死ぬだろうよ」ヘリカーンはいじわるくいった。「だが、おれさまには考えがある――望みとでもいおうか。うまくいくかもしれん――わからんがな。待つとしよう。おれさまがひじょうに気の長い花婿《はなむこ》だということがわかるはずだ」ヘリカーンは長くごつごつした指をホリーの腕《うで》にはわせ、ホリーはちぢこまった。「少なくとも、助けに来るのがおそすぎたニコラスの姿《すがた》を見る楽しみがある。どんどんぐあいが悪くなっているようだな、ホリー。おまえの心臓《しんぞう》が溶《と》けているのだよ。手を見てみろ――すけて見えるだろう」

ホリーが目を落とすと、ヘリカーンのいうとおりだった。ホリーの肌《はだ》はガラスのように透明《とうめい》でもろくなっていた。血がまわらなくなり、息がますます荒《あら》くなってきた。肺《はい》までもがかたくなって、とがってこわれやすくなっているように感じた。息をするたび、つきささってくる。

「ホリー、降参《こうさん》しろ」ヘリカーンの細い目が人間の目のように見えた。「苦しんで死にたくはないだろう。いうんだ――はい、というだけでいい。そうすりゃ助けてやる。心臓《しんぞう》に手を入れて、またもとどおりにしてやろう。これからずっと痛《いた》みも悲しみも感じなくなるぞ」

ホリーは声を出す力もなく、ようやくささやいた。「いいえ、ぜったいに。これでけっこうよ」

ヘリカーンのかぎづめがむっとする空気の中でゆれ動いたそのとき、荒涼《こうりょう》とした景色のむこうから、叫《さけ》ぶ声がした。「ホリー！」ヘリカーンはホリーのそばから姿《すがた》を消した。

それはクリストファーだった。ホリーには見えなかったが、クリストファーには見えていた。そしてその姿にぞっとした。体はガラスのようにすけ、目の前で死んだように横たわっている。やっぱりまぼろしだったんじゃないか、という思いが頭をかすめた。胸《むね》がはりさけそうだった。「いやだ！」クリストファーは叫び、ホリーのとなりにひざまずいた。なんとか生きてほしい。「これを！」そういうと、金のペンダントを氷のように冷たい手に押《お》しつけた。それがホリーのてのひらでかがやくのがすけて見える。

「クリストファー、やめて。約束したじゃない」

「よかった、生きてたんだね」クリストファーはかがんで顔を近づけた。「きみが生きてさえいてくれたら、なんでも耐《た》えられるよ」

「お願い、持っていて」ペンダントの魔法《まほう》がもう効《き》きはじめていた。息をしてもつきさされるような痛みはなく、ガラスのような肌《はだ》が少し不透明《ふとうめい》になってきた。けれどもホリーは生きかえっていくのがこわくてたまらなかった。その代償《だいしょう》がなんだか、知っていたからだ。「手ばなさないって約束したのに」

「あいつにはわたさないといったんだ。きみに返さないとはいってない」

ホリーは頭を起こせるようになった。あたりを見まわしたが、ヘリカーンは消えていた。「姿《すがた》は見えなくても、きっとここにいるのよ。お願い、クリストファー。殺されてしまうわ」ふるえる手でペンダントをさしだした。

「だめだ、ホリー」やさしく見つめながらクリストファーがいった。「もしこのペンダントがきみを救うなら、ぼくのことも救ってくれる。たとえぼくが死んだとしても」

と、とつぜん、かさぶただらけの銀色の生き物があらわれた。なにもいわずに黄色い目でクリストファーをじっと見つめ、おもむろに手を上げた。

クリストファーはおそれもせずにその生き物を見かえした。「さようなら、ぼくのホリー」クリストファーは時計がゆっくりまわっているかのように、ホリーのやわらかな手を取ると、くちびるに持っていき、なごりおしそうにキスをした。「きみを信じている」

クリストファーは立ちあがってヘリカーンのほうを向いた。その顔がきびしくなった。「そう簡《かん》単《たん》には運ばせないぞ」そういって、しなびた魔《ま》法《ほう》使《つか》いのほうに近《ちか》づいた。

何世紀もの不死の人生の中で、ヘリカーンから逃げる人間はいても、近づいてきた人間はひとりもいなかった。クリストファーがしっかりとした足どりで近づいてくるのを見て、ヘリカーンがふるえたのを、ホリーは見のがさなかった。ヘリカーンはよろめき、一歩下がったが――すぐに体《たい》勢《せい》を立てなおした。「そう簡単には運ばせないだと？」とあざ笑った。「ほほう、勇気があるじゃないか。思ったよりおもしろいことになりそうだ。どうやってむずかしくしようとするのか、教えてみろ」

クリストファーはとびかかっていって、魔法使《まほうつか》いの首を両手で強くしめつけた。ヘリカーンはびっくりしてうめき声を上げ、うしろによろめいた。しばらくのあいだ、しゃべることもできないようだった。それから全身の力をこめてほえた。「よくもおれさまにその手をかけおったな、虫けらめ。死ね！」ヘリカーンが両腕《りょううで》を上げると、バリバリというとどろきが聞こえ、低くたれこめていた紫色《むらさきいろ》の雲がかき乱《みだ》された。それまであたりをおおっていた静けさがうそのように、嵐《あらし》が巻《ま》きおこり、木々は巨人《きょじん》にふりまわされる棒切《ぼうき》れのようにのたうった。草地のなめらかな起伏《きふく》は、まるで地下でなにかが煮《に》えたぎっているように、持ちあがったり、くぼんだりしている。

ホリーは目を閉《と》じた。最後まで見るのは耐《た》えられない。

だが、風がびゅうびゅうと吹《ふ》き荒《あ》れ、木々が今にもたおれそうに泥土《どろつち》から持ちあがり、地下から聞こえるブーンという羽音がますます大きくなっていく中で、やわらかな規則正《きそくただ》しい音が急に聞こえてきた。そのリズミカルな音は、だんだん近づいてくる――それは何百という人々だった。子どもたちもいれば、大人たちもいる。手に持った夢《ゆめ》の人形に呼《よ》び集められてきたのだ。ふしぎな力によって空気のように軽く、愛のように強くされた人々は、この草原に見事に大きな弧《こ》を描《えが》いて集まってきたのだった。燃《も》えるような熱気《ねっき》の中、人々の姿《すがた》はゆらめいて見え、ホリーは思わず目をこすった。だが、もう一度見ても、みんなそこにいた。

先頭にはエンピーを小脇《こわき》にかかえ、足元にサイドウォークを連れたジェレミーがいる。フィービ

―とお兄さんたちも。ルイーズとおじいさんも。クライナー夫妻もいる。ずんぐりした双子に、道にいた女の子たち、氷ですべっていた店員たち、まるまると太った赤ちゃんと陽気なお母さんたち、看護師《かんごし》に、御者《ぎょしゃ》に、わんぱく小僧《こぞう》。ホリーの手から人形を受けとったとたん、自分の夢《ゆめ》をはっきりとさとった、夢見がちな、まじめな、ひょうきんな子どもたちがみんないた。住みかからは、コウモリ、マーティ、食《く》いしん坊《ぼう》、ジョーン、みんないる。マックエルへニーさんと奥《おく》さんも。ユーフェミアが頭上をばさばさと飛び、レクシーがいかめしい顔でしっぽを巻《ま》いてすわった。チャールズとドクター・ブランフェルズも息を切らせながらやってきた。それからジェロームとハリソンの手を引いたベローズ先生も。エヴリンとアリスは、リシーをささえながらやってきた。ホリーがみんなのところへ来たように、みんなもホリーのためにやってきたのだ。

ホリーは深く息を吸《す》うと、目を開けた。「愛は時をこえる」ホリーはつぶやいた。でも、どうやって？　ヘリカーンの悪の力が荒《あ》れくるう草地に、ひとりたたずんでいるクリストファーのため、どうやって時を止められるのだろう？　あせるホリーの目に、泥《どろ》の中から銀色のひもの束のようなものがあらわれ、クリストファーのほうにのびていくのが見えた。クリストファーはけわしい目でそれを見ていたが、最初の束がすりよってきて足にかかると、ぐいっとひきはがした。そいつは、ぷるぷるとふるえながら引きさがったが、すぐにまた仲間がのたうちながらやってきた。ひも状《じょう》の肉のかたまりは、クリストファーに巻《ま》きつき、しめあげた。さらに近づき、さらにきつく。クリストファーの両手が、ふたつのでっぷりとしたかたまりにしばられるのを、ホリーはなすすべもなく見つめていた。ひもがのどにかかった。

ヘリカーンのかさぶただらけの顔が、ホリーの目の前にぐいとつきだされた。首にくさい息がかかる。「おまえなら助けられるんだぞ」

ホリーは答えなかった。

黄色い空は息をひそめ、木々も微動《びどう》だにしなかった。すべてが静まりかえり、ただぬめぬめとした銀色のひもだけがのたくっていた。

「あいつが死ぬ必要はないのだ」苔《こけ》だらけの口が耳元でささやく。「おまえの心をよこせ」

ホリーは空を見あげた。すると瞬時《しゅんじ》にしてわかった。答えが金色の鐘《かね》のように心の中で鳴りひびいた。「ヘリカーン」力強いしっかりとした声でホリーはいった。「もしクリストファーを助けてくれるなら、わたしの心を捧《ささ》げるだけでなく、あなたを愛します」

ヘリカーンはたじろいだ。金属《きんぞく》の円盤《えんばん》のような目が細くなった。「なんだと？」

「もしあの人の命を助けてくれるなら、わたしはあなたのもとへ行き、あなたを愛します」恐怖《きょうふ》はすっかり消え、ホリーは澄《す》んだ瞳《ひとみ》でヘリカーンを見た。

「愛するだと？」はかりかねるような声でヘリカーンはいった。

「ええ、あなたを愛します」

それだけは、計画になかった。体じゅうのからっぽの血管に、毒がどっとめぐるような気がして、ヘリカーンはぶるっとふるえた。「お、おれさまを？　おまえが？　おまえや、おまえが大切に思うやつらを、さんざん苦しめたっていうのに、そのおれさまを愛するだと？」

「許《ゆる》します」ホリーはヘリカーンを見つめた。そこには真実ゆえの強さがあった。

ヘリカーンはショックを感じた。かつては心のあったところに、針《はり》をつきさされたような感じだ。ああ、だめだ。やめてくれ。何世紀も前に同じ痛《いた》みを感じたことを思い出したのだった。あのときもやはり愛だった。やめてくれ、もう一度そう思ったが、銀色の肌《はだ》はぼろぼろとくずれはじめていた。無我夢中《むがむちゅう》で力を取りもどそうとしたが、大昔の棺《ひつぎ》からがいこつを取りだして空気にさらしたように、ヘリカーンの体を作っていたものは、愛の光の中で溶《と》けてしまった。

「ホリー・クロースよ。おまえの勝ちだ。おまえは悪に勝ったのだ」ヘリカーンの声は、風に舞《ま》う木の葉のようにかわいて軽かった。話している最中にも顔が割《わ》れ、風に吹《ふ》かれる砂《すな》のように、肌《はだ》が少しずつ飛んでいく。やがて、黄色いしみのついた衣服だけが、主人の形見《かたみ》のように残された。まもなくそれも、粉々になって飛ばされ、ヘリカーンはいなくなった。

雪が静かにふりはじめた。ホリーは、ベンチの上にちらばった細かい灰色《はいいろ》の粉から、指を引きぬいた。そして、その粉を吹きとばすと、立ちあがってクリストファーを迎《むか》えた。クリストファーは足をひきずりながらやってきた。泥《どろ》だらけではあるが、無事だ。ホリーは、ペンダントをにぎった手をのばした。クリストファーの手がふれ、ふたりは指をからませた。その瞬間《しゅんかん》、ペンダントは星のように燦然《さんぜん》とかがやきだした。

「また会えたわね」ホリーはささやいた。

「また会えたね」クリストファーもそっといった。「命を助けてくれてありがとう」

ふたりはしっかりと見つめあい、ことばにできない思いをじゅうぶんに伝えあった。と、急にホリーがふるえだした。雪のふってくるほうを見あげ、にっこりした。「よくわからないけど、これが寒いってことなのね」クリストファーはコートをぬいで、ホリーの肩《かた》にかけた。そして、集まった人々のほうへといっしょに近づいていった。

上のほうでかすかな音がする。クリストファーとホリーとジェレミーが見あげると、もう長い長い年月、公園の噴水《ふんすい》の上にじっと立っていた金色の天使が、ゆるゆると頭上を飛びまわっている。雪をバックに金色の天使が飛びまわるようすを、三人はぽかんと見あげていた。すると、雲のように軽い金色の羽根が、てのひらに落ちてきた。天使はにっこりして声を上げた。「呪《のろ》いは解《と》けました。新しい魂《たましい》たちが不死の国になだれこんでいます。魔《ま》法《ほう》の生き物たちも、必要とされる人間のところに帰っていきます。愛は勝ち、クリスマスがやってきたのです！」

空から鈴《すず》の音が聞こえてきた。ホリーにとっては、時計の音と同じくらい耳慣《みみな》れた音だ。「サンタ・クロースよ！」子どもたちに向かって叫《さけ》び、空を指さした――すると、空をかけるそりに乗って、鈴を鳴らし、トナカイたちに引かれながら、サンタ・クロースがやってきたのだ。ニコラスは、近くの空き地に着陸《ちゃくりく》し、そりの上に立ちあがった。

ホリーは鹿《しか》のようにかけより、ニコラスはそんなむすめを力いっぱい抱《だ》きしめた。「おお、いとしい子！　よくやった！　わしらみんなの夢《ゆめ》をかなえてくれた。それに人間たちの夢もかなえはじめておるな」ニコラスは、ホリーのあとからやってきたクリストファーも笑顔《えがお》で迎《むか》えた。「やあ、クリストファー。ようやく会えてうれしいよ」

「ありがとうございます。ぼくもお会いできてほんとうにうれしいです」目が合っただけで、ふたりはおたがいを理解《りかい》した。

「わたくしがいつもいっているように、愛は勝つのですよ、ニコラス」きらめくそりのとなりにソフィアが立っていた。白い衣装《いしょう》は雪のレースでおおわれている。目には涙《なみだ》があふれていたが、笑顔《えがお》は喜びに満ちていた。「ホリー、あなたはわたくしにできないことをなしとげました。これによって、あなたは正式に不死の国の住人となります。おめでとう、ホリー」ソフィアは優雅《ゆうが》にホリーに頭を下げた。

「やめて！　頭なんか下げないで、ソフィア」ホリーは、代母《だいぼ》の手を取り、顔を上げさせた。「そんなことしないで。あなたがいなかったらできなかったわ。あなたの愛と知恵《ちえ》が、わたしにすべてを教えてくれたのよ」

ソフィアは次にクリストファーのほうを向いた。「ずっと前からあなたのことは知っていましたよ」とやさしくいった。「ようこそ」

「ぼくを知っていた？」クリストファーはキツネにつままれたようにいった。

「もちろんです。あなたの気持ちが、ホリーをこの宇宙《うちゅう》に誕生《たんじょう》させたのですからね。あなたには、自分がなにかをもらうよりも、ひとになにかを与《あた》えたいという心があります。あなたのそういったおこないは消えることはないでしょう。あなたはわたくしたちの仲間です――つまり不死なのですよ、クリストファー」

ホリーはクリストファーのほうを向いた。「わかる？　わかるでしょう、クリストファー？　物語はあなたからはじまったのよ」

今度はジェレミーのほうを向いた。「ジェレミー、わたしはもう家に帰らなくては。でもあなたの夢《ゆめ》の中にもどってくるわ。忘《わす》れないでね」ホリーは急いでいった。「夢を忘れないで。あきらめちゃだめよ。夢見た道を進むの。自分を信じなさい。さようなら、ジェレミー。また、会えるわね。きっと会えるわ」

ジェレミーはごしごしと鼻をこすった。「わかったよ。がんばる」

「そうね。いろいろ教えてくれてありがとう」

ジェレミーは返事をしなかったが、背《せ》すじをのばして、得意げにほほえんだ。

ひとりひとりに特別なことばをかけながら、ホリーは友だちに別れを告げた。泣きだしたり、しがみついてきたりする者もあったが、ほとんどがにこやかにホリーを見送ってくれた。とうとうあいさつが終わった。クリストファーはホリーの手を取り、やさしくそりへとみちびいた。

「さあ、行こうか?」ニコラスがふたりに、乗れというしぐさをしながらいった。

ホリーは前に進みでようとして、足を止めた。「いいえ、けっこうよ、パパ」

「なに? どうした?」ニコラスはまごついてたずねた。

ふたたび、雪の中を遠くから鈴《すず》の鳴る音が近づいてきた。何百という目がまた空を探《さが》した。すると、九頭の虹色《にじいろ》のトナカイに引かれた金色のそりが、雲をつきぬけて急降下《きゅうこうか》してきて、クリスマスのそりの近くに着地した。

「きれいな紫色《むらさきいろ》だな」ドナーがいった。

「ありがとうございます」こみあげる笑《え》みをかくしながらメテオールがいった。「お呼《よ》びですか、ホリー?」

「ええ、お願い、メテオール」ホリーはかがやくばかりの笑顔《えがお》でいい、父親のほうを向いた。「いいでしょう、パパ？　わたしはクリストファーといっしょに行きます」

「わかったよ」ニコラスはうなずいた。そして、急にそりのぐあいを確《たし》かめるのにいそがしいふりをした。なにをやっているんだ、とニコラスが自分をいましめていると、ホリーのきゃあっという叫《さけ》び声がした。びっくりして顔を上げると、ホリーがくるったように雪の中を走っていく。「なにをしてるんだ？」

「わかりません」クリストファーはこまったようにホリーを見つめている。「どうしたんだ？　あれはなんだろう？」

雪の中では見えにくいが、白い稲妻《いなずま》がものすごいいきおいでホリーに向かって突進《とっしん》してくる。ふたつの影《かげ》がぶつかると、ホリーは雪の中にひざをつき、ツンドラの毛に顔をうずめた。泣きながら笑っている。「ああ、大切なツンドラ。胸《むね》がつぶれるかと思ったわ！　死んでしまったと思ったのよ！」

「わたしもそう思いました。そのあと感覚がもどってきたのです。冷たいものが溶《と》けていくような、呪《のろ》いがはがれたような感じでした」オオカミはふしぎそうに首をふった。「あんなおかしな感覚は初めてでした」

ホリーは涙《なみだ》を流しながら、もう一度ツンドラを抱《だ》きしめた。「どういうことか、わかる？　ヘリカーンが負けたのよ。呪いが解《と》けたの。わたしももうだいじょうぶ。それにツンドラ、わたしは自由になったの！　なにがあったか聞いたらびっくりするわよ。ああ、大切な友だち——ツンドラ、聞いて――あなたならどうするかって考えたの――そして走った――だめだわ、最初から話さなくては――」

しばらくのあいだ、ツンドラは胸《むね》がいっぱいでことばにならなかったので、ホリーのおしゃべりをだまって聞いていた。それから鼻先でホリーの頭をつつくと、すわった。「もうだいじょうぶだということがわかりました。あなたが呪《のろ》いを破《やぶ》り、ヘリカーンは去り、あなたは無事だった。それだけでじゅうぶんです」

雪の中をはねていってレクシーがくわわった。ユーフェミアもばさばさと飛んできた。よちよち歩きのエンピーは時間がかかったが、みんな待っていた。「またあんたに会えるなんて思ってなかったわよ、ツンドラ」レクシーがいった。「あたしらみんな、もうだめだって思った」

「たしかに冒険《ぼうけん》だったわよね」ユーフェミアがいった。

「終わってよかった」とエンピー。「なにもかももとどおりになるんだね」

「なにもかももとどおりになるのね」ツンドラとエンピーをなでながら、ホリーがくりかえした。

仲間たちは、そりの待つほうへと、ぐしゃぐしゃの雪をかきわけながら進んだ。ホリーが近づいてくるのをクリストファーが見つめ、それに答えるようにホリーが見つめかえすのを、ツンドラは目の端《はし》で盗《ぬす》み見た。もとどおりといっても、まったく同じというわけではない、とツンドラは思った。そして、ニコラスとクリスマスのそりのほうを向いた。

「ツンドラ、もどってきてくれてうれしいぞ」ニコラスがいった。

「ありがとうございます。お仕事の最中でしょう。ごいっしょしてもよろしいですか?」

「おお、ツンドラ。それはありがたいが、ホリーが別の旅に出ようとしておる。そばに友だちがいてほしいだろう。もう、あの子とはなれるわけにはいかんよ」

ホリーはクリストファーのとなりでにっこり笑った。「そうよ、ツンドラ。この旅にはまだ最後の仕事が残っているの。人形をとどけなくちゃ」

ツンドラはすぐに理解《りかい》した。「夢《ゆめ》の人形ですか？」

「もちろん！　わたしたちはまだ夢をかなえはじめたばかりなのよ」

「あたしたちも行っていい？」レクシーがいい、答えを待たずに金色のそりにとびのった。

「あたりまえじゃないの！　わたしたち、おたがいがいなくてはだめだって、今日わかったでしょ？」

つづいてユーフェミアが、そりの背《せ》もたれのまるくなったところにとまり、エンピーがよっこらしょと床《ゆか》にころがりこんで、すぐにうとうとしはじめた。クリストファーとホリーはそりにすわると、毛布《もうふ》をしっかり体に巻《ま》いた。それからホリーは前かがみになって手綱《たづな》をにぎり、叫《さけ》んだ。「さあ、出発よ」

メテオールが、しだいに暗くなっていく空へかけあがる。

「メリークリスマス！」ホリーがそりから身をのりだすと、涙《なみだ》がふたつぶこぼれた。その涙はぷるぷるとかすかにふるえると、雪に変わった。そして、しばらく空中にとどまったのち、待ちかねる地上へと舞《ま》いおりていった。

エピローグ
『とこしえの本』より

この本のページは、星の数よりも増《ふ》えていくであろう。しかし、われらの王と王妃《おうひ》、ニコラスとヴィヴィアナのいとしいむすめ、ホリー・クロース姫《ひめ》の伝説が書かれているこのページほど、美しく、喜びにあふれたものはほかにないにちがいない。

ホリーは勇気と信念をもって、長いあいだ国を苦しめていた呪《のろ》いに終わりをもたらした。ホリーの開けた門から、不死の魂《たましい》は〈とこしえ〉に入ることができるようになった。

愛と情熱《じょうねつ》によって、ホリーは人間界に希望の火を灯《とも》し、そこに住む人間たちの魂に眠《ねむ》っていた夢《ゆめ》を目ざめさせた。

われわれの国に重くのしかかっていたヘリカーンという悪の力に、純粋《じゅんすい》な心で打ち勝ったのだ。

ホリーのたどってきた道を見て、宇宙《うちゅう》に住む者はみな知るだろう。愛が時をこえるとき不死は与《あた》えられるのだ、と。

ホリー・クロースの書斎《しょさい》から

物語はここで終わったわけではありません……魔法《まほう》はつづいています。わたしは不死の国〈とこしえ〉に住んでいます。お便りをくだされば、とてもうれしく思います。以下の住所にお送りください。

Holly Claus
The Royal Palace
The City of Forever
The Land of the Immortals 90209-1225

あなたの魔法の友だち
ホリー・クロース

TM

追伸《ついしん》　ウェブサイトにもおいでください。
http://www.hollyclaus.com

甘《あま》さだけではない、勇気と冒険《ぼうけん》のファンタジイ——訳者《やくしゃ》あとがきにかえて

サンタ・クロースは不死の国〈とこしえ〉の王様です。ある年のクリスマスに、十歳《さい》の少年が、これまでだれも書かなかったことを手紙に書いてきました。サンタさんはクリスマスになにがほしいですか、と。すると、奇跡《きせき》が起こったのです。サンタ・クロース夫妻《ふさい》は、ずっとほしいと思っていた子どもに恵《めぐ》まれました。けれども、むすめホリーの誕生《たんじょう》は、同時に悪い魔法使《まほうつか》いヘリカーンの呪《のろ》いをも、もたらすことになってしまったのです。ホリーの心臓《しんぞう》は凍《こお》らされ、〈とこしえ〉の門は閉《と》ざされて、出入りすることができなくなってしまいました。

純粋《じゅんすい》な心のまま（英語では、心臓も心も「ハート」なので、心臓を凍らせることによって、心も純粋なまま保《たも》たれるという発想《はっそう》です）、美しく成長したホリーは、なんとかしてこの呪いを、自分の力で解《と》きたいと願います。仲間とともに人間界に旅したホリーは、危《あぶ》ないめにあいながらも、人間たちとの交流を通して、生きていくうえで大切なことを学んでいきます。

きれいなもの、かわいいものがたっぷりつまったファンタジイです。美しく心のきれいなお姫様《ひめさま》と、

とことん悪い魔法使《まほうつか》いの対決という構図《こうず》は、まるで古典的《こてんてき》なおとぎ話を見るようです。いつの時代にも安心して読み進められるのは、やはりこうした物語なのかもしれません。かなりの長篇《ちょうへん》ですが、さまざまなエピソードが盛《も》りこまれていて、読者を飽《あ》きさせません。

前半はとくに、幻想的《げんそうてき》な生き物がたくさん登場し、お話を盛りあげてくれます。神話、伝説、民間伝承《でんしょう》などから幅広《はばひろ》く取りあげられた、ありとあらゆるふしぎな生き物、妖精《ようせい》、魔女、女神《めがみ》などは、名前を聞いただけでは想像《そうぞう》しにくいものもあり、適宜《てきぎ》、原文にはない説明を加えたり、注をつけたりさせていただきました。

また、ホリーの仲間で、ことばを話す動物たち、オオカミのツンドラ、小ギツネのアレクシア、フクロウのユーフェミア、ペンギンのエンパイアも、それぞれ見事にキャラクターが描《えが》き分けられています。読者のみなさんも、お気に入りの一匹《びき》に心を寄《よ》せながら、読んでいただけたのではないでしょうか。

このように登場人物が生き生きと魅力的《みりょくてき》であることに加え、美しい舞台設定《ぶたいせってい》が目に浮《う》かぶように細かく描かれているのは、作者が舞台女優《じょゆう》であることも関係しているかもしれません。作者、ブリトニー・ライアンはオレゴン州《しゅう》ポートランドに生まれ、ポートランド大学で、演劇《えんげき》と音楽を学びます。三十以上ものミュージカルに出演《しゅつえん》し、ナショナル・プレス・クラブでは、「アメリカでもっとも活躍《かつやく》する若《わか》い女性《じょせい》」に選ばれました。コメンテーターとしてテレビにも出演し、プロデューサー、作曲家、劇作家としてその地位を確立《かくりつ》しています。

そのライアンがはじめて書いた子ども向けの小説に目をとめたのが、やはり舞台や映画《えいが》で長年にわたって活躍《かつやく》してきた名女優《めいじょゆう》、ジュリー・アンドリュースでした。ジュリー・アンドリュースといえば、ミュージカル映画《えいが》、『メリー・ポピンズ』や『サウンド・オブ・ミュージック』などで、日本でもおなじみの定評《ていひょう》のある女優さんです。同時に児童作家としてもかずかずの本を書いており、『偉大《いだい》なワンドゥードル　さいごの一ぴき』と『マンディ』（ともにティービーエスブリタニカ刊）の二作が邦《ほう》訳《やく》されています。さらに、自《みずか》らが発掘《はっくつ》したすぐれた児童書を紹介《しょうかい》するため、アメリカの大手出版社《しゅっぱんしゃ》ハーパーコリンズで、ジュリー・アンドリュース・コレクションを立ちあげました。『ホリー・クロースの冒険《ぼうけん》』は、このシリーズの中の一冊《さつ》として世に出たのです。

　ところでファンタジイといえば、最初から最後まで空想の世界でのできごとが語られるものと、現《げん》実《じつ》世界から空想世界に旅して、また現実世界にもどってくるものの二つが大半《たいはん》を占《し》めると思います。しかし、この作品のおもしろいところは、空想世界から現実世界に旅してきて、また空想世界にもどっていくところです。わたしたちが暮《く》らすこの現実世界を、ふしぎなものでも見るように観察《かんさつ》しているホリーの姿《すがた》は、新鮮《しんせん》に感じます。

　また、古典的《こてんてき》なおとぎ話のようだといっても、主人公ホリーは、ただ王子様が助けにきてくれるのを待っているだけのお姫様《ひめさま》ではありません。自分で考え、決断《けつだん》し、夢《ゆめ》をかなえるためには、危険《きけん》な旅もいとわない、勇気あるお姫様です。そこが、現代にも通用するおとぎ話となって、本国アメリカでも高い評価《ひょうか》を得ているゆえんでしょう。

　ホリーが旅する現実世界は、十九世紀末のニューヨークです。南北戦争と再建《さいけん》の激動《げきどう》を経験《けいけん》したアメリカは、それまでの農業中心の社会から、産業、工業を中心とした社会へと急速に変わっていきました。それにともなって、労働力を補《おぎな》うために移民《いみん》が大量に流れこみ、貧富《ひんぷ》の差がはげしかった時代でもあります。本書に出てくるような、ヴァンダービルト、モルガン、アスターといった大富豪《だいふごう》がいるかと思えば、ジェレミーたちのような身寄《みよ》りのないストリートチルドレンが、ニューヨークだけで少なくとも十万人以上いたといわれています。

たった三日間ではありますが、ホリーはこういった子どもたちと接《せっ》し、愛と勇気、そして夢《ゆめ》をあきらめないことを教えました。そこが、自身も子どもに夢を与《あた》えたいと願っている、ジュリー・アンドリュースの心にひびいたのではないでしょうか。

最後になりましたが、すてきな物語をご紹介《しょうかい》くださり、翻訳《ほんやく》する機会を与えてくださった、早川書《しょ》房編集部《ぼうへんしゅうぶ》の大黒かおりさんに、心から感謝《かんしゃ》いたします。また、英語の表記やニュアンスについては、宮本テサさんに教えていただきました。ほんとうにありがとうございました。

暗いニュースばかり聞こえてくる昨今《さっこん》、ふしぎな機械に映《うつ》しだされた未来が、半《なか》ば現実《げんじつ》になっているようにも思えます。しかし、ソフィアが教えてくれたように、わたしたちひとりひとりが未来を変える力を持っていると信じて、希望を持って生きていきたいものです。

早川書房の児童書〈ハリネズミの本箱〉
ホリー・クロースの冒険《ぼうけん》

二〇〇六年十一月十日　初版印刷
二〇〇六年十一月十五日　初版発行

著者　ブリトニー・ライアン
訳者　永瀬比奈《ながせひな》
発行者　早川浩
発行所　株式会社早川書房
東京都千代田区神田多町二ー二
電話　〇三 - 三二五二 - 三一一一（大代表）
振替　〇〇一六〇 - 三 - 四七七九九
http://www.hayakawa-online.co.jp
印刷所　株式会社精興社
製本所　大口製本印刷株式会社
乱丁・落丁本は小社制作部宛お送り下さい。
送料小社負担にてお取りかえいたします。

Printed and bound in Japan
ISBN4-15-250036-0　C8097